周梅森 孙馨岳 著

作家出版社

作者近照

周梅森　作家、编剧，中国作家协会第七、八、九届主席团委员，江苏省作协副主席。著有小说《人民的名义》《中国制造》《国家公诉》《绝对权力》等，出版有《周梅森文集》《周梅森政治小说读本》《周梅森反腐小说精品》等，改编制作电视连续剧《人民的名义》《人间正道》《忠诚》等。曾获全国优秀中篇小说奖、国家图书奖、全国“五个一工程”奖、电视飞天奖、金鹰奖、金鼎奖、澳门国际影视最佳编剧奖、互联网最具影响力影视作品奖、工匠中国影视最佳编剧奖、金数据影视大奖、华语原创小说最受欢迎作品大奖、中国数字阅读大奖等数十种。《人民的名义》《绝对权力》《中国制造》等被翻译成英、法、德、俄、日、韩、阿拉伯等多种语言在海外出版发行。

人民的巨额财产在黑幕交易中流失了，被内外勾结侵吞了，我被逼上了战场，退不下来了！

我一生追随你，迷恋你，把你当成了神。你呢，把我当个渣渣！渣渣也是有尊严的！

我严于律己！我一身正气，两袖清风！我平生最痛恨贪污腐败！你倒好，竟然把贪污腐败的罪名弄到我头上来了！啊？

你呀，既不是好人，也不是坏人。其实，你和我一样，我们就是人，普普通通的一个人！

我不是对你有偏见，是实事求是！你这一辈子在哪里做过一把手？千年老二嘛，就连学生时代你都没做过一把手！

我不能也不忍心看着矿工们在井下流血流汗，却拿不到工资！

你得继续和他们折腾，他们不折腾，你折腾！你折腾起来，领导就有了把他们拿下来的借口！你不要怕，一定要想法折腾起来！

现在我们党执政六十多年了，情况怎么样？总体不错，成就很大，但问题不少，所以才要刮骨疗毒，铁腕反腐！

当年我怕红杏掉队，才把红杏交给你，你让她一步步成长起来了。现在你呢，成了中福集团一把手，不能掉队，咱永不掉队，啊?

像那位前任区长孙连城，懒政不作为，白吃干饭，连一个面对群众的信访窗口都搞不好，现在到青少年活动中心带着孩子们看星星去了！

我们这是合法的受托理财，从法律角度看并没有什么大问题，就算全亏完了，也是投资失败，是很正常的市场行为！

朱昌平、谢英子这代人牺牲了，林铁柱、朱多余这代人牺牲了，李达康、林满江这代人又牺牲了……牺牲的年代过去了，你们不必牺牲！

人物表

齐本安——男，53 岁，京州中福控股集团董事长、党委书记。

林满江——男，56 岁，中福集团董事长、党组书记、总经理。

石红杏——女，52 岁，京州中福控股集团副董事长、总经理。

牛俊杰——男，48 岁，上市公司京州能源总经理，石红杏之夫。

陆建设——男，56 岁，京州中福控股集团党委副书记

范家慧——女,40 岁,《京州时报》社长、总编，齐本安之妻。

牛石艳——女，26 岁,《京州时报》记者，石红杏、牛俊杰之女。

程端阳——女，68 岁，京隆矿机厂工人，林满江、齐本安、石红杏的师傅。

皮　丹——男，42 岁，上市公司京州能源董事长，程端阳之子。

张继英——女，54 岁，中福集团副董事长、党组副书记。

童格华——女，54 岁，林满江之妻，中福集团退休职工。

傅长明——男，48 岁，中国长明控股集团董事长、总裁。

朱道奇——男，72 岁，原中福集团党组书记，巡视联络员。

王子和——男，40 岁，京州能源公司副总经理、京隆矿矿长。

王平安——男，50 岁，京州证券公司总裁。

李功权——男，48 岁，京州电力董事长。

靳支援——男，50 岁，中福集团副董事长，原京州中福控股集团董事长。

秦小冲——男，33岁，《京州时报》记者，天使商务公司副总。

李顺东——男，34岁，天使商务公司创立人，董事长、CEO。

钱荣成——男，46岁，京州荣成钢铁集团总裁、董事长。

胡子霖——男，46岁，京州城市银行行长。

吴斯泰——男，40岁，京州中福控股集团办公室主任。

黄清源——男，38岁，清源矿业公司董事长。

周洁玲——女，32岁，秦小冲前妻。

秦检查——男，62岁，秦小冲之父，退休工人。

李达康——男，56岁，汉东省委常委、京州市委书记。

吴雄飞——男，53岁，京州市委副书记、市长。

易学习——男，57岁，京州市委常委、纪委书记。

孙连城——男，48岁，京州科技馆科员，原光明区区长。

李佳佳——女，26岁，李达康之女，海外留学生。

林小伟——男，25岁，林满江之子，李佳佳的男友。

郑子兴——男，47岁，京州市委常委、政法委书记。

田国富——男，57岁，汉东省委常委、省纪委书记。

朱昌平——男，26岁，中福公司创始人，林满江的外祖父。

谢英子——女，21岁，朱昌平之妻，林满江的外祖母。

李乔治——男，25岁，掮客商人，朱昌平早年的合作伙伴。

钱阿宝——男，17岁，中福公司伙计，朱昌平的随从。

陈一平——男，29岁，京州警备司令部执法处处长。

刘立国——男，28岁，复兴社京州行动队长。

钱复礼——男，32岁，前复兴社后军统京州站站长。

第一集

1　京州朱家祖屋　夜　外

一座气派的宅院，依稀可见主人当年的富庶。

风雨交加，街灯昏暗。

2　朱家祖屋内　夜　内

身着旗袍的年轻地下党员谢英子收拾东西，准备搬离。

谢英子在屋里四处看着，有些依依不舍。

一位中年男人过来：朱太太，现在银货两讫，咱们就此别过吧！

谢英子点了点头，背起包着东西的包袱，转身出门。

门外，大雨如注，一道闪电映亮了夜空。

画外音：一九三五年秋，中共汉东省委书记兼军工委书记刘必诚落入敌手，被判处死刑。党组织紧急营救，为筹措资金，京州地下党交通书记朱昌平夫妇被迫将自家祖屋廉价卖给他人……

3　京州老街上　夜　外

谢英子坐上黄包车。

黄包车在风雨中奋力前行。

进步青年钱阿宝拉着车：太太，三根金条就把祖屋卖了，太亏了！

谢英子叹息：是啊，不是这么着急，这屋六七根金条总是值的。

钱阿宝：太太，这一来，你和朱先生以后住哪里呢？

谢英子：租房住呗，人不是乌龟，不能把壳看得那么重！阿宝，快，快点！

钱阿宝回头看了谢英子一眼：哎，哎！

一双穿布鞋的脚踏着街上积水飞奔。

黄包车车轮飞快转动，积水四溅。

4　李乔治家　夜　内

长袍马褂的地下党员朱昌平和西装革履的掮客李乔治隔桌坐着喝茶，二人不时地看一看对面墙上的老式挂钟。

挂钟嘀嗒有声地走着，时针指在11字上。

朱昌平一声叹息：乔治啊，这事你也别怪我，你们突然涨价，我这深更半夜的到哪去给你弄这么多金条？生意不是这样做的嘛！

李乔治推开茶杯：是，是，顺风涨价不仗义，可朱老板，你这次也很不够意思啊！过去捞几个共党嫌疑和调皮的小朋友也就罢了，这次捞的可是中共汉东省委书记，大人物，风险多大？啊？！

朱昌平端起茶杯吹着水面浮茶：你别听警备司令部的人胡说！啥大人物啊？就是一个商人嘛，和那边做了点生意而已！

李乔治：还而已？为一个商人，你朱老板肯出十根金条？

朱昌平：老弟呀，我不是和你说了吗？我和他是结义兄弟啊……

李乔治敲了敲桌子：少来！你当京州警备司令部那帮人都是吃干饭的？过了今夜十二点，那位大人物的命就保不住了！你看着办吧！

窗外亮起一道闪电，继而，一个炸雷响起。

朱昌平端茶杯的手不禁一抖。

5 警备司令部执法处 夜 内

身着军装的执法处长陈一平坐在桌前翻看已勾决的杀人名单。

翻到其中一页，陈一平停下了——

刘必诚，男，二十九岁，中共汉东省委书记、军工委书记……

陈一平迟疑了一下，抓起电话：乔治啊，大黄鱼游过来没有？

6 李乔治家 夜 内

朱昌平将两根大金条从包里取出，急推到李乔治的面前。

李乔治看着两根大金条，握着话筒回话说：又游过来一条！

朱昌平一脸焦虑，指着两根大金条做手势：两、两条！

李乔治仍信口胡说：这条大黄鱼刚拿到，要不先给您送府上去？

电话里的声音：还有四条呢？不行就算了，让他们准备收尸吧！

李乔治：别呀，陈处长！那四条大黄鱼人家太太已经去筹办了！

电话里的声音：那就一起送到我家来，老规矩，过时不候啊！

李乔治：知道，知道！陈处长，你还信不过我李乔治吗？咱们买卖共产党也不是头一次了！我哪次让你落过空？瞧好吧，您哪！

7 京州老街上 夜 外

钱阿宝拉着黄包车在湿淋淋的街上跑。

谢英子：停下，停下！

钱阿宝：英姐，怎么了？

谢英子撑开纸伞：我下来，你拉空车去，这样快点！

钱阿宝：英姐，这么大的雨……

谢英子把金条塞给钱阿宝：快去！李乔治等着呢！

8　李乔治家　夜　内

朱昌平恼火地责问李乔治：哎，明明是两根金条，你怎么说一根？

李乔治翻着白眼：哎，好笑哩！我的跑腿费不算啊？你们不得先给我留下啊？你总不能让我提着脑袋白忙活吧？我又不是共产党！

朱昌平：共产党里也没你这种人！（焦虑不安地在屋里踱起了步。）

李乔治跟在朱昌平身后表功：朱老板，我这种人就算不错了！那五根金条被陈处长收走当定金了，我就两根，到现在也没拿到一根！

朱昌平不耐烦地：你会拿到的，少不了你的！

李乔治：那……那你这根先给我呗！

朱昌平：事还没办成呢，你就好意思？

李乔治：我怎么不好意思？我担了多大的风险？得掉脑袋啊！

朱昌平：又来了！你每次都说掉脑袋，这脑袋不也没掉下来嘛！

李乔治看了看挂钟：哎，太太怎么还不来？

朱昌平看着窗外：这又是风又是雨的，路上不好走哩！哎，乔治，咱们也不是头一次打交道了，这三根大金条我不会赖的，你是不是先把这两根金条给警备司令部陈处长送过去呢？让他枪下留人？

李乔治又看了看挂钟：我……我再等半个钟点吧！还来得及！

9　警备司令部执法处　夜　内

行刑队长刘立国匆匆忙忙进来：处长，您还加班啊？

陈一平点了支烟：今夜行刑，我放心不下呀！

刘立国立即吹捧：处长为党国真是操碎了心啊！

陈一平吐着烟圈：没办法，没办法啊！在其位就要谋其政，就要负责任！不能把啥事都推给上峰，你把事情推给上峰，上峰再推给上峰，最后呢？不全推给了咱蒋委员长？咱蒋委员长忙得过来吗？嗯？

刘立国：是的，是的！处长，该我的事我不推，我全安排好了！

陈一平含蓄地一笑：就是那个，唵，李代桃僵？

刘立国快步走到门口，拉开门向外看看，又关上门，快步走到陈一平面前：是的，处长！替死的是个大烟鬼，本来也没几天活头了。

陈一平：好，活要做干净，别留下破绽。

刘立国：明白！

10　李乔治家　夜　内

浑身透湿的钱阿宝冲进门。

朱昌平迎上去：太太呢？

钱阿宝：在后面呢！给你先生，金条！

朱昌平递过一条毛巾：快擦擦身上的水！

11　警备司令部执法处　夜　内

刘立国问陈一平：他们这次给了咱们多少金条？

陈一平：不是说了吗？五根，中间人吃掉一根，四根！

刘立国：这可是个大共产党啊，才四根，卖便宜了吧？

陈一平敷衍：当时不就是个共嫌嘛，谁能想到是个大人物呢？

刘立国：可后来发现是个大人物，处长你能不加价？我不信！

陈一平：信不信随你！做生意要讲信用，不讲信用生意就做不长久。我这个人最讲信用，当初开价多少就是多少，不能言而无信嘛！

刘立国发牢骚：蒋委员长给这个人物开价都不止四根金条！

陈一平脸一拉：那你找蒋委员长领赏去！

刘立国自嘲：我领个屁呀，我就是个杀人监斩的刽子手！

陈一平：那就别嫌少了，总共四根，分你两根，不少了！

刘立国：也是！好了，处长，你忙，我得去看看刑场了！

12　李乔治家　夜　内

朱昌平将五根大金条包好，递给李乔治：乔治，下面就看你的了！

李乔治接过金条揣到怀里：放心，放心，收人钱财，替人消灾，明天老地方领人！

朱昌平对钱阿宝：阿宝，快送乔治先生去陈处长家！我也走了！

13　李乔治家门外　夜　外

朱昌平在门口和李乔治、钱阿宝分手。

李乔治上了钱阿宝的黄包车。

朱昌平：阿宝，快一点，跑起来！

钱阿宝：哎，哎！

风雨中，钱阿宝拉着李乔治一路小跑。

14　复兴社京州组　夜　内

复兴社头目钱复礼穿着睡衣，在客厅来回踱步。

刘立国汇报：……警备司令部执法处长陈一平通匪证据确凿！

钱复礼：陈一平只是通匪吗？嗯？他本身是不是共产党啊？

刘立国：不是！钱先生，陈一平就是贪图钱财，为了钱财私放共党嫌犯和各类反动分子已经不是第一次了！这一次竟然在中共汉东省委书记刘必诚身上打起了主意，太胆大妄为了！

钱复礼在刘立国面前站住：共党要犯刘必诚还没枪毙吗？

刘立国：原定今夜执行枪决的，但陈一平收受了共产党方面五根金条，欲施李代桃僵之计救下刘必诚，替死鬼是个在押大烟鬼！

钱复礼：王八蛋！陈一平是怎么坐到执法处长位置上去的？

刘立国：这我已查过了，是花钱从警备司令部运动来的……

钱复礼大怒：腐败透顶！执法处长竟然可以花钱运动到手？！

钱复礼脱下睡衣，换上制服：通知行动组，立即行动，快！

刘立国立正敬礼：是，钱先生！

15　京州老街上　夜　外

一辆辆警车呼啸而过。

钱阿宝拉着黄包车：为筹最后三根金条，朱先生把祖屋都卖了！

李乔治：什么？这三根金条是朱昌平卖祖屋得来的？这么好的房子才卖了三根金条！朱昌平他疯了？哎呀，你说这些共产党啊……

风雨中，钱阿宝拉着黄包车跑进了一条小巷。

16 警备司令部门前 夜 内

一帮军警跳下车。

军警们冲入警备司令部。

17 监狱内刑场 夜 外

一排死刑犯对墙站立。

行刑队动作整齐地举起了手中的枪。

一群军警冲进来。

为首军官高喊：上峰有令，停止行刑！

行刑队枪口落下。

军官拿着刘必诚照片，一一对照死刑犯人。

18 监狱门口 夜 外

一辆货车正接受出门检视。

照片上的刘必诚出现在副驾座位上。

一群军警突然从大门内的阴影中涌出。

刘必诚和司机被军警们当场抓住。

19 警备司令部执法处 夜 内

刘立国和钱复礼率领军警们冲进门。

刘立国：处长，您老的发财梦做到头了！

陈一平：刘立国，你……你王八蛋出卖了我……

刘立国：不是出卖了你，是举发了你！我不能看着党国毁在你这种不知廉耻的贪腐分子手上！

钱复礼手一挥：带走！

军警们上前扭住陈一平，押走。

20　陈一平家小楼　夜　外

两辆警车停在门口。

小楼灯火通明，窗前有人影扭动。

21　陈一平家小楼内　夜　内

军警们在抄家。

金条、银圆、珠宝玉器、金银首饰堆了一桌子。

军警甲看着摊在桌上的大量财物，感慨不已：都是好东西啊！

军警乙眼光贪婪：可不是吗？今天算是开眼了！（伸手将一枚钻戒装进自己口袋）我家黄脸婆都不知啥叫钻石，我得让她开开眼！

军警甲也将几串珍珠项链抓过来：对，对，我也来几根吧！

陈妻失声叫了起来：那……那都是我的私人财物！

军警丙被惊动了，从楼上下来：怎么回事？

陈妻：长官，他们……他们抢……抢我私人财物……

军警丙看看甲，又看看乙，心里有数，却并不指责，反而训斥陈妻：你哪还有私人财物？贪腐分子陈一平要枪毙，这些赃物要充公！

22　陈一平家门前便道　夜　外

小楼前便道上，黄包车的车轮渐渐停止转动。

拉车的钱阿宝和坐车的李乔治看着门前的两辆警车警觉起来。

钱阿宝：他们家好……好像出事了！

这时，军警们将哭哭啼啼的陈妻押出了小楼。

李乔治啥都明白了，拍了拍车帮：别去送死了，快走，回家！

钱阿宝拉着黄包车，越过两辆警车，飞跑起来。

23 陈一平家小楼前　夜　外

军警丙将陈妻推上前一辆警车。

军警甲、乙提着一邮袋抄家抄出来的赃物，上了后一辆警车。

军警丙见状，立即改变了主意，也上了后一辆警车。

两辆警车先后启动。

24 审讯室　夜　内

刘立国对陈一平说：没错，我是复兴社的人，要救党救国！

陈一平自打耳光：算……算我瞎了眼，让猪油蒙了心！

钱复礼：谦虚，太谦虚了！陈处长，你心明眼亮啊，从不做亏本的生意！真没想到，你老兄买了个执法处长会这么发财！

陈一平：我发财也没少了大家一份啊，刘队长，谁比谁干净了？

刘立国上前给陈一平一个大耳光，义正词严地：死到临头，还他妈满嘴胡话，胡说八道！党国被你这种贪腐分子弄得不堪入目了！

钱复礼看出了问题：刘队长，你回避一下！

刘立国狠狠拧了陈一平一眼，疑虑重重地离去。

25 李乔治家门口　夜　外

风雨中，李乔治惊慌不已地从黄包车上跳下来：钱阿宝，你……

丙怔了一下，无奈地：算了，算了，我……我也走吧！

29 京州老街十字路口　夜　外

风雨止息，街上空无一人。

警车醒目地停在街头一角。

甲、乙、丙三人，每人背着一只军衣包裹的赃物各奔东西。

30 码头　日　外

谢英子、钱阿宝守着两只皮箱，等候早班客轮。

朱昌平拿着两张船票过来：你们先走，我回去找李乔治！

谢英子嘱咐：昌平，你可小心点！

朱昌平点头：你们也小心！

31 李乔治家门口　日　内

李乔治家大门紧锁。

朱昌平警惕地一次次从门前走过。（叠映）

32 老地方茶楼　日　内

朱昌平一次次走进“老地方”茶楼。（叠映）

朱昌平一次次端起茶壶续水。（叠映）

对面旅社楼上，李乔治一次次揭开窗帘窥视等他的朱昌平。

33 一组空镜　日夜交替

刘必诚等人走向刑场。

陈一平等人走向刑场。

叠映《中央日报》《扫荡报》的标题新闻——

中共汉东省委书记、军工委书记刘氏必诚昨日就刑！

通共巨奸——前京州警备司令部执法处长陈一平同日就刑！

广告栏某机关寻人启事：雨夜走失之三同志，团体对你们之走失深感痛心！佛云，苦海无边，回头是岸，希望你们迷途知返……

34　复兴社京州组　日　内

钱复礼对刘立国感叹：我真没想到会这样！执法处长收钱受贿私放共党要犯，我们团体同志去抄家竟抄出了重大窃案，丢人现眼啊！

刘立国：是啊，我这报告都不知怎么写了！陈一平太太供出的赃物多达百万之巨，可现在全不见了，怎么结案？怎么向上峰交代？

钱复礼：不是让你发寻人启事劝返吗？发了吗？

刘立国：发了，可我估计他们不会回头了！

钱复礼火了：那就如实上报，发通缉令！

刘立国：钱先生，真要这样，那……那您这组长就别干了。这三个家伙中有两个是你老家没出五服的亲戚啊……

钱复礼心照不宣：所以呀，立国老弟，你说怎么办才好？

刘立国也不明说：其实钱先生你啥都明白，主意得您拿呀！

钱复礼想了想：立国老弟呀，事情是不是应该这样呢：陈一平他不是受贿私放共党要犯，他是同情共党，长期以来思想左倾嘛……

刘立国凑过脑袋：所以，他也没腐败，没有收过共产党钱财……

钱复礼：对呀，对呀，陈一平的老婆干脆就是共党分子啊……

刘立国：没错！她应该畏罪自杀！

钱复礼：好了，就这么定了！让陈一平老婆尽快畏罪自杀吧！

刘立国：是，先生，我立即安排！

钱复礼：另外，还要继续搜捕李乔治和朱昌平！

刘立国迟疑不决地：这个……这个……

35 老地方茶馆 日 内

朱昌平放下手上的《扫荡报》，看到了窗外的李乔治。

李乔治食指按唇，示意朱昌平噤声。

朱昌平再次拿起《扫荡报》看。

李乔治走到朱昌平身旁坐下：朱兄别来无恙乎？

朱昌平放下报纸：别乎了，你还好意思乎呢！你到底来了！

李乔治：那是，买卖不成仁义在嘛！

朱昌平：乔治，你仁义吗？明明知道这次买卖做不成了，也不让钱阿宝把金条带回来还我，还让我冒着风险在这儿等你……

李乔治：哎，哎，你也看看报纸，结果不是才出来嘛，早前谁知道啊？走，走，朱兄，这里不是说话的地方，换个地方说吧！

朱昌平摸摸口袋，苦笑：你再不来，我连茶钱都付不起了！

李乔治：那我付吧！哎，小二，结账！

36 复兴社京州组 日 内

刘立国看着钱复礼，试探说：……钱先生，真要是抓了李乔治和朱昌平，再扯出陈一平和那夜失窃的那么多赃物，这……这好吗？

钱复礼咂嘴：也是啊！你看看，啊？一个小洞转眼之间变成了多大的一个窟窿啊！有道是：小洞不补，大洞吃苦啊！所以，凡我团体之同志，须有信仰，须知礼义廉耻，这廉政之事就得常抓不懈啊！

刘立国：是的，是的，先生所言极是，廉政的确是极端重要！

钱复礼：那么，我就从你这个新任行动队长身上抓起吧！

刘立国有些意外：这个……好，先生，您训示！

钱复礼立即翻脸：刘队长，你是不是想留后手啊？

刘立国：先生，我……我不是太明白……

钱复礼：留下朱昌平和李乔治，以后继续做买卖呀！

刘立国：先生，我……我做梦都不敢这样想啊！

钱复礼：那就好，全城搜捕，把这二人抓获后立即处决！

刘立国脚跟一碰：是，先生！

37　小旅社房内　日　内

李乔治将五根金条推到朱昌平面前：完璧归赵！

朱昌平收起四根金条，将一根金条推还李乔治：这是你的！

李乔治拿起金条掂了掂，又拍放到朱昌平面前：送你了！

朱昌平：哎，哎，李乔治，连金条都不要了？这还是你吗？！你可是京州地界无人不知的狠角，见钱眼开的主啊！拿去，别吓着我！

李乔治：是，是，按咱们的事先约定，这根金条是我该得的，我这人从不白忙活！可这次我认了！我不能拿朱先生你卖祖屋的钱啊！

朱昌平一怔：乔治，你怎么知道我们卖了祖屋？

李乔治：钱阿宝和我说的！哦，对了，还有个东西给你们，是那个被枪毙的大共产党留下来的！

李乔治从袖筒里取出一块血写的布条，递给朱昌平。

朱昌平急忙接过布条看——

刘必诚的画外音：永别了，同志们！感谢党组织的营救！让京州党组织付出这么大的代价，我深感不安，死难瞑目！那就让我睁大眼睛看着你们吧，——亲爱的同志们，我会看着你们前赴后继，顽强奋斗，创造出一个属于四万万五千万中国人民的崭新的中国……

朱昌平眼中的泪水夺眶而出。

李乔治感慨：我真服了你们这些共产党了……

38　京州老街上　日　外

一辆警车呼啸而过。

39　旅社房内　日　内

朱昌平对李乔治说：乔治，这儿也不安全了，我们赶快走吧！

李乔治：我在等下一单生意呢，队长刘立国的！

朱昌平不由一惊：怎么？你和刘立国也有一手啊？

李乔治：做生意嘛，就得广交朋友，和谁做不是做？

就说到这儿，警车停了下来。

刘立国带着几名军警下来，冲到旅社门口。

李乔治向窗外看看：瞧，生意来了！（说罢起身，准备出去。）

朱昌平一把拉住李乔治：哎，等等，先看看动静……

就在这时，外面响起一阵激烈的枪声。

刘立国等人在门口被乱枪打死。

李乔治一时间吓得目瞪口呆。

朱昌平：快走！（拖着李乔治，匆忙下楼。）

40　小巷内　日　外

朱昌平和李乔治匆匆奔逃。

巷口，朱昌平和李乔治各奔东西。

朱昌平：乔治，再会！

李乔治：别会了，吓死我了，以后我只做买卖不玩儿命了！

41　一组空镜　日夜交替

朱昌平在京州水陆码头上船。

朱昌平和谢英子在上海重逢。

朱昌平郑重地将五根金条交给一个中年人。

中年人踱着步，对朱昌平作指示。

租界内，福记中西贸易公司挂牌开张……

画外音：朱昌平夫妇在国民党军警的追捕中撤离京州，带着找回来的五根金条到上海向党组织报到，嗣后以这五根金条做资本，创办福记中西贸易公司，为党筹措经费。地下党领导为公司规定了秘密工作原则：不和上海及各地党组织发生联系，做好生意，广交朋友……

42　上海福记中西贸易公司门前　日　外

公司是一个不起眼的迎街铺子，门前放着一些祝贺的花篮。

朱昌平、谢英子夫妇满面笑容，在门口迎来送往。

李乔治手擎一束红玫瑰走了过来：祝贺，祝贺！

谢英子有些意外，不禁一怔：李乔治，怎么是你？

李乔治似笑非笑：朱太太，为什么不能是我？嗯？

朱昌平：哦，里面请！阿宝，快给乔治先生泡茶，泡好茶！

钱阿宝跑了过来：李先生，您屋里请！

这时，又一个贺客到。

朱昌平笑呵呵地迎上去：田巡捕，怎么惊动了您哪……

43　上海福记中西贸易公司　夜　内

谢英子和钱阿宝忙活着收拾柜台和商品。

朱昌平和李乔治在对面一张方桌前喝酒。

桌上放着一盘猪耳朵、一盘花生米、一壶花雕。

朱昌平温着酒，试探着问：乔治，你是怎么找到这儿来的？

李乔治并不明说：嘿，我想找的人找的地儿，就没有找不到的！

朱昌平自嘲：是，是，你神通广大，天上交结神仙，地下交结小鬼！来，来，老朋友，喝酒！

李乔治喝酒：哎，我这冷不丁地一露面，没太吓着你们吧？

朱昌平笑了：你吓不着我！

这时，谢英子和钱阿宝交换了一个眼神。

二人一起进了柜台后面的小货库。

44　上海福记中西贸易公司货库　夜　内

谢英子指着门外，对钱阿宝吩咐：要小心这个李乔治！

钱阿宝点点头，从衣袖里抽出一把短刀：我防着呢！

45　上海福记中西贸易公司　夜　内

朱昌平问：你怎么会从京州找到上海？这么准确地找到我们？

李乔治吃着喝着：我天上交结神仙，地下结交小鬼，人间能不交结几个朋友？在商言商，有笔不错的生意给你们，我是冲着生意来的！

朱昌平眼睛一亮：啥生意？开张就送我一笔生意？

李乔治：那是！京州海关截获了一批走私西药，帮我卖掉吧！

朱昌平警觉起来：京州海关？京州？不会是钱复礼的货吧？

李乔治乐了：哎呀，我的朱哥哥呀，你咋这么聪明呢？就是钱复礼的货呀，一笔很有油水的买卖啊，而且以后还能长期合作呢……

46　上海福记中西贸易公司货库　夜　内

钱阿宝握着短刀，欲冲出门。

谢英子将钱阿宝拦住：等等，别冲动！

47　上海福记中西贸易公司　夜　内

朱昌平仍然不动声色地吃着喝着：……哎，乔治啊，我不是太明白，你怎么又和钱复礼搅到一起去了？在京州他不是要抓我们吗？！

李乔治：哎呀，人家钱复礼真要想抓咱们，把巷口两头一堵，咱俩都没得跑。人家是真心不想抓咱们，是想留条后路做生意啊！

朱昌平：那刘立国咋回事？怎么被一阵乱枪给打死了？

李乔治：唉，事情过去了，我就告诉你吧！刘立国因分赃不均告发了陈一平，本想抄了陈一平的家，和钱复礼分赃发一笔，不料，抄家的弟兄把赃物席卷一空，让钱复礼落了一个空，还落了把柄在刘立国那儿攥着，你说钱复礼能甘心？于是，刘立国就殉国了……

朱昌平：钱复礼莫不是看上了刘立国贪下的那些赃物了吧？

李乔治：这我说不准！可我觉得就算没那些赃物，刘立国也得去殉国，你告发上峰的小人，挡人财路的暗鬼，谁敢用啊？你敢？

朱昌平摆手：不敢不敢，我不敢，一帮魑魅魍魅，没个好东西！

李乔治笑了：净好东西，咱们赚谁的钱？这批西药你要不要？

朱昌平想了想：要，乔治，说说，都是啥？报个实价！

李乔治将杯中酒一饮而尽：好，痛快，这可是一批俏货啊……

48　上海福记中西贸易公司　日　内

钱阿宝和谢英子把一箱箱西药搬进货库。

朱昌平打开一箱“消治龙”：英子，看看，果然是俏货啊！

谢英子：咱们这么做对吗？和杀害我们同志的敌人做生意？

朱昌平不接话题，招呼钱阿宝：阿宝，你到报馆跑一趟，做个消治龙的广告，欢迎本埠患者顾客光临选购，外地可由本公司邮寄！

钱阿宝：好的，先生，我码完货就去！

谢英子：哎，昌平，你还没回答我话呢！

朱昌平这才说：英子，你要知道，革命不是一句空话，是要有经济基础做支撑的，革命者也要吃饭，我们的革命若想坚持下来，必须要有充足的经费啊。你看这次，营救刘必诚，因为经费不够，咱最后不得不连自家五间老宅子都奉献出来！我们不为党赚钱不行啊！

谢英子叹了口气：我们要广交朋友，可不是要交结敌人！

朱昌平：敌人送来的好生意，我们也得做！他们的腐败就是我们的机会！你看看这一批走私货，让我们一开张就赚了一大笔啊！

谢英子：这倒也是！（向门看了一眼）哎，招牌怎么歪了？

49 上海福记中西贸易公司门外 日 外

朱昌平站在高脚凳上将歪下来的招牌扶正。

谢英子在不远处指挥：左边高一些，右边高一些，好！

朱昌平从高脚凳上下来，退到谢英子身边看。

福记中西贸易公司招牌和小铺子都沐浴在早晨的阳光中。（定格）

（第一集完）

第二集

1 北京中福展览馆 日 内

上海福记中西贸易公司招牌和铺子化作一张历史老照片挂在墙上。

中福集团董事长、党组书记、总经理林满江，副董事长、党组副书记张继英和主管宣传文化的集团文宣总监齐本安等十几个人站在装配着大幅历史照片的镜框前，看着灰蒙蒙的老照片感慨不已。

字幕：二〇一五年秋

林满江：八十年前，我们集团就是从上海租界这个不起眼的小铺子起家的！当时的朱昌平绝不会想到福记公司会有今天！

齐本安：是啊，五根金条起家，八十年薪火相传，不容易啊！林董、张书记，你们这边请！这个展厅是展览的第一部分，反映的历史年代为一九三五年至一九四五年，主题词是：血火年代，艰苦创业……

林满江：血火年代？本安，这个，战火年代是不是更好啊？

张继英附和：哎，本安同志，我也觉得战火年代更好一些！

齐本安立即在笔记本上记录：好的，好的，林董、张书记，那就按你们的指示改：战火年代！

2　长安街　日　外

一辆出租车驰过长安街。

车内，齐本安的妻子范家慧用手机发信息：我已抵京，速归！

片刻，齐本安回复：知道了，正接待领导，先在宿舍等我吧！

范家慧又发一条信息：我今天还要赶回京州，速归，此令！

3　北京中福展览馆　日　内

林满江和随行人员在展线上检查审视。

齐本安悄悄回范家慧的信息：……两个大头目盯着呢，走不了！

这时，林满江在不远处的展线前发话了：哎，本安啊，云南战时展这部分实物不够啊，怎么连一辆四十年代的道奇车都没有啊？你说老同志朱道奇能答应吗？嗯？朱道奇同志可是生在道奇车上的！

齐本安：哦，这个，林董，文宣部已经安排云南公司去找了！

林满江：本安，我给你们提供一个线索：到缅甸去找找看吧，几年前我在仰光谈项目，还在仰光街头见到过这种美国老爷车……

齐本安立即记录：缅甸——仰光——道奇老爷车——林董——

张继英：本安，要不你干脆跑一趟吧，先去昆明，再去缅甸！

齐本安快乐地：哎，好嘞，张书记！

林满江：哦，对了，本安，我问你啊，咱们集团八十周年庆典你们准备得怎么样了？我看到大堂里的倒计时牌已经立起来了嘛！

齐本安：是，是，林董，今天刚立起来的！

4　中福集团大厦大堂　日　内

正面墙上是巨大的电子屏幕，展示着中福在全球各地的企业。

一侧墙上挂着大幅标语：牢记光荣历史，面向辉煌未来

另一侧墙上的醒目倒计时牌：距我司八十周年庆典80天

5　京州中福门厅前　日　内

京州中福总经理石红杏和党委副书记陆建设在门厅前等车。

石红杏挂着脸对陆建设说：老陆，咱集团八十年大庆今天八十天倒计时，满江董事长专门给我来了个电话，指示我们一定要有大局意识、维稳意识，京州这边绝不能出现任何不利于集团庆典的事情！

陆建设不冷不热地：石总，你啥意思？能不能说明白一些？

石红杏不悦地：我还没说明白吗？老陆，你就别和我较劲了！

陆建设：我和你较啥劲？石总，是田园同志要向你汇报工作！

这时，一辆轿车驶上了门厅，二人没再说下去，分别上车。

6　京州街上　日　外

轿车疾驰。

车内，石红杏问：田园这又要汇报什么啊？住院就好好住院嘛！

陆建设：应该是反腐倡廉吧？田园是纪委书记，守土有责啊！石总，京州能源公司得查查了，它违反八项规定精神，群众意见很大！

石红杏：我知道，你们不是直接给林满江、张继英写过举报信吗？

陆建设：不是举报信，是情况汇报！再说，也不是我写的，是田园写的，非让我签名支持！我要是不支持他，他就不愿住院治疗了！

石红杏：哟，老陆，你还是为了治病救人啊？！京州能源我说不查了吗？我是要你们慎重！哎，你们就不能等庆典过后再查吗？现在京州能源两万多工人连饭都吃不上了，闹得我和林董头都大了……

陆建设：好，好，石总，从北京到京州，就数你嘴大，我听喝呗！

石红杏口气缓和了：老陆，你也多注意身体，哎，我怎么听说你也轻度抑郁了？可别弄成下一个田园啊，你看田园被抑郁症折磨的！

陆建设严正地：谁说我得抑郁症了？说这话的人不安好心吧？

7　北京中福展览馆　日　内

齐本安对林满江说：我正说向你汇报一次呢，可你这阵子不在家。

林满江边看边走边说：哦，上周在香港，这周在欧洲！也是没办法的事，咱们中福集团现在实在太大了，简直就是个经济帝国啊！

张继英：是啊，从能源电力、金融地产到商业企业，子公司孙公司参股公司上千家呀，林董现在许多时间都耗费在飞机高铁上了！

这时，齐本安的手机又响。

林满江：谁呀？这么不屈不挠的？

齐本安苦笑：还能有谁？我……我们家老范呗！

林满江笑了：齐本安啊齐本安，我是不是早就警告过你？嗯？找个小媳妇够你伺候的！快接吧，免得回去挨骂跪搓板！

齐本安：我……我今天偏不接，老范她……她这是故意的！

林满江呵呵笑着，向齐本安一指，戏谑说：哎呀，谁说我们齐总监怕老婆啊？没有的事！大家都要向他学习，做人要做这样的人！

张继英及其他随行人员全笑了。

齐本安哭笑不得，一脸窘迫。

8　机关医院门前　日　外

轿车停下，石红杏和陆建设下车。

二人走进住院部大楼。

石红杏对陆建设说：……老陆，少发牢骚，牢骚太盛断肠子！

陆建设书生气十足，不无卖弄：什么断肠子？牢骚太盛防肠断——毛主席说的！毛主席是在《七律·和柳亚子先生》里说的：……牢骚太盛防肠断，风物长宜放眼量。莫道昆明池水浅，观鱼胜过富春江。我说石总，我劝你没事时还是多读一点书，我可以向你推荐几本……

9　电梯里　日　内

石红杏对陆建设说：……老陆，你少给我卖弄！还给我推荐几本书？我要你推荐啥？我书读得不比你少，我这辈子最大的业余爱好就是读书！我现在还是在读的工商博士！你，本科学历，搞什么搞？！

陆建设讥讽地笑了：哎呀呀，石总，你还在读工商博士？现在全国人民谁不知道在读工商博士是怎么回事啊？真能让人笑掉大牙！

10　机关医院十八楼病区　日　内

石红杏从电梯出来，大步走着，高跟鞋响亮地击打着地面，把陆建设甩在身后：……谁的大牙笑掉了？老陆，你辛苦一下，帮他把笑掉的大牙包好送来，我赔他，给他镶颗大金牙，还算他工伤！

陆建设跟在石红杏身后：石总，你可真大方，真敢假公济私！但是现在不时兴镶大金牙了！人类医疗科学进步很大，都是种植牙了！

石红杏：那就种植，我给你种植一口狼牙，再安上一条毒舌！

陆建设：石总，你咋这么谦虚呢？要说毒舌，你当仁不让啊！

二人斗着嘴，走到田园所住病房前。

病房门虚掩着，石红杏推开门：老田，你怎么又要汇报了……

病房内的田园，冷冷地看了石红杏一眼，纵身跃上了窗台。

石红杏大惊：哎，哎，哎，老田，你……你这是干啥？啊？

陆建设：哎，下来，快下来田书记，咱有话好说……

田园冲着石红杏和陆建设凄怆一笑，毅然跳下了十八楼。（升格）

石红杏和陆建设全都被这意想不到的一幕惊呆了。

窗子开着，风扑打着窗帘，撩下了窗前桌上的一个笔记本。

笔记本随风落到陆建设的脚下。

陆建设拾起笔记本，随手翻看。

石红杏一把夺过笔记本，匆忙冲出门。

陆建设也随着石红杏冲出门。

11　机关医院住院部楼下　日　外

田园的尸体被蒙上了白布单。

一旁，石红杏和陆建设都在打电话。

石红杏和办公室主任吴斯泰通话：吴主任，赶快通知田园家属到机关医院来，田园出事了……

陆建设在向张继英汇报：张书记，出事了，田园自杀了……

12　北京中福展览馆　日　内

张继英挂上手机，匆匆忙忙走到林满江面前耳语。

林满江听后一怔：哦？这个，情况确凿吗？

张继英：确凿，石红杏、陆建设现在就在现场！

林满江略一沉思：好了，本安，今天就到这里吧！

齐本安不知道发生了啥变化：哎，别呀，林董，好不容易等到你，我们文宣部还有不少事要向你和张书记请示呢，你别理睬老范……

林满江：行了，行了，京州出了点状况，你以后再汇报吧！

齐本安：哦，好，那好，林董、张书记，那我就等通知了……

13　中福集团高管公寓　日　内

齐本安一头大汗闯进门，一个踉跄，差点栽倒在范家慧面前。

范家慧坐在沙发上，跷着二郎腿：哎哟，不必跪拜了，平身！

沙发对面的墙上挂着齐本安、范家慧和十岁儿子的大幅合影照。

屋子中央放着一堆齐本安买来的，还没拆封的各式廉价礼品。

齐本安抹着汗，气急败坏：老范，我警告你，在上班时间不要和我开这种无聊玩笑！你知道今天是什么场合？我们集团老大林满江事那么多，刚从海外出差归来，连时差都没倒过来，就安排看我们的展览，还有集团副书记张继英一大批干部陪着！今天是集团八十年大庆八十天倒计时的第一天，一个很有意义的光辉灿烂的日子……

范家慧：行了，行了，少给我光辉灿烂！就算光辉，也是你们领导的光辉，不是你齐本安的光辉，你就一文宣文案，吹鼓手一枚……

齐本安：你少讥讽！我现在工作很繁忙，你去看看就知道了！

范家慧：你工作繁忙，我的工作难道就不繁忙吗？啊？我是《京州时报》的社长兼总编，地地道道的一把手，放下一个报社的那么多事情不管，来北京帮你解决一个简单的送礼问题！你还好意思抱怨？

齐本安：老范，别扯你那破报纸了，快关门了吧？有事说事！

范家慧从沙发上站起来，走到礼品面前：齐本安，你看看你采办的这堆礼品，加在一起也没两千块吧？瞧瞧，还有冰糖燕窝，这不就是糖水吗？你也好意思送给人家老师？我这辈子就改变不了你了吗？

哎，你就当真这么不求上进，要做一辈子的小气鬼子了吗？你说！

齐本安：我说啥说？你安排买礼物，又没让我买钻石珠宝！

14　林满江办公室　日　内

林满江对张继英说：田园可是京州中福的纪委书记啊，在这个节点上跳楼自杀，负面影响不会小，了解情况的，知道他早就得了抑郁症；不了解情况的，就要胡乱猜测了！继英书记，我们得有所警觉！

张继英：是啊，前几天田园和陆建设还寄了份材料过来……

林满江：哦？什么材料？是举报材料吗？

张继英：是，举报京州能源的牛俊杰和证券公司的王平安。

林满江：这个，有什么具体内容吗？说说！

张继英：好，举报信是点名寄给你我的，你当时在欧洲……

15　中福集团高管公寓　日　内

齐本安对范家慧说：……老范，那我也实话实说：这不是小气大方的事！这礼我根本不想送，觉得没必要，是你一个电话一个电话地逼我！北京这所国际学校已收了一年二十万的学费，咱凭啥再送礼？

范家慧：凭啥？凭你儿子很完蛋！小混账在京州已经转了两个学校了，还没能把初中读完！所有教过他的老师一致认为，他连普通高中都考不上，现在我通过关系把他送到北京，算是最后的救命稻草！

齐本安：你既然扔下了一大把稻草，那还送啥礼？助长腐败吗？！

范家慧：你看把你正经的！这和腐败无关！你儿子拖人家老师的后腿，让班级总分、平均分一律下降，你没歉意啊？不给人家补偿啊？

齐本安气急败坏：老范，不是我说你，社会风气就是被你们这种人败坏掉的！你好歹也是个报社老总啊，还整天喊着要反腐败……

范家慧：反腐败也不能拿孩子的前途开玩笑！齐本安，你的儿子你知道，完蛋分子一个，我得对他负责任！别说了，这事我定了！

齐本安：老范，咱们再讨论一下，请你别用阴暗的心理看人好不好？现在反腐倡廉成绩很大，社会风气正在好转，我们要相信崇高。

范家慧：是，是，相信崇高，所以咱们得先崇高起来嘛！人家替你办了事，你不能装糊涂啊，不能故意占人家的便宜啊，是不是？

齐本安：哎，老范，你这叫什么话？这怎么叫占人家的便宜……

范家慧：住嘴！齐本安，我不和你讨论，我定下的事还讨论啥？

齐本安：你……你，你……你和我们领导林满江一样霸道！

16　林满江办公室　日　内

林满江从落地窗前回转身，看着张继英：就这些？

张继英合上笔记本：就这些，林董，京州中福的麻烦事不少啊！

林满江：是啊，麻烦是不少！不过，对田园和陆建设他们反映的情况也得客观地看：王平安主持的京州证券在这次股灾中亏了十五亿是事实，我在集团董事会上发火要枪毙他，但可能吗？天灾人祸呀！

张继英：这倒是，在股灾中巨亏的也不是咱们京州证券一家。

林满江：牛俊杰呢，违纪是事实，可也不是没有客观原因，现在京州能源比较困难，煤炭价格一路下行，卖一吨煤的利润都不够买瓶矿泉水的，弄得债务负担很重，两万矿工早就发不上工资了……

17　京州能源大楼门前　日　外

上百号工人代表拥挤在京州能源公司大楼门口。

总经理牛俊杰一脸诚恳对工人讲话：……同志们，师傅们，你们的困难我都知道，谁家没有几张吃饭的嘴？谁家没有老人孩子？将心比心，我和你们一样着急啊！我已经严肃要求财务部门解决欠薪问题！

工人代表甲：牛总，你每次都严肃要求，每次都没解决！

工人代表乙：就是。工资都拖欠十个月了，还让人活吗？

工人代表丙：牛总，我们要求并不高，先补发三个月工资！

牛俊杰突然一声吼：钱总监，工人们的强烈呼声你听到了吗？

财务总监从身后钻出来，擦汗：牛总，听到了，我都听到了！

牛俊杰：钻窟打洞也得先想法补发三个月的工资，抓紧办！

钱总监：可……可是，牛总，咱们公司账上真没什么钱啊！

牛俊杰：那就想办法去弄啊，去偷去抢我不管，反正给我抓紧！

钱总监：好，好，牛总，我……我们尽量想办法吧！

牛俊杰：不是尽量，是必须办到，否则你这总监就别干了！

钱总监一脸苦相：牛总，那……那我现在就辞职！

牛俊杰恼怒地：你还是等着董事会撤你职吧！

工人代表甲：行了，牛总，你就别糊弄我们了！

牛俊杰：哎，师傅们，我不是糊弄你们，我一定会想法让大家尽快拿到三个月的工资，起码保证井下一线工人拿到三个月工资……

工人代表乙：你拿什么保证？中福集团那么有钱，你去要了吗？

牛俊杰无可奈何：好吧，好吧，你们既然这么逼我，那我就给京州中福的石总石红杏打电话，再向她要一次钱，在阳光下办一回公！

工人们热烈鼓掌。

牛俊杰在掌声中拨手机，拨通后，示意大家安静。

18　机关医院门前　日　外

石红杏一边上车，一边对办公室主任吴斯泰交代：……要做好田园家属的工作，这种悲剧谁也不愿看到，能满足家属的，尽量满足！

吴斯泰：好的，好的，石总，我明白，花钱消灾嘛！

这时，手机响。

石红杏和牛俊杰通话：老牛，怎么是你？

轿车启动。

车内，石红杏握着手机发火：又要五个亿？我开银行啊？

电话里，牛俊杰的声音：咱拖欠两万工人的工资就是五个亿呀！

石红杏一脸恼怒：牛俊杰，你赖上我了还是怎么的？我京州中福给你京州能源的担保贷款已经二十二个亿了！别说还有其他那么多烂账！

19　京州能源大楼门前　日　外

牛俊杰当着工人代表的面打电话：……是的，是的，石总，京州中福是担保了二十二个亿，可你们是我们京州能源股份的控股大股东啊！

工人代表们注视着打电话的牛俊杰，现场一派静寂。

牛俊杰：石总，京州能源的困难您不能不管，尤其是在中福集团八十年大庆期间！在这个普天同庆的大喜日子里，我向您和集团提个建议：咱能不能把庆典的钱省下来，解决两万工人的无米之炊呢？也让工人同志沾点喜气？石总，我代表京州能源两万矿工求您了！

门前的工人代表们情不自禁地纷纷鼓起了掌。

20　京州街上　日　外

轿车疾驰。

车内，掌声在电话听筒里响起。

石红杏明白是怎么回事了：牛俊杰，你在哪里打的电话？啊？

电话里，牛俊杰的声音：我被工人代表包围了！石总，您可能也听见了，工人在怒吼啊！我就像老电影《燎原》里的那个资方代表……

石红杏厉声喝止：牛俊杰，你又欺上瞒下了，是不是？

电话里，牛俊杰的声音：哦，不是，不是，石总，亲爱的石总……

石红杏：牛俊杰，我警告你：你是党员干部，要讲政治纪律！这不是在家里，不是我们夫妻之间开玩笑，这是在公司，在公开场合！

电话里，牛俊杰的声音：是，是，我知道，我这不正在做工人代表的工作嘛！但是，你们上面不能光搞面子工程，不顾下面死活啊！

石红杏压抑着：演，继续演！牛俊杰，你这个混蛋成戏精了吧？！

电话里牛俊杰的声音：什么？下一步研究？哎呀，谢谢，谢谢！

电话里又响起一阵掌声。

石红杏挂上手机，气愤难抑：混蛋，大混蛋一个！

21　林满江办公室　日　内

张继英看着林满江，小心提醒说：林董，鉴于京州中福目前这种状况，已研究拟定的新董事长、党委书记要尽快到位啊，以免再……

林满江：是啊，是啊，集团党组会开过后，我就去了欧洲！

张继英以征询的目光看着林满江：那么，林董，你看？

林满江略一沉思：好吧，继英书记，今天就安排上任谈话吧！

张继英：是不是就下午？

林满江：对，下午……

22　中福集团高管公寓　日　内

齐本安在补品中扒拉着：……哎，这新疆大枣和纸皮核桃还是不错的！老范，辛苦你带上，卡上钱少打点，一人五百差不多了……

范家慧一脚把补品踢开：闭嘴！一年二十万都花了，你还为几千块叨唠不停！齐本安，你这辈子完蛋了，和你儿子一样完蛋……

就在这时，齐本安手机响。

齐本安接手机：哦，张书记！什么？林……林满江找我谈话？

23　张继英办公室　日　内

张继英和齐本安通话：……本安同志啊，你的岗位要动一动了，回你的大本营京州去吧，做京州中福公司的党委书记兼董事长！

齐本安惶恐不安的声音：哎，哎，怎么回事？张书记，这种事可别开玩笑！你……你上午不是还要让我到昆明、缅甸找道奇车的吗？

张继英：道奇车让别人去找吧，本安，你现在有新任务了！

齐本安的声音：哎，张书记，这……这到底是怎么回事啊？

张继英：哦，那我就简单说一下吧：根据国资委的要求，中福集团副董事长靳支援同志不能再兼任京州中福董事长、党委书记了。经集团党组研究决定，你去京州任董事长、党委书记，石红杏同志继续担任副董事长、总经理！你大师兄林满江董事长现在不再回避了……

24　中福集团高管公寓　日　内

齐本安握着手机，神情有几分恍惚。

手机里的声音：哎，哎，本安同志，你在听吗？

齐本安：哦，我在听，在听，张书记，你说，你说！

手机里的声音：本安同志啊，今天下午三点，林满江书记代表集团党组和你谈话，请你两点半钟之前到集团人事部等候！

齐本安：好的，好的，张书记，我知道了，我……我准时去！

范家慧走过来，半蹲着，歪着脑袋，不无夸张地盯着齐本安看。

齐本安一下子醒过了神，开始反攻：老范，你看什么看？我不是这辈子都完蛋了吗？不是和我儿子一样很完蛋吗？瞧，京州中福董事长兼党委书记！老范啊，这可不是风尾了，这可是风头，知道不？

范家慧：齐本安，你以为京州中福这一把手好当啊？你知道现在牛俊杰、石红杏他们过的什么日子吗？两万多工人欠薪十个月了，工人吃不上饭，三天两头群访啊……

齐本安：所以呀，我才得赶快过去，挽狂澜于既倒，是吧？！

范家慧：是个屁！只怕狂澜没到，你自己先倒了。走，吃饭去！

25　京州能源大楼门前　日　外

工人代表们正在散去。

牛俊杰拍拍这个的肩膀，拉拉那个的手，一脸亲切的笑容：……大家请回去吧，请回吧，我会想办法，一定千方百计想办法解决！那话咋说的哩？办法总比困难多嘛！是不是？回吧，大家回吧！

工人代表甲：牛总，你说得没错，把庆典的钱省下来发工资嘛！

工人代表乙：就是，就是，牛总，石总是你老婆，她敢不听你的？

牛俊杰：但是她官比我大呀，不知道组织原则吗？下级服从上级！

工人代表乙：你服从你老婆了，我们还有啥指望？！

工人代表甲：牛总，不开玩笑，大家可全指望您了，真的！

牛俊杰：放心，放心，咱们毕竟是上市公司，办法总会有的！

工人们渐渐散去，直至无人。

牛俊杰长长舒了口气。

钱总监这才问牛俊杰：石总答应研究给钱了？

牛俊杰眼皮一翻：钱总，你也真敢想！

钱总监立马泄气了：牛总，你也真能演！

牛俊杰苦笑：不演怎么办啊？过一天算一天吧！

26 东来顺饭庄 日 内

齐本安向范家慧介绍：这家羊肉比较地道，小料也不错……

范家慧：行了，要你说，又不是没来过！我现在也不说你了，齐本安，你现在不但完蛋，而且还麻木，这就不可救药了！我说说你们老大林满江！林满江过去蛮聪明的一个同志，现在怎么了？老了？智商退化了？和你爷儿俩一样快完蛋了？哎，你说他怎么就选中你了呢？

齐本安真火了：怎么就不能选中我？老范，你别对我有偏见！

范家慧：我不是对你有偏见，是实事求是！齐本安，你这一辈子在哪里做过一把手？千年老二嘛，就连学生时代你都没做过一把手！

齐本安：但是，我从京隆矿机厂的一名车工，成长为了一名大型国企的正局级高管，这是事实吧？你倒是做过一把手，级别：副处！

范家慧：副处怎么了？副处级也是一把手，一把手是鸡头，我这人一辈子就这样：宁做鸡头不做凤尾！再好看的花尾巴我也不去做！

齐本安看着菜谱，明显傲慢起来：所以，《京州时报》快关门了，你的鸡身子快没有了，就剩一个瞎叽叽的头了！哎，服务员，上菜！

范家慧一把夺过菜谱：上什么菜？我看过了吗？定了吗？

齐本安一脸无奈：好，好，你定，你定，你是我祖宗……

27　石红杏办公室　日　内

办公室里挂着林满江的一幅油画像。

石红杏心事重重走进门，在办公桌前坐下。

石红杏神色迷离——

（闪回）石红杏推病房门：老田，你怎么又要汇报了……

病房内，田园纵身跃上了窗台。

石红杏：哎，哎，老田，你……你这是干啥？啊？

田园凄怆一笑，跳下了十八楼。（闪回完）

石红杏摇摇头，一声沉重的叹息。

石红杏摸起办公桌上的电话，拨号。

电话里一片忙音。

石红杏放下话筒，再拨，仍是忙音。

28　陆建设办公室　日　内

陆建设一脸沮丧坐在桌前接电话。

电话里的声音：……老陆，想开点，官当多大才叫大啊！

陆建设：不是，靳董，齐本安来当董事长，咋还兼党委书记？

这也太那个了吧？他多大的腚？一屁股坐下两把大交椅？也不怕硌腚！

电话里的声音：哎呀，老陆啊，人家齐本安同志是接的我嘛，我就是董事长兼党委书记嘛，这种接续也是比较正常的！你别想多了。

陆建设：我看并不正常！原来不说我是党委书记人选吗？

电话里的声音：是，这本来是我的建议，但没通过呀！老陆，实话告诉你：齐本安去京州中福的事，半个月前的党组会上就定下了！

陆建设：靳董，那……那你怎么现在才和我说呢？

电话里的声音：谁敢说啊？有纪律的！我现在说都违纪！

陆建设叹息：靳董，我……我还有一年半就得退二线了……

电话里的声音：我知道，可有啥办法呢？正确对待吧！

陆建设讷讷着：正确对待，正确对待！靳董，还是得谢谢您啊！

说罢，陆建设红着眼圈，慢慢放下话筒。

陆建设心事重重，一脸迷离——

（闪回）病房内，田园纵身跃上了窗台。

石红杏：哎，哎，老田，你……你这是干啥？啊？

陆建设：哎，下来，快下来田书记，咱有话好说……

田园凄怆一笑，毅然跳下了十八楼。（闪回完）

桌上电话响了。

陆建设从回忆中醒来，麻木而本能地抓起话筒。

石红杏的声音：老陆，到我办公室来一下！

陆建设：哦，好，好！（突然发作起来）又怎么了？石总，我强调一下：我身体很好，没抑郁，更不会像田园一样从十八楼跳下来！

石红杏的声音：扯啥呢？我没说你有病，和你谈工作，过来！

陆建设放下电话，镇定了一下情绪，出门。

29　牛俊杰办公室　日　内

牛俊杰在接电话：这事定了吗？齐本安的董事长兼党委书记？

电话里的声音：定了，说是林满江今天就要和齐本安谈话了！

牛俊杰苦笑：林满江怎么派了个给他拎包的师兄弟过来？

电话里的声音：就是，指望这主，还不如指望你家石总呢！

牛俊杰：哎，哎，别给我提她，这位石总我他妈早受够了……

30　石红杏办公室　日　内

石红杏把一杯水放在陆建设面前：老陆，田园的结论出来了：抑郁自杀，给中层以上干部开个会，传达一下结论吧，免得以讹传讹！

陆建设：石总，你说田园怎么就抑郁了呢？今天在医院，医生还和我说呢，凡得抑郁症的人，都是压力太大，田园这个岗位压力大呀！

石红杏：是啊，是啊。医生说，田园这阵子几乎是天天失眠！

陆建设：真是奇了怪了，田园让我们过去，看他表演跳楼？

石红杏：就是，我也觉得怪瘆人的，可医生说抑郁症就这样！

陆建设：还有，病房窗子怎么就打开了呢？过去一直上锁的！

石红杏：这我也问了，说是保洁工人擦洗窗子，忘记上锁了！

陆建设：忘记上锁？石总，你说会不会有人故意不锁窗子啊？

石红杏：这个？这个可能性不大吧？公安局的人也过来查了！

陆建设叹息：田园跳下去以后，有些人就可以安心睡大觉了！

石红杏：哎，什么意思你？田园不在了，该查的咱还得查！

陆建设冷笑：查谁呀？石总，你就别和我演戏了！

石红杏苦笑：老陆，这种时候，你就别和我较劲了，成吗？

陆建设：我较啥劲啊？我敢吗？（指指林满江画像）你有后台！

石红杏：不是后台，是偶像！你不知道我是林董的粉丝啊？！

陆建设：林董说过多次了，不准在公开场合挂他的画像！

石红杏：我又没挂在楼下大厅，大厅那幅不是取下来了吗？！

陆建设：这里是京州中福的办公室，还是公开场合……

石红杏：我不和你扯这个，说事！安排纪委查一查牛俊杰！

陆建设很意外：怎么？你不保自家老公，也不要安定团结了？

石红杏站了起来，在林满江的画像下踱步：老陆，我这人就这样，坚持原则，公事公办！树欲静而风不止嘛，我想安定团结，起码别在集团八十年大庆期间弄出一堆麻烦事！可牛俊杰给脸不要脸，不讲政治纪律，欺上瞒下，矛盾上交，无底线无原则！让我忍无可忍……

31　东来顺饭庄　日　内

齐本安不悦地对范家慧发泄：……老范，范家慧同志，我也得说你几句：时世在变，世界在变，每个人也都在变，比如你，一辈子要强，但也有完蛋的时候，先被人家拔光毛，后剁了翅膀，折了腿……

范家慧：哎，哎，齐本安，咱们能不能不要说得这么残忍？

齐本安：可以，可以，老范，其实我的善良你最懂……

范家慧：我不懂！本安，我不开玩笑，下午三点，我陪你去见林满江，你不好意思和你家领导说，我和他说，我们又不是不熟悉！让林满江派个更合适的同志去京州好吧？咱们这一次呢，就免了吧！

齐本安急了：范家慧，你开什么玩笑？你以为林满江是胡来吗？

范家慧：可不就是胡来吗？这不就是开林家铺子吗？谁不知道林满江是你和石红杏的大师兄？哎，你能力咱不说，也让人说闲话呀！

32　牛俊杰办公室　日　内

牛俊杰仍在通话：……不过，李总啊，据我所知，齐本安这个人呢，还是比较正派的，起码比陆建设强！谢天谢地啊，林满江大掌柜没看上陆建设，要是让陆建设上来做了总经理，那就更糟了……

电话里的声音：听说你家石总没当上董事长，情绪也不是太好？

牛俊杰：我已经感觉到了，她这两天像他妈吃了枪药似的……

这时，钱总监敲门进来了。

牛俊杰结束通话：好了，好了，不说了，我还有事！

33　石红杏办公室　日　内

石红杏敲敲桌子：哎，老陆，我说了半天，你怎么不记一下？

陆建设：记啥记？我脑子好，用不着记，石总，请你继续说！

石红杏强忍着一肚子气：老陆啊，田园同志不幸走了，这京州中福的纪检工作你得管起来，我希望你在这种时候不要意气用事！

陆建设：石总，你既然让我管，那田园留下的那个笔记本？

石红杏：那个笔记本是田园的遗物，得交给家属的！老陆，你不是和田园一起给林满江、张继英写过信吗？大胆把工作抓起来吧！

陆建设苦笑：石总，这里外都是你林家铺子的人，我怎么抓啊？

石红杏：怎么抓？好抓呀，我不是说了吗？就从牛俊杰抓起，查一查他们京州能源！你不是一直想查牛俊杰吗，我这次满足你的要求！

34 牛俊杰办公室 日 内

钱总监对牛俊杰说：牛总，陆建设一直想查你，怀疑你是贪污犯！

牛俊杰：好啊，让他们来查，可别让我这么大一个贪污犯漏网了！

钱总监苦着脸：牛总，咱们吃喝烂账，那……那可是明摆着的啊！

牛俊杰大大咧咧：那也不怕，咱们是请债主，请客户，怎么的了？

钱总监：哎呀，牛总，这……这不是违反中央八项规定精神嘛！

牛俊杰略一沉思：那这几万块钱先记到我账上，算我借用好了！

钱总监苦笑：也好，先应付着吧，也不知能不能蒙混过关！

牛俊杰叹气：爱咋咋吧，估计我家那个臭娘儿们也要收拾我了！

钱总监：哎，不会吧？你家石总不是一直强调要安定团结吗？

牛俊杰：新情况啊，她一把手没当上，也不怕天下大乱了！

钱总监咂嘴：哎呀，这倒也是啊。牛总，那你得小心点了！

牛俊杰：小心个屁！惹急了，我一脚把她踹了！搞什么搞！

35 东来顺饭庄 日 内

齐本安筷子一摔：不吃了！范家慧女士，请您餐后哪来哪去，别再和我啰嗦，更不要干涉我们单位组织上对我的任用，我是认真的！

范家慧一声叹息：是，我承认，齐本安，我对你的劝告失败！那就请你上火炉烤着暖和去吧！哪天被烤煳了，我考虑开一家烤肉店！

齐本安：行，你先准备着吧，报纸关门后开个烤肉店也不错！

范家慧：真不要我找林满江说说？林满江肯定重视我的意见！

齐本安冲着范家慧作揖：老范，范大侠，求你成全我一次行不？让我试试！林满江都让我试，你就不能让我试试？试了不行，我自觉下台，继续当我的千年老二，在外边替林满江拎包，在家替你拎包！

范家慧：行，行。哎呀，你官迷呀，不见棺材不掉泪呀，试去吧！

齐本安：那你吃过饭请速回，《京州时报》一摊子事呢！是吧？

范家慧：可不是嘛，就算报纸关门，我也得关个轰轰烈烈！本安，你过来倒有一个好处：中福是大集团啊，多少赞助一点，本报不就又活过来了吗？这几年全靠石红杏给我广告，我才苟延残喘到今天啊！

齐本安：这种梦你就别做了吧？夫妻老婆店开不得的，违纪！

范家慧：那我更反对你过来！我和石红杏有战略合作关系的！

齐本安：战略合作到我这里全面结束。好了，我得走了！

36　石红杏办公室　日　内

陆建设对石红杏说：对不起，石总，我明天得去住院看病了！

石红杏十分意外：什么意思，你？老陆，我口干舌燥地和你说了大半天，难不成都是放屁啊！哎，就算是放屁，那也得有个臭味吧？

陆建设：石总，你老说我有病，我不去住一住院对不起你啊！

石红杏：老陆，故意和我作对是吧？牛俊杰不是你要查的吗！你说群众有举报，说他违反中央八项规定精神，你给我好好去查处啊！

陆建设：但是，你说服了我啊，八十年庆典期间不急着查，况且，我又考虑到他是你现任老公，尽管你们一直说要离婚，可毕竟没离，我甚至想，你是不是想借我的手打击牛俊杰，以达到离婚的目的？！

说罢，陆建设起身就走，出门时把门摔得很响。

石红杏不由一惊。

37　中福集团人事部办公室　日　内

张继英倒了杯水放到齐本安面前：……别急，本安，离约定的时间呢，还有十五分钟！咱们满江书记正和深圳公司的同志谈话呢！

齐本安忐忑不安：不急，就是感到太突然，我没一点心理准备。

张继英微笑着：不会吧，啊？本安，你可是咱们老领导朱道奇同志最欣赏的一位大秘书，朱老事前没和你打招呼，没和你通个气啊？

齐本安一怔：哎，没有，没有，这绝对没有！张书记，朱老这人你还不知道？越是欣赏你，越不和你套近乎！他在职时就这样！

张继英：这倒是，这老爷子一身正气。

齐本安：国资委的整改意见我也知道，可没想到会把我派过去。

张继英：朱老点了你的名嘛，满江书记出国前就研究决定了，只是没宣布，今天京州中福出了点状况，就促使满江书记当机立断了！

齐本安：哎，张书记，京州中福出了什么状况？

张继英：哦，纪委书记田园抑郁症发作，跳楼自杀了！

齐本安一怔：怪不得你们二位领导突然中止了布展指导！哎，张书记，你说，这种时候让我去京州中福主持工作，林董能放心吗？！

张继英：怎么不放心？你好歹是他师兄弟，他能不放心你？哦，对了，本安，我有个建议啊，纯属个人建议：和朱道奇同志告个别！

齐本安心领神会：好的，张书记，我明白！

（第二集完）

第三集

1　林满江办公室　日　内

谈过话的那位深圳公司的中年干部出门。

林满江正在接电话：……哎呀，达康书记，对不起，实在对不起！城门失火，殃及池鱼了！我马上安排，让京州公司做工作，把群访工人劝回来！再出这种破坏京州社会稳定局面的事，我饶不了他们！

这时，齐本安走进门。

林满江做了个手势，让齐本安在对面的沙发上坐下，自己继续和京州市委书记李达康通话：……达康书记，你们吴市长批评得对，京州中福班子有些弱，所以要加强，准备派个比较全面的同志过去！

办公室豪华气派的落地窗外，是北京的一派繁华景象。

2　石红杏办公室　日　内

石红杏冲着办公室主任吴斯泰发火：……在咱公司闹闹也就算了，怎么又闹到市政府去了？能源公司欠薪，和政府有什么关系？你打电话给牛俊杰，让这混账东西赶紧组织人去劝导，别管用啥法！

办公室主任吴斯泰：石总，牛俊杰听说后，已经赶过去劝了……

3　林满江办公室　日　内

林满江结束和李达康的通话，放下话筒，和齐本安谈话：经验证明，企业困难的时候，很多问题就会暴露出来。比如京州能源，前些年煤炭好卖时，也没那么多事，现在麻烦一个接一个，让石红杏发愁，也让我头痛！这不，咱们工人同志讨欠薪讨到人家地方政府去了！

4　京州市政府信访接待站　日　外

牛俊杰和钱总监等干部在对几十个群访讨薪工人做工作。

牛俊杰：……哎呀，同志们，同志们，我不是说过了吗？先解决三个月的欠薪！我就是去偷去抢，也给大家解决了！你们到这里上访有什么用？京州市政府能给你们发工资吗？回吧，大家都回吧……

5　林满江办公室　日　内

林满江和齐本安谈话：……本安，实话说，现在京州中福麻烦不少，就在今天，你领着我们看展览时，京州中福纪委书记田园从医院十八楼跳下去了，竟然是当着石红杏和陆建设的面跳下去的！

齐本安：这事张书记和我说了，石红杏他们怎么就没拦住他？

林满江：抑郁症嘛，具体我也不清楚！

齐本安：林董，这个田园真会是抑郁症自杀吗？有结论了？

林满江：有结论了，是抑郁自杀！记住本安，谁都不欠你一个完美的世界，我们领导者的责任呢，就是去解决和处理各种不断出现的问题，而不是抱怨前任，责怪别人，沧海横流方显英雄本色嘛！

齐本安：是的，是的，林董，我知道，我不会抱怨，到了京州中福一定努力搞好工作！但我过去一直在二三把手的位置上工作……

林满江：所以啊，我今天要重点和你谈谈一把手的责任与担当！本安啊，你这次回京州，肯定会碰到许多意想不到的棘手难题……

齐本安拿出笔记本记录。

6　石红杏办公室　日　内

石红杏握着话筒心烦意乱：……还研究什么？这些事先不研究了，等新董事长和党委书记来了再说吧！我可不想冒犯新来的老大！

电话里的声音：哎，石总，听说新老大变成齐本安了？

石红杏没好气：什么变成齐本安了？莫名其妙！

电话里的声音：石总，原来不是说你上一把手吗……

石红杏不愿再听了，狠狠地挂上电话。

7　林满江办公室　日　内

林满江结束了谈话：……好，本安，今天就说这么多吧！

齐本安收起笔记本：林董，还有个事：老范反对我回京州！

林满江：工作上的事，是你家老范说了算，还是我说了算？嗯？

齐本安：当然你说了算！不过，老范刚把儿子弄到北京国际学校上学，本来都想在北京买房定居了，这一来，就让老范不太高兴，她可能会打电话给你，阻止我回京州，所以林董，我得给你汇报清楚！

林满江思索着：本安，你这意思，这次回京州工作，还有困难啊？

齐本安连忙否认：哦，不是，不是，林董，我是说范家慧……

林满江：哎，本安啊，真有困难就直说，我和组织上会考虑！

齐本安苦笑不已：没困难，真的！不论老范说啥，你别理就是！

林满江：好！但你也别勉强啊，别闹得家里鸡飞狗跳的！

齐本安：不会，不会，我能镇住老范！而且，我想干事啊……

林满江笑了：是啊，你就是想做一把手嘛，我能不知道你？！

8 京州市政府信访接待站 日 内

牛俊杰满面笑容，拥着群访工人往门外走：……大家放心，办法总是有的，一周之内不先解决三个月工资，我老牛辞职滚蛋……

这时，钱总监过来耳语：又有一伙工人要去北京找林满江……

牛俊杰火了，大声说：好，找林满江好啊，谁愿意找谁去找！

工人甲高声问：我们到北京找林满江讨薪，火车票给报销不？

牛俊杰大步出门：不报！你有钱买火车票，工资就欠着吧！

工人甲：那我就学学田园书记，到北京跳楼，搂着林满江跳！

牛俊杰根本不怕：行啊，活腻味了你只管去，没人拦着你！

9 林满江办公室 日 内

齐本安起身向林满江告别：林董，那我回了！

林满江：回吧！哦，对了，本安，还有个事：集团考虑，为了帮助你们京州能源公司解困，大股东京州中福要牵头进行资产重组，这要在明天集团的董事会上讨论的，你和石红杏一起列席会议吧！

齐本安：好的，林董！那我马上通知石红杏。

林满江：石红杏不用你通知，我已经让张继英书记通知了。

10　中福集团人事部办公室　日　内

张继英和石红杏通话：……石总啊，集团明天上午在北京召开董事会，研究你们京州中福的工作，决定请你列席，你赶快过来吧！

石红杏的声音：好的，张书记！说是齐本安要调过来了，是吧？

张继英：是啊，满江同志现在正和齐本安谈话呢！哦，对了，满江同志也要和你谈个话，所以，石总啊，希望你能早一点过来！

石红杏的声音：明白，张书记，那我今天就过来吧！

11　空镜　日　外

京州机场跑道上，飞机拔地而起。

俯视下，万家灯火的北京之夜。

飞机在首都机场降落……

12　林满江办公室　夜　内

中福集团大厦有几个窗子还亮着灯，其中一间是林满江办公室。

林满江在灯下批着积压的文件，和石红杏谈话：……红杏啊，根据国资委健全国企领导班子的相关规定，集团副董事长靳支援同志不能再空挂着你们京州中福公司的董事长和党委书记了，所以呢……

石红杏手脚麻利地替林满江收拾着桌上刚吃罢的饭盒碗筷：所以，你大师兄就把二师兄齐本安给我派过来了！大师兄，你也不怕人家骂你搞林家铺子？今天陆建设还在我面前骂呢，都恨不得吃了我！

林满江：我也不想让谁说闲话，原来倒是考虑过你做董事长兼党委书记，让陆建设做总经理的。但是我也实话实说：考察不理想，你们班子一直不团结嘛，群众对你、对陆建设反映都比较大。所以，党组两次慎重研究之后，最终定了齐本安！在我这次出国前就定了！

石红杏委屈地：什么党组研究，大师兄，还不是你一句话的事嘛！

林满江：又胡说八道了吧？我一句话的事？我一言堂啊？不要民主集中制了？红杏，先不说你，就说陆建设：这位同志比较狭隘，私心较重，也没搞过几天经营，接你做总经理也不太合适嘛！再说，京州中福又是这么个情况，你看，纪委书记田园今天竟然跳楼自杀了！

石红杏：是，这实在太意外了，我现在想想还不相信是真的！

13　陆建设家　夜　内

陆建设独自一人喝着闷酒。

陆妻赔着小心劝：……老陆，别喝了，这也是意料中的事！

陆建设又喝了一杯：是啊，朝里有人好做官，我朝里无人啊！中福集团就是个林家铺子，不是林满江的人就别想上去！我这么多年没有功劳有苦劳，就算不安排我京州中福党委书记，也得安抚一下，给我弄一个虚职，让我长点实际待遇吧？哎，也没有，真让人伤心啊！

陆妻：咱眼看着就到退二线的年龄了，要我说，就别计较了……

陆建设：我可以不计较，但我忧心京州中福的未来啊！齐本安过来了，林家铺子的气味越来越浓了！我估计田园可能也是想不开，才心一狠，眼一闭，从医院楼上跳下去的，可惜了，一个大老实人……

14　朱道奇家　夜　内

朱道奇操练书法，齐本安在一旁磨墨铺纸。

齐本安：老爷子，您这字又进步了，老骥伏枥，壮心不已啊！

朱道奇：你少吹捧，啥老骥伏枥，壮心不已？你又不懂书法，有事说事，没事滚蛋！哎，我让你们找的道奇车，你们安排找了吗？

齐本安：哦，安排了，安排了！这个，今天上午林满江董事长亲自安排的，要我去找，还给我交代了线索，说缅甸可能现在还有！老爷子，谁不知道您战争年代生在道奇卡车上的？我们能不重视吗？！

朱道奇：这也没几个人知道，除了你和林满江少数几个人！

齐本安：放心，我们肯定给您老找一辆放在展览馆里供着！

朱道奇眼皮一翻：哎，本安，那你倒去找啊，往我这儿跑啥？！

齐本安：去不了。这不是让您指名道姓派到京州中福了吗？

朱道奇一怔，放下手中的毛笔：哦？这回林满江、张继英他们还采纳我这个党建联络员的意见了？

齐本安：是，采纳了！车另有人找，我是来向您老告别的！

朱道奇乐了，不写字了：好，好，坐，本安，你快坐！

齐本安坐下：我的任命其实在林满江出国前就研究决定了，但林满江没宣布，留中不发，也没有向我透露，今天一说，让我很意外！

朱道奇：别意外。本安啊，你该上场了！哎呀，真不容易啊！

15　林满江办公室　夜　内

林满江和石红杏坐到沙发上，继续谈话。

石红杏：哎，大师兄，听说齐本安是朱老提的名？真的假的？

林满江：真的。你又不是不知道，本安做过咱们朱老的大秘书！

石红杏嘴一撇：那我还做过你办公室主任呢，你也不替我说话！

林满江：你这个红杏，又来了，这是工作，你使什么性子？啊！

石红杏不满地看了林满江一眼，不敢作声了。

16　朱道奇家　夜　内

齐本安对朱道奇说：……张继英书记透露，说是京州中福出了点状况，才促使林满江下了决心用我，后来才知道，这状况就是一个得了抑郁症的纪委书记跳楼自杀！老爷子，我请教一下，您说，这次你们安排我回京州做封疆大吏，我这是赶上好事了，还是摊上大事了？

朱道奇：我也不知道，你自己去判断！你是从京州上来的，京州现任总经理石红杏又是你和林满江的师妹，京州工作没搞好，上上下下都有反映，让人家骂林家铺子了，你不得去把铺面给收拾干净了？

齐本安：哎，朱老，您知道人家骂林家铺子，还点名让我去？

朱道奇：因为我清楚，你不属于任何铺子！你这同志啊，群众基础好，认真负责，任职经历比较全面，做过上市公司和地区公司的副总经理、副书记、副董事长，到北京总部这儿七八年了，又有了宏观视野，千年老二卧槽已久，早就想找个舞台一展身手了，我没说错吧？

齐本安：没说错，没说错！哎呀，知我者，朱老也，敬茶一杯！

朱道奇：说我老骥伏枥，壮心不已，其实是你齐本安壮心不已！

齐本安：是的，是的，林满江和我谈话时，我也说了，我想干事！

朱道奇：好，本安，那就记住我的话：天降大任于斯人也，必先苦其心志，劳其筋骨！这次去京州，你得准备脱层皮，掉几斤肉啊！

齐本安：那是，那是。朱老，我就是这样想的，绝不给您丢脸！

朱道奇：不是给我，是不要给党组织丢脸！本安，下面我就和你谈谈党风廉政建设，在这方面京州中福欠账不少，群众反映强烈……

17　林满江办公室　夜　内

林满江：红杏，你呀，也是被我惯坏了！多年来党政一肩挑，强势惯了，连你推荐提起来的陆建设都容不了了，更何况是外人？！据靳董说，你现在对陆建设是张口就来，什么难听的话都说，是吧？

石红杏讷讷着：所以，大师兄，你……你才派了齐本安过来？

林满江：是啊，本安毕竟是你二师兄，估计你不会有大脾气吧？

石红杏委屈地：在你和二师兄面前，我……我敢有脾气吗我？！

18　陆建设家　夜　内

陆建设对老婆说：……调过来的齐本安我知道，是林家铺子的二掌柜，听说还是中福集团老董事长朱道奇点名调的！知道朱道奇是什么人吗？林满江的亲娘舅啊！一个大型国企快搞成他们的小山头了！

陆妻：老陆，别说了，咱弄不过人家，你明天赶快去住院吧！

陆建设忧心忡忡：这样下去怎么得了？搞不好会出大问题的！

陆妻：就算出了啥，也用不着你负责！齐本安、石红杏顶着呗！

陆建设：齐本安软蛋一个，石红杏两口子十有八九是腐败分子！

陆妻：老陆，别瞎说，尤其是对石红杏，你当年可是人家提的！

陆建设：那也不能不讲原则啊！田园怎么得上抑郁症的？还不是工作压力大吗？田园干的是啥工作？党风党纪的监察工作啊，力挺在京州中福反腐倡廉斗争的第一线啊，公认的大好人啊，却被逼自杀！

陆妻：老陆，这个话也不能说啊，田园毕竟是得了抑郁症嘛！你自己也说了，田园今天是当着你和石红杏的面跳下去的，你也逼他了？

陆建设一声叹息：是，是，这倒也是！嘿，不说了，不说了……

19　林满江办公室　日　内

林满江对石红杏说：好了，红杏，别发牢骚了，给我些理解吧！

石红杏口服心不服：理解，理解！大师兄，我……我听你的就是！

林满江似乎很欣慰：我就知道你会听我的！一定要摆正位置啊！

石红杏一脸嘲讽：那是肯定的了，党员干部嘛，组织原则又不是不知道！我就是再不服气，也得捏着鼻子在齐本安面前装孙子了……

林满江：石红杏，你这个心态就不对头！能给我省点心吗，啊？

石红杏：好，好，给你省心。不给你省心，我今天都不来见你！

林满江苦笑不已：在中福集团敢这么和我说话的也就是你了！

石红杏：林董，在中福集团能对你这么忠心耿耿的也就是我了！

林满江：行了，别忽悠我了，红杏，咱这样啊：明天集团董事会结束后，我给你和本安送行，你们都到我家来，咱三兄妹聚一聚！

石红杏：算了，你和本安好好聚吧，我得回去了，一摊子事呢！

林满江：你敢！石红杏，你回去试试看？我请客，你敢不来？

石红杏委屈地：大师兄，你……你给我办鸿门宴啊你？

林满江：对，就是鸿门宴，董事会研究过京州中福的事后，你们俩就回去给我把鸿门宴先办起来，等我完事回去给你们舞一回剑！我明天的事不少，有几个会，还不知几点才能下班，你嫂子不在家，全靠你了！该买的菜你嫂子都买好了，你们自己动手，丰衣足食！

石红杏：哎，大师兄，你就不能在家歇一天，倒倒时差吗？！

林满江叹息：我也想歇，歇得了吗？这么大的企业，这么多事！

20　中福集团大厦门前　日　外

一辆辆轿车在门前停下。

林满江、张继英、齐本安、石红杏等高管分别从各自轿车下来。

21　中福集团大厦　日　内

林满江、张继英、齐本安、石红杏等气宇轩昂地走在豪华大厅里。

豪华大厅里，醒目的倒计时标牌：距我司八十周年庆典 79 天

22　京州北山监狱门口　日　外

铁门打开。

刑满释放的《京州时报》记者秦小冲一脸沮丧从铁门内走出。

京州能源办公室王主任迎上来：秦记者，恭喜您重获自由！

秦小冲眼皮一翻：王主任，你不恭喜，我也出来了，也自由了！

王主任：来，上车，上车，今天我们牛总给你接风！

秦小冲破口大骂：不是牛俊杰这王八蛋，我能进去吗！

王主任：所以我们牛总才要给你接风压惊嘛！

秦小冲扶了扶鼻梁上的近视眼镜：我不惊，都在里面住习惯了！

王主任笑眯眯地：那再让咱牛总把你送进去住一阵子？

秦小冲：行啊，牛俊杰有啥手段就让他使吧！我等着他！

王主任：使啥？冤家宜解不宜结，给个面子，算我的面子！

秦小冲：去，去，你哪来的面子？我不和腐败分子同流合污！

王主任：哟，夸我们牛总腐败分子？那你秦记者还诈骗犯呢！

秦小冲：也是，我们俩混蛋啊？那行，都物以类聚了，那就去吧！

王主任：就是，牛总还是想结交你这个有胆有识的记者朋友的！

秦小冲上了王主任的车。

23　牛俊杰办公室　日　内

牛俊杰夹着公文包走进门，财务总监老钱跟进门。

牛俊杰把公文包往桌上一放：又啥事？说吧，说吧！

钱总监：牛总，您在工人面前许愿容易，可哪来的钱啊！

牛俊杰在办公桌前坐下：哎呀，睡了一觉差点把这茬给忘了！

钱总监：起码三个月的工资得发呀！你给两拨工人都许过了。

牛俊杰皱眉思索：所以啊，还是得想法找钱啊，愁死我了都！

钱总监：牛总，一次次糊弄真不行了，得想办法解决一部分啊！

牛俊杰咂嘴：是啊，是啊！

24　中福集团会议室　日　内

林满江、张继英、靳支援等中福集团董事会成员在前排就座。

齐本安、石红杏和部分列席人员在后一排座位上就座。

林满江扫视会场：人都到了吧？哎，本安同志、红杏同志啊，你们不要缩在后面嘛，都前排就座吧，今天第一个议题就是你们京州！

齐本安、石红杏相互看看，在前排边角位置坐下。

25　京州街上　日　内

轿车疾驰。

车内，王主任半真不假地对秦小冲说：秦记者，你也别光骂我们牛总，牛总对你们记者算是不错了，在京隆矿时，只要出点事，你就像吃喜面似的奔过来了，我们牛总哪次没给你发车马费，是吧？！

秦小冲：所以牛总对我就充满仇恨，逮着机会就把我送进去了！

王主任：那你是不是也做得太过分了，啊？不讲交情，以深度调查的名义敲诈勒索，开口就是十万。哎，秦记者，不是我说你……

秦小冲：你最好别说，再说我跳车。

王主任：好，好，不说，不说！

26　中福集团会议室　日　内

电视屏幕上在播放京州中福主要企业的相关影像资料。

播音员的声音：……京州中福是中福集团在汉东省的主要投资机构，绝对控股京州电力、京州证券、京州信托等六大国有企业；控股上海和香港两地上市的京州能源股份有限公司，参股长明保险……

石红杏悄悄地问齐本安：二师兄，大师兄说你要过来了？

齐本安悄声回答：是啊，让老大抓了差，挺意外的！

石红杏笑：没这么意外吧？你可是朱老点的将啊！

齐本安：哎呀小师妹，你耳朵够长的啊！驴耳朵？

石红杏：啥驴耳朵、马耳朵的！这天下皆知的事，你师妹我能不知道？！不过，二师兄，你来也好，我就怕来个没法合作的！

齐本安心里有数：像那个陆建设？

石红杏：没错，陆建设这人心理变态，你等着吧，够你缠的！

27　牛俊杰办公室　日　内

牛俊杰思索着：三个月的工资不是小数目，也得一亿五千万啊。哎，咱能不能用股权抵押，再贷点款？或者发点公司债，可转债啥的？

钱总监摇头：牛总，能想到的我全想了，难啊！

牛俊杰：难，难！不难还要你我这些高管干啥？先说贷款！

钱总监：贷款没门，京州没有哪家银行愿意再贷款给咱们了。

牛俊杰：小银行呢？比如京州城市银行？

钱总监：要是李达康的老婆欧阳还在的话或许行，可欧阳和另外两个行长全被抓了，新上来的胡子霖行长鬼着呢，外号“眼镜蛇”……

牛俊杰：我知道，胡行长难缠！哎，想法发债，发公司债嘛！

钱总监：也不行，牛总，咱借壳上市以后，三年发了两期十二亿公司债券了，第一期债券快到期了，咱们肯定还不上，估计要逾期。

28　京州街上　日　外

轿车疾驰。

车内，秦小冲问王主任：牛俊杰想在哪给我接风？

王主任：还能在哪？我们京州能源公司的食堂。

秦小冲：食堂有啥好吃的？食堂师傅炒菜不行，那是喂猪的！

王主任苦笑：秦记者，好吃的就别太惦记了，这两年你在北山大牢里待着，不太了解外面的形势变化：反腐倡廉动真格的了，好东西一般都不让广大干部同志免费吃了！你比如说那个鱼翅、大鲍鱼、澳洲龙虾、帝王蟹啥的，告别久矣……

秦小冲：那还接啥风？王主任，你停车，我打的回去吧！

王主任：哎，哎，较好的东西还有，一般家禽还是让吃的……

29　中福集团会议室　日　内

大屏幕上出现上市公司京州能源几处煤炭企业景气的状况——

播音员的声音：……二〇〇九年，能源商品牛气冲天，京州中福加大了煤企的投资力度，积极参与了地方政府主导的煤企兼并重组，相继收购了长明集团旗下的京丰矿、京盛矿，嗣后风险随之到来……

齐本安对石红杏耳语：哎，红杏，你们当时是不是有些冒进了？

石红杏：你这是马后炮！当年动力煤一天一个价，谁不想多抓几块煤田、几个煤矿在手上？没听说过吗？风口选好了，猪都能飞上天！

齐本安：飞上天的猪不还是猪吗？就不想想，风停了咋办？嗯？

石红杏眼皮一翻：你接着呗！

齐本安被噎得一怔，无言以对。

30　牛俊杰办公室　日　内

牛俊杰大睁着饥渴的眼睛：那可转债呢？能不能申请再发点？

钱总监：咱三年前发过，现在公司连续两年巨亏，股价从五十多块跌到了三块多，不具备再发的条件了。只能找控股大股东借啊！

牛俊杰：是的，是的，哎呀，都愁死我了！哎，香港那边呢？

钱总监：香港市场H股股价都跌到泥里去了，快成仙了！想在香港弄点活钱更不容易！还得找你家石总啊，她的京州中福有钱！

牛俊杰眼皮一翻：什么我家石总？你们不知道我要休妻吗？！

钱总监：谁知你真的假的？休妻休妻你都说了大半年了！

牛俊杰：快了，等我闲下来，就和这混蛋娘儿们去办离婚手续！

这时，院里一辆轿车缓缓停下，秦小冲从轿车里下来。

牛俊杰透过窗户看到，乐了：咦，这个诈骗犯还真来了！快让食堂送几个包子，做个鸡蛋汤，我早上还没吃饭呢，陪诈骗犯吃点吧！

钱总监：哎，哎！（应着，出门。）

31　中福集团会议室　日　内

大屏幕上，一座座曾经景气的矿场已经关闭。

井下一线工人艰辛地生产劳动。

浓烟滚滚，堆积如山自燃的原煤。

公司院内讨薪的工人群众。

京州市人民政府信访站内，讨薪工人在大厅里静坐。

播音员的声音：……二〇一二年以来，煤炭市场连续波动下探，产能严重过剩，煤炭价格持续下行。京州能源连续巨亏，长期拖欠工人工资，不断引发群访事件……

32　牛俊杰办公室　日　内

王主任在茶几上摆上了一盆包子、一盆蛋汤、一盆烩菜。

牛俊杰乐呵呵地引着秦小冲在茶几前坐下：秦记者，过去的事过去了，你别往心里去，我也不往心里去，该怎么做朋友，咱还怎么做朋友！经你老弟的长年敲诈，我们企业日子现在难过，将就吃点吧！

秦小冲：牛总，您还是那么谦虚，你企业日子难过，是我敲诈的结果，还是你们企业高管长期以来严重腐败的结果？

牛俊杰咂嘴：听听，听听，啊？还长期以来，还严重腐败！

秦小冲：我的号友可是你们京隆矿的矿长！我们前后脚进去的！

牛俊杰：那家伙不是好人，鸡蛋过他手都小一圈！来，吃吧！

秦小冲：不是说给我接风的吗？不是说一般家禽还让吃吗？

牛俊杰把一口包子咽下肚：谁说给你接风了？你敲诈我们，我还给你接风？你什么人啊你？秦小冲我告诉你，我能接见你就不错了！

秦小冲对王主任发火：王主任，怎么回事啊？让我继续喝汤？

王主任赔着笑脸：秦记者，我要不说接风，你……你更不会来……

33　中福集团会议室　日　内

靳支援问林满江：林董，咱央企工人咋闹到地方政府去了？

林满江苦笑：我也刚听说，京州市委书记李达康打了个电话给我。

齐本安也在悄声问石红杏：哎，工人们怎么想起找市里的？

石红杏半真不假地：市里近呗，到北京总部找你们多远啊！

34　牛俊杰办公室　日　内

牛俊杰独自吃着包子：秦记者，今天我也实话告诉你，当年真不是我让报的案，也许是京州中福其他公司人报的案，你真错怪我和京州能源了！冤家宜解不宜结，我今天和你把话说清楚，免得记仇！

秦小冲：我不记仇，但有机会我也得送你牛俊杰到北山喝汤！

王主任：你看你看，还说不记仇呢！来，秦记者，罚汤一碗！

秦小冲：你们这汤还不如北山号子里的汤好喝呢，罚也不喝！

牛俊杰：是，是，你们北山就那口汤好，我听住过的人说过！

秦小冲：哦，对了，牛总，你们京隆矿的陈矿长在号子里向您致意问好！我听他那意思，是希望你能早点进去陪他一起喝上这口好汤！

牛俊杰吃完了：行了，秦小冲，不和你瞎扯淡了，和你说正事。

秦小冲膀子一抱：哎，咱们有啥正事可说？都你死我活了！

王主任笑着：哎，哎，没这么严重，没这么严重！

35　中福集团会议室　日　内

大屏幕上出现上市公司京州能源股票走势图——

播音员的声音：……随着煤价暴跌，京州能源以往的神话变成了笑话，沪市A股股价从最高时的五十五元跌至如今的不到五元，香港H股更跌至港币两元，仅相当于净资产的百分之二十二……

齐本安：哎，现在H股这么低了，可以考虑回购注销嘛！

石红杏苦笑：问题是，京州能源的每股净资产真实吗？

齐本安：真实不真实你不知道啊？牛俊杰是你老公！

石红杏：别提我老公，京州中福最混蛋的一个老总就是他！

播音员的声音：……京州能源深受投资者诟病，在这场股灾中疲态尽显，如果今年继续亏损，将披星戴帽，面临退市风险……

这时，会议室灯亮了。

林满江：好了，同志们，情况就是这样！

36　牛俊杰办公室　日　内

牛俊杰抹着嘴，对秦小冲说：秦小冲，咱俩你死我活，可你父亲秦检查做过我师傅啊！他把我当良医，请我治病救人，让我在你人生最绝望时刻拉你一把，给你找个吃饭的地方，你说我能不答应吗？

秦小冲：哎，哎，我没这么惨！我人生并没绝望，不就是在里面待了两年吗？你们陈矿长还判了十二年呢！你进去可能不止十二年！

牛俊杰指着秦小冲，对王主任笑道：你看这小子，比我混蛋吧？！

王主任：秦记者，你别把牛总的好心当驴肝肺！牛总知道你判刑后被《京州时报》开除了，牛总看在你爹的分上，想让你跟我们干！

秦小冲有些意外：什么？让我到京州能源公司坐办公室？

牛俊杰：不是坐办公室，是搞多种经营，到菜场管理菜贩子！

秦小冲：那你还不如让我管理你院子里那俩公共厕所呢！

牛俊杰：哎，秦小冲，如果你真有这么一个美好的愿望，那我完全可以满足你啊！打扫厕所的工资，应该够你交孩子的抚养费了！

秦小冲恼怒地：行了，行了，牛总，我刚出来，没时间和你扯淡！

牛俊杰也火了，桌子一拍，翻脸骂人：混账王八蛋，你以为我愿意和你扯淡啊？秦小冲，你干的事别以为我不知道！你在监狱里喝着汤还不安分，还老往京州中福纪委田园书记那里写信告我，是吧？

秦小冲根本不怕：哟，牛总，你知道了？田园找你谈话了？

牛俊杰“哼”了一声：田园跳楼了，你正好赶上遗体告别！

秦小冲怔住了。

牛俊杰手向门外一指：滚蛋，有多远滚多远！

秦小冲恨恨地看了牛俊杰一眼，甩手向门口走。走了没几步，又回转身：牛总，给你个友情提醒，田园书记虽然跳楼了，但是，各级纪委不会跳楼！我就不信广大人民群众斗不过你们这些腐败分子！

牛俊杰气急败坏，将手上的包子砸到秦小冲脸上：滚，滚蛋！

37 中福集团会议室 日 内

董事们对战略委员会的决策开始了热烈讨论。

林满江扫视着与会者：……当前煤炭经济低位徘徊，短期难以改变；煤炭消费和产量将继续下行，煤炭价格的下行压力依然较大呀！

靳支援：所以，战略委员会的意见是：甩掉包袱，减负前进！

张继英：不过，林董、靳董，从长期来看，煤炭主体能源的地位和作用不会改变。现在是否一定要减负剥离京丰矿、京盛矿呢？在这种低谷时候剥离，剥离价格肯定很低，会不会造成国有资产流失啊？

林满江：这个担心可以理解，但在市场需求疲弱、库存居高不下的情况下，过剩产能该出清时必须出清，要遵循市场规则办事嘛！

靳支援：我赞同林董的观点，这和国有资产流失沾不上边……

38 牛俊杰办公室 日 内

秦小冲已经离去，王主任将包子、汤碗收走。

牛俊杰问钱总监：……哎，我刚才说到哪了？

钱总监：你……你让秦记者滚蛋，有多远滚多远……

牛俊杰：不是，不是，是咱们钱的事，不是谈欠薪吗？

钱总监：哦，你在打京州中福的主意，说它不是没钱，它有钱！

牛俊杰：对，它有钱，可咱们花不上，富爷它不要咱穷儿子啊！

钱总监：牛总，石红杏是你老婆，她是富婆。

牛俊杰：是，是富婆！我这倒霉蛋成吃软饭的了，她还训我呢！

钱总监：牛总，也别光你去找，得让咱们皮董事长去找石红杏！

牛俊杰“哼”了一声：老钱，你最好别提咱这位皮蛋董事长！你把他剁剁碎做个皮蛋瘦肉粥也许行，让他干点正经人事就不行了！他皮丹要是能负一点点责任，咱这上市公司也不至于搞成这种样子啊！

钱总监：就是，就是……

39 中福集团会议室 日 内

靳支援在发言：……我们战略委员会认为，煤炭业依靠数量速度粗放型发展的阶段已经结束，转变发展方式势在必行。现在国家的产业政策很明确，那就是去产能，尤其是煤炭钢铁行业必须去产能……

这时，秘书走到林满江面前：林董，齐本安老婆范家慧找你！

林满江接过手机，笑了：哎哟，我们本安同志有先见之明啊！（说罢，举起手机，向对面的齐本安挥了挥，走出会议室。）

齐本安意识到了什么，也悄然跟着林满江走出会议室。

40 范家慧家 日 内

范家慧和林满江通话：满江大哥，我是小范啊！想来想去，这个电话我得给你打！听说齐本安要到京州中福主持工作，折腾得我一夜没睡着啊，我都担心死了！主要是为你们中福担心，怕齐本安误事！

林满江戏谑的声音：老范啊，你少担心，误事我也不找你负责！

范家慧：可是你得负责啊！林董事长，你不能因为齐本安是你师弟，你就任人唯亲，这既会害了他，也会害了你！真的，我是好意！

林满江的声音：那我也不能因为他是我师弟就不用他干活呀……

41　中福集团会议室门口　日　内

林满江在齐本安的注视下，和范家慧通话：……老范，你少给我斗心眼！你那点小算盘我不知道啊？不就是想到北京安家，陪你家公子读书吗，是吧？但是，同志啊，现在因为工作需要，本安必须回京州去，你得多支持嘛！孩子的事你就放心好了，集团这么多人呢，都能帮你管着！好了，好了，不说了，我们正开会呢，很重要的会！

范家慧的声音：好，好，那……那我就啥也不说了！

林满江挂上手机，开玩笑道：齐本安，你欠我一个情啊！

齐本安满脸的感激：是，是，林董，你这情我记着！

二人重又走进了会场。

（第三集完）

第四集

1　京州时报社门前　日　外

秦小冲从公共汽车上下来。

秦小冲出现在报社门口。

2　京州街上　日　外

轿车疾驰。

车内，范家慧接手机：……什么？秦小冲来了？他早被开除了，还来干什么？你们劝他回去，好人我都管不了，还管一个诈骗犯！

电话里的声音：劝不了啊，秦小冲非要见你，要不，你躲躲？

范家慧：我躲什么躲？我堂堂一个社长兼总编还怕他了！

3　京州时报社　日　内

范家慧下车走进门。

秦小冲亦步亦趋地跟在范家慧身后。

范家慧女汉子式地大步走着，两眼直视前方，根本不看秦小冲。

秦小冲已无在牛俊杰面前的神气，在范家慧面前乖得像一只猫。

范家慧：回吧，回吧，啊。秦小冲，你两年前就被报社除名了！

秦小冲：范社长，这绝对是误会，我是中了人家的圈套！

范家慧：没十万块，你也中不了圈套，掉钱眼里了吧？啊！

秦小冲：真不是这样的，范社长，我是为了做报道，反腐败！

范家慧：哟，你还成反腐英雄了？我是不是还得给你接风洗尘？

秦小冲：这倒不必，京州能源的牛总刚给我接过风，还想请我留在他京州能源办公室干文秘呢，我没答应！我热爱记者这个职业！

范家慧：秦小冲，你没这个职业了，知道吗？除名了就是除名了！

秦小冲：范社长，你就不能多想想我的好处吗？我可是本报很优秀的深度调查记者啊，为咱报社写过好几篇大文章的，你像那啥……

这时，范家慧走进社长办公室，“砰”的一声关上了门。

秦小冲扶了扶鼻梁上的近视眼镜，怯怯地敲门：范……范社长！

这时，女记者牛石艳走了过来：哟，这不是我们老领导吗？！

秦小冲一怔，干咳一声，立即端了起来：哦，小牛呀……

牛石艳不再理睬秦小冲，直接推门进了范家慧办公室。

秦小冲想了想，也跟着溜了进去。

4　牛俊杰办公室　日　内

钱总监慷慨激昂：……牛总，咱们怎么也不能让皮丹滑过去嘛！他是京州能源董事长，不能光顾自己炒房子发财，不管别人死活！

牛俊杰：听说这家伙为买房都第二次离婚了？

钱总监：牛总，你那信息过时了，人家马上第三次离婚了！

牛俊杰：哎，咱们皮董事长又看中哪儿的房子了？

钱总监：河西南那个宇宙中心！

牛俊杰：哎，他还在医院里住着吗？

钱总监：在医院住着，说是心肝肺、血脂血压全有毛病……

牛俊杰：他最大的毛病是没党性，没良心！我们得和他摊牌了！

5　范家慧办公室　日　内

范家慧气呼呼地教训牛石艳：……小牛，牛石艳，我说不发就是不发！在广告和特稿面前，我的一贯态度就是广告、广告、广告！

牛石艳：那咱《京州时报》干脆改成《京州广告》算了，一天到晚不是奇迹就是传奇，见谁吹谁，你瞎吹，谁花钱看你这玩意儿？

范家慧：让出钱做广告的人看嘛！让花钱请咱吹的企业看嘛！读者花钱买报纸的花样年华一去不复返了，牛石艳小姐，认清现实吧！

牛石艳：可现实是新闻数量越来越多，真相却越来越远！辨别新闻真假成了考验人民智商的游戏，真正的重要的新闻反而被淹没了！

范家慧：所以，为了新闻从业者的理想，我们要对重大的新闻事件进行及时的报道和深度挖掘，OK！你看，深度报道部我没砍掉嘛！

牛石艳：但是，和广告创收一旦交锋，为什么受伤的总是新闻？

范家慧：这还用问？因为我们要活下去！深度报道能救活报纸的发行量吗？能提升我们的经济收入吗，能解决我们的吃饭问题吗？

牛石艳：范社长啊，我们办报纸并不仅仅是为了有碗饭吃！如果只是为了吃饭填饱肚子，咱干啥不行？！社会需要我们的舆论监督！

范家慧讥讽：还监督呢！我也想监督，可监督得了吗？这也不让写，那也不让发，弄得我们丧失公信力，丧失读者，根本没人相信！

牛石艳：就是嘛，报纸一旦失去了锋芒，广告也会越卖越低……

秦小冲凑了上来：这话没错，咱两手都要硬啊！一手拿剑，就是新闻调查，展示我们的形象，一手拿蜜，用甜言蜜语拉广告赞助……

范家慧嘲讽：对，秦小冲，你两手都很硬，所以你到北山喝汤去了，哎，你一个人喝汤还不够吗？还要拉我们一起去喝？咋想的？（又对牛石艳说）在如今这大数据时代，你想看什么，人家就给你定向推送什么，公众的关注都是碎片化的！对你说的所谓重大新闻，也是漠不关心的，更不会掏钱为你买单！所以，石艳，马上就年底了，你们深度报道部又到了生死攸关的时刻，还是多去想想年度创收计划吧！

牛石艳：想啥？不行就找我妈的京州中福嘛，他们央企有钱！

范家慧脸一沉：这招只怕不灵了，以后别动不动找你妈了！

牛石艳：怎么了？没见报道吗？人家央企买吊灯都几十万……

范家慧：但是，我们比较倒霉，齐本安马上过来了，咋办啊？

牛石艳拍手：哎呀，范社长，你老公过来那不就更好办了……

范家慧：好办个屁，这是个非常教条主义的家伙，自力更生吧！

牛石艳：好，自力更生！我这早有计划了：刚进的这批京州老酒卖掉能有十来万，再把羊绒毛衣和大风厂的处理时装算上，也差不多了！范社长，我和深度报道部对完成今年创收计划还是很有信心的！

秦小冲又凑上来搭讪：怎么报社办成大卖场了？卖酒还卖毛衣？

范家慧眼睛一亮：对了，秦小冲，你这么热爱咱单位，那就去搞经营吧！不单是酒和毛衣，好东西多着呢！马上中秋国庆两节了，腊肉咸鱼南北干货应有尽有！你只要愿意干，我让人事处和你签合同！

秦小冲苦着脸：范社长，我……我还是比较热爱新闻事业……

范家慧：哎，这就是让你干新闻事业啊！经营之余，你还可以协助牛石艳搞点深度报道嘛！我知道你文笔不错，有思想，也有担当！

秦小冲：可……可让我协助牛石艳？过去我是主任，是她协助我！

牛石艳皮笑肉不笑地：行，小秦，你是我领导，还是你领导我吧！

范家慧：这怎么可能呢？秦小冲现在是外聘人员了，不在编的！

牛石艳得意起来：听听，听听！小秦，要努力摆正自己位置啊！

秦小冲怔了一下，苦笑起来：是，是，小牛！

牛石艳厉声喝止：什么小牛？牛主任，老牛！

秦小冲：是，是，老牛！

牛石艳：哎，我说，你就不能大方地尊一声牛主任吗？！

秦小冲：哦，哦，牛主任，牛主任！

6 《京州时报》深度报道部　日　内

牛石艳引着秦小冲走进门。

偌大的办公室空空荡荡。

秦小冲：哎，这一屋子人呢？

牛石艳：都忙去了，这卖酒的卖酒，卖毛衣的卖毛衣，得突击完成今年的创收任务！小秦，这二年你躲到北山享清福去了，都不知道形势变化有多大！新媒体上来了，报纸没人看了，难啊！

秦小冲：但是，小牛……

牛石艳：老牛！

秦小冲：是，老牛，牛主任，可深度报道不应该受影响啊！

牛石艳：也受影响了，除非像你似的经常搞点敲诈勒索……

秦小冲：哎，小牛……

牛石艳：老牛！

秦小冲：是，是，老牛！老牛呀，我真是冤枉的，冤大了！

牛石艳：冤大了？这种天上掉馅饼的好事，我就从没碰到过！

秦小冲苦起脸：这天上掉的哪是馅饼啊，我的牛姑奶奶，这可是两年有期徒刑，弄得我家破人亡啊……

牛石艳：没这么严重，也就是老婆和你离了婚，再找一个嘛！

秦小冲：就我现在这处境，又穷又酸，谁跟我？你跟我啊？

牛石艳：小秦，你觉得我会跟你吗？

秦小冲：你不会！你爹你妈都是猛人，不过，我既出来了，就要彻底揭开上市公司京州能源和京州中福巨额国有资产的流失黑幕！

牛石艳翻着白眼：小秦啊，你这是吓唬我呢，还是吓唬我爹牛俊杰？或者是吓唬我妈石红杏？哎，你觉得我牛某人是被吓唬大的吗？

秦小冲意味深长：我谁都不吓唬，就是表示一下反腐的决心！反腐倡廉，任重道远啊，有时甚至要付出沉重代价，你像那个田园……

牛石艳：反腐很好，前提是干好本职工作，这都是你过去教导我的！（指着码成一面墙的酒说）小秦，这些都是你的了，想法卖了它！

秦小冲：哎，老牛，我还是想和你说说我的事，也请你帮我回忆一下，两年前那天晚上报料人打电话过来时，我记得你就在办公室。

牛石艳：秦小冲，你真盯住我了是吧？是不是怀疑我害你啊？

秦小冲：不是，不是，我……我就是想把这件事弄弄清楚……

牛石艳：弄清啥？公安机关早就弄清楚了，法院判也判过了，你呢，该喝的汤也喝完了，记住教训，重新做人吧！你今年多大？三十四，哦，不对，该是三十五了，重新做人虽说有点晚了，但还来得及！

7　中福集团会议室　日　内

林满江扫视着与会者，在作总结：……在推进改革的过程中，领导干部拼的是智慧和格局，比的是定力和耐力，归根结底呢，就是看领导者担当的肩膀有多硬多强！京州中福和京州能源的工作能不能做好，集团战略委员会作出的减负决策能否顺利完成，主体责任是齐本安、石红杏的！好了，京州的事就说到这里，本安、红杏同志，你们退场吧！下面研究集团在澳州的产业布局，请澳洲公司的同志进来！

这时，会议室的前门开了，几个中年男女和两个洋人走进门。

几乎是与此同时，齐本安和石红杏二人从后门相继退出。

8　京州矿工新村　夜　外

被高楼大厦和巨幅广告牌遮掩在都市阴影中的棚户区。

钱总引着牛俊杰在棚户区狭窄脏乱的小巷内穿行。

牛俊杰：皮总他老娘还住在这种地方吗？早搬走了吧？

钱总：没，没，一直住这儿呢，皮总一到周末准过来看他娘。

牛俊杰：皮总买了这么多房子，房叔啊，还让老娘住这地儿？

钱总：也怪不得皮总，是他老娘死活不愿搬走，劳模房嘛！

牛俊杰：啥劳模房，说起来好听，三级地震都能给震趴了！

钱总：是，上世纪六十年代的房子，连厕所都没设计。不过，人家老劳模毕竟是老劳模，讲究老传统，讲究和群众在一起，是吧？

牛俊杰：是个屁！皮总和我说了，他这是在等棚户区拆迁呢！他还建议我在这儿买几间破屋，等市里棚户区改造启动后赚几套新房……

就说到这里，牛俊杰一脚踩空，摔倒在脏乱的阴沟旁。

9　程端阳家　夜　内

一座建在破旧棚户区的老式危房，墙皮剥落。

房内，退休老工人程端阳和儿子皮丹打扫剥落的墙皮。

程端阳：哎，我说皮丹啊，你们怎么又离婚了？

皮丹：这不是又要买房子了嘛，不离婚哪有购房资格？！

程端阳收拾着地上杂物：离了结结了离，你们两口子也不怕烦！

皮丹：是政府不怕烦，非要限购，搞得大家不断离婚、结婚！

程端阳：我就想不明白了，房价发疯似的长，大家还变着花样抢着买！皮总，你到底要买多少房子？房子是用来住的，不是用来炒的！

皮丹：错了吧？房子就是用来炒的，是投资品，懂吗？政府越是限购，越是证明了房子的投资属性和作为当下投资品的稀缺性！别忘了，我的老妈，我可是京州能源公司的董事长，对资本那是很敏感的！

程端阳：皮丹，亏你还记得自己是董事长，哎，你懂事吗？

皮丹铲着即将剥落的墙皮：我怎么不懂事了？我不争不抢，不骄不躁，林满江、石红杏把我安排在哪，我就在哪发热发光！京州能源公司这么困难，只发生活费，我也没要求调走。打阻击，堵枪眼，我那是任劳任怨，你们不感动，我都把自己感动了，半夜起来直哭……

10　矿工新村　夜　外

钱总扶着一身泥水的牛俊杰走进一户人家的小院内。

钱总在院内喊：哎，秦师傅！秦师傅在家吗？

秦小冲从破屋里出来，一眼看到牛俊杰：哟，怎么是你？！

牛俊杰呻吟着：秦小冲，又见面了？我今天可真够倒霉的啊！

钱总：哎呀，哎呀，秦大记者，原来咱秦师傅是你父亲啊！

这时，秦小冲的父亲秦检查出来：哟，牛总，你怎么突然来了？

牛俊杰：还说呢，师傅，这不是替你讨薪嘛！快帮我拾掇拾掇！

秦检查：哎，哎！牛总，你快进屋来，进屋来……

11　程端阳家　夜　内

程端阳：怎么个意思？还想妈向林满江开口，给你换个岗位？！

皮丹：能换当然更好了！林满江就听你这师傅的！石红杏、齐本安，他们哪个上去不是靠你的力道？你就不能向林满江推荐推荐我吗？你看我这小模样，哪点比他们差了？再说，我又是你嫡亲儿子！

程端阳摇头：我不能向组织推荐一个整天混日子炒房子的居士！

皮丹：哎，哎，我这居士的事，你可千万别和任何人说啊……

程端阳：咦，你还有怕头啊？你不就是那什么佛系干部吗？！

皮丹：哎呀，我的亲娘哎，你可真能与时俱进啊，都知道佛系！

程端阳：那是，活到老学到老嘛，否则怎么和你们对话？你们一个个官比我大，腰比我粗！老妈不但听新闻，每天还上一小时网呢！

皮丹：不过，妈，佛系啥的是咱在家里说的私房话，可不敢到外面乱说的！这个……这个我得信仰共产主义，不能有其他宗教信仰！

程端阳：那你还满嘴的胡言乱语啊，自己掌嘴！

皮丹：是，是，掌嘴，我掌嘴！（说罢，在自己脸上轻打一下。）

12　秦检查家　夜　内

秦检查提着牛俊杰的已洗过的裤子，钱总拿着电吹风对着吹。

牛俊杰喝着茶，扫视着房间，有一搭没一搭地和秦小冲说着什么。

牛俊杰：秦小冲，我这一虎落平阳，也算得咱俩的缘分了！你现在后悔还来得及，咱这矿工新村菜场管理员的位置我给你留着！你不要小瞧这个位置啊，这个位置说起来不怎么响亮，可它从不欠薪啊！

秦检查：牛总这话说得没错，小冲，别忘了，你得养孩子呀！

牛俊杰：秦小冲，这个位置我给你留一个星期，过时不候啊！

秦小冲：牛总，我发现你这人有个毛病，就是比较没数，总是高估自己，低估别人！你怎么知道我会后悔？我又回报社干老本行了！

牛俊杰一怔：是吗？哎呀呀，那好，那好，那就太好了！我这里热烈祝贺了！哎，我怎么听你们报社牛石艳牛主任说，你在报社专门负责卖酒、卖腊肉？下一步还要这个，卖大风厂的过时时装？

秦小冲：对，对，临时卖点货，替你家闺女打工，让你幸福了吧？

牛俊杰：比较幸福。秦小冲，你总归是没逃出牛魔王的手心嘛！

秦检查递过裤子：牛总，不管咋说，我还是得谢谢你的好意！

牛俊杰穿裤子：秦师傅，你们家秦记者对我误会大了去了，口口声声要反我的腐败！他这混账东西欠揍啊，秦师傅，你该揍还得揍！

秦检查苦笑：哎哟，牛总啊，我老胳膊老腿的，揍不动喽！

牛俊杰戏谑地：师傅，你发个话，我帮你揍，我助人为乐！

秦小冲拉开架子：来，来，牛总，我让你好好乐，乐不可支！

秦检查立即训斥：哎，小冲，别胡闹，牛总是领导！

13　程端阳家　夜　内

皮丹呷着咖啡，慢条斯理地对程端阳说：……妈，我给你说实话，京州能源的董事长真不是人干的！天天挨骂，工人骂，股民骂，你到网上看看，连你老人家耳朵根都不清净！这网络暴力很厉害的……

程端阳：你和牛俊杰一帮干部把企业搞好，网络就不暴力了！

皮丹：怎么可能搞好？现在不是过去了，我刚到京州能源时，煤炭是什么价？见风涨。现在呢？跌跌跌，都跌泥里去了，不能提！

程端阳：所以，京州能源好的时候，你就跑去当董事长了，形势一不好了，就想溜了？皮总，你是党员干部，要有起码的责任心啊！

皮丹不耐烦了：又来了，又来了，劳模病又犯了吧？！妈，我今天把话和你说到底：我不可能再和牛俊杰合作下去了！牛俊杰简直就是个政治流氓，连他老婆石红杏都忍无可忍要休了他！牛俊杰这人他啥缺德事都能干得出来啊，我佛系的，我斗不过他，我认他狠了……

14　秦检查家　夜　内

牛俊杰在门口交代秦检查：……哎，秦师傅，你帮个忙，赶紧去叫几个人，堵住劳模房后门，别让咱亲爱的皮董事长从后门给溜了！

秦检查：好的，好的，我这就去叫人！

牛俊杰：哎，洗手间在哪？我方便一下！

秦小冲讥讽：牛总，你当这是宾馆饭店啊？还洗手间！大便上公共厕所，距此六百三十六米，小便出门找个没人的墙角悄悄解决。友情提醒你啊，注意那些饿急了的流浪狗，别让它咬了你的家伙！

牛俊杰：真是太不像话了！都说李达康是能干事的书记，我看不咋的！这片棚户区五年前煤炭形势好时就说改造，直到今天也没改！

秦检查：所以，牛总，咱这公共厕所还是得先改造一下呀……

牛俊杰：那是市里的事，你们集体上访，找李达康解决去！

秦小冲：皮董他老娘家就解决得很好，你们给安了个洗手间！

秦检查：这能比啊？人家程端阳师傅培养了三位能干的徒弟！林满江、齐本安、石红杏，哪个不是大领导？是吧，牛总，也领导你！

牛俊杰：就是，秦小冲，等你哪天爬上去了，我给你爹这屋安十个洗手间！让你一天到晚嘛都不干，换着地儿专门洗手！走了，走了！

15　林满江家　夜　内

齐本安在开放式厨房炒菜，石红杏吃着黄瓜，漫不经心地做下手。

石红杏：本安，知道吗，我昨晚就来了，大师兄非要找我谈话！

齐本安翻着锅里的鱼：安抚你受伤的心灵是吧？把酱油递过来。

石红杏随手拿起一瓶醋递给齐本安：我受什么伤？齐本安，大师兄一说让你到京州干一把手，哎呀，把我兴奋的呀！这真是天上掉下个林妹妹啊，从此以后，天塌下来有你大个子顶着了，我就享福吧！

齐本安：林妹妹个子矮，顶不住，这福你享不了！哎，酱油，酱油！这是醋！石红杏我告诉你，你要准备在我手下享福，那就错了！

石红杏递过酱油，忍不住连讽刺加挖苦：哎，齐本安，你这一把手是炒菜炒出来的吧？星期天没事了，就打个的，屁颠屁颠跑到大师兄家炒菜？既练了自己的一份好厨艺，又巧妙地巴结了领导，是吧？

齐本安煞有介事：你看看，你看看，既然知道，你怎么不多来给大师兄炒炒菜呢？打飞的过来也成啊，北京堵车，你时间成本并不比我高！现在后悔莫及了吧？！哎，大师兄怎么还不回来？打电话问问！

石红杏点了点头，嘴里咬着半截黄瓜，开始按手机。

齐本安一把将石红杏嘴里的黄瓜夺下，扔到垃圾桶里。

石红杏翻白眼：齐本安，你现在还不是我领导，还没宣布呢！

齐本安：但我是你二师兄，能管你！快打电话！都快七点了！

石红杏：大师兄是大领导啊，提前和我说了，今天事儿特多！

这时，电话通了。

石红杏：哎，喂，林董，都这么晚了，你怎么还不回来啊？

电话里林满江的声音：薪酬委员会的会才散，马上回，马上啊！

石红杏：好，好，林董，那我们准备上菜了，等你回来吃饭！

齐本安：你看看，大师兄从欧洲回来，连时差都没倒，就处理了这么多事！红杏，你就给咱大师兄省点心吧，别再胡搅蛮缠了！啊？

石红杏又吃起了西红柿：你啊什么啊？谁胡搅蛮缠了？我不告诉你了吗？你来了，我兴奋着呢！请别以小人之心度君子之腹行不？

齐本安苦笑拱手：行，行，石君子，算我想多了，好吧？！

石红杏：你就是想得太多！小心眼，小叽叽，我能不知道你？！

齐本安忍气吞声：是，石君子，就你大度，一贯的大度！那顺便问一声，你这么大度，那个姓田的纪委书记怎么还从楼上跳下来了？

石红杏眼皮一翻：齐本安，你什么意思啊？现在就开始查我了？

齐本安：不敢，不敢！我是说呀，咱们别太强势，更别欺负人！

石红杏：我欺负他们？哎，是他们欺负我吧？！本安，等你到任就知道了，京州中福早不是过去了！不说了，弄瓶好酒喝，我找去！

齐本安：哎，红杏，别，别，咱们等大师兄回来再说吧！

石红杏：他说啥？他官当大了就酒精过敏了，有好酒也不喝！

齐本安：哎，大师兄的确是酒精过敏啊，我知道，都五六年了。

16 程端阳家 夜 内

程端阳吃惊地看着皮丹：什么？你又想到人家保险公司去了？

皮丹：嗯！京州中福参股长明保险，保险这几年发展势头不错！

程端阳：然后你再去把它搞垮？皮董，我真不知你是怎么想的！

皮丹：妈，这也就是你一句话的事！现在林满江是中福集团的老大，石红杏是京州中福的老大，你只要说一句话，他们谁不听你的？

程端阳：所以我才不能说，我得要脸面，组织上更得要脸面！

皮丹收拾皮包，准备出门回去：行，行，妈，今天不和你说了！

程端阳：皮丹，听妈一句劝，在其位就得谋其政，别让工人骂！

皮丹：想骂骂呗，反正我不贪不占，炒房投资也是个人行为……

这时，门外传来一片喧闹声。

皮丹凑到窗前一看，吓了一跳：这个牛俊杰，搞到这里来了！

程端阳：快去开门，在一个班子共事，好好和人家说话！

皮丹：哎，哎！妈，你避一避，这牛俊杰他不是人，是牛魔王！

程端阳进了卧室，没好气地：我不怕牛魔王，是丢不起这人！

17 林满江家 夜 内

林满江已经回来了，看着满桌子的菜，笑呵呵地对齐本安和石红杏说：……你们俩手艺不错嘛。啊，看这几个小菜搞的，很经典啊！

石红杏：这不是当年咱们的老三样嘛！这个，小葱拌豆腐，你讲究一清二白；辣炒回锅肉——你的要求，辣得到位！哎，尝尝，尝尝！

林满江夹了片肥肉放到嘴里：嗯，不错，不错，红杏手艺见长啊！

石红杏恳切地：主要是有二师兄指导，二师兄让我咋干我咋干！二师兄炒菜炒上来了，这好经验，我不得学着点？是吧，大师兄……

林满江哭笑不得：不是！石红杏，你又要小心眼了吧？本安他啥时来给我炒过菜啊？你不过来，他能到我这儿炒菜？他是为你炒的！

齐本安：石君子，你就受宠若惊吧！也只有你能享受这种待遇！

林满江看了看桌上的二锅头酒：哎，怎么喝这个？二锅头？

石红杏：我就找到了这个，大师兄，你酒柜里只有这个！

林满江：我的好酒哪能让你们找到！等着，我给你们找瓶好酒！

片刻，林满江从书房里拿出了一瓶老茅台，放到桌上：你们喝它吧！我收藏了二十年没舍得喝，现在想喝也喝不了了，酒精过敏了！

齐本安动容地：算了算了，大师兄，你还是继续收藏吧，可惜了！

林满江：可惜啥？喝！不给你们喝，还能给谁喝？靳董他们经常到我这儿扫荡，尤其是中央八项规定出来后，不敢到别处瞎喝了，就喝我领导的，好酒全让他们造完了！现在酒柜里只有二锅头了。

说罢，林满江为齐本安、石红杏倒酒。

齐本安：哎，大师兄，咱们不等等嫂子了？

林满江：哦，不等了，她去机场接儿子了！

石红杏：哦，咱小伟从美国回来了？

林满江：回来了，毕业了，这次要在国内待一阵子了……

18　程端阳家卧室　夜　内

正面墙上是一张中年程端阳和三个年轻徒弟的合影。

程端阳看着挂在墙上的合影照片思索着什么。

客厅里的谈话吵闹声一阵阵传来。

牛俊杰的声音：……皮董啊，咱们集团对程师傅照顾得还算不错嘛，你看看，专门给你家改装了一个卫生间，早知道我就到这儿方便了！

皮丹的声音：牛总，这你还嫉妒？也不看看这屋破成啥样了！

19　程端阳家　夜　内

客厅里，皮丹和牛俊杰、钱总监在谈话。

皮丹苦着脸：……牛总、钱总，你们怎么追到这里来了？还带着这么多人来？不知道我在生病住院吗？有什么事情不能等我出院后再说啊？哎，咱就算不讲职场规矩，也得讲点革命的人道主义吧？

牛俊杰也苦着脸：皮董，这两万工人要吃饭啊，实在等不得了！

皮丹眼睛看向天花板：牛总，总经理是你啊，怎么找我说这事？！

牛俊杰：你是董事长啊，京州能源一把手，我是给你打工的嘛！

皮丹：你给我打工，我给谁打工？牛总，我们都是为人民服务啊！

牛俊杰：是啊，是啊！但是京州能源矿上这一部分人民呢，他们都很不满意咱俩的服务啊！你看这事闹的？咱们得改进，是不是？

皮丹根本不生气：所以，你就这样改进的？啊？把他们全带到我老妈这儿来了？牛总，你这是安的什么心啊？我老妈开粥厂施粥啊？

牛俊杰：皮董，我实在是没办法了，现在只要先解决一亿五，给井下一线工人补发三个月工资就成！井下一线啊，多艰辛的工作！

皮丹：是啊，是啊。哎，我让你搞解困救济基金，搞了吗？

牛俊杰：三千万的基金，杯水车薪啊！这次起码得一亿五！

皮丹：牛总，你看我妈这破屋值一亿五，还是我值一亿五？要是值，你拍卖！我为京州能源做出牺牲！哎，这一说我倒想起来了！咱们可以把京州河西南宇宙中心的那座小楼卖了，卖七八千万没问题！

钱总：我的皮董事长啊，那座小楼早被六家法院轮候查封了！

皮丹：哦，是嘛？

牛俊杰没好气：不是马，是驴！

皮丹指点牛俊杰：牛总，你真幽默！

20 林满江家 夜 内

齐本安对林满江说：……玩笑归玩笑，不过，林董，我和红杏，和你的关系，集团上下可是人所共知啊！你说，我去京州中福做了董事长、党委书记，会不会让人家瞎议论啊？当然，也许是我多虑了。

林满江：不是多虑，肯定有议论，也许现在已经满城风雨了，升不上去的人肯定会骂我开林家铺子，我能见人就解释，说你是朱老推荐的吗？不能吧？所以，本安啊，决策者要有担当，要经得起误解！

齐本安恳切地说：可是，我也知道，你大师兄不太放心我！对我的这个任命，好像被你留中不发，有大半个月吧？

林满江给齐本安布菜：也不是不放心，更没什么留中不发！对你的任命研究后，我第二天就出国了，特殊情况！不过，本安啊，我也有些怕你书生意气，碰到事太较真！记住：这世界不是非黑即白啊！

齐本安：我知道，在你身边磨炼了这么多年，我也得成熟点了！

石红杏吃着、喝着：我看你还不成熟，还得跟大师兄学着点！

齐本安：是，是，我不但要继续跟大师兄学，也得跟你学着点！

石红杏又喝了一杯：这你就别假谦虚了，咱都得跟大师兄学……

林满江：哎，杏，少喝点，我今天是给本安送行，不是慰劳你！

石红杏：那我不得帮你陪好二师兄吗？你不喝酒！我能不喝吗？

齐本安：是，杏，你继续喝，二十年的老茅台，不喝白不喝！

21　秦检查家　夜　内

秦小冲开门，秦检查走进来。

秦小冲：爸，怎么这么快回来了？没在人家皮总家门口静坐？

秦检查：我才不和他们多掺和呢，把皮丹堵住，让牛俊杰谈去吧！

秦小冲感慨：人比人真气死人！皮丹有个好妈呀！

秦检查：最主要的是，他妈有几个好徒弟，个个都是人尖！哎，你别说，咱们这几道房子每户都能接上自来水，还就是沾了人家的光哩！是程端阳师傅打了招呼的！

秦小冲：是啊，说来说去，也就咱爷俩命苦！你这辈子完了，到底没能带出个当大官的徒弟，我也没个有权有势的爹，都很失败啊！

秦检查：行了，行了，你不要心比天高，人比猪懒了，有这发牢骚的工夫，赶紧想想以后咋活人吧，你闺女我是没能力再给你养了！

秦小冲：哎，爸，我不是和你说了吗？我又回《京州时报》了。

秦检查：人家要你啊？

秦小冲：怎么不要？牛俊杰不当着你面说了嘛，跟他闺女干！

秦检查：又蒙你老爸了吧？判刑要开除公职的，这我知道。

秦小冲：现在是社聘，不在编，帮报社搞经营，有机会也能发稿。

秦检查叹息：你怎么这么迷报社？其实在菜场管摊收费挺好的。

秦小冲恼怒地：爸，我得弄明白，究竟是谁陷害了我？谁？！

秦检查：你怀疑是……是牛俊杰和石红杏两口子？

秦小冲：还有他们的闺女牛石艳，这一家子都很可疑！

秦检查：你算了吧，人家一家子闲着没事干，专门害你？！

22　程端阳家卧室　夜　内

程端阳将挂在墙上的和三个徒工的合影照取下，收到抽屉里。

门外的谈话声阵阵传来——

牛俊杰的声音很大：……皮董，你应该知道我的，我是从井下一线矿工行列走出来的国企干部！我在井下两次受伤，差点儿送命……

23　程端阳家客厅　夜　内

牛俊杰似乎知道程端阳在里面房内，大声对皮丹说：……所以，我不能也不忍心看着矿工们在井下流血流汗，却拿不到工资！

皮丹搓手：就是，就是！牛总，这事要解决，一定要解决！

牛俊杰：哎呀，皮董，你终于开了金口！好，你说，怎么解决？

24　林满江家　夜　内

三兄妹边吃边喝，深情叙旧。

石红杏呷着酒：……大师兄，我不是因为你现在当了副部级的董事长了，才服你的，我这辈子都服你！跟程端阳学徒时就服你！

齐本安：谁不服大师兄啊，学徒时大师兄就是全厂革新标兵！来，来，杏，咱俩一起敬大师兄一杯，祝大师兄身体健康，精神愉快！

石红杏立即响应，和齐本安一起，起身向林满江敬酒。

林满江：坐，都坐，站着敬，坐下喝！杏，给本安再满上！

石红杏老老实实给齐本安倒酒，边倒边说：二师兄，学徒时你可不咋的啊，又瘦又小，个头都没我高！

林满江补充：还老被人家欺负，包括你石红杏，经常拧得本安满车间乱跑！所以师傅把你介绍给本安，本安没敢要你，是吧，本安？

齐本安：哎，喝酒，喝酒，你们都别编派我了，那是红杏看不上我！一转身就领着牛俊杰参加南昌起义去了，惊得我目瞪口呆……

石红杏：我亲爱的大师兄啊，欺负本安的可不是我，是锻工班那帮徒工！我印象最深的是那一次，锻工班的人在男澡堂捉弄本安，把本安捆了个“老头看瓜”，师傅一听说，摸了根木棍冲进男澡堂，打得锻工班那帮小兔崽子鬼哭狼嚎，虎口里救出了“看瓜人”啊……

林满江：何止锻工班那帮小兔崽子？澡堂里一帮光屁股男人全吃了惊吓！那时师傅应该也就是三十几岁，真正爱徒如子的女汉子啊！

齐本安哭笑不得，连连作揖讨饶：哎，哎，我说师兄师妹，小时候谁没尿过炕？这些陈年旧事就别提了，好不好？算我求你们了……

石红杏指着三兄妹和师傅程端阳的合影照：那你敬师傅一杯！

齐本安：好，敬师傅一杯！（冲着照片举杯，独自喝了一杯酒。）

25　程端阳家院门外　夜　外

几十名工人和家属堵在门前议论。

甲：牛俊杰这次算找对人了！

乙：可不是嘛，只要程师傅给北京的林满江打个招呼，钱就来了！

丙：程师傅凭啥打招呼？人家退休这么多年了，又不是她的事！

甲：哎，她不打招呼皮董就过不了关啊！牛俊杰能放过皮董？

乙：也是，牛俊杰粗着哩，要是混蛋起来，那可是超级混蛋，连他老婆石红杏拿他都没办法！

26　秦检查家　夜　内

秦检查一边洗脸，一边对秦小冲说：……牛俊杰不会害你的，他是从井下一线上来的，粗粗拉拉，大大咧咧，但绝不是坏人小人！

秦小冲困惑地看着父亲：所以，他才派人到北山监狱来接我？

秦检查：是我托了他，他当年跟我背了几天家伙包，算我徒弟吧！

秦小冲：哎，爸，那会不会是京州中福公司有人害我？我的深度报道和京州中福公司有关，我和他们公司的纪委田园书记联系过……

秦检查：你一说我想起来了，就在你出狱前几天，田园书记来找过你的！可没想到，你出来了，他却从楼上跳下来了……

秦小冲：奇怪啊，田园怎么就从楼上跳下来了？有人设套吧？

秦检查：这种事，谁知道呢？！

（第四集完）

第五集

1 林满江家 夜 内

石红杏感慨说：现在像师傅这样有胸怀的好人不多见了，我记得当年为了把大师兄推上去，师傅还主动把全国劳模的名额让了出来。

林满江动情地：是啊，师傅让出了全国劳模，我才成了省劳模，才入了党，转了干，迈开了政治人生第一步。师傅就像我亲爹娘！

齐本安呷着酒：这话说得对，真是亲爹娘啊，有了师傅咱才又有了一个家！师傅里里外外为咱们操碎了心，想想就让人感动！

林满江回忆着：我的革命家庭和革命前辈没给过我任何特殊关照。从早年的朱昌平，到后来的朱道奇。只有师傅给了我亲情和爱！

齐本安：哎，可不是嘛！我也是直到这次搞公司八十年大庆，组织编写公司史时才知道的，咱大师兄原来是我们中福集团公司早期创始人朱昌平和谢英子的嫡亲外孙，是咱们前领导朱老朱道奇的外甥。

林满江：说起来可能没人相信，当年我想通过二老解决个工作，二老都不给我办，让我不要搞特殊，所以我才和你们一起进了矿。

齐本安：所以说，咱老一辈同志那真是令人尊敬啊！

林满江：师傅就不一样了，把我们三人当自己儿女待啊！把劳模让给我，给我平台让我去飞，飞出京州市，飞到上海、北京，如今飞遍全世界！对你们也好啊，红杏，你能上来，那可是师傅推荐的啊！

石红杏：师傅硬把我派给你，做了京州电力公司的党办副主任！

林满江：在这世界上，也只有师傅能这样命令我！哦，对了，还有你，本安，在上海公司时，我把你从副总的岗位上拿下来，师傅一天给我打了三个电话，让我对你不抛弃不放弃，要我关心你的进步！

齐本安：师傅和我说过。所以，大师兄，我这才又有了今天嘛！

石红杏：哎，来，来，大师兄、二师兄，咱们共同敬师傅一杯吧！

齐本安：对，对，再敬师傅一杯！

三人举杯，碰杯，酒花和茶水四溅。

2　程端阳家　夜　内

客厅里，牛俊杰仍在对皮丹逼宫：……皮董，你这个董事长和我这个总经理必须负责任！

皮丹一脸无奈：好，好，负责任！牛总，你说咋办我咋办！

牛俊杰：你给石红杏那臭娘儿们打电话，现在就打，借一亿五！

皮丹：你说笑话吧？你是她老公都没借到吧？你电话一放下，她就打电话过来严肃批评我了，说是她已经给咱们担保了二十二个亿！

牛俊杰：那就找林满江借嘛，中福是好几万亿的大集团，不能不管工人的死活！再说，这堆火炭矿产可都是集团做主买下的……

3　林满江家　夜　内

林满江：好了，忆苦思甜到此结束，不说这些了，说正事！本安啊，到了京州，一定要注意和地方党委以及政府搞好关系！不论是煤炭资产的剥离，还是京州能源股份的转让，我们都离不开京州市的协调和支持。京州市委书记李达康同志很强势，你要有清醒的认识啊！

齐本安：李达康这个强势也是认人认事的，在棚户区改造上，他就一点也不强势！矿工新区改造工程提上日程五年了，迄今纹丝不动！

石红杏：没错，棚户区周边街上用大广告牌一围，一点也不影响他们京州的美丽城市计划！他们宁愿到荒郊野地搞大开发，也不改造！

齐本安：矿工新村住的可都是咱们的老职工，大家意见很大！昨晚朱老还提起了这件事，嘱咐我重视，一上任就要去敦促协调。

林满江：哎，红杏，这片老区咱老职工还有多少？占多大比例？

石红杏：没具体统计过，应该是占主流吧？！有一小部分有钱的主，或者儿女有钱的主，就到别处买房了，只留着破屋等拆迁……

林满江：本安，你过去后要重视这事，积极督促市里！不过，也要理解人家！我们这个时代啊，就是一个前所有未有的造城的时代！

齐本安立即掏出笔记本记下。

林满江：红杏啊，我也再次提醒你，这次安排本安回京州任董事长兼党委书记，我专门和你谈过话，你最后表态欢迎，是吧？

石红杏苦笑：没错，没错，我不欢迎二师兄还能欢迎谁啊？！

林满江语重心长：那就要摆正位置，要弄清楚谁是一把手！

石红杏：大师兄，我弄得清清楚楚！在集团您是一把手，在京州本安是一把手！你只管放心，你们二位师兄指向哪里，我打向哪里！

齐本安：没这么严重，老朋友，新同事，咱一起好好合作就是！

林满江：哎，本安，你别和她这么客气啊，你客气她就当福气了！

石红杏一脸诚恳：我本来就是有福之人嘛，这些年顺风顺水……

4　程端阳家卧室　夜　内

牛俊杰和皮丹的对话声清楚地传来——

皮丹：牛总，你什么意思？没完没了？没钱没钱，就是没钱！

牛俊杰的声音：知道你没钱，但是你有责任，有找钱的责任！

皮丹：谁说我有找钱的责任？我又不开银行！

程端阳一声长叹。

程端阳拨打手机：满江吗？我是师傅！

5　林满江家　夜　内

林满江接电话：哎呀，师傅，我和本安、红杏正说您呢！

程端阳的声音：说我啥？哦，对了，听说齐本安要调过来了？

林满江：是啊，京州中福董事长和党委书记不能空悬了，上面有要求！

程端阳的声音：那就让本安赶快过来吧，京州真要出乱子了！

林满江一怔：哦？师傅，怎么了？又出什么事了？

程端阳的声音：满江，先别问这么多，师傅要求你一件事啊！

林满江：师傅，瞧你这话说的，还求我，您老发话就是了！

6　程端阳家卧室　夜　内

程端阳和林满江通话：我替京州能源公司井下一线工人向你借一亿五千万，给他们补发三个月的工资，不能让他们饿着肚子下井啊！

林满江的声音：哎，师傅，您怎么突然管起京州能源的事了？

程端阳：满江，你别问了，我希望这一亿五千万明后天就到账！

林满江的声音：这个……好吧，师傅，这个事我来想想办法吧！

程端阳：满江啊，不是想想办法，是要拿出办法，一定得办到啊！

林满江的声音：好的，好的，师傅，我……我答应你，一定办到！

程端阳眼里噙上了泪水：谢谢，谢谢，满江啊，师傅谢谢你啊！

7　林满江家　夜　内

林满江挂上手机，思索着。

石红杏凑上来：肯定是牛俊杰这无赖逼到师傅门上了！

林满江没作声，想了想，拨通手机：赵总吗？咱们财务公司账上有活钱吗？需要一亿五，京州能源公司工人吃不上饭了，要救急啊！

电话里的声音：长明集团昨天有笔资金过来，四个亿，可以用！

林满江：好，那就先借给京州能源公司一亿五，明天一上班就把这件事办掉！不要拖延，京州能源的工人一直为欠薪上访！就这样！

齐本安提醒：林董，重大决策要集体研究，不会让谁提意见吧？

林满江不耐烦地挥了挥手：提什么意见？这不是重大决策，是临时借款救工人的急！哦，对了，本安，你替京州能源给我打个欠条吧！

齐本安苦笑不已：古时候新官上任带着赈银，我先打借条！

8　程端阳家客厅　夜　内

程端阳推开门走出来，冷峻地看着牛俊杰：回去吧，解决了！

牛俊杰一副大喜过望的样子：哎呀，老太后出马，一个顶俩！

程端阳逼视着牛俊杰：什么老太后？我老太后，林满江是啥？

皮丹也松了口气：妈，您今天可是救了我和牛总一命啊……

程端阳抬手给了儿子一个耳光：你还有脸说？无用的东西！

牛俊杰被震住了：哎，哎，程师傅，您……您……

程端阳余怒未消：中福集团白养了你们这帮废物！

说罢，程端阳转身又进了自己卧室。

牛俊杰和皮丹面面相觑。

9　林满江家　夜　内

林满江猛然转过身，对齐本安和石红杏交代：牛俊杰要考虑拿下来了！逼宫竟然逼到我的头上来了！田园跳楼前还在举报他！查，好好查一查！石红杏，牛俊杰既然这么不识抬举，我劝你当断则断！

石红杏：林董，我明白！我和牛俊杰已经说好办离婚手续了，就是一直没时间！回去我抽空就把这事办了，我早受够这个牛魔王了！

10　程家院门外　夜　外

牛俊杰从院门内走出：好了，三个月的工资解决了！

门前的工人和家属一片欢腾——

甲：太好了，牛总，您太有本事了！

乙：牛总，谢谢您啊！

丙：牛总，你不会又骗我们吧？

牛俊杰：你们爱信不信吧，让一步，让一步！

丙扯住钱总：哎，当真弄到钱了？程师傅帮的忙？

钱总：什么程师傅？是牛总！咱牛总敢作敢为，一心为民啊！

牛俊杰：行了，行了，什么一心为民，少吹两口吧！

11　林满江家　夜　内

石红杏向林满江汇报：田园有举报，陆建设也想查牛俊杰，可奇怪的是，昨天我让老陆查，他反而不查了，也不知发生了什么变化？

林满江：还能有什么变化？十有八九是没当上党委书记，失落了。

齐本安小心提醒：林董，牛俊杰是咱们集团树过的开拓典型，在京州能源最困难的时候上任的，他的事迹材料还是我亲自抓的……

林满江打断齐本安的话头：别说了，人是会变的！本安啊，把你派回京州我还有个担心，也和你说清楚，就是你的软弱，别再让谁把你捆个老头看瓜！像牛俊杰，一线上来的干部，能开拓也很霸道！

石红杏：就是，本安，实话和你说，有时候他就像个流氓……

12　秦检查家　夜　内

秦检查对秦小冲叙道：……都说牛俊杰像流氓，可没这流氓，京州能源更没法活！现在这人啊，势利着呢，前几年煤炭行情好，企业效益好，谁当老总谁是英雄，就是了不起的开拓者，现在狗熊一个！

秦小冲：如今就这样，只以成败论英雄！爸，你说像我，一直是《京州时报》的台柱子啊，我搞过多少年的深度调查啊，写过多少有深度的报道啊，可被人设计陷害一出事，就再没人搭理我了。连老婆孩子都信不过我，你说我到哪喊冤去？！

秦检查：你老婆就你老婆，别扯孩子，孩子根本不知道你出事！小冲，你也说实话，你当真就没动过歪心？封口费你可是没少拿啊！

秦小冲：哎，哎，谁给你说我拿封口费？牛俊杰吧？

秦检查：没错！小冲，你敢说你没拿过人家矿上的封口费？

秦小冲：这是两回事！再说，这也不叫封口费，叫车马费、宣传费！这些好处费都是企业主动给的，不是我硬要的，拿钱的也不是我一人！爸，我实话实说，我并不高尚，要还房贷，要养家糊口，有钱赚，我肯定要赚的，但敲诈勒索我不会干，我知道法律底线在哪里！

说着，秦小冲欲出门离去。

秦检查：哎，这么晚了，又到哪去？

秦小冲：私事，你别管！

13 矿工新村 夜 外

牛俊杰和钱总边走边说。

钱总：牛总，今晚这事，我想想有点后怕呀，脊背发凉！

牛俊杰：怕什么怕？一亿五千万到底有着落了，这就好！

钱总：对欠薪工人是好了，咱俩怕要有麻烦，估计麻烦还不小！

牛俊杰：我明白！咱们跑到皮董他老妈家，逼着老太太给北京打电话，林满江知道肯定饶不了我！不过，老钱，你别怕，没你啥事！

钱总：牛总，你真得小心点！

牛俊杰：小心啥？大不了免职，我巴不得早点滚蛋呢！

14　林满江家　夜　内

林满江对齐本安和石红杏说：牛俊杰不是免职的问题，是要严肃政治纪律！当着工人的面要挟石红杏，深夜跑到师傅家逼宫，胆子也太大了，在我们中福历史上没有过！京州的整顿就从他牛俊杰开始！

石红杏：好的！这主要是本安的工作，我积极配合就是了！本安，我当着林董的面表个态啊：你把牛俊杰拉出去枪毙，我也给你上子弹！

齐本安苦笑：石红杏，怎么这么苦大仇深?！（又对林满江说）林董，关于这牛俊杰，我……我先摸下底，然后向你和总部汇报吧！

林满江：本安，我强调一下，不要软弱，不要爱惜羽毛，你爱惜羽毛，没准就会失去翅膀！对京州这种局面，对牛俊杰这种人，要敢于坚持原则和纪律，这样才能凝聚起进一步深化改革的合力。

齐本安：是的，林董，我知道，就是你一直说的，要有担当！

15　矿工新村路口　夜　外

牛俊杰和钱总在路口等出租车。

牛俊杰：……钱总，我再强调一下，这一亿五千万得之不易，绝对不能挪作他用，必须给井下一线工人实发到手，干部和地面工人仍然只发一千元生活费！

钱总：好的，好的！不过，公司高管层是不是也意思意思?

牛俊杰：意思啥?高管过去挣得多，一般饿不着的！

钱总：可是……

牛俊杰：别可是了，上次给他们意思过八千万了！

钱总：是，是，是意思了八千万，可……可是高管离职潮这阵子它……它又有泛滥迹象啊！你看这事闹的……

牛俊杰：钱总，你少蒙我，我没看到泛滥迹象！

钱总：等你看到就晚了，要不……

牛俊杰：打住，就这样办吧！

这时，一辆出租车停下，牛俊杰上了车。

钱总看着出租车离去，一声叹息，怅然若失。

16 林满江家 夜 内

林满江送齐本安和石红杏出门。

这时，林满江的妻子童格华和儿子林小伟进门。

石红杏：哟，小伟成大小伙子了！

齐本安：真是呢，这走街上都不敢认了！

林小伟和二位长辈打招呼：石阿姨好，齐叔叔好！

童格华：哎，红杏、本安，你们不多坐一会儿啊？

齐本安：不了，京州那么多事呢！

石红杏：就是。林董、嫂子，再见！

林满江：再见！（突然想了起来）哦，对了，本安，我再和你多说几句！你回去告诉你家老范，让她别为孩子担心！孩子不是在国际学校吗？星期天就接到我这儿来，你嫂子替她管着，肯定比她管得好！

齐本安向林满江鞠躬致谢：谢谢，谢谢大师兄！不过，你们都这么忙，真不好意思再给你们添麻烦了，大师兄，多注意身体啊！

石红杏：就是，大师兄，你早点歇着吧，我们走了！

17　北京街上　夜　外

夜北京的万家灯火。

一辆轿车汇入灯光摇曳的车流。

车内，齐本安和范家慧通话：……老范，你是要坚决彻底地把我害死是吧？我怕你给满江同志打电话，你还偏打了，你胆够肥呀你！

石红杏在一旁盯着齐本安窃笑不止。

齐本安：现在好了，领导改主意了，让我继续留北京办展览！

18　范家慧家　夜　内

范家慧疑惑地和齐本安通话：本安，你开玩笑吧？我是给林满江打过一个电话，不过，林满江没同意我的意见，我害你没害成！真的！

齐本安的声音：哟，哟，怎么还学会谦虚了？我让你害成了，领导为了照顾咱们一家在北京团聚，又改了主意，把我留在他身边继续专业拎包！还说这是既照顾了我，也照顾了咱们家庭！你高兴了吧？

范家慧判断着，有些相信了：本安，你别生气，这样也未必是坏事嘛！本安，其实你继续跟着领导拎包挺好的，啥事不出头，啥事都有人顶在前面，你就平安升官吧，应该也能弄个正局级退休……

19　北京街上　夜　外

轿车疾驰。

车内，齐本安和范家慧通话：……老范，你给我住嘴！我齐本安生逢一个民族复兴的大好时代，做梦都想干出一番伟大事业！关键时刻，不是别人，偏偏是你坏了我的事，咱们这日子基本没法过了！

范家慧的声音：哎，哎，齐本安，你……你别狗急跳墙啊……

齐本安却挂断了手机，对石红杏笑道：让她狗急跳墙去吧！

石红杏：你们两口子是闹着玩，我可真受不了牛俊杰这混蛋了！

齐本安劝：牛俊杰也不是为自己，毕竟是为了井下一线的工人！

石红杏：鬼知道他是为了谁！一亿五千万能有一半发到工人手里就不错了！这招数我领教过，半年前我给他弄了八千万，他发高管了！

齐本安一怔：哦？！他这次只要敢发高管，我对他绝不客气！

石红杏：本安，你等着吧，京州能源和这条犟牛够你受的！

20 京州民国老街老地方茶楼 夜 内

秦小冲和前妻周洁玲各自喝茶，气氛冷漠。

周洁玲：你别再解释了，你动机再好，我也不可能原谅你！

秦小冲：我没要你原谅，离都离了，还原谅啥？主要是孩子！

周洁玲：孩子有啥可谈的？咱们的离婚协议书上有规定，按年支付生活费呗！去年你还在里面待着，三万块钱是你爸替你交的……

秦小冲：我是说我要看看孩子，周洁玲，我可是两年没见她了！

周洁玲：哦，这我已经替你想到了！（说罢，从廉价小坤包里掏出一个U盘递给秦小冲。）

秦小冲接过U盘：这是啥？

周洁玲：你闺女的视频录像！回去好好看去吧！

21　机场高速路上　夜　外

轿车疾驰。

车内，齐本安手机响。

齐本安看看，挂断。

石红杏劝道：行了，行了，二师兄，别和你家小范赌气了。

齐本安：我不是赌气，是给她上规矩，否则以后不得安生！在北京，离得远，我不理她就算了，现在回京州了，不能再没有规矩！

石红杏笑着戏谑道：这倒是，女人嘛，三天不打，上房揭瓦……

齐本安：哎，石红杏，又使坏是吧？想挑拨我们夫妻关系啊？

石红杏：齐本安，我就没法和你说话了！你也要给我上规矩了？

齐本安：该上的规矩都得上，不能没上没下，没大没小的嘛！

石红杏咬牙切齿：好，我看你怎么上规矩，别以为我不知道，你们家法很严的！我和小范那是战略合作伙伴，我们经常交流经验……

22　范家慧家　夜　内

范家慧给齐本安发信息：……本安，实在对不起，我不该干涉你的工作安排！尤其是你从凤尾向凤头蜕变的关键时刻！你看是否需要我给林满江再打个电话，或者马上去一趟北京，做些挽救工作呢？

23　机场高速路上　夜　外

轿车疾驰。

车内，齐本安给范家慧回信息：暂时不必，我正在努力挽回你造成的严重局面，如果需要，会让你过来解释，现在我正向林满江汇报！

石红杏看着信息：行，挺会搞阴谋的，小范这回算栽你手上了！

齐本安：什么阴谋，智谋、智慧！还不知道能让她老实几天呢！

石红杏：小媳妇难缠啊！哎，那你今晚到京州就不回家了？

齐本安：不回家，在咱们的中福宾馆住两天，让她先担着心吧！

石红杏：你们男人够坏的！一个比一个贼！

齐本安：你们女人也不是省油的灯啊！我这智谋别和范家慧说啊！

石红杏：那是，那是，咱们一个班子的战友了，而且又是历史悠久的同志加兄妹，必须得团结一致，必须得大事讲原则，小事讲风格！

齐本安：红杏，你既然啥都知道，我就不多说了……哦，不，不，我还是得说你两句。哎，你说今天在大师兄家，明明是我炒的菜，怎么弄得好像是你炒的似的？我也不好在大师兄面前多解释……

石红杏咂嘴：齐本安，你这一把手真有水平，就这点小功也抢！

齐本安：哎，不是抢功，我是看不惯你的小聪明，是实事求是！

石红杏一脸讥讽地应付：好，好，实事求是，实事求是……

24　首都机场　夜　外

齐本安和石红杏边走边说。

石红杏：哦，对了，童格华说，林小伟过几天也要到京州来。

齐本安：哎，林少爷到京州来干啥？他女朋友在京州啊？

石红杏：是，就是女朋友在京州！本安，猜猜是谁家千金？

齐本安：京州豪门多得是，我哪猜得准！你汇报一下吧！

石红杏：是李达康的女儿李佳佳，林小伟在美国留学的同学。

齐本安眼睛一亮：李达康的女儿？哎，挺好挺好，一个副部级的省委常委、市委书记，一个副部级的央企老总，真正门当户对啊！

石红杏：是的，李达康和林满江过去也比较熟悉，刚出道时，他们两个有志青年还在一起共过事，一起忧国忧民呢！

齐本安：知道，一个市委秘书，一个京州中福办公室副主任嘛！

石红杏：不过，咱们大师兄好像对这门亲事不是太满意，私下和我交代过，要我帮他盯着点！

齐本安：哦？怎么回事？

25　林满江家　夜　内

林满江对童格华说：……怎么回事？好，我告诉你怎么回事！我不认为咱们小伟的这个选择是正确的！正因为和李达康比较熟悉，对李达康知根知底，我才有个顾虑：李达康这人太爱惜羽毛了，连他老婆欧阳都不管不顾，哎，咱们还能指望他关心自己的女儿、女婿啊？

童格华：老林，你小声点，你儿子正和李佳佳煲电话粥呢！

26　林满江家客房　夜　内

林小伟蜷在沙发上，和李佳佳通话：……回来了，一下飞机鼻炎就犯了！中国的空气污染太严重了，也不知你家达康书记和我家林满江董事长都是干啥吃的！GDP 上去了，空气质量下来了！我说亲爱的，快和你家达康书记说一下，不要再保卫 GDP 了，要保护我们的肺，我们的鼻子，我们的身体……（说到这里，打了个喷嚏）阿嚏！

27　李达康家　夜　内

李佳佳看着电脑屏幕上的林小伟，对着话筒说：……林少爷，你温室里的花朵呀，这么娇嫩？！中国空气既然让你那么不适应，那你就赶快滚蛋，滚回美国去吧，真是的！哎，和你说啊，你在北京待一两天陪陪你妈就行了，赶快到京州来吧，和我一起去见见我妈！

这时，李达康从保姆手上抢过一碗银耳，端到李佳佳面前。

李佳佳看了李达康一眼：哟，李书记，你还亲自服务啊？

李达康在女儿面前坐下，亲昵地：那是，闺女，快趁热吃！

李佳佳收线：行了，林少爷，就这么说吧，晚安，拜拜！

李达康看着屏幕上的林小伟：闺女，这是谁呀？你男朋友？

李佳佳点头：男朋友，正说让他过来，陪我一起看我妈呢！

李达康一怔：哦，这……这好吗？你和这男孩关系确定了？

李佳佳：得我妈看过后才能定！

李达康：是，这倒也是！

李佳佳：哎，爸，你能不能给北山监狱那边打个招呼？

李达康：打什么招呼？

李佳佳：为我们会见安排个地方啊，大庭广众下见多难堪！

李达康为难地：这……这……这个……

李佳佳话里有话：又让你达康书记为难了是吧？

李达康指点着女儿，强笑：将你老爸的军啊？佳佳，你在美国这么多年了，不是讲究个平等吗？探个监也搞特权，这不是太好吧？

李佳佳不悦地：算了，爸，不和你说了！这事我自己解决吧！

28　老地方茶楼　夜　内

秦小冲摆弄着U盘，苦笑不已：洁玲，你过分不过分？我和女儿两年没见了，现在想见见她，你只让我看视频？视频里的是过去！

周洁玲：这我想到了！有今天的，最新的一段视频是上周的！

秦小冲：好，好，周洁玲，你可够绝的，不过，也还算周到吧！

周洁玲：我也是没办法！我一直和闺女说你到国外留学去了！我总不能说你犯诈骗罪进去了，让她小小的心灵受到不应有的伤害吧？

秦小冲：是，是，你有理！可我再说一遍：我是冤枉的，冤枉的！

周洁玲：那你拿出证据来啊！或者平反证书，或者法院新的判决书！秦小冲，我愿意相信你，可这个世界不相信你，你得自己去证实！

秦小冲：我证实，我肯定得去证实，我就不信这世界没有真相！

29　林满江家　夜　内

林满江和林小伟在客厅聊天。

林满江：……小伟啊，老爸得提醒你，头脑别发热，要综合考虑能否承担得起这份感情的重托，在没有把握之前，做事一定要有分寸！

林小伟：老爸，你也太老古董了，现在最流行的就是试婚！不试怎么知道合不合适呢？试了也不一定就一生一世啊，要活在当下！

林满江：但要有分寸！别一不小心给我试出个孙子孙女来！

林小伟：哎呀，这不是你和我妈早就盼望着的吗？小Baby？

林满江：但你必须给这个小 Baby 一个完整的家！小伟，咱们今天说清楚，这可是我的底线，也是你作为男人的责任，如果你超出底线，到时不管你乐意不乐意，都必须结婚，否则，你就给我滚出去！

林小伟：明白，明白……

30 李达康家 夜 内

李达康和李佳佳并肩坐在长沙发上，对面是巨幅京州规划图。

李佳佳：爸，不是我说你，咱这是家还是办公室？怪不得我妈总抱怨你！你得把生活和工作分开，这世上没几个像你这样活的！

李达康苦笑：是，是，道理我也懂，可就是真心放不下工作！不过，佳佳，你妈出事之前，规划图我可没敢挂上，这是后来挂的！

李佳佳：爸，我妈出事你有没有责任？她在这个家里有存在感吗？你满眼都是工作，你胸怀全国、全世界，唯独没有我妈和我！

李达康：也不能这么说，佳佳啊，你爸在这个岗位上，工作压力很大，我要是不经心，不作为，老百姓就得骂娘了，咱们党和政府脸上就无光！党和人民赋予我这么多沉重的责任，我不敢掉以轻心啊！

李佳佳：爸，你这话说得都不错，我也能理解，但是……

这时，电话突然响了。

李达康做了个暂停的手势，立即抓起电话，进入工作状态，脸上的笑容收敛了：哦，吴市长，对，是我找你！老兄，我可提醒你一下啊，今天距迎宾大道拓宽工程竣工只有十天了，你看看北线进度，拿得下来吗？我很担心！如果拿不下来，我们怎么向全市人民交代啊？

电话里的声音：达康书记，那我先简单汇报一下！

31 牛俊杰家 夜 内

牛俊杰脱衣上床：哎呀，这一天又算过去了，累死我了！

女儿牛石艳走过来：爸，我看有些事你也是自找的，活该！

牛俊杰自嘲：是，活该，活该！闺女，去睡吧，爸累死了！

牛石艳：不是我说你，爸，这总那总的，你也总了许多年了，还是那么一根筋！人家遇到麻烦事能躲就躲，能滑就滑，你倒好，硬上，还净和我妈对着干！我妈能饶了你？等着吧，有你跪搓板的时候！

牛俊杰：去，去，你爸啥时跪过搓板？你爸铁老汉一个……

这时，案头电话响起。

牛俊杰伸手摸起电话，愕然一惊：什么？京隆矿透水？

32 老地方茶楼 夜 内

秦小冲接手机：京隆矿出事了？哎呀，看看，又能吃喜面了吧！

电话里的声音：可不是嘛，深更半夜的，咱们一起去吧！

秦小冲：哎，小刘，消息可靠吗？别再让人套进去，我是害怕了！

电话里的声音：消息绝对可靠，京隆矿有我的卧底！

秦小冲：明白了！（说罢，挂上手机。）

周洁玲：怎么的？又看到敲诈勒索的机会了？秦小冲，我可提醒你，你这刚被放出来啊！还要见闺女呢，你就继续在海外深造吧！

秦小冲：我……我是去了解事故情况，写……写一篇调查新闻！

周洁玲：哎，哎，秦小冲，请把舌头伸直了说！

秦小冲：我……我舌头直得很，没……没打弯！

周洁玲：哎，人家不愿你调查就得给封口费，发红包！是吧？

秦小冲：不是！我……我这回就写新闻！我……我拒腐蚀永不沾！

周洁玲：行，行，赶快去发你矿难财去吧，我得回家陪女儿了。

秦小冲却又动摇了：算了，不去了，我……我意志不够坚定！

周洁玲：哦，对了，还有个大事差点忘了呢，你进去前不是借给你同学黄清源的清源矿业公司三十万吗？连本带息，也得四五十万了，赶快要去！现在经济形势不好，万一清源公司垮台，咱们就惨了！

秦小冲：谁垮他也垮不了，年息百分之二十四，又安全，你哪找去？！

周洁玲：那你起码把这两年的利息拿回来，咱们按合同分了！

秦小冲：好的，好的，我和黄清源提一提，一句话的事嘛！

33　牛俊杰家　夜　内

牛俊杰匆匆忙忙准备出门。

牛石艳：这种事故你也去？又没死人！让他们矿长处理就行了！

牛俊杰：别，别，我现在犯上作乱，不但得罪了你妈，还犯了敲诈领导罪，你妈要收拾我，上面的大领导也要收拾我的，我得小心谨慎，不能被你妈他们抓住什么把柄！再说，京隆矿地质条件复杂，万一水源来自地下河就麻烦了！走了，走了！闺女，你早点睡啊！

牛石艳：爸，你注意安全啊！

牛俊杰：哎，哎！（应着出门。）

34 京隆矿大门口 夜 外

一辆轿车冲进矿门。

轿车内坐着牛俊杰。

35 更衣室 夜 内

牛俊杰已换上一身工装，正往身上系自救器。

许多人围在牛俊杰身边汇报情况。

牛俊杰：王子和，确定没死人吗？

矿长王子和：确定没死人，调度室在第一时间就问过了。

牛俊杰：有受伤的吗？

王子和：这好像有几个！

牛俊杰：什么好像？到底伤了几个？哪个工区的？伤在哪里，有没有危险？透水区是否还有人没撤出来？查，让调度室对照名单查！

王子和抹汗：好，好，牛总……

36 井口 夜 外

牛俊杰一行走上罐笼。

罐笼启动，牛俊杰一行下井。

（第五集完）

第六集

1　李达康家　夜　内

李达康和吴市长通话，情绪不佳：……吴市长，我问你，京州堵车堵成啥样了，你就看不到？就因为这个迎宾大道全线拓宽工程，市委市政府挨了多少骂？别给我强调客观原因，我不问过程，只要结果！

李佳佳不悦地看着打电话的父亲。

2　施工现场　夜　外

工地大灯下，施工现场一片忙碌。

市长吴雄飞和李达康通话：达康书记，我现在就在施工现场，迎宾大道北线情况太复杂了，管网交错，涉及燃气、供电、通信、排水、市政等多家单位和部门！而且，这里靠近矿工新村棚户区……

李达康的声音：哪里不是这样？南线突飞猛进，马上提前完工了！

吴雄飞：是，是，达康书记！另外，这里还有个刚落成的青少年活动中心，道路要拓到活动中心天文馆围墙内一点五米处，现在天文馆呢，又有一个关于《宇宙形成》的天文知识普及活动，天文馆的孙连城同志和我说，希望我给他一周的时间，让他把活动搞完……

3　天文馆　夜　内

天文辅导员孙连城带着一帮青少年在天文馆看科教片《宇宙》。

影片解说：……宇宙是一百四十亿年前发生的一次大爆炸形成的。大爆炸散发的物质在太空中飘游，由许多恒星组成的巨大星系就是由这些物质构成的，我们的太阳就是这无数恒星中的一颗……

4　李达康家　夜　内

李达康火气很大：……我的天哪，吴市长，你可真有出息！孙连城是宇宙专家，你不是！你是京州市的市长，孙连城管着宇宙，你管着城市！宇宙太遥远，城市建设很现实，知道不知道？我的同志！

李佳佳不无惊愕地看着怒气冲天的父亲。

5　施工现场　夜　外

吴雄飞满脸的委屈：……好，好，达康书记，我明白了，我按你的指示办，天文馆的活动能搞就搞，不能搞就停止！达康书记，我不说了，啥也不说了，十天后北线一定通车！

李达康的声音：那就好，告诉施工单位，拖期我饶不了他们！

吴雄飞合上手机，对秘书交代：你去找一下孙连城，说明情况！

秘书：好的，吴市长！

施工指挥长走过来：吴市长，不能这么蛮干啊！

吴雄飞：什么蛮干？谁蛮干啊？李达康书记指示必须执行！

指挥长：可是……

吴雄飞：没有可是，十天后不能保质保量胜利竣工，你们这支队伍就别在京州做了，市场禁入！

指挥长抹汗：好，好，吴市长，那……那我啥也不说了！

6　天文馆门前　夜　外

孙连城和吴市长的秘书说着什么。

馆内的影片的声音不时传来：……人们想象宇宙会因为引力而不再膨胀，但科学家发现宇宙中有一种暗能量会产生一种斥力而加速宇宙的膨胀……

孙连城：赵秘书，这事你知道的，吴市长他答应过我的嘛！

赵秘书：是，可这不是李书记发话了嘛，李书记的脾气你知道！

孙连城：我当然知道！我被李达康连降了三级嘛，可吴雄飞是市长啊，连市长说话都没用了？哎，吴市长不是李达康的跟班马仔吧？

赵秘书：也别这么说，修路造成全城大堵车，上上下下都有反映！

孙连城：行，行，我知道了！你对吴市长说，道路照常施工，我们天文馆活动也不停止，前门封死，让参加活动的孩子从后门进出！

赵秘书乐了：你看看，咱孙区长很有办法嘛，这不解决了嘛！

孙连城气呼呼地：啥孙区长？我这区长去年就让李达康撤了，你们就别瞎叫了！赵秘书，我和你说，李达康是故意整我，他是不把我踩到泥里不算完啊！还说我不干事？你看看在他手下能干事吗？连吴市长都没法干事！

赵秘书有些害怕：好，好，不说了，不说了……

7　李达康家　夜　内

李佳佳把一只削好的苹果递给李达康。

李达康吃着苹果：佳佳，你今天看到了吧？早就定好的事情，我不盯着，很可能就不落实，现在懒政现象很严重，谁都不愿担责任！

李佳佳：可你这么和人家吴市长说话，也不是太好吧？

李达康：没关系，一个班子的同事，我又不是为自己，这是为工作！这项工程吴市长的总指挥，我的总政委，拖了工期，谁都不好看！哎，对了，光让你妈见你男朋友，就不安排老爸见一见啊？啊？

李佳佳：这不是怕你没空接见吗？你是京州第一大忙人！

李达康赔着笑脸：再忙也不能不管女儿的婚姻大事啊！

8　秦检查家　夜　内

秦小冲在电脑上看女儿的视频。

女儿和其母参加亲子游戏。

女儿在幼儿园毕业典礼上唱歌。

女儿对着镜头给爸爸寄语：爸爸，我今天从幼儿园毕业了，老师说，我们从幼儿变成了少年！爸爸，你在国外留学好吗？妈妈老糊涂了，上次说你在美国，这次又说你在英国，爸爸你到底在哪国留学？

秦小冲眼里噙泪。

9　井下大巷　夜　外

牛俊杰一行边走边说。

甲：……牛总，现在初步判断透水的水源来自历史采空区，京隆矿煤系的历史采空区年代比较久，面积也比较大。

牛俊杰：没错，我在京隆矿当矿长时就出过几次透水事故。

乙：不过，牛总，这次有些怪，水势很大，水源充沛。

牛俊杰：你的意思是说，有可能采空区连接到了地下河？

乙：是，牛总，我觉得有可能，起码要考虑到这个因素！

这时，王子和从后面追上来：牛总，调度室核对了 3244 迎头人数，发现少……少了两个地质测量人员，可能仍被困在透水区……

牛俊杰大怒：今天的调度主任是谁？给我撤了！混蛋一个！通知公司矿山救护队，立即出动，穿过透水区救人！

10　李达康家　夜　内

李达康恳切地对李佳佳说：佳佳，这么多年了，你在海外，我们父女没有机会交流，今晚咱们爷俩就敞开心扉好好谈一谈，好吗？

李佳佳：算了吧，爸，累了一天了，您早点休息吧！

李达康：哎，不，不，我不累，不累，和女儿聊天就是最好的休息！佳佳，送你走的日子我还记得，是你初中毕业后没几天的事吧？

李佳佳：不对，是我初中上了一个学期以后的事！

李达康：对，对，上了初中，你学习跟不上了，哦，不，不，主要是你不适应应试教育。你妈就和我商量，把你送出去，坦率地说，一开始我是反对的，一是舍不得你这么小就出去，二是怕影响不好。

李佳佳：达康书记，你主要还是怕影响不好吧？

李达康：没错！我们共产党的干部把自己的儿女往美国送，怎么说都不是件赏心悦目的事！可你妈坚持，几句话就把我堵到墙角上去了：不送出去，你李书记能尽到责任，当好女儿的家庭教师吗？学校要求你天天给女儿签字检查作业，你做得到吗？实话说，我做不到！

李佳佳苦笑：应试教育不但害苦了学生，也害苦了家长！

李达康：是啊，所以你去美国接受教育，我只好被迫接受！

11　井下大巷　夜　内

脚下的水流湍急。

牛俊杰一行涉水前行。

王子和：牛总，矿山救护队过来了！

身后一片灯光闪动。

牛俊杰：好，动作迅速，要奖励！

王子和：别奖励了，能补发几个月工资就行了！

牛俊杰：那就发，明后天就发！

王子和：牛总，您又蒙我们了！

牛俊杰：我蒙你不蒙工人，工人发三个月，干部以后说！

12　秦检查家　夜　内

秦小冲含泪在电脑上看女儿的视频。

女儿背着书包和其母走进小学校。

女儿在小学校门口和其母挥手再见。

女儿对着镜头给爸爸寄语：爸爸，我今天上小学了，分在一年级四班，班上四十二个同学，我的学号排在最后，四十二号！爸爸，你们留学也有学号吧？你学号多少？妈妈说你学习很好，让我和你比赛！爸爸，我们比赛吧，我要是赢了，你就回来看我……

秦小冲泪水长流。

这时，身后一只手递过纸巾。

秦小冲回转身看到了父亲秦检查。

13 李达康家 夜 内

李达康对女儿情真意切：……你走的那天，我本来要去送你。当时我在吕州做市长，和腐败掉的那个高育良搭班子，高育良是市委书记。我让你妈在上海浦东机场等我，没想到，在常委会上发生了工作争论，会一开六小时，我这个市长兼市委副书记不能早走，结果……

李佳佳：结果，你赶到机场时，我们的飞机已经起飞了！

李达康：是啊，我难得搞了回特权，请吕州国安局联系上海国安局，从特殊通道把我放进国际候机区，可你和你妈已经上了飞机……

这时，电话又响了。

李佳佳：爸，别接了！

李达康迟疑了一下，还是接了：哦？易书记？好，你说，你说！

电话里，易学习的声音：达康书记，对不起，实在对不起，这么晚了还打搅您！我这边纪委工作会议刚结束，简单向您汇报一下……

14 易学习办公室 夜 内

易学习和李达康通话：……达康书记，根据中央纪委和省纪委的指示精神，我们市纪委拟以区县为单位开展廉政问责系列活动，活动开始的第一场，是明天对我市光明区的问责会，想请你参加指导！

李达康的声音：易书记，我指导不了你，我尽量参加吧！

易学习：不是尽量啊，达康书记，你可一定要到场！

15　李达康家　夜　内

李达康一脸无奈：……好，好，我到场，明天到场！我不到，你老易又要怪我不重视反腐倡廉了！不过，我就到开头这一场，表示一个态度，支持你们的反腐倡廉，以后就是你和纪委同志的事了啊！

易学习的声音：那当然，那当然！达康书记，你早点休息！

李达康结束通话，顺手拔了电话：哦，佳佳，咱接着聊……

16　井下大巷　夜　内

湍急的水流已淹至牛俊杰的大腿。

牛俊杰和王子和在镀灯下看矿图。

王子和：……根据调度室最新查明的线索：两位测量人员就是在这里，喏，负450上坡巷道挂线，应该是被透水围困在450迎头了。

牛俊杰：不是说迎头掘进的十二个工人全安全撤出来了吗？

王子和：调度室搞错了嘛！那是420，不是450！

牛俊杰马上对救护队人员下命令：听明白了吗？ 450迎头有两个人，你们的任务是带上潜水装备，尝试潜过深水区救人！另外，让机动大水泵都开足马力一起抽水，严密监视水位，十分钟一报！

17　秦检查家　夜　内

秦检查对儿子说：现在知道哭了，早干啥去了？什么叫一失足成千古恨？你这就是啊！一个搞新闻的记者，两眼只盯着钱，能不出事吗？就算有人套你，那也是你有被套的理由，苍蝇不叮无缝的蛋！

秦小冲抹去脸上的泪：爸，你说得对！我是有缝的蛋，缝还不小呢！今天一听说京隆矿出了事故，我第一个想到的，就是有红包拿了！

秦检查一声叹息：看看，看看！小冲，你这人，还有世道人心咋变成这样了？你怎么就没想到井下被困的工人？没想到他们家属和矿领导的焦虑？别喊冤了，你不冤，就你这思想，蹲两年没大冤枉！

秦小冲：哎，对了，我的老手机和老电脑呢？警察还了吗？

秦检查：结案后就还了，周洁玲去领的，应该在她那里！

秦小冲：那我还得找她去，我有重要证据在老手机里！

秦检查：啥重要证据？

秦小冲：电话录音！我去和报料人接头有电话录音的！

秦检查：人家法院不是没采信吗？找出来只怕也没啥用！

秦小冲：等我把事情弄清楚就有用了！爸，你等着瞧吧！

18　李达康家　夜　内

李达康问李佳佳：女儿，饿了吧？我给你煮个好吃的方便面吧？

李佳佳：爸，还是我给你煮吧，我十四岁就会煮方便面了！

父女二人起身到厨房煮方便面，继续聊天。

李达康：佳佳，这些年，你妈为了你，可以说是操碎了心，你是你妈在这个世界上的唯一温暖和希望。你妈犯了法，对不起党和国家，但你妈对得起你，不论今后她在哪里，什么情况，你都得不离不弃！

李佳佳：我知道。爸，你是不是也不放心我妈？

李达康：没错！毕竟二十多年的夫妻，虽然磕磕碰碰，恩爱折腾完了，可岁月早把我们拧在一起了，离婚就相当于拿左手砍右手，疼啊！佳佳，我和你说实话，如果你妈不是涉嫌犯法，我下不了决心！

李佳佳：爸，政治斗争很残酷，是吗？你……你也是没办法？

李达康显然难以回答，一声叹息：唉，不说这个了！佳佳，我和你妈虽说没有感情了，但还有亲情！佳佳，你就是联系我们亲情的纽带！哟，面条好了，瞧我们佳佳下的面条好香啊！

19 井下大巷　夜　内

王子和惊喜地告诉牛俊杰：水下去了，下得很快！

牛俊杰看了看脚下，水已退到小腿，松了口气。

王子和：450 的两个人不会有问题了！

牛俊杰：难说，水是现在退下的，此前呢？等救护队消息吧！

王子和：好，我们等，牛总，你上井休息吧！

牛俊杰打了个大哈欠：胡说！没见到人，我就敢上井休息了？！

王子和感慨：牛总，现在像你这样的领导不多见了！

牛俊杰：你别捧我，再捧我也没钱，该欠的工资还得欠！

王子和：听说是弄到了一亿五啊？从北京中福总部硬要来的？

牛俊杰：你听谁说的？今晚才发生的事，你这么快就知道了？

王子和：那是，我耳朵好，只要有银子的响动，我准能听到！

牛俊杰：你也就是听听，就当听音乐会吧！哎，问问救护队，他们到什么位置了？马上给我联系，马上！

20 秦检查家 夜 内

秦小冲对秦检查说：……爸，出事那天晚上我接到两个电话，一个是说有报料的材料给我，一个是说京州能源京隆矿发生事故，有五人死亡。我听说有五人死亡事故，说了去报道，但没来得及去，先去取报料材料，没想到就接到一个装了十万现金的邮袋，被人栽了赃！

秦检查：你过去不是也经常收点封口费吗？

秦小冲：一般封口费哪有这么多？三五千而已！

秦检查：那你说说报料，人家要给你报什么料啊？

秦小冲：说是中福公司批下来的五亿房改基金被贪污了！

秦检查迟疑地：什么房改基金？咱们棚户区改造的基金？

秦小冲：没错，就是这笔房改基金！

秦检查：不对吧？咱们矿工新村早交给京州市了，改不改都是市里的事，国家有棚户区改造计划，国务院给钱，和矿上早没关系了！

21 井下大巷 夜 内

王子和对牛俊杰：……牛总，有个情况我一直想和你说，又没敢说！现在是在地下五百米，没人偷听咱的说话，我得说说了。

牛俊杰捅了王子和一下：好小子，一肚子秘密嘛！说，哪里有银子的响声了？我和你一样，穷疯了，耳朵就一下子好起来了！

王子和：有银子，有一注好银子！五年前，你还没调过来吧？

牛俊杰：没呢，我是三年前过来的，一来煤炭行情就不行了！

王子和：那是，行情好也轮不到你老牛来！

牛俊杰：别说我，说银子，银子，咱欠薪五个亿呢！

王子和四处看看，声音低了下来：这五个亿我也许给你找到了！

22 李达康家 夜 内

李达康和李佳佳吃着方便面，继续对话。

李达康：好了，说说我那个女婿吧！电脑上看，模样不错！

李佳佳：人也不错，对我挺好的，几乎能满足我一切要求！

李达康：一切要求？包括不合理的要求？

李佳佳：对，包括不合理的要求！

李达康：这我可做不到，你妈不合理的要求我从不满足！

李佳佳：所以你是李达康，人家是林小伟！

李达康：这孩子是哪里人？北京的？

李佳佳：北京的，不过他父亲在京州工作过，就在京州中福。

李达康一怔：哎，该不会是中福集团的董事长林满江吧？

李佳佳：对，就是他！你们有过接触？

李达康：岂止是接触？熟悉得很！是个有开拓进取心的好同志！

李佳佳：老爸，瞧你这评价，你们组织部提拔干部啊，还开拓进取，还好同志！

李达康自嘲：是，是，一不小心狐狸尾巴就露出来了。

李佳佳：是官气霸气侧漏！好了，爸，睡觉吧，你明天还要上班！

李达康伸了个懒腰：好，睡觉！

23　秦检查家　夜　内

秦小冲对秦检查说：坐牢这两年，我一直在想，谁和我有这么大仇？非要把我送到大牢里去？在京州，在汉东省，拿封口费的又不是我一个，再说，都是人家主动给的，牛俊杰不会只报复我一个人啊！

秦检查：你就别往牛俊杰身上想，他不会！

秦小冲：那可能就是五亿基金惹的祸了！

秦检查：当真有这么一笔基金吗？

秦小冲：我也不知道，我给京州中福纪检写信说了这事，他们应该知道！爸，你说会不会是有人为了这五个亿的事，才给我栽赃？

秦检查思索着：这个……这个，你怎么说得像真的似的？

秦小冲叫了起来：可不就是真的嘛，我真被冤枉了！

24　李达康家　夜　内

李达康在主卧室呼呼大睡。

李佳佳在自己房间上网。

网页：中国共产党京州市委员会

专题：京州市委二〇一五年十大工作

李达康的一张张工作照片。

照片风格独特，意气风发。

李佳佳看着这个市委书记父亲的照片若有所思。

桌上镜框里，母亲欧阳菁在微笑。

25 井下大巷 夜 内

王子和对牛俊杰说：……五年前煤炭行情好，各矿都有钱，市里启动棚户区改造工程受益者又是咱们矿上的干部群众，市里要求矿上掏点钱，三个矿就各拿一个亿给了市里，做棚户区改造的配套基金。

牛俊杰：这才三个亿，不说是五个亿吗？还有两个亿呢？

王子和：三个亿市里嫌少，那两个亿是京州中福出的。

牛俊杰：这就是说，五个亿现在还在市财政的账上躺着呢？

王子和：没错！五年了，市里的棚户区改造纹丝不动，咱那五个亿凭啥还放在市里睡大觉？为啥不能拿回来把两万工人的欠薪还上！

牛俊杰：有道理，有道理！不过，王子和，这事只怕也没那么简单！一来五个亿里有两个亿是集团的，另外房改配套基金得专款专用！

王子和诡笑：可我相信你有办法，你不是牛魔王嘛！

牛俊杰：你们就坏吧，我哪天非死在你们手上不可！

这时，前面巷道一片灯光闪动。

灯光下有人报喜：牛总，王矿长，两个测量工人找到了！

牛俊杰和王子和欣喜地迎了上去……

26 京州中福会议室 日 内

集团全体干部会议即将召开。

主席台上坐着齐本安、石红杏和北京总部的组织人事部刘部长。

台下，京州电力、京州证券、京州信托、京福商场、京福房产、京福宾馆等各所属企业二百名干部大部分到齐了。只有“京州能源”座席牌前“董事长”“总经理”两个主要领导位置显眼地空着。

齐本安悄声问石红杏：京州能源怎么回事？牛俊杰、皮丹呢？

石红杏不悦地：还问啥？这两个货又迟到了呗，我让他们催一催！

齐本安：哎，哎，你和牛俊杰同居一室，牛俊杰还迟到？

石红杏：哎呀，哪还同居一室啊？早分居了，一人一个房间！

齐本安：那也在一个屋脊下嘛，红杏，你就一点不关心老牛？

石红杏：关心，老牛昨夜不知忙啥去了，我早上走时他都没回家！

27　牛俊杰家　日　内

牛俊杰在熟睡中。

女儿牛石艳在一旁接电话：吴主任，集团这个会重要吗？

电话里的声音：重要，很重要，京州中福新董事长上任啊！

牛石艳：哦，那好，那好，那我让我爸赶快过去！

合上手机，牛石艳推醒牛俊杰：老爸，快醒醒，开会！

牛俊杰翻身又睡：别闹，开啥会，今天的会取消！

牛石艳：你们的新董事长来了，就是齐本安，是他要开会！

牛俊杰一怔：啊？齐本安过来了？（坐起来手忙脚乱地穿衣服。）

28　京州光明区婚姻登记处离婚室　日　内

皮丹和皮妻将两张崭新的结婚证递上。

工作人员接过证：又来离了？皮董，这次看上哪里的房子了？

皮丹：河西南，现在被称为宇宙中心了，好地方啊，前途无量！

工作人员：那城东新买的房子又划到您太太名下了？

皮丹：那是，今天一离婚，我又成无房户了，具备购房资格！

工作人员：城东的房子涨得还好吧？

皮丹：涨疯了，四万一平买的，才一年，六万一平了！

工作人员：皮董，您也帮我买一套啊！

皮丹：那你也别怕麻烦，得先把婚离了……

这时，手机响了。

皮丹接手机：什么？什么？哎呀，你看我在医院发烧烧的，把脑袋烧糊涂了，怎么把开会的事给忘了呢？！好，我马上过去，马上！

合上手机，皮丹催促：小赵，快点，照顾一下老客户啊！

工作人员马上拿出离婚证填写：好的，好的，照顾老客户……

29　京州纪委会议室　日　内

李达康和易学习走进门。

易学习：达康书记，我是真心感谢你！你今天就是不来，我也没话说，毕竟没提前和你约好，昨晚打电话我是抱着试试看的心态！

李达康：老易，你就别瞎客气了，这是分内工作！推进全面从严治党，咱俩是主要责任人，我哪能不来？我让办公厅调整了一下日程安排！哎，今天这会怎么个开法？

易学习：哦，达康书记，准备这么开：光明区四套班子十五名主要局级干部依次向本届市纪委报告履行全面从严治党的主体责任和个人廉洁自律情况，包括怎么肃清丁义珍等腐败分子的余毒，然后呢，接受与会代表们的询问、质疑，由代表们当场打分，记入廉政档案。

李达康不时地和熟悉的干部打招呼，握手：人大、政协也来人了？

易学习：来了，到会的还有咱们市纪委委员、派驻纪检组长、市纪委机关各部门负责人和特邀来的市党代表、人大代表、政协委员。

李达康指点着：那这些到会的代表们，就是现场考官了？嗯？

易学习话里有话：没错，达康书记，我估计要考糊几个哩！

李达康手一挥：好，好，考糊就考糊！像丁义珍、孙连城这种干部早一点暴露出来，党和人民的事业就少一点损失！

30　京州中福会议室　日　内

京州能源的空位十分醒目。

会场上一片肃静，空气紧张。

主席台上，石红杏悄声问：本安，还等吗？

齐本安阴着脸：继续等，他们京州能源的人不来怎么开会？

石红杏叹气：回头给他们开个小灶呗！过去都这样……

齐本安恼怒地：石红杏，我告诉你，我没这种开小灶的习惯！

石红杏愕然一惊，似乎突然发现软弱随便的齐本安变了个人。

齐本安又发现，主席台上也空着一个位置：咱这台上谁没来啊？

石红杏：哦，陆建设，这几天不知谁踩了他的尾巴，正闹情绪呢！

齐本安冷笑：党委副书记也敢闹情绪？问问他还想不想干了！

石红杏离座：好，好，本安，你等着，我这就去找陆建设！

31　机关医院十楼病房　日　内

陆建设身着病号服，在阳台上和石红杏通话：……石总，我不是和你说了吗？我身心交瘁，忍无可忍，就到机关医院住院了，你们林家铺子的二掌柜来不来关我何事？我可不是林家铺子里的人！我是京州中福的党委副书记，我有工作的权利，也有生病休息的权利！石红杏同志，请你转告齐本安二掌柜，我住十楼56床，不要来看望！

32　京州中福会议室门外　日　内

石红杏和陆建设通话：……老陆，我们都是党员干部，请你不要胡言乱语！什么林家铺子啊？哪来的林家铺子？今天齐本安同志头一天上任，召开党政干部会议，你作为党委副书记不出席是不应该的！

电话里的声音：不应该的事多着呢，该发生的不还是照样发生了吗？田园书记不是从十八楼跳下去了吗？还说啥说！

石红杏：好，好，老陆，我认你狠，你注意休息吧，保持一个愉快的心情，有什么实在想不开的事，就及时找我或者齐书记聊聊……

电话里的声音：不必了，请你放心，我不会从十楼跳下去的！

石红杏：好，那就好，老陆，千万想开啊！

33　京州街上　日　外

牛石艳开车，牛俊杰在车里狼吞虎咽吃东西。

牛石艳发牢骚：……老爸，我做你女儿算是倒大霉了！跟着你担惊受怕，还得三天两头免费给你当司机！你得给我发工资！

牛俊杰：发，发！今天不是特殊情况嘛，等司机哪来得及？就这样，我估计领导都不会高兴了！好在是齐本安，这位同志我知道，当年搞过我的事迹材料，比较软蛋，比你妈那娘儿们好对付一些……

34 京州街上 日 外

轿车疾驰。

车内，皮丹的老婆一边开车，一边出主意：……皮蛋，领导头一次开会，你就给忘了，这多不好！要不，咱赶快到医院把针扎上，挂水！挂着盐水袋进会场，领导就得觉着愧对你了，你伤病员啊！

皮丹：过了，过了，戏过了啊！老婆，我告诉你，新来的领导不是别人，是齐本安！此人是我老娘三个徒弟中最软弱无能的一个！

35 京州纪委会议室 日 内

与会人员全部到齐，易学习宣布开会。

易学习：同志们，开会了！首先，请省委常委、市委书记李达康同志作重要讲话！大家欢迎！

李达康讲话：同志们，根据中央和省委的指示精神，纪委监察工作要落到实处，要不断求新创新，要切实监督好关键少数，压实主体责任，今天我们呢，就在光明区进行一个试点。

与会者都盯着李达康看，有人在做记录。

李达康：为什么选在光明区做试点单位呢？因为光明区前一阵子不是太光明，众所周知，在反腐风暴中倒下一批干部，比如像前区委书记丁义珍，出事后逃到海外去了，命丧海外。像那位前任区长孙连城，懒政不作为，白吃干饭，连一个面对群众的信访窗口都搞不好，现在到青少年活动中心带着孩子们看星星去了！据说，在看星星的岗位上干得还不错，认真管着咱全宇宙呢！

众人哄笑。

易学习皱眉苦笑。

36　京州中福会议室　日　内

众目睽睽之下，牛俊杰跌跌撞撞冲进门。

片刻，皮丹不慌不忙进来了。

主席台上，齐本安看了看手表。

石红杏提醒：本安，他们来了，开会吧！

齐本安盯着牛俊杰和皮丹：牛总、皮董，本集团六十七家下属公司和部门，等你们开会等了四十八分钟！你们这种领导能带出什么样的队伍就可想而知了！这种散漫作风从今天开始必须结束了！

一片鸦雀无声。

石红杏突然意识到什么，带头鼓掌。

台下，掌声响了起来。

齐本安又注意到主席台的空位：陆副书记就是不来？

石红杏：哦，在机关医院住院呢，我也不好再逼了……

齐本安阴沉着脸，这才对石红杏说：好，石总，开会吧！

石红杏拍话筒：好，同志们，我们开会了！首先，请中福集团组织人事部刘部长宣读中福集团党组对齐本安等同志的任命……

37　京州纪委会议室　日　内

李达康讲话：……同志们不要笑，懒政也是腐败，而且是很严重的腐败！你占着茅坑不拉屎，就辜负了你的奉献岗位，就辜负了组织对你的托付，就辜负了老百姓对你的期待，你就浪费了宝贵的行政资源！就是老百姓说的那句老话，当官不为民做主，不如回家卖红薯。你去卖红薯自己赚了钱，还算服务了社会，占着权力资源不替老百姓办事，还整天做梦要升官，这算什么？就是腐败嘛！

与会者都盯着李达康看。

李达康越说越起劲：我说权力资源宝贵，在座同志不会有什么异议吧？大家都知道，我们的权力结构是宝塔形的，越往上人越少，位置就越稀缺，所以你在其位就得谋其政嘛！就得甩开膀子干，为民用权，把权力用到位，用人民赋予你的权力造福一方人民！对那些只想升官不想做事的干部，一经发现，中共京州市委就要严肃处理……

38　京州中福会议室　日　内

刘部长捧着文件夹宣读：同志们！为了进一步加强京州中福投资控股集团公司领导班子的建设，经中共中福集团党组研究决定，齐本安同志任京州中福集团党委书记、董事长，石红杏同志任党委副书记、副董事长、总经理。中共中福集团党组，二〇一五年九月二十二日。宣布完毕。

石红杏主持会议：下面，让我们用热烈的掌声欢迎京州中福控股集团公司董事长、党委书记齐本安同志作重要讲话！

台下，皮丹一边鼓掌，一边对牛俊杰抱怨：牛总，我在医院挂水，来晚了，你怎么也来晚了？这位齐书记还以为咱们故意轻视他呢！

牛俊杰苦笑：别提了，我昨夜处理事故去了，天亮才躺下！

皮丹：是吗？哎，哪个矿又出事故了？

牛俊杰：京隆矿，透水，差点玩掉两条人命！

皮丹：啊？

牛俊杰：别啊了，听领导重要讲话！

台上，齐本安讲话：同志们，相隔十年，林满江董事长和集团党组又把我派回了京州，我心情既激动，又不安，复杂得很。在等待皮丹、牛俊杰同志的这四十八分钟里，我在你们当中寻找当年熟悉的面孔，却没找到几个，物是人非，公司早已不是以前的旧模样了……

（第六集完）

第七集

1　京州时报社门前　日　外

秦小冲骑着三轮货车出门，车上装满京州老酒。

牛石艳跟在后面嚷嚷：哎，一次拉这么多过去，能卖掉吗？

秦小冲：牛主任，你就别烦了，卖不掉全留给我自己喝！

牛石艳：也不怕醉死你！（说罢，又招呼起身边的另一记者）哎，小田，你的腊肉快拿走啊！老范说了，卖不掉，就腊肉顶工资了！

2　京州纪委会议室　日　内

李达康仍在讲话：……所以，各位代表，各位同志，我在这里拜托大家，对这种懒政干部请不要客气，该提的问题要提，该批评的要批评，该让他下课就让他下课！孙连城一个人管全宇宙很辛苦啊，可以考虑多派过去几个，加强对宇宙工作的领导嘛！

笑声四起。

李达康：好了，就讲这么多，供同志们参考吧！我上午还有两个会，这个会不能全程参加了，相信有我们的易书记主持，一定能开得很好，开出水平来，中共京州市委对作风建设、反腐倡廉绝不含糊！

与会者热烈鼓掌。

李达康和秘书在掌声中迅速离开会场。

易学习：好了，同志们，继续开会。我说明一下：今天的述职述廉要现场打分，好、较好、一般和较差。不像以前，画个钩、打个叉，笼统模糊，不知所指。对存在的问题，大家要认真分析，制定整改措施，并要在会后将整改报告报送市纪委！好了，下面，我们有请光明区委书记郑幸福同志！——幸福同志，今天就从你开始吧！

郑幸福走上述职台：同志们，我从四个方面进行述廉述职……

3　京州中福会议室　日　内

齐本安仍在讲话：……熟悉的面孔也有几个，像京州电力的李功权董事长，像京州证券的王平安总经理，好像还有几个当年的老同事。京州中福现在是什么情况？我想大家都清楚，整体上低迷不振，京州能源负债累累，仅欠薪就是五个亿，公司面临退市风险。京州证券在前不久的股市风暴中巨亏了十五个亿！人民的财产在不断地流失……

4　京州纪委会议室　日　内

郑幸福放下讲稿：……我要说的就是这些，请同志们提问吧！

代表甲：郑幸福同志，在你之前，前任区委书记丁义珍严重违纪，涉嫌经济犯罪，作为新一届区委书记，你应该汲取什么样的教训？

郑幸福：丁义珍的腐败堕落对我是一个活生生的警示，它时刻提醒我，党员干部要廉洁奉公，权为民用，不能以权谋私，以权谋利……

5　京州中福会议室　日　内

齐本安扫视台下：……还有矿工新村的棚户区改造，林满江董事长和我们的老领导朱道奇同志都十分关心。我来的前一天，朱老还专门向我做了交代。据我所知，五年前我们就和京州市政府协调，划拨了五亿资金进行配套！现在却还没启动，老劳模程端阳还住在危房里！

台下，牛俊杰对皮丹说：瞧，沾毛赖个秃！市里的事也在这里说！

齐本安：不要认为这只是市里的事，这其实也是我们的事！棚户区里住着三万多低收入的矿工家属，几代人挤在上世纪五十年代的危房里，我们怎么能钱一掏，就不闻不问了呢？这是负责任的态度吗？

石红杏的脸沉了下来，很响亮地喝水，很响亮地把水杯放在桌上。

齐本安似乎有所察觉，不悦地看了石红杏一眼……

6　清源矿业公司门前　日　内

秦小冲的三轮车堵在大门口。

进门出门的大车小车排了好几辆，喇叭声不绝。

清源矿业老总黄清源从门内跑过来，冲着秦小冲作揖：秦小冲，我认你狠，这酒我要了，全要了，行吗？快，快给我弄到一边去！

秦小冲：你早说不结了？就这点酒，给你们员工发福利多好！

黄清源和秦小冲一起推车：谁喝这种破酒！

秦小冲：哎，那成，你不喝买下来送我呀，我喝，这酒不错！

黄清源：诈骗犯就是诈骗犯，我算准了，你一出来就得诈我！

秦小冲：谁让你是我老同学呢？有困难我不找你找谁？！

黄清源：是，是，再说，你还是我们公司的小股东……

秦小冲立即更正：哎，哎，别，别，我可不是你们的股东，我那三十万是借给你的，我这儿有借条的，连本加息得五六十万了吧？！

黄清源：我没细算，没这么多，其实小冲，你可以考虑转股啊……

秦小冲：我不转，我还指着每年利息养家糊口呢！你赶快把这两年的利息给我算一下，我等钱用！

黄清源：好的，好的，让会计给你算就是，这点小钱你还挂记！

秦小冲：对你是小钱，对我是大钱，这是我和周洁玲的全部积蓄！

7　京州纪委会议室　日　内

代表乙：我是来自矿工新村棚户区的市人大代表，问郑书记一个问题：棚户区改造工程五年未启动，是否属于懒政不作为？请说明！

郑幸福：这个问题比较复杂，主要责任在前任区委书记丁义珍和前任区长孙连城。按说改造工程五年前就应该启动，但由于资金问题和一部分居民的反对，就一直拖了下来，我到任后还没来得及处理。

易学习：郑幸福同志，是没来得及处理，还是不作为呢？李达康书记今天重点讲了懒政不作为的危害性，相信对你会有所触动，为什么关系到老百姓基本生活和生存的大事，在你这位同志眼里这么无足轻重？同志，你叫郑幸福，不能你正幸福着，让老百姓不幸福啊！

代表乙：易书记说得太好了！郑书记，我建议你和光明区委领导去矿工新村看一看这些危房，一场三级地震都能把这片危房震趴下！

郑幸福抹汗：我接受大家的批评，尽快下去调研了解情况！

易学习：看看，我们郑幸福同志现在也不太幸福了，流汗了！

郑幸福强颜欢笑：流一流汗挺好，扎着心了，触动灵魂啊！

易学习：好，那么下一个，任区长，轮到你了！

8　京州中福会议室　日　内

台上，齐本安的讲话已接近尾声：……同志们，先说这么多，从今天开始，大家对我齐本安要有一个认识和再认识的过程，我齐本安对你们呢，也会有一个认识和再认识的过程，我希望大家心里都有点数，不要再这么麻木不仁，都好自为之吧！

台下，牛俊杰已睡着了，头歪着，打起了呼噜。

台上，齐本安发现了，看着台下的牛俊杰，重重地敲了敲桌子。

皮丹一怔，慌忙推醒牛俊杰。

牛俊杰一个激灵：散会了？

皮丹指了指台上，牛俊杰明白了，努力坐正。

台上，齐本安口气益发严厉：在这里，我也提醒一些同志，不要打错了自己的算盘！不要以为齐本安当真软弱，拿你们什么皮蛋混蛋坏蛋都没办法！没有金刚钻不揽瓷器活，我既然来了，就不怯乎你们！

台下，牛俊杰和皮丹相互看看，都呆住了。

台上，石红杏敲了敲桌子，提醒齐本安：行了，会上就别说了！

齐本安忽地站了起来：散会！牛俊杰、皮丹，你们留一下！

9 清源矿业公司 日 内

黄清源不无夸张地打量着秦小冲，戏谑地：不错嘛，秦记者，你看这二年，你待在里面多好啊？都说北山的那口汤好，你看你喝汤喝的，既减了肥又戒了烟，红光满面的，咱人民监狱它就是锻炼人啊！

秦小冲倒在沙发：黄总，你是不是也想进去锻炼几年？

黄清源也在沙发上坐下：我就不必了吧？我这已经锻炼得百毒不侵了！哎，说正经的，秦记者，吹我的那本《源源本本》你还写不写了？别忘了，我可是出过定金的！

秦小冲：写，怎么能不写呢？我现在人穷志短，有钱就得赚了！

黄清源：好，好，我就等着你志短呢。哎，两年前我给了你一万定金，对吧？余下那四万元见稿付钱！

秦小冲：见稿付钱？

黄清源：见稿付钱！

秦小冲从包里掏出打印书稿《源源本本》：黄总，您请付钱吧！

黄清源怔住了：我 ×，秦记者，你变戏法呀？我绝不相信人民监狱会允许你在喝汤期间从事文学创作！

秦小冲：这不是文学创作，这是无耻马屁！掏钱，快！

黄清源：别以为我不知道，人民监狱也不允许乱拍马屁的！

10 京州中福大厦门厅 日 内

散会出来的干部，边走边议论。

甲：齐本安厉害啊，一阔脸就变！

乙：不是一阔脸就变，是一有权脸就变！

丙：权力改变人啊！

甲：权力还改变人生呢！

11　京州中福大厦门外　日　外

京州证券老总王平安和京州电力董事长李功权都在等车。

王平安碰了碰李功权：哎，今天齐本安话里有话啊！

李功权：话里有话？什么意思？

王平安：他要我们心里有数，对咱们要重新认识呢！

李功权会意：还要求我们对他重新认识？

王平安：还不明白啊？

这时，李功权的车到了。

李功权上车后，又和王平安说了句：我好像有些明白了！

王平安挤了下眼：得懂规矩，是不是？

李功权也挤了挤眼：没错，我想的就是规矩！

12　齐本安办公室　日　内

这间大办公室即原来石红杏的办公室，林满江的油画像高悬。

齐本安坐在石红杏坐过的位置上，和牛俊杰、皮丹谈话。

皮丹一脸诚恳：……齐书记，实在对不起，今天会议迟到，很不应该！虽说医院会诊很难改期，可我如果坚持改期，还是可以改的！

齐本安：年纪轻轻，哪来这么多毛病啊？师傅当年一身病，却二十年保持全勤，全省有名，全国有名，你皮丹同志就不能学学这精神？

皮丹夸夸其谈：是，是，齐书记，您说得对！不过呢，那个时候啊，也不是太科学，活着干，死了算，小车不倒只管推，革命加拼命，拼命干革命。可也不想一想，老命都拼没了，以后还怎么干革命呢？弗拉基米尔·伊里奇·乌里扬诺夫同志说过，身体是革命的本钱……

齐本安：行了，我是说精神，国有企业职工干部的创业精神！

皮丹：是精神！但时代毕竟不同了，我还记得呢，那时候你们和我妈一起加班，矿机厂食堂送碗红烧肉过来就把你们激动坏了，还舍不得吃，让我妈带回家给我吃！现在谁还敢乱吃大肥肉？一个个差不多都“三高”了，血脂高、血压高、血糖高。哎，齐书记，你也“三高”了吧？

齐本安：别扯我的三高三低，说工作，说你们京州能源的工作！

皮丹：好，好，说工作！齐书记，京州能源现在是太困难了……

这时，牛俊杰眼皮快睁不开了，强打精神听皮丹扯淡。

13　石红杏新办公室　日　内

石红杏阴沉着脸打量着自己未来的新办公室。

这间办公室明显比原来的办公室小了许多。

办公室吴斯泰汇报：……石总，根据您的指示，我把这间办公室收拾出来了，回头把林满江董事长的油画也取下来，给您挂到这里来。

石红杏坐到老式旧沙发上，一言不发，像没听见。

吴斯泰赔着小心试探：石总，这间办公室那么小，您搬过来办公不太合适吧？要不，我尽快安排一下，把隔壁那间办公室让出来，给您打通了，这样您的使用面积和齐书记那间也就差不多了。

石红杏自嘲问：吴斯泰，这么干好吗？我是不是要摆正位置？现在京州中福的一把手是齐本安，不是我了，他是董事长兼党委书记！

吴斯泰：那……那您还是总经理嘛，正局待遇，和齐书记平级的！

石红杏略一沉思：好，那就这么办，不过，也别急，慢慢来吧！

吴斯泰有些不解：石总，慢慢来，那齐本安书记在哪办公？总不能让你们俩共用一个办公室吧？

石红杏笑了笑：先让齐本安到咱们中福宾馆的贵宾楼办公吧！

吴斯泰一副恍然大悟的样子：哎，好，好，石总，您这主意好！

14　清源矿业公司　日　内

黄清源翻看着文稿：……行，秦小冲，我认你狠！既然马屁让你一家伙拍响了，我也就英雄不问出处了！四万明天划给你。

秦小冲提醒：还有那三十万两年没结的利息，一起给我划过来！

黄清源：好，好！不过，秦小冲，这一车酒你还非摊派给我吗？

秦小冲：一码归一码，酒是报社的，钱你给我打到报社账上！

黄清源：那我这本书印刷时，这印刷费，你们得给我打点折！

秦小冲：到时再说吧，有我在总亏不了老同学、老朋友！现在咱们说正事，黄总，我被栽赃陷害，这事你应该清楚……

黄清源：我不清楚！秦记者，我这人从不惹火烧身！

秦小冲：这事是不是和光明区公安局长程度有关？嗯？

黄清源：哎呀，你既然知道还问我？！我也被他抓过嫖娼，好像还是你捞的我吧？哦，对了，程度也到北山喝汤去了，你出来，他进去，就是上个月判下来的，有期徒刑十五年，你在里面没见过他吗？

秦小冲摇头：没见过，我也是出来后才听说的！

黄清源：那你们失之交臂了……

15　齐本安办公室　日　内

皮丹紧张地看着齐本安打电话，牛俊杰在一旁打盹。

齐本安：……哦，没啥大事，就是了解一下皮丹同志的病情！

电话里的声音：……齐书记，皮总身体挺好，经过这段时间的精心调养，血液各项指标都已经接近正常了。

齐本安："三高"症状都消失了？不影响组织上的提拔使用？

电话里的声音：哦，不影响，不影响，绝对不影响！

齐本安放下电话：皮总，你就继续在医院泡吧！啊？！

皮丹赔笑：齐书记，我……我没想让组织上提拔，真的……

齐本安"哼"了一声：组织上也没考虑提拔你！（一眼看到了打盹的牛俊杰，益发恼火，敲了下桌子）哎，牛俊杰，醒醒，尿泡尿再睡！

牛俊杰一下子清醒了，抹掉嘴角口水：哦，齐书记，你说，你说！

齐本安：我不说了，听你说，牛总，说说你今天是怎么回事？

牛俊杰打了个大哈欠：哎呀，齐书记，对不起，实在对不起！不过，我这次开会迟到还真是事出有因……

16　石红杏办公室　日　内

石红杏和程端阳通话：师傅，我二师兄齐本安过来了，说是晚上去看您！还说要在您家吃饭！可我想啊，这都啥年代了，还在家吃饭啊？在外面安排吧，吃过饭去和您老人家叙旧聊天，你看好不好？

电话里的声音：杏，本安要在我家吃就在我家吃呗，我能做几个拿手小菜，也能叫外卖啊！

石红杏：外卖难吃死了，您别管了，我安排吧，有车去接您！

电话里的声音：杏，现在中央管得严了，咱们可别犯纪律啊！

石红杏：知道，知道，中央的八项规定嘛，您老人家就别烦了！

电话里的声音：我还是得给你们提个醒，现在可不能乱吃！

石红杏：没乱吃，再说您老人家早退休了，吃啥都不犯纪律！

电话里的声音：我是说你们！你，齐本安！你们都是干部！

石红杏：我们也没事，我们是企业的干部，又不是党政机关！

电话里的声音：你们是国有企业，也要执行中央的八项规定精神！

石红杏：哎哟，师傅哎，田园跳楼死了，我干脆返聘您做我们的纪委书记算了，相信您能干得比田园好！

电话里的声音：杏，我不和你开玩笑，规定就是规定，不能违反！

17　程端阳家　日　内

程端阳和石红杏通话：……杏啊，你的坏脾气我可是知道的，本安过来了，你可不许欺负他！你要欺负他，师傅绝不饶你啊！

石红杏的声音：哎呀，师傅，我现在哪还敢欺负他？

18　石红杏办公室　日　内

石红杏和程端阳通话：……只要他不欺负我就谢天谢地了！这

个权力它壮人胆啊，二师兄一朝权到手，就把令来行，那精神面貌一下子就大变样了！我把自己的大办公室主动让给他，他连句推辞的话都没有！哎，昂首挺胸他就进去了，现在正给牛俊杰和皮丹训话呢！

程端阳的声音：你们之间是啥关系，还讲客气啊？想偏了吧！

石红杏：没偏！师傅，我现在心里空落落的，我的办公室现在暂时不让了，我又不欠他的，真是的！不过，派二师兄过来，大师兄倒也是征求过我的意见，我还是比较欢迎的，本安来总比别人来好，可他今天真来了，我还是有点接受不了！总觉得别人动了我的蛋糕！

程端阳的声音：这能理解，慢慢适应吧，自家兄妹，啥都好说！

石红杏忧虑地：我现在担心齐本安不把我当作自家兄妹待了！

程端阳的声音：他敢！杏，只要你摆正了位置，师傅挺你！

石红杏：师傅，您这话我可记住了啊……

19　清源矿业公司　日　内

秦小冲起身和黄清源道别：……行了，行了，黄总，不和你扯了！走了，走了，别忘了给我打钱啊，主要是那笔利息，我等着钱交孩子今年的抚养费，还要还我爹的债呢，我爹替我交了去年的抚养费！

黄清源：放心，放心！哎，哎，老同学，我想起来了，你这事没准还真和腐败分子程度有关！你被抓走没几天，程度就让光明分局的人找过我，让我证明你一贯敲诈勒索，我咬紧牙关没给你加罪！

秦小冲：我也没罪！（又在沙发上坐下来）说说，具体怎么个情况？

黄清源：那年我们公司小煤矿出事，不也请你帮过忙吗？记得吧？就是那次掉顶事故，一下子埋进去两个，我给你十万摆平的……

秦小冲：我 ×，这十万你是给我的吗？你怕我黑你，二十多个记者是你一一发的封口费，是吧？黄清源，咱不能墙倒众人推啊……

黄清源：我没推，我要推了，你还得在里面多喝两年汤！程度他们追这事，还查了我们公司的账，我打死都不说，我保护了你啊！

秦小冲：行，行，我领情了！以后有线索别忘了告诉我一声！

黄清源：一定，一定！

20　齐本安办公室　日　内

齐本安握着电话话筒，看着牛俊杰，和京隆矿的矿长王子和通话：……哦，王子和矿长吗？这个，你们京隆矿昨夜零点前后是不是出情况了？怎么处理的啊，京州能源公司的领导同志赶过去了吗？

电话里，王子和的声音：齐书记，昨夜出了透水事故，公司总经理牛俊杰及时赶过来了，要不是他心细，差点把两个工人扔水里了！

齐本安：哦，知道了！（说罢，放下电话，对牛俊杰说）牛总，我错怪你了，对不起，我向你道歉！（说罢，站起来，向牛俊杰鞠了一躬。）

牛俊杰也忙站起来：哎呀，道啥歉？齐书记，你别折我寿啊！

齐本安：牛总，昨夜真把两个工人淹死了，我也脱不了干系啊！

皮丹讨好地：齐书记，瞧您说的，昨天您还没正式到任呢！

齐本安不睬皮丹：牛总，你赶快回家休息，过几天陪我一起下矿！

牛俊杰：好的，好的。齐书记，咱下哪个矿？

齐本安：三个大矿全去，你安排吧！

皮丹：哎，齐书记，那我呢，是不是也一起去？

齐本安没好气：你继续住院，把“三高”的毛病彻底治好再说！

皮丹赔笑：安子哥，您……您别和我开玩笑啊……

齐本安：什么安子哥？齐书记！你回去待着，等候处理！

21 齐本安办公室门外 日 内

石红杏走到门口，正要敲门，门从里面开了。

皮丹和牛俊杰一前一后走出来。

石红杏问牛俊杰：谈完了？

牛俊杰对老婆没好气，“嗯”了一声，出门走了。

石红杏：齐书记，你看他这样子，像我欠他八吊钱没还似的！

皮丹：石总……（向身后的齐本安看看，欲言又止。）

齐本安：哎，石总，来，来，我和你说个事！

22 走廊 日 内

牛俊杰和皮丹边走边说。

皮丹对牛俊杰发牢骚：神经病，看把他嘚瑟的，都不知姓啥了！

牛俊杰苦笑：不还是姓林吗？这戏也就是演给我这外人看看！

皮丹一怔：你这样认为？石红杏是你老婆，你不姓林啊？

牛俊杰：我姓牛，一条苦命的老牛，是给老林家扛活、打工的！

皮丹：牛魔王，你扯吧你……

牛俊杰皮笑肉不笑：我不扯！皮总，你继续养病，好好养着，可别亏了身体！你说得太对了，身体是革命的本钱，你可别蚀了老本！

皮丹：哎，你什么意思啊你……

23　齐本安办公室　日　内

齐本安指着林满江的画像，批评石红杏：小师妹，你是不是非要授人以柄啊？你把大师兄的像公然挂在这里，什么影响？京州帮、林家铺子，这些年风言风语还少啊？大师兄好像为挂像的事说过你吧？

石红杏一脸委屈：大师兄说的是楼下大厅挂他的画像，上个月过来说的！可我这是办公室！当然，现在这间办公室给你了，你不挂就挂到我办公室去好了，我崇拜大师兄，粉他，怎么了？这是我的自由！

齐本安严肃地：在这里，在中福的办公场所，你没这个自由！

石红杏怔住了，像是一下子不认识齐本安了。

24　京州街上　日　外

轿车疾驰。

车内，司机问牛俊杰：牛总，送您回家休息吧？

牛俊杰：还休息啥？在会场上休息过了，去公司吧！

25　齐本安办公室　日　内

齐本安一声叹息：……红杏，咱们可千万别给大师兄添乱！你就不想想，如果中福集团办公室都像你似的，把大师兄的像挂上，中央是不是该找大师兄谈谈了？咱这是大型国企，不是谁的独立王国。红杏，你要不服气，现在就可以打电话问一问大师兄，看他支持不支持你的这个做法！他要不劈头盖脸骂你一顿，你来劈头盖脸骂我好了！

石红杏强作笑容：问啥？不说了，二师兄，在京州我听你的！

齐本安和气起来：别生气啊，以后这种磕磕碰碰的事不会少了。

石红杏：不生气，不生气，舌头和牙齿还磕碰呢！哦，二师兄……

齐本安：别二师兄了，直呼其名，让人家听见又骂林家铺子了！

石红杏：这不是就咱俩嘛！

齐本安：哎，对了，和师傅约了吧？咱们去看望师傅！

石红杏：哦，我就是要和你说这事。约了，师傅可高兴了，还以为你是从前呢，再三交代我说，你可别欺负你安子哥啊！

齐本安：师傅就是心疼我！哎，红杏，你可别欺负我啊！

石红杏嗔道：现在我敢啊？我活腻味了我？但你也别恶霸，啊？

齐本安苦笑：我还恶霸啊？你看看他们，有几个把我当回事了？

石红杏：不急，慢慢来！本安，权威那是一步步建立起来的！

26 程端阳家院内 日 外

皮丹满脸沮丧，一头撞进门。

正浇花的程端阳一怔：哎，皮丹，你怎么这时候回来了？

皮丹：别提了，妈，我可能要倒霉了！

程端阳不在意地：倒什么霉？买的房子被套了吧？我早就和你说，房子是用来住的，不是用来炒的，它不可能一直这样涨价……

皮丹：不是房子，是齐本安，你二徒弟！

程端阳一怔：齐本安？齐本安怎么你了？

皮丹：他新官上任三把火，头把火就烧我，不讲究啊……

27 齐本安办公室 日 内

林满江的画像已被两位扛梯子的物业工人取下拿走。

石红杏关上门，问齐本安：哎，本安，你还当真处理皮丹啊？

齐本安：红杏，这事我正要和你商量。我来之前就知道皮丹不像话，但没想到这么不像话！京州能源的解困保壳、压缩产能，都是马上要做的事，在咱们京州中福，京州能源可以说是最难啃的骨头！

石红杏：没错，把皮丹从京州能源董事长的位置上拿下，我不反对，其实我也早想把他拿下来了，问题是怎么安排？师傅看着呢！

齐本安：所以呀，红杏，咱俩得好好想一想，看看怎么做才好呢？原则是：既要解决问题，也别伤了师傅的心！你说是吧？

石红杏：就是啊，你新来乍到，怎么也不能从皮丹身上下手呀！

28 程端阳家院内 日 外

程端阳讥讽皮丹：……你还弗拉基米尔·伊里奇·乌里扬诺夫？还身体是革命的本钱？皮丹，你现在还革命吗？你早就不革命了，你是一个只对自己负责，不对企业和企业职工负责的官混子！两万工人吃不上饭你不着急，妈都替你着急！妈是破例向林满江开了口，帮你们借了钱！

29　京州能源大楼门前　日　外

牛俊杰的轿车在门厅停下。

牛俊杰从车内刚钻出来，立即被一帮债主围住。

债主甲：牛总，可等到您了！我们那笔贷款真是拖不得了！

债主乙：牛总，既然有钱了，多少先给我们付点利息吧！

债主丙：牛总，你别说没钱，今天你们就到账一亿五，我知道……

牛俊杰左突右冲：哪来的一亿五？哪来的？你们谁给我的？不要听信谣言，现在谣言很多，我都懒得去辟谣了！让开，让开……

债主丙紧紧跟在牛俊杰身后：牛总，这一亿五可不是谣言！是北京中福集团给的，老劳模程端阳帮你们要的，别以为我们不知道！牛总，昨夜你从程端阳家一出来，这一喜讯就传遍了咱京州金融界啊！

牛俊杰：一亿五也喜讯？太小瞧我们国企了吧？让开，让开！

30　齐本安办公室　日　外

石红杏问齐本安：我家那位牛俊杰呢？怎么处理啊？

齐本安一声长叹：再看看吧，林董和总部可能对他有些误解。

石红杏：哎，大师兄可是有明确指示的！牛俊杰对总部逼宫啊！

齐本安：我看也是没办法，才铤而走险的吧？他并不是为自己！

石红杏：但手段恶劣！对我搞这一手倒罢了，和总部他也敢搞！

齐本安：胆子是太大了！但现在是用人之际，皮丹不干事，下一步一定要拿下来，我们再把牛俊杰也拿下，京州能源这个烂摊子谁收拾啊？况且，牛俊杰又是你老公，怎么也要考虑一下影响吧？

不知道的人还以为我要怎么样呢，人家绝不会说是你石红杏要大义灭亲！

石红杏：倒也是！好了，不说了，反正你定！不过，我有言在先啊，齐本安，你别以为他是我老公，就对他网开一面！你得坚持原则！

齐本安突然想了起来：哎，红杏，皮丹不是喜欢炒房吗？不行让皮丹到咱中福房产公司做个挂名监事长吧，也算是平级调动了！

石红杏：哎，好啊，我赞成。这混账东西，给个碗端着就行！

31　程端阳家院内　日　外

程端阳在水龙头下洗着手，对儿子皮丹说：你别说了，我不可能给林满江打电话，也不会给齐本安打招呼，组织上怎么安排你，我都没意见！其实要我说，就该把你一撸到底，你说你在哪干好了？不是红杏一直护着你，你狗屁都不是！也怪我，没坚持原则，把你害了！

皮丹：妈，我这次要求并不高，就是调整个工会主席罢了！

程端阳：知道谦虚了，从京州能源董事长自愿降到工会主席了？

皮丹：哪呀，妈，我是说去做京州中福控股集团的工会主席，算是集团的班子成员，参加集体承包，年薪几十万，还是比较合适的！

程端阳：那人家原来的工会主席呢？

皮丹：让林满江、齐本安他们想法处理一下呗！

程端阳火了：皮丹，你把中福集团和林满江他们当啥了？哪里好就往哪里钻？你还要不要脸？你不要脸，我程端阳还要脸呢！马上给我滚蛋，到你们单位待着去，别四处给我转圈丢人了！快滚，滚！

皮丹：看看，看看，又犯病了！好，好，我走，我走……

32　牛俊杰办公室　日　内

牛俊杰对钱总报怨：你看看你，啊？从程端阳家院里一出来就四处号叫，哎，北京给咱解决了一亿五千万！你对门外的工人家属这么一号叫，就严重泄密了，懂吗？这一夜之间喜讯传遍了京州金融界！

钱总辩解：不是，牛总，我记得是你先号叫的吧？当时，你走在前面，我跟在你后面，你兴奋啊，一推开院门就说，解决了一亿五……

牛俊杰：还兴奋呢，我兴奋个屁，又不是十五亿、一百五十亿！这点小钱我兴奋？！债主都在走廊上呢，我估计各银行也有他们的人潜伏，想想怎么保证这一亿五的安全吧！可别划到被查封的账号上！

钱总：牛总，这我已经想到了，简单汇报一下啊：我呢，是这么办的，安排人在京州城市银行新开了个账户，专门用来发工资！

牛俊杰：银行间都互通信息的，小心被他们盯上啊！

钱总：是，是，这我知道，我严密防范，规定了保密纪律！

33　齐本安办公室　日　内

齐本安对石红杏说：红杏，你该干啥干啥，别跟着我了！

石红杏：好的，本安，那有事你招呼！（说罢，却并不离去。）

这时，齐本安手机响了起来。

齐本安接手机：哦，师傅！

34　程端阳家　日　内

皮丹已经离去。

程端阳和齐本安通话：……本安啊，红杏说是晚上给你接风，我想来想去觉得不合适！在哪接风啊？是不是违反八项规定咱另说，这影响不好啊！传出去又得让人家骂林家铺子，就是没有这个铺子，也被大家说得活灵活现了！所以我想啊，这风还是别接了，你到我这儿来，我给你炒两个菜，咱们师徒俩好好聊聊天，就算师傅给你接风了！

齐本安的声音：那太好了，师傅，咱就这么说了！

35　齐本安办公室　日　内

石红杏问齐本安：既然这样，那晚上的接风活动是不是取消？

齐本安：取消吧，红杏，还是得谢谢你和同志们的好意！

石红杏：师傅那儿我就不去了，前几天刚去过，代我问候师傅！

齐本安：没生我的气吧？小师妹，多给我点理解！啊？

石红杏强笑着：哦，理解，理解，现在上面反腐倡廉嘛！

（第七集完）

第八集

1　齐本安办公室　日　内

齐本安把自己公文包里的文件材料拿出来，往桌上摆：仅仅是上面啊？我们也要加强党风廉政建设嘛！好了，红杏，你忙你的去吧！

石红杏不走，一副欲言又止的样子。

齐本安：哎，怎么不走啊？

石红杏苦笑：我上哪去？齐书记，这是我的办公室啊！

齐本安一怔：哎，吴斯泰不是说给你另外安排办公室了吗？

石红杏：是另外安排了，可是一时没安排好啊，我的办公用品和私人物品也没收拾，你说，让人家看到柜子里还有女装，这对你……

齐本安哭笑不得：石红杏，你老毛病又犯了是吧？还欺负我啊?!

石红杏一副可怜相：本安，你说现在我敢吗？我努力摆正自己的位置，我知道谁是一把手，所以才主动把办公室让给你，可你也……

齐本安：行，行，我不和你扯，请你告诉我，我现在在哪办公？

石红杏：我给你找了个好地方，你先到中福宾馆贵宾楼办公吧！

2　牛俊杰办公室门外　日　内

甲乙等债主拥到办公室门外。

办公室王主任拼命阻挡：牛总不在这里面，真不在这里！

3　牛俊杰办公室　日　内

牛俊杰动作灵敏地爬上窗台，从窗口逃离。

4　牛俊杰办公室窗外　日　外

牛俊杰从窗子口跳下。

债主丙从一旁的绿植丛中跳出来：牛总，别来无恙乎？

牛俊杰四处看了看，低声说：你少乎我，乎我也不理你！

债主丙：牛总，现在就咱俩人，你先给我行八百万利息就成！

牛俊杰应付：好说，好说，这你找钱总去，就说我同意了！

债主丙：口说无凭，你得给我写个条子！

牛俊杰无奈：好，好，写，写……

5　齐本安办公室　日　内

齐本安面带讥讽，对石红杏说：……石红杏，咱们是一个师傅带出来的徒弟，谁不知道谁？咱俩友好了半辈子，也斗了半辈子，是吧？

石红杏：不是，咱们啥时斗争过？齐本安同志，你真是想多了！

齐本安：我没想多，是想少了，差点又让你绕进去了！石红杏，我请问你，如果我到贵宾楼办公，会产生什么影响？啊？两万多矿工发不上工资，矿工新村棚户区这副模样，干部群众不骂我祖宗八代？

石红杏：齐本安齐书记，我这真是没法做人了！这是临时让你用一下，又不是长期安排！再说了，林满江每次来京州都住贵宾楼！

齐本安：我能和咱大师兄林满江比？他是谁？我是谁？林满江

过来，副手和随行人员十几个，要接待外宾，和世界各地联系商务，这样安排合理，我一人敢占这么多房子，敢在这里放眼全球啊？我又不是不知道你，你要再故意使个坏，向林满江汇报一下，我就好看了！

6　牛俊杰办公室窗外　日　外

牛俊杰给债主丙写便条：请付上海浦发银行流贷利息八百万！

债主丙：牛总，如果钱总不给钱，我还会来堵你的！

牛俊杰把便条给债主丙：会给的，会给的，不给我撤了他！

说罢，牛俊杰四处看看，从绿植丛中逃离。

7　齐本安办公室　日　内

石红杏讪讪地看着齐本安：……那你说怎么办？咱们临时在一起办几天公？这恐怕也不妥当吧？我准备休夫了，让牛俊杰看到了无所谓，齐本安，你怎么办啊？让你家小范看到，会不会拍案惊奇：哎哟喂，你们这师兄妹俩怎么回事？是京州中福太穷，还是旧情复发了？

齐本安：什么旧情？哎，哎，石红杏，我们之间有过旧情吗？

石红杏：是，是，你当年太弱小，没敢要我这种厉害的村姑……

齐本安：No，No，是你一脚踹开我，拉着牛俊杰南昌起义去了！

石红杏：咱们没旧情，但对京州中福广大干部群众不好解释啊！

齐本安无奈：算了，算了，我就在我现在住的房间办几天公吧！

石红杏：这真让我过意不去，但你是一把手，你说了算！

齐本安挥了挥手：行了，行了，石总，你走吧！

石红杏再次提醒：哎，哎，齐书记，不是我走，是你走！

齐本安这才想了起来，苦笑：都让你气糊涂了！我走，我走！

8 石红杏办公室 夜 内

石红杏看着京州万家灯火和林满江通话：林董，我本来不想打这个电话，可前思后想，还是打了，我觉得哪里好像有点不对头啊！

林满江的声音：哪里不对头了？啊？齐本安这过去才一天啊！

石红杏感慨：这一天等于几十年啊，林董！我从来没见过这么一个齐本安！他可再不是当年那个被人欺负的小瘦猴了，整个人变了一个样！党政干部会上还没宣布他的任职决定呢，他就开始发威了！

林满江的声音：哦？怎么回事啊？石红杏，你慢慢说！

石红杏：好的，林董……

9 矿工新村巷口 夜 外

轿车停在巷口。

齐本安下车，回头对司机交代：你回去吧，别等我了！

司机：齐书记，那我啥时来接您？

齐本安：不要你接，这里我熟悉，晚了我自己打的回去！

10 林满江家 夜 内

林满江和石红杏通话：红杏啊，我看还是你的心态有问题！本安没做错什么嘛！尤其是画像，我还得谢谢本安呢！你怎么没政治头脑啊？办公场所能挂我的画像吗？上次我批评你，你以为是做戏吗?

石红杏的声音:我以为这是你谦虚……

林满江:不是谦虚,是讲政治!我的小师妹,你给我消停点吧!我今天把招呼打在前头:对本安的工作,只准补台,不准拆台!你要拆他的台,就是拆我的台,就是拆中福集团的台!一定给我记住哦!

石红杏的声音:我记住了,可……可……

林满江:可什么?不要吞吞吐吐的!

11　石红杏办公室　夜　内

石红杏对林满江说:……可是,林董,齐本安现在有点不太注意影响了。由于他的上任很突然,我的办公室让给他呢,又需要几天的时间,他就提出来,要在中福宾馆的贵宾楼里临时办公,说是您每次到京州就在那儿办公。我就婉转地告诉他:你不能和咱大师兄比,咱大师兄过来,副手和随行人员十几个,既要接待外宾,又和世界各地联系商务业务,你一人敢占这么多房子,敢像大师兄一样放眼全球啊?

林满江的声音:哦,还有这种事啊?

石红杏:就有这种事啊!林董,我还好意提醒了他:如果你到贵宾楼办公,会产生很坏的影响。现在京州能源两万多矿工连工资都发不上,矿工新村棚户区这副模样,干部群众不骂你祖宗八代啊?

林满江的声音:哎,那齐本安怎么说啊?

石红杏:还好吧,虽说不太情愿,最后还是听我劝了!

林满江的声音:那就好!

石红杏叹息：恐怕不太好吧？林董，您这次可能选错了人，齐本安真是变了！不是过去那个齐本安了……

12　林满江家　夜　内

林满江和石红杏通话。

林满江：……这有什么奇怪的，权力改变人嘛！这么多年来，本安一直在二三把手辅助岗位上工作，职级虽说一直在上，但从没做过一把手，现在做了一把手，是封疆大吏，感觉当然就不一样了，这我是有体会的！本来我还怕他软弱，现在他这一变，我反而放心了！

石红杏的声音：大师兄，你就不怕为你自己选了一个掘墓人？

林满江：什么掘墓人？掘谁的墓？石红杏，又胡说八道了吧！

13　棚户区巷内　夜　外

灯光昏暗，满眼破败，和巷口外的繁华判若两个世界。

齐本安提着礼品，走在破败的街道上。

看着熟悉的场景，齐本安仿佛看到了童年的时光。

一阵童年时代小伙伴们的欢笑声出现在齐本安耳际。

画外音：齐本安看着眼前熟悉的街巷，心中涌上一股悲凉。这里曾经是那样的生机勃勃，是多少人光荣和梦想开始的地方，现在变得如此破败，与咫尺外的繁华是那么格格不入，仿佛天上人间……

齐本安边走边看，目光游移。

这时，从齐本安身后突然冲过来两辆破旧的自行车。

没等齐本安弄明白，手上的礼品袋已被两个骑车人抢走……

14　程端阳家　夜　内

齐本安有些狼狈地跟着师傅程端阳进门。

程端阳：……算了，算了，本安，你的礼物，师傅就当收到了！

齐本安：哎呀，师傅，你说这里治安这么差，你住这儿安全吗？

程端阳：没这么严重，这些孩子也是欺生，生活困难嘛！说起来你可能都不信，后道房的刘师傅啊，前两天她待岗的儿子把她家里的酱油鸡蛋粮食全偷走了，气得她跑我这儿又哭又骂，唉，真是的！

齐本安：这大老爷们儿当的！你就算待岗，也不能这么啃老啊！

程端阳：不啃老怎么办？矿工嘛，除了下井干力气活，都会啥呀？！本安，田大聪明你还记得不？就是京丰矿掘进二区的田大聪明！

齐本安：哦，你说田劳模，是吧？他好像是和你同期的劳模吧？

程端阳：没错，同期劳模！我们一起带着五天的干粮到北京开劳模会，出了火车站，哎，把个田大聪明走丢了，怎么找也找不到！劳模大会开完了，我们又到北京火车站上火车了，这位同志突然冒出来了，还挺得意呢：我就知道你们开完会还得从这儿走！瞧我聪明吧？

齐本安笑：对，对，从此田劳模就有了个外号，叫田大聪明！

程端阳絮叨：哎呀，上了回家的火车，田大聪明一听说毛主席接见了我们，还和我握了手，呜呜哭了一路，两只手一直握着我的手再不放了，把我的手都握肿了，说是他这也相当于和毛主席握过手了！

齐本安感慨：师傅，你们那代劳模里，大多数人文化水平低，光知道出力干活，田劳模连个稿子都念不了，只有你是工人政治家！

程端阳摆手：啥工人政治家？是你们聪明能干，都干出来了！

齐本安：哎，对了，我哪天得去看看田大聪明，他住这里吗？

程端阳：住这里，劳模房最西边那院，哪天我带你去吧！哦，对了，你还真得去看看他呢，他儿子田园抑郁病发作，跳楼死了……

齐本安一怔：哦，田园是田大聪明的儿子？

程端阳：是田大聪明的二儿子，病了好几年，到底出事了！

15　林满江家　夜　内

林满江和石红杏通话，批评石红杏：……我们中福集团是全民所有制的大型国有企业集团，我们掌握和经营的是人民的财产，我们都是受托管理人，对此一定要有清醒的认识！什么京州帮，什么林家铺子啊，全是无原则的胡说八道！你石红杏还当真了？还掘墓人呢你！

石红杏的声音：林董，您批评得对，可能……可能是我想偏了。

林满江：红杏啊，我今天话可能说得重了一些，但是，不说不行啊！京州中福目前困难重重，迫切需要你和齐本安带领大家齐心协力去摆脱困境。这种时候绝不允许闹内讧啊。好了，先说这些吧！

这时，林满江的妻子童格华抢过了电话：哎，我来说两句吧！红杏，老林的公事说完了，我得和你说点私事！

石红杏的声音：嫂子，您说您说！

童格华：我家小伟跑京州去了，就住你们京州的中福宾馆！

石红杏的声音：哎，小伟不是刚回国吗？也不多陪陪你们？

童格华：嘿，这熊孩子心里哪有我们啊？只有他女朋友李佳佳，我们这个儿子算白养了！红杏，还是你好啊，养的是闺女！你看你家牛石艳，在京州时报社，就在你和老牛身边工作，多好啊……

16　京州中福宾馆　夜　内

林小伟和李佳佳拖着行李箱从电梯里出来。

林小伟：佳佳，实话和你说，我妈恨不能宰了我！

李佳佳：是要宰了我吧？一回来就把你叫到京州了。

林小伟：嗯，你挺有数的嘛！哎，亲爱的，我够意思吧？

李佳佳：够意思，那是很够意思……

17　程端阳家　夜　内

齐本安在房间看着，对程端阳说：师傅，我有一种到家的感觉！

程端阳：这就对了，这里本来就是你们三兄妹的家嘛！师傅这辈子幸运啊，有你们这三个有出息的徒弟！据说，还弄出了个京州帮！

齐本安笑了：在北京，人家说京州帮，在京州就是林家铺子！

程端阳也笑了：对，林满江就是从这里起家的，你回老铺子了！

齐本安碰了碰墙皮，掉下一片渣：这铺子也太老了，您看看，墙皮四处脱落，还漏雨，真不能再住了。师傅，皮丹不是有好多套房子吗！我在北京都知道，他炒房子，是房叔，怎么？他不让你去住啊？

程端阳：哦，不是，不是！是我不愿去住！整天一个人在家，门对门都不知道住的是谁，闷死了！这里都是老同事、老街坊，多好！

齐本安：师傅，那这样，我安排一下，你到咱们中福宾馆住一阵子，让公司的房产公司把这里改造一下，起码把墙皮重新抹一遍！

程端阳：别折腾了，本安！这劳模房别人不知道，你还不知道？

齐本安：我当然知道啊！当年盖时连水泥都没用，全是石灰草泥砌土砖，能撑到现在，进入新世纪，还又挺立十几年，也算奇迹了！

程端阳：所以，墙皮你没法抹，一抹就掉！红杏让人过来抹过一回，这不，又掉得差不多了！反正要拆迁了，能凑合几天算几天吧！

齐本安：那哪成，师傅，你万一有个意外，大师兄不骂死我呀！

18　中福宾馆客房　夜　内

李佳佳和林小伟疯狂亲热。

这时，响起门铃声。

二人停止亲热。

李佳佳示意林小伟开门。

林小伟开门。

宾馆经理等人笑容满面地走进来：您是林小伟先生吧？对不起，实在对不起，由于前台疏忽，您的房间安排错了，请跟我来好吗？

林小伟：没错，我网上订的房啊！

经理微笑着：集团石红杏总经理已经给您订了贵宾楼！

林小伟乐了：哦，是吗？那好，那好！佳佳，咱们换房！

19　林满江家　夜　内

林满江批评童格华：……不是我说你，知道是私事，还和石红杏说！你什么意思？想省两个房钱？孩子自己没搞特殊化，你非要安排！

童格华：哎呀，这不是能安排嘛，孩子难得回国，咱们得让他感到祖国的温暖！再说，又不是别的地方，是咱中福集团自家的宾馆。

林满江：祖国够温暖的了，你呀，就是不注意影响！格华，你说说看，孩子一人能住得了贵宾楼这么多房子吗？快让石红杏别安排了，给红杏打电话！（略一停顿，又说）这个石红杏也是的，齐本安调过去，想临时住两天在那里办公，她不同意，安排小伟她倒一口答应！

童格华：红杏不是和咱们这一家子有感情嘛！（说着按起了手机。）

林满江：她这是讨好我！我再说一遍啊：不准占公家的便宜！

童格华温和顺从地：是，是，知道了！反腐倡廉从咱们家做起……

这时，手机传出忙音。

童格华举起手机，让林满江听：石红杏电话打不通，回头我再打给她吧！老林，我给你说，这次小伟去京州那可是历史性的。

林满江：啥历史性的？不就是找他女朋友李佳佳吗？又怎么了？

童格华：看看，你儿子啥事都不和你这当爸的说吧？小伟这次去京州是去见他未来的老丈人、丈母娘！我不得给他撑个场面啊？

林满江马上明白了：怎么？小伟还要陪着李佳佳去探监吗？

童格华：可不是嘛！人家欧阳菁虽然犯错误坐了牢，但是对自己女儿的婚事照样有发言权！

林满江：那是，谁也没说她没有发言权，但愿她把小伟否了！

这时，手机响，石红杏把电话打了过来。

石红杏的声音：嫂子，你找我？

童格华：是，是！哎呀，红杏啊，老林又批评我了，小伟你们别安排了，别让他住贵宾楼，让他住他自己订的房间好了，费用自理……

20　程端阳家　夜　内

齐本安在卧室里转着，看着，和皮丹通话：皮丹，你在哪了？

皮丹的声音：我在医院呢！又怎么了，齐书记？

齐本安：又怎么了？哎，皮丹，我让你回去等候处理，你怎么去医院了？你的病情我不是了解过了吗？“三高”不算高，比我低多了，比你妈低得更多，赶快给我回来！我在你妈家呢，帮你妈干点小活！

皮丹的声音：有活你自己干吧，我是让我妈用大棍子打出来的！

齐本安：皮丹，行，你不回来是吧？那你不要后悔啊……

皮丹的声音：哎，哎，齐书记，咱……咱有话好说！

21　某私人餐厅　夜　内

宴席尚未开始。

王平安、皮丹、李功权陆续走进来。

皮丹和齐本安通话，信口开河：……齐书记，不是我“三高”，是我岳母岳父今天突然双双住院了，哎呀，都愁死我了！我妈她今天就是不赶我滚蛋，我也得滚蛋过来伺候我岳母岳父啊，小活你自己干吧！

齐本安的声音：哎，皮丹，你那里怎么这么吵啊？

皮丹一边冲着王平安等人连连摆手，一边向门外走：哎呀，医院急诊室嘛，能不吵吗？哎，安子哥，我妈有什么活要你干？怎么个事？

22　程端阳家　夜　内

齐本安和皮丹通话：……怎么个事？皮丹，我刚才检查了一下你妈的屋子，整个就是一座危房啊，你就不采取点安全措施？每星期过来铲铲墙皮就完了？这样啊，咱们在卧室床四周搭个角铁架子，你要过不来，就打个电话给矿机厂，让他们带角铁、电焊机来，我等着。

皮丹的声音：行，行，我以为多大的事呢！这点小事不劳你齐书记的大驾了，也用不着你我亲自干，明天我安排矿机厂工人来干吧！

齐本安：你别忘了啊，我要检查的！还有，记着给人家付费啊！

皮丹的声音：是，是，安子哥，你放心，程端阳毕竟是我亲娘！

齐本安没好气地：行，能记着是你亲娘就行！

程端阳：本安，我愧对组织啊，养了这么一个不争气的儿子！你知道的，皮丹他爹死于矿上的事故，我三十岁守寡把他养大，啥都由他，结果，唉……

齐本安：师傅，你不但养了皮丹，还培养了我们三个徒弟嘛！

程端阳抹泪：你们三个争气啊，让师傅这辈子脸上有光了！不说了，来，咱吃饭！今天师傅专给你做了你喜欢吃的东坡肉……

23　某私人餐厅　夜　内

皮丹、王平安等人愣愣地看着在上首主席位入座的石红杏。

石红杏阴着脸：你们到得挺齐的，偏偏最该到的主宾没到！

皮丹：石姐，齐本安在我妈那访贫问苦呢！别管他，咱喝咱的！

石红杏叹气：皮丹，你还喝得下去？这董事长不想干了，是吧？

皮丹苦起脸：石姐，我是不想干了呀，齐本安不来我也不想干了！

王平安赔着小心：石总，齐本安董事长这是怎么一个情况啊？

石红杏苦笑：人家廉政啊，不像咱们这么随便！来，咱们开始吧！

皮丹：对，开始！哎，我提议啊，咱大家伙先为石姐喝一杯！看这光景，以后京州中福可全靠石姐了！

石红杏：按规矩来！他齐本安今天来不来，都是为他接风！

皮丹：对，对，账还得算在齐本安头上，他没吃也算吃了……

24　中福宾馆贵宾楼　夜　内

李佳佳和林小伟在小楼里四处转悠。套房里四处挂着福华公司各历史时期的老照片，包括观众见过的上海福记公司当年的小铺子。

李佳佳：哟，小伟，我今天才知道，中福公司还挺有历史的！

林小伟：那是，八十年历史了，在我爹的外祖父手上起家的！

李佳佳：怪不得给你换房，你家林董是想让咱们受点教育吧？

林小伟：也许吧！林董总是那么高深莫测！

李佳佳四处看着：就是房间太多了，咱一个房间睡一小时？

林小伟：行啊，亲爱的，那咱们就开启贵宾楼睡觉新模式！

李佳佳一把推开林小伟：滚吧，你！

林小伟：这小楼也就是我爹来住，他的人马多，一来一大群，房少还不够他住的！哎，亲爱的，晚上吃点啥？这里的日本料理不错！

李佳佳：算了，让达康书记安排吧，他接见你，说好管饭的！

这时，小楼服务生从专用餐厅迎出来：林先生、李小姐，根据石总安排，晚餐为你们二位准备了日本料理，请问你们何时用餐？

林小伟大大咧咧：不在这儿吃了，今晚市委李达康书记请我客！

恰在这时，李佳佳的手机响。

李佳佳看来电显示：哎，达康书记来电话了……

25　程端阳家　夜　内

齐本安和程端阳守着几样小菜、一瓶红酒，边吃边聊。

程端阳呷着酒，叹息：……岁月无情啊，这人啊，说老就老了，不是当年了，喝不动了！想当年和你们在一起，师傅喝酒也不怯的！

齐本安情深意切：那是！师傅你不但是劳模，还是女汉子嘛！前天在林满江家吃饭时，石红杏还说起你当年的英勇无畏呢！你听说我在澡堂洗澡时被锻工班的人欺负了，你摸了根木棍就冲进了澡堂，打得那帮小兔崽子鬼哭狼嚎，从虎口里救出了我这个“看瓜人”啊！

程端阳笑了起来：我都忘了，会有这种事吗？师傅当年这么泼辣吗？本安，不许乱编派师傅啊！不过呢，你老被人家欺负倒是真的！

齐本安：最会欺负我的是石红杏，经常拧得我满车间乱躲！

程端阳：但是，外边人一欺负你，红杏她就挺身而出护着你了！

齐本安：这我也有些印象，不过记着最多的，还是被她欺负！

程端阳：那时你们小，你和红杏最让我操心，整天闹个不停！满江是大师兄，有大师兄的样子！胡闹调皮的就你俩，你和红杏！我记得有一次，矿机厂开决战百日誓师大会，你把红杏坑得不轻——

（闪回）

车间一角，石红杏低声哀求齐本安：哎，哥，安子哥，帮个忙！

齐本安傲慢地：我凭啥帮你的忙？找大师兄去，他最会写决心书！

石红杏可怜巴巴地：他让我自己写！我哪会写啊？我提笔忘字！

齐本安：那就别去上台出风头！你以为我每次代表咱车工班表决心容易？决心书不好写的，绞尽脑汁啊！杏，就你这水平，歇着吧！

石红杏：齐本安，你要给我写一次决心书，我替你洗三次衣服！

齐本安来劲了，伸出巴掌：洗五次，包括裤衩，还有球鞋！

石红杏咬牙切齿：齐本安，你狼心狗肺！

齐本安：我就狼心狗肺了，石红杏，你干不干吧？说！

石红杏想了想，无奈：干，干！齐本安，你可真是我的亲哥……

矿机厂大会议室，工人们在矿机厂开“决战百日誓师大会”。

主持人宣布：下面请程端阳车工班代表石红杏同志表决心！

石红杏精神抖擞走上台，小辫一甩：决战一百天，我们冲向前！革命加拼命，拼命干革命，身在车床前，放眼全世界，大干快上不停步，地球转一圈，我转一圈半！我们保证：绝不早来，绝不晚走……

台下突然一片哄堂大笑，坐在第一排的齐本安笑得放肆。

程端阳气得要命，冲过来一把揪住齐本安耳朵：齐本安，是你干的坏事吧？啊？绝不早来，绝不晚走？你这是表决心，还是捣蛋？！

台上，石红杏先是茫然不知所措，继而，在笑场中狼狈下台。

（闪回完）

程端阳指点着齐本安笑骂道：你还老怪石红杏不尊重你，你说她能尊重你吗？林满江有个当师兄的样子，你从来没有当师兄的样子！

齐本安：所以呀，那次誓师大会开过后，她就串通锻工班的大刘报复我了，给我来了个老头看瓜，传讲了一辈子，连我家老范都知道！

26　某私人餐厅　夜　内

王平安问石红杏：石总，我也觉得齐本安怪怪的，你看他在会上说的那话，我们要重新认识他，他也要重新认识我们！啥意思啊？

石红杏：啥意思你们揣摩去，我又不是齐本安肚里的蛔虫！

王平安：但你是他师妹啊，从小和他纠缠不休，能不知道他？

皮丹：我是这样理解的，重新认识他，就是要认识到，他现在不是过去的辅助职务了，是道道地地的一把手了，大家心里别没数！

李功权：是的，是的，这一点大家千万别搞错了，千万别误判！

王平安：对，我提议咱大家为齐书记齐董事长喝一杯！我相信，随着齐本安董事长的到任，京州中福将大有可为！是吧，表姐？

石红杏应付：没错，我要摆正位置，你们大家也要摆正位置啊！

皮丹讥讽：我觉得王总挺身而出很有意思啊，对着空气献忠心！

石红杏：要理解嘛，万一有啥传到齐书记耳里去，人家好解释……

王平安有些窘：哎，哪里话呀，各位，各位，咱们再为我亲爱的表姐、我们敬爱的温暖的好领导石总喝一杯！干了！

石红杏脸一拉：都别喝了！今天参加吃饭的，费用全部自理！齐本安过来了，大家都要换一种活法了，别落在他手上丢人现眼……

27 中福宾馆门厅 夜 外

一辆轿车驰上门厅。

李佳佳和林小伟上车。

28 京州街上 夜 外

轿车疾驰。

车内，李佳佳问司机：我爸现在在哪里？

司机：在迎宾大道南线工地上。

林小伟：这时候上工地上干啥？

司机：你们不去工地，李书记让我接你们到国展中心用餐！

林小伟：我说嘛！你家李书记负责工作，咱俩负责用餐！

李佳佳白了林小伟一眼：你哪来那么多废话！

29 程端阳家 夜 内

齐本安喝着酒，对程端阳说：……当时矿机厂车钳锻铆焊几个班里，就咱们车工班几个徒工年龄小，所以，师傅你总让我们抱团！

程端阳给齐本安搛菜：当时让你们抱团，是怕你们受那帮大孩子的欺负，后来让你们抱团是想你们互相帮助，共同进步，前进路上自己的兄妹一个别落下！你看现在多好啊？满江到北京做了副部级国企的一把手，你和红杏也都是局级国企干部了，我这想想都像做梦啊！

齐本安：一个了不起的梦啊，师傅，你改变了三个人的命运！

程端阳：本安啊，满江有今天太不容易了！有个事你和红杏都知道的，当年满江内定下来的省劳模被人顶了，满江知道后要去拼命……

齐本安：是，大师兄弄把三角刮刀揣怀里要去捅局党委张书记嘛！

程端阳：我的天哪，满江这一刀要是真捅下去，那不得弄出两条人命吗?！我搂着他，让他冷静，答应替他找回公道！

齐本安：为了给大师兄公道，你把自己的劳模名额让了出来！

程端阳：是啊，我找到了张书记，还吵了一架。张书记认为用我的全国劳模名额换一个省劳模太吃亏，他不知道自己差点吃刀子哩！

齐本安感叹：师傅，你呀，也是偏心眼，总说我和红杏整天调皮不省心，大师兄才真不省心呢，一闯祸就是大祸，能把天捅个窟窿！

程端阳笑了：也是，也是啊……

30　林满江家　夜　内

林满江和妻子一起吃着简单的晚饭。

林满江：中秋快到了，别忘了给师傅买点补品寄过去啊！

童格华：现在啥买不到?还是寄钱吧，想吃啥让老太太自己买嘛！

林满江：师傅舍得啊？给她的钱不是存银行就是便宜皮丹了！

童格华：这倒是！老太太上次电话里和我说，她的钱现在全都存在皮丹那里了，皮丹给她的年息比银行高好多，今年都涨到百分之二十了。

林满江：这浑球骗他老娘呢！将来连本加息还不都是他的！

童格华：那是！真羡慕老太太，有你这么个不忘本的大徒弟！

林满江：哎，就不羡慕我有这么个好师傅啊？比我亲娘都亲！两年的学徒生涯，一生的大恩大德啊！没有程端阳，哪来的林满江！

童格华：这倒也是，现如今你师傅程端阳这种好人少见了！

31　某私人餐厅　夜　内

宴席正在散去。

石红杏和皮丹在一旁小声说话。

皮丹：什么？齐本安让我到房产公司做监事长？定了吗？

石红杏：只是齐本安的提议，真这么安排，集团党委要开会，京州能源董事会也要开会。不过，齐本安既然提了，你得有思想准备。

皮丹：石姐，实话实说，我不想去房产公司！我知道，接下来房产公司可能要参加矿工新村棚户区改造工程，又苦又烦还没钱赚！

石红杏：棚户区改造的事还没定呢。再说，是让你做挂名监事长！

皮丹：石姐，我就想去集团工会做主席……

石红杏四处看看，和最后离去的王平安招了招手：哎，你去集团工会了，让老田去哪里？人家老田是老工会了，北京总部也有人的！

皮丹：有人？哎，老田后台再硬，也硬不过林满江吧？

石红杏不悦地：皮丹，这话你和齐本安说去！

皮丹：哎呀，石姐，我和齐本安说不上，他净训我，我就和你说！

石红杏：你别和我说，那和你娘说去，她老太后的话最管用！

皮丹：石姐，我和你说，这世上最嫌弃我的，就是这位老太后！

32 京州国展中心 夜 内

林小伟和李佳佳显然被国展中心宏伟的建筑惊住了。

司机在不远处的前面引路。

林小伟和李佳佳在司机后头边走边说。

林小伟：哇塞，瞧瞧，你家李达康书记干得不错嘛，我挺他！

李佳佳：挺他的人多了，不缺你一个海带！

林小伟：那是！不过，我挺有特殊意义，我是谁？他女婿！

李佳佳：现在还不是他女婿！注意啊，别暴露你的妈宝男本质！

林小伟：你才妈宝男呢！亲爱的，别不凭良心哦，我妈宝吗？我一回国就被你叫到京州来了，我妻宝男啊我……

这时，前方会客厅的门开了，李达康和市长吴雄飞并肩走了出来。

李佳佳手指李达康和吴雄飞：哎，哎，别贫了，有情况！

33 会客厅门口 夜 内

李达康对市长吴雄飞说：对了，吴市长，还有个事，得和你通个气：纪委易学习今天汇报说，在这次光明区的述廉会上，人大代表把棚户区改造的事提出来了，提得很尖锐，你们政府要重点关注了！

吴雄飞叹息：李书记，这又是个头痛的事啊，说起来一言难尽！

李达康：我知道，我知道，从丁义珍到孙连城，硬给搁置了！好，今天先不说，吴市长，咱现在都下班，我这里还有点私事要处理！

吴雄飞笑：新鲜啊，你还有私事？我都以为你不食人间烟火！

李达康也笑：吴市长，损我是吧？女儿回来了，还带来了男朋友！

吴雄飞：哦？那好，那好，那我就不打扰了，明天见！

李达康：明天见！

这时，李佳佳和林小伟走了过来……

34 程端阳家 夜 内

程端阳语气平和地对齐本安说：本安，你不说我也知道，满江和党组织把你派过来是有原因的，肯定是红杏没干好！干好了，也没必要再派你了！他们谁都不和我说，可啥也瞒不住我。如今啥时代？自媒体时代，信息爆炸时代嘛！我上网，还让孙子给我弄了微信呢！

齐本安：我的师傅哎，我算是服您了！来，加上我的微信！

程端阳：你扫我吧！本安，还是你好，有事不瞒着老太太。

齐本安：该瞒也得瞒，免得您瞎操心！哦，对了，皮丹的事，我得和师傅打个招呼！现在京州中福矛盾挺多的，皮丹的工作要动一动！

程端阳：这我正要说，本安，皮丹不是动一动，得撤职罢官！早先我就说过石红杏，把皮丹摆在京州能源一把手的岗位上干什么？狗屎扶不上墙，还污了中福集团这堵墙，让人家骂京州帮、林家铺子！

齐本安叹气：是啊，是啊，师傅，我在北京就听到不少风言风语！

程端阳打开手机：本安，你看看网上是怎么说皮丹的，这是我昨晚才看到的：史上最荒唐的上市公司董事长！京州能源公司王小二过年一年不如一年，已经要ST了，他倒好，大半年竟然没开过一次董事会，这种不懂事的东西，你还留着他干啥？！

35 某私人餐厅 夜 内

皮丹对石红杏说：石姐，留着我有用，别的我也不多说了！

石红杏：也是，看齐本安最后怎么定吧！哎，做纪检书记呢？

皮丹一怔：石姐，你怎么想的？原纪检田书记那可是跳楼死的！

石红杏：他不跳楼把位子空下来，你也当不上纪委书记嘛！

皮丹：那我也不干，别人家的违纪没查到，反被人家抓我个啥！

石红杏：这倒也是！再说，齐本安也未必敢让你干！你既然啥都知道，那就要注意了，别真让人抓住啥把柄，害了你妈，也害了我！

皮丹：我知道，我知道。石姐，我今后就夹着尾巴做人了！

36 京州国展中心宴会厅 夜 内

豪华气派的宴会厅里坐着李达康、林小伟、李佳佳三人。

席面简单，分食制，每人面前几盘小菜，一份豆腐花和几块烧饼。

李达康微笑着，对林小伟和李佳佳介绍：小伟、佳佳，咱们国展中心豆腐花做得最好，黄桥烧饼也是一绝，我引进的，你们尝尝吧！

林小伟快乐地吃着豆腐花和烧饼：嗯，是不错啊！李书记，您能想到把街头小吃引进到这种豪华的地方来，思想够潮的啊！

李达康大口吃着，喝着：那是！小伟，你今年是不是也毕业了？

林小伟：是啊，我和佳佳都是学社会学的，同年入学同时毕业！

李达康：怎么打算的啊？是回国创业呢，还是留在海外就业？

林小伟：还没想好呢，得看佳佳的。我妈希望我留在海外！李书记，你呢？希望李佳佳留在美国，还是回来？

李达康：我当然希望佳佳回来，但也不勉强，佳佳自己决定！

林小伟：我妈说了，中福集团在美国有公司，我和佳佳都可以留在美国就业！不过我们学的都是社会学，总觉得回国研究中国社会比较有意思。但是我妈坚决反对，我妈说，就是不到中福集团的美国公司就业，研究美国的社会发展也是比较有意义的，我妈认为……

李佳佳白了林小伟一眼：你妈，你妈！又妈宝男了吧？

李达康看看李佳佳，又看看林小伟，乐了，呵呵笑道：妈宝男？哎，又学了个新名词……

（第八集完）

第九集

1　中福宾馆 2202 房间　夜　内

黑暗中，一个背对观众的男子在天花板等处安装摄像头。

耳麦里的声音：好，1 号位置图像清晰。

男子在正对着沙发的镜子角框安装摄像头。

耳麦里的声音：好，2 号位置图像清晰。

男子：声音，声音清楚吗？

耳麦里的声音：2 号位置声音清楚。

2　程端阳家院门口　夜　外

程端阳送别齐本安：本安，师傅只能帮你，不能给你添乱。皮丹一定要拿下来，而且不能给满江说。你我都要对满江和组织负责啊！

齐本安：师傅，我知道，那就按你说的办！你回屋吧，天凉了！

程端阳：好，好，没事少往师傅这儿跑，忙你的，啊？

齐本安：好，再见啊，师傅！

程端阳：再见，再见！

3　矿工新村　夜　外

齐本安在灯光灰暗的小巷中走着。

许多路灯已经不亮了。

几条流浪狗窜过。

齐本安吓得一哆嗦。

这时，手机响。

齐本安看了看来电显示，略一沉思，接手机：哦，老范……

4　范家慧家　夜　内

范家慧穿着睡衣，和齐本安通话：……哎，本安，现在情况怎么样了？还能挽回吗？一整天也不来个电话，给你发信息你也不回！要不要我去一趟北京，当面给林满江做个解释啊？老公，痛定思痛，我得向你承认，我阻止你进步，可能是干了这辈子最大的一件傻事！

齐本安的声音：能认识到自己傻，就会慢慢变得聪明起来！

5　矿工新村巷口　夜　外

齐本安在路旁和范家慧通话：……好了，老范，这件事你千万别管了，你经常自作聪明，越管越乱！昨夜，我到林满江家去了，和林满江几乎是彻夜长谈啊，终于挽回了被你弄砸的局面，你就庆幸吧！

这时，一辆出租车停下。

齐本安挂断手机，上了出租车：去中福宾馆！

6　中福宾馆 2202 房间　夜　内

男子仍在安装摄像头。

耳麦里的声音：很好，3号位置图像清晰。

7　京州国展中心宴会厅　夜　内

李达康显然挺喜欢林小伟：……小伟，别啥都听佳佳的，对她不合理的要求要坚决顶回去！男人嘛，该有脾气的时候就得有点脾气！

李佳佳：爸，你看你，哪有这样教女婿的？女婿最多半个儿！

林小伟：半个儿子也是儿子！（端起豆花碗）爸，我敬你一杯！

李佳佳：林小伟，给个梯子你就上啊，还敬一杯呢，那是碗！

李达康乐了：哎呀，看来今天不能无酒啊，哎，服务员，上酒！

李佳佳把不满发泄出来：上啥酒，又没菜，李书记，你就小气吧！

李达康：哎，让他们炒嘛，拿菜单，你们选，我今天绝不小气！

林小伟：算了，算了，都这么晚了……

李达康：不行啊，今天要是招待不好你，佳佳得怪我一辈子！

8　中福宾馆大堂　夜　内

齐本安走进门厅，王平安迎了过来。

王平安摇摇晃晃：哎呀，齐书记，可……可等到您了！

齐本安脚步不停：你个王平安，这么晚了，等我干啥？

王平安跟前跟后：汇报点事，齐书记，我原来以为你去看看自己师傅，转脸就回来，没想到待那么久！我们这边散了，您还没散！

齐本安：怎么，在哪喝的？你看看你那样子，快站不住了！

王平安：就在皮丹的点儿上喝的，是一家堡垒户，比……比较安全！

9　中福宾馆 2202 房间　夜　内

男子开门，伸头四处看看。

男子从房间急速溜出。

10　中福宾馆电梯间　夜　内

王平安和齐本安走向电梯。

齐本安：……到底是皮丹的点啊，还是堡垒户啊？说清楚！

王平安笑：说不清楚，皮丹联系的地方，集团经常在那儿请！

齐本安：你们进出有暗号吗？比如像那个——天王盖地虎？

王平安：宝塔镇河妖！不……不是这种暗号，是敲门三重一轻！不过，齐书记，今天可是为了给您接风，大家都敬了您酒，我带的头！

齐本安讥讽：是吗？王平安，那我还得谢谢你了？（说罢，上电梯。）

王平安摇晃着，一步没跟上，电梯门关了。

又一部电梯下来，王平安上了另一部电梯。

11　中福宾馆 2202 房间　夜　内

齐本安刚进房间，还没来得及关门，王平安跟了进来。

齐本安：酒醒了吗？没醒就明天来，免得酒后失言，日后后悔！

王平安：醒了，本安，咱们谁跟谁？你……你还不了解我？

齐本安：我当然了解你，干得不错嘛，京州证券在你手上硬是亏损十五亿！我在北京总部就听说了，咱满江董事长很为你自豪啊！

在集团董事会上说了，他要是有枪，就一枪把你这混蛋给毙了！

王平安：哎呀，这不是碰到股灾了嘛！国家都出面救市了……

齐本安：怎么没救得了你？你手里掌控的也是国家资金啊！

王平安嬉皮笑脸：所以，咱也得为国接盘啊，是不是？

齐本安苦笑：王平安，我现在真看不懂你了，你还有脸说啊？！

12　京州国展中心宴会厅　夜　内

李达康、李佳佳、林小伟喝着红酒，吃着牛排。

林小伟：……李书记，说心里话，我对您和我爸这些干事的领导真心是挺佩服的！你们拼命把中国经济搞上去了，我们在海外就有地位了，谁也不敢瞧不起我们了！来，佳佳，咱们一起敬李书记一杯！

三人举杯喝酒。

李达康放下酒杯：小伟，你这话我爱听！

李佳佳：李书记，他有些话你未必爱听！

林小伟：哎，佳佳，严肃点，别在领导面前开玩笑啊！

李佳佳：怎么是开玩笑？谁抱怨GDP上去了，空气质量下来了？

林小伟：哎，我……我这是好心提出问题，让领导们注意嘛……

李达康：这也没说错嘛，京州正在整治污染嘛！小伟这孩子不错！

李佳佳：那是，人家情商高，拍马屁的功夫一流！

这时，秘书过来汇报提醒：李书记，国际音乐广场来电话了……

李达康突然想了起来：哎呀，还有个活动呢！二位小盆友（朋友），你们是继续吃呢，还是去看看新落成的国际音乐广场？今天有焰火晚会！

林小伟乐了，用餐巾擦嘴：不吃了，跟李书记看热闹去！走！

13　中福宾馆2202房间　夜　内

王平安将一张银行卡放在齐本安面前：……齐书记，我啥也不说了，您不要重新认识我吗？那就从今晚开始认识，我还是您的人啊！

齐本安：什么我的人，你的人？这卡里有多少钱？什么意思？

王平安：还能啥意思，规矩呗，齐书记，我懂规矩，图个吉利：八万八千八，见面礼！

齐本安火透了，冷冷地看着王平安：王平安，你是我过去的朋友，我念你今天喝多了，不和你较真儿，请你把卡拿回去，否则后果自负！

王平安：既然是老朋友，你还和我客气？我又不要你提拔我！

齐本安严厉地：王平安，请你把银行卡收起来，拿回去！现在从中央到地方，反腐倡廉如此高压，你可真有胆，还敢搞这一手！啊？

王平安：齐书记，你……你要是嫌少，我……我再往里打一些！

齐本安手往门外一指：出去，请你给我出去！

王平安拿起银行卡，退出门：齐书记，那……那您休息！

14　中福宾馆大堂　夜　内

王平安穿过大堂，摇摇晃晃出门走了。

京州电力公司董事长李功权从休息区过来。

李功权四下看看，未发现熟人，闪身上了电梯。

15　中福宾馆 2202 房间门外　夜　内

李功权按门铃。

齐本安带着一脸肥皂泡开门：李功权，你怎么也来了？

李功权一脸笑容：平安都来了，我能不来吗？不懂规矩啊！

齐本安：哦，李功权，你也懂规矩？好，进来，进来！

16　秦检查家　夜　内

墙上的挂板上贴满纸条和硬纸板，构成一个网状关系图。

关系图上有中福集团、京州中福及下属的京州能源、京福房产、京州电力，以及石红杏、牛俊杰、王平安、李功权、皮丹等人的名字。

秦检查抱臂看着：怎么？小冲，你这是想整啥？

秦小冲：整啥？我得自证清白，找到害我的家伙藏在哪里！

秦检查：想当福尔摩斯了？怎么和人家整个中福集团较上劲了？

秦小冲：先排查线索嘛，大胆假设，小心求证！

17　中福宾馆 2202 房间　夜　内

齐本安问李功权：你今晚是和王平安一起喝的吧？

李功权：是，不是说给你接风的嘛，老弟兄都来了，偏你没来！

齐本安戏谑：我来了，没进去，暗号不对，敲不开门！

李功权：哎呀，你敲门应该三重一轻……本安，你真来了吗？

齐本安一声叹息：功权，你们这叫顶风违纪知道吗？还什么堡垒户，还规定暗号，程端阳师傅退休这么多年了，都知道中央的八项规定精神，你们这些在职的国企干部就不知道啊？咱当真管不住这张嘴了？现在是反腐高压，中央提出的口号是壮士断腕，刮骨疗毒啊！

李功权：是，是！本安，今天大家不是为了给你接风嘛！你没来我们就自费了，每人掏了二百块，石总带头掏的，谁也不敢违纪啊！

齐本安：那就好啊，石总做得对！

李功权：本安，我们给你接风你不方便来，我呢，这该意思的也得意思到啊，是不是？没别的，送两条烟给你抽！

齐本安：我戒烟了！

李功权：抽完我这两条再戒，哎，千万别送人啊！

齐本安：李功权，说清楚吧，光是烟吗？里面没别的？

李功权：有张卡，规矩嘛，你新来乍到，该打点的得打点是吧？

齐本安拉下脸：不是！集团董事会和党组把我派到京州，是工作需要，我打点谁啊？打点林满江董事长吗？打点张继英书记吗？反腐高压下，还敢这么干啊？李功权，我看你是疯了！

李功权呆住了。

18 京州街上　夜　外

轿车缓缓行驶，正穿过京州灯火辉煌的主城区。

车内，李达康对林小伟和李佳佳介绍：京州现在已经确定为特大型城市，常住人口六百多万，经营这么一座城市，谁敢掉以轻心啊！

林小伟看着车窗外景色：可是，经营者也特有成就感，是吧？！

李达康：没错！小伟啊，这是一份令人着迷的事业！我这个年龄经历了从改革开放前的贫穷落后，到今天的大国崛起，幸运啊！

林小伟：都说中国政府是强力政府，所以有效率！你也强力吧？

李达康大笑：你看我强力吗？我只是要求大家尽责尽职而已！

19 秦检查家 夜 内

秦检查关切地问秦小冲：今年孩子的抚养费有着落了吗？

秦小冲：解决了，黄清源那儿有我一笔稿费，四万，还有一笔利息！

秦检查：什么利息？你借钱给黄清源了？哎，过去没听你说过啊！

秦小冲：这不是没来得及说就进去了嘛！三十万，月息二分，按年结息，两年利息怎么也得十五万，您替我付的三万抚养费我也还您！

秦检查：黄清源日子不好过啊，社会上都在传，说他负债累累！

秦小冲不在意地：您听谁说的？我今天到他公司去了，这家伙煤炭大王啊，挺好的。哦，他小子还买了我们报社三十箱京州老酒呢！

秦检查紧盯着儿子：秦小冲，我可给你提个醒，你小心就是，那三十万和利息你赶快去要，酒钱也得催回来！你不知道，你坐牢这二年，京州民营企业差不多全垮了，先是服装大王蔡成功，后来是食品大王赵美丽，听说黄清源这个煤炭大王也快了，说垮台不知哪天……

这时，电话响了。

秦检查拿起话筒听了一下，马上递给秦小冲：小冲，找你的！

秦小冲握着话筒：哪位啊？

电话里的声音：我天使啊！

秦小冲：打错了，这里不是天堂！

说罢，挂上电话。

片刻，电话又响。

秦小冲再次抓起话筒：你谁？没完没了啊？

电话里的声音：秦记者，我给你报个料，让你拆了林家铺子！

秦小冲眼睛一亮，来劲了：哦，好啊，天使先生，你请说……

20　中福宾馆2202房间　夜　内

齐本安严厉批评李功权：……一个个的不是董事长，就是总经理，哎，你们是不是搞昏了头？以为自己是民营企业家了？忘了自己是共产党员了，忘记自己的国企经营管理人身份了？我请问你，李功权同志，咱们国企啥时候有了给新任领导送钱的规矩？啊？

李功权抹汗：我以为您会上说要重新认识我们是……是暗示……

齐本安：暗示你们送钱？想哪去了？这么说，还是我的责任了？

李功权：不是，不是，齐书记，是我们以小人之心度君子之腹了！

齐本安苦笑着，挥了挥手：好，不说了，李功权，回去吧！

李功权：齐书记，这……这事您可……可千万别传出去啊！

齐本安：好吧，我就算你误会了，下不为例吧！功权，我建议你们电力公司党委尽快开一次民主生活会，提醒大家都记住自己的身份！

李功权：好，好，齐书记，您不说，我都忘了自己是党委书记了！

21 京州国际音乐广场 夜 外

辉煌的焰火一团团在夜空中爆飞。

李达康、吴雄飞等领导在观礼台上观赏。

观礼台一侧，是林小伟和李佳佳。

林小伟：佳佳，我真服你家李达康书记了，牛 × 啊！

李佳佳：我也服你了，马屁精啊！

林小伟看着夜空：我真心的！我都想跟李达康书记干去了！咱们学的是社会学，现在哪个国家的社会最值得研究，当然是我们中国嘛！

李佳佳：哎，林小伟，你别说，我爸对你好像很满意！

林小伟：什么好像？就是！今天没我你的待遇就是黄桥烧饼！

22 秦检查家 夜 内

秦小冲握着话筒：喂，喂，咱们别开玩笑，请问你是哪路天使？

电话里的声音：哎呀，天使商务公司啊！这都不知道？也太孤陋寡闻了吧？

秦小冲：天使商务公司？哎，我说，你们这帮天使都……都做什么商务啊？这个……这个……连天使也经商了吗？我不是太明白！

电话里的声音：怎么不明白？我们主要就是替人讨债喽……

23 天使商务公司 夜 内

天使商务公司老板李顺东和秦小冲通话：……秦记者，世界很精彩，世界很无奈！你在北山蛰伏这二年，经济形势发生了大变化。

啥都过剩了，一家家企业倒闭破产，一个个土豪劣绅噩梦连连，这就带动了一个新兴文化产业——债务催讨产业的兴旺发达。本公司——京州天使商务公司，应运而生，去年业绩出现了百分之三百的增长啊。

一旁，几个五大三粗的员工，正扭着秦小冲的同学黄清源。

李顺东和他手下的员工全穿着天使公司的黑色工装，工装后背上印着美丽天使的形象。

24　秦检查家　夜　内

秦小冲不耐烦了：……哎，哎，你给我打住！你天使商务公司增长多少关我屁事啊？增长再多也没我的份！你说正事，说林家铺子！

电话里的声音：林家铺子你别碰，听说你对林家铺子感兴趣，我就为你担心了！秦记者，你也算有过教训的人，有些东西是不能碰的！

秦小冲：你怎么知道我对林家铺子感兴趣，谁告诉你的？

电话里的声音：你同学黄清源啊，这让我灰常（非常）为你担心，灰常（非常）啊！

秦小冲：哎，哎，你……你到底是谁？

电话里的声音：李顺东嘛！

25　天使商务公司　夜　内

李顺东和秦小冲通话：……没听说过这个名字？也是啊，这二年你在北山待着！有首动人的歌谣总听说过吧？……就是那个京州出了个李顺东，哎呀，他为我们去讨债啊，呼儿嘿哟，他是我们的大救星。

秦小冲的声音：我明白了，你们黑社会吧？

李顺东：啥黑社会？我们是为老百姓提供天使服务的！没准你哪天也需要我们服务！咱老百姓挣钱保值都很不容易啊！为了跑赢通货膨胀，得点利息补贴家用，就会把三万五万或者十万八万——也许这是他们一生的积蓄啊，借给生意人，可这些生意人呢，有不少变成赖账的王八蛋。比如像你同学黄清源，他就欠了八千万啊，怎么得了！

这时，黄清源嘴上贴着胶布，已经被天使的员工们按在椅子上。

26　中福宾馆2202房间　夜　内

齐本安迟疑半天，终于拨了林满江的电话。

电话通了，齐本安却又后悔了，忙又挂死。

林满江却把电话拨了过来：怎么，本安，你找我？

齐本安：哦，不是，不是，林董，不小心按错键了！

林满江的声音：没什么事吧？啊？

齐本安：没有，没有！

林满江的声音：那就好，放手干，有事及时汇报！要是一时腾不出房子，没地方办公，到咱们中福宾馆贵宾楼过渡一下也没关系！

齐本安：林董，我哪用得着贵宾楼啊？有个普通套间房就行了！

林满江的声音：还有，注意和石红杏的团结，要给红杏一个适应过程，明白吗？换位思索一下，突然来个领导压在头上，谁接受得了？

齐本安：是的，是的！哎，林董，是不是红杏向你汇报啥了？

林满江的声音：哦，这倒没有，是我给你提个醒！

合上手机，齐本安陷入深思。

画外音：石红杏显然向林满江汇报了什么，否则，林满江怎么会让他到贵宾楼过渡呢？！这个师妹当年就惯用小伎俩搬弄是非，今天又来这一套了！这不是适应上的问题，京州槽点多多，政治生态环境污染严重，石红杏负有不可推卸的责任，她是欲盖弥彰吧？

27　天使商务公司　夜　内

李顺东和秦小冲通话：……秦记者，黄清源先生说了，你是他很要好的同学，他也比较信任你，所以我们天使就得和你见一见了！

秦小冲的声音：你们见我干啥？我忙着呢，没工夫理睬你们！

李顺东：不能辜负朋友的信任啊！尤其是朋友面对生死的时候！秦记者，我不信你会见死不救！你就不怕黄总绝望自杀？如果他自杀了，你的灵魂将何处安放？想想吧，想清楚了，明天黄总公司见！

28　秦检查家　夜　内

秦小冲放下电话，呆呆地愣着。

秦检查：你看看，我说得对吧，黄清源的麻烦不小吧？！

秦小冲：他怎么会欠下八千万呢？他公司看起来很正常啊！

秦检查：正常？今天正常开张，明天卷款走路，这种事多了！

秦小冲双目无神，痴迷地絮叨：完了，完了，这回真完蛋了！那三十万连本加息得四十五万了！这可是我活到今天一辈子的积蓄啊，按照离婚协议书规定，还有周洁玲一半，那天她还冲我要呢……

秦检查也急了：那你赶快问问天使，黄清源是不是跑路了？

秦小冲讷讷道：他没跑了，被天使们逮住了，还要我去见面……

秦检查：哎呀，那就去啊，明天一早赶快过去，能要回多少要回多少，别弄得血本无归！稿费别指望了，那三十箱酒赶快运回来……

29 清源矿业公司 日 内

天使公司的讨债人员正往门外搬东西。

秦小冲匆忙进来，找寻他堆放在房间里的酒。

李顺东迎上来：咦，咦，这不是秦记者吗？！

秦小冲一怔：丁大头？你跑这儿来干啥？

李顺东礼貌而夸张地递上名片：秦记者，幸会，幸会！

秦小冲看了看名片：哎，丁大头，你天使了？还董事长？

李顺东：兼 CEO，眼睁大，看全点！

秦小冲：你不跟着刘大律师点烟跑腿了？

李顺东：自主创业了，刘大律师现在是我司的法律顾问！

秦小冲：怎么改名了？你昨夜要说是丁大头，我也不做噩梦了！

李顺东：就是为了让你们这些贵人常做噩梦，我才忍痛改了名啊！

秦小冲自嘲：贵人？我他妈的算哪路的贵人？丁大头，现在你比我贵多了，你鸟枪换炮了，你一下子就董事长还兼了一个 CEO……

李顺东摇头晃脑：没办法，英雄造时势，时势也造英雄……

秦小冲：行，行，不和你扯淡，我的酒呢？那三十箱京州老酒！

李顺东：什么你的酒？清源矿业黄清源的酒嘛，他自愿顶债了！

秦小冲立即翻脸：丁大头……

李顺东纠正：李顺东！

秦小冲：李顺东，这是我托黄总黄清源卖的酒，你别耍流氓……

30　京盛矿　日　外

是一座已停产的煤矿，煤矿景象衰败。

牛俊杰和齐本安身着工作服站在高处，说着什么。

齐本安：这就是石红杏、皮丹他们花四十七亿买来的矿？

牛俊杰：是，还有一座京丰矿，两座矿打包一起买下的。

齐本安：京丰情况怎么样？应该比这里强一些吧？

牛俊杰：对，比这儿强一些，勉强开着门，不过赔得更狠。

齐本安四处看着，满脸忧虑：牛总，你说说具体情况！

牛俊杰：这个，二〇〇九年六月至二〇一〇年二月间，京州市主导煤矿企业兼并重组，当时煤炭行情好，京州中福集团就高价买下了这两座矿。不过争议挺大，京州中福这边拿不准主意，还是北京总部拍的板。

齐本安：是挂名副董事长拍的板，还是林满江同志亲自拍的板？

牛俊杰：这我就不知道了，你得问皮丹！我上任后提过疑义，皮丹给我的解释是，当时煤炭行情那么好，你让民营企业退出，他能轻易就退了？还不狮子大开口？我可以理解，但工人不理解，乱骂娘！

齐本安一声叹息：要多解释，要疏导群众情绪，市场变了，经济大环境变了，整个国家都面临着产业政策调整，很多企业的日子都不好过，乱骂娘有什么用呢？要学会适应，在适应中求生存，谋发展。

牛俊杰苦笑：齐书记，您官高嘴大不是一般人，就是有水平！在适应中求生存，哎呀，好，说得太好了！可是现在的问题呢，适应是适应了，可生存不下去啊，发展就更别想了，有点像梦幻……

31　清源矿业公司　日　内

李顺东侃侃而谈：秦记者，不是我要流氓，是黄总这帮有钱人要流氓！不要一提到讨债就想到黄世仁，我的债主中没一个黄世仁！

秦小冲急眼了：别扯远了，李顺东，你听着，我既不是杨白劳，也不是黄世仁，我只是很不幸，刚把报社三十箱酒错卖给黄总了……

李顺东：但是，你没收到黄总的酒钱，对不对？

秦小冲：对呀，所以我来拿酒了，酒我不卖了，就这么个事！

李顺东：这个事很简单，恭喜你，你也成了黄清源的债权人！也可以委托我们天使公司为您清偿债务！我们的口号是：天使在人间！

32　京盛矿　日　外

齐本安对牛俊杰说：牛总，我听出你的意思了，你讥讽我，是吗？

牛俊杰赔着笑脸：没，没，齐书记，我怎么敢讥讽您呢？您理论联系实际，上任调研的第一家单位就是我们京州能源公司，对我们两万矿工那叫一个温暖啊！我的心现在热乎乎的，不信你摸摸……

齐本安：行，行，又贫了？我能不知道你？！诈了总部一亿五，燃眉之急总算解决了，起码井下一线工人三个月内不会找你要钱了！

牛俊杰：但是银行和机构债权人还天天找我，我都跳窗子上下班！前天被浦发银行的赵行长在窗下一举俘获，被迫写下了八百万利息的还款条子，害得财务钱总监也及时掌握了跳窗子上下班的技巧……

齐本安：牛总，从一见面，我就没听你说过一句振奋人心的话！

牛俊杰：这不是没遇到振奋人心的事嘛！齐书记，我相信，振奋人心的时刻必将到来，您和集团一定会带领我们走出困境，不断从胜利走向胜利！过去，我和大伙儿对石红杏那臭娘儿们是不指望的……

齐本安：怎么我？我就算是块铁，又能打几根钉？同志，是我们！

牛俊杰：对，我们，齐书记，我们能源公司干部群众一定跟着您前进！希望我们有福同享，有难同当，别像石红杏那臭娘儿们……

齐本安哭笑不得：哎，牛俊杰，你给我打住！别一口一个臭娘儿们！

牛俊杰：我骂我老婆怎么了？她人前背后也没少骂过我，还想让陆建设办我呢！说我违反中央八项规定精神！我也不愿违反规定，可公司欠债这么多，讨债鬼上门讨债，你敢慢待了？石红杏这臭娘儿们她啥都知道，她还让陆建设办我！这是老婆还是对手？这臭娘儿们……

齐本安：现在是谈工作，石红杏是集团总经理，是你的领导！

牛俊杰：齐书记，您来了，往后领导就是您了，我只听您的！

齐本安：石红杏仍然是领导，我希望你能尊重她！

牛俊杰：那您也让她尊重我啊！算了，不说这臭娘儿们了……

33　清源矿业公司　日　内

秦小冲恼怒地看着李顺东：天使？你魔鬼吧！

李顺东：怎么魔鬼？世上有我这么好看的魔鬼吗？哎，别人不知道，你小子应该知道啊，我叫丁大头那阵子，还是法律专家呢！我法律本科毕业，做过三年律师，专写法律文书，当然也为名律师跑腿。

秦小冲：哎，你好好干你的律师多好，做魔鬼干黑社会是找死！

李顺东：我干了一年半也没死啊，平平安安，倒是你老弟一不小心进去了，诈骗犯罪！当然，现在又出来了，刑满释放，是吧？！

秦小冲：不是！我是被冤枉的……

李顺东：进去的人没一个不喊冤的！坐，坐下谈，从今儿开始，黄总的矿业公司被我们天使代管了！小五，快给秦记者上茶，上好茶！

秦小冲无奈，一声叹息，在沙发上坐下：丁大头，哦，不，李顺东，你是学法律的啊，怎么想起干黑社会的呢？我实在是想不通！

李顺东：想不通就痛苦，是不是？

秦小冲：是，很痛苦！

李顺东在屋里踱步：这个时代，有思想的人都痛苦啊！我就很痛苦嘛！看到八字衙门朝南开，有理无钱莫进来，我痛苦得都快抑郁了！我痛定思痛，决定拿出一颗天使般的心，尽我所能，为咱京州老百姓讨债！打过讨债官司的都知道嘛，讨债官司很费钱的，债能不能讨回来不知道，先要支付诉讼费、保全费、律师费……

34　京盛矿　日　外

牛俊杰和齐本安边走边说。

齐本安：怎么听说公司发的两期公司债都有逾期风险？

牛俊杰苦笑：齐书记，这事您得去问皮丹，他是董事长。

齐本安：牛俊杰，我现在问的是你！

牛俊杰：那我回答您：不是逾期风险，是肯定逾期！尤其是第一期那十个亿，距兑付日只有九十七天了，但本息在哪里，恐怕只有皮丹清楚！我们皮丹董事长心胸宽广啊，任凭风浪起，他稳坐钩鱼台！

齐本安纠正：钓鱼台！

牛俊杰：就是钩鱼台，皮丹还用得着钓鱼？随便一钩就是大鱼！

齐本安：牛总，你什么意思？

牛俊杰：没什么意思！另外，齐书记，还有个不怎么振奋人心的消息，我也得向您汇报汇报：几个小股东在香港把京州能源公司告了！

齐本安：哦？为什么事？

牛俊杰：说咱们大股东搞欺诈，严重侵犯了中小股东权益！

齐本安：这又是啥情况？怎么就严重侵犯中小股东权益了？

牛俊杰：大股东——就是咱京州中福，花四十七亿买来两座破煤矿，自己不要，以增发的形式硬卖给我们上市公司京州能源了，现在市场煤炭市场不好，包袱越背越重，中小股东他想不通啊，是吧？

齐本安：这事皮丹知道吗？

牛俊杰：我和他说了，他没当回事，说是他不知干到哪一天呢！

齐本安：牛总，我明确告诉你，他一天也别想干了！

牛俊杰笑：那咱皮董烂摊子一扔，又找个好地方钩鱼去了？

齐本安怒道：这次没好地方让他去了！

35　清源矿业公司　日　内

李顺东踱着步，对秦小冲说着：……所以我就想，我能不能用我的法律知识为基层大众服务呢？能不能先讨债后收钱，不成功不收钱呢？我们不能让倒霉的债主于被骗之后再吃二遍苦，受二茬罪嘛。

秦小冲讥讽：是，是，你简直就是救苦救难的活天使啊！

李顺东：要不怎么说，京州出了个李顺东呢？！没说出了个秦小冲吧？我这想法顺应了市场，就成功了。天使商务公司开张以后门庭若市，我司俨然成了京州第二人民法院啊！

秦小冲哀求：你都成京州二法了，我那点酒还看在眼里？

李顺东：你的酒回头再说！先听我说，你替黄清源那厮写马屁文章，都不如替我写！连法院的法官私底下都对来告状的人说：你这官司难办啊，在我们法院，就算赢了官司也讨不到钱，全国人民现在谁不知道执行难啊？你得找天使去，天使在人间，人间办法多……

秦小冲被迫忍耐：丁大头，哦，李顺东，我……我听你说完，你还我酒还是给我酒钱？不瞒你说，我现在刚出来，经济上压力大呀！

李顺东：哎，秦记者，那你可以考虑跟我干，加入天使讨债团嘛！

36　京盛矿门口　日　外

牛俊杰和齐本安正要上一辆越野车。

牛俊杰像是突然想了起来：哎，齐书记，有件事不知当说不当说？

齐本安扶着车门站住：什么当说不当说？有话就说，有屁就放！

牛俊杰：哦，是这么个事，我也是前天才听京隆矿王子和矿长说起的。王子和说是五年前啊，也就是京盛矿刚兼并过来没多久，京州中福给了市里五亿棚户区协改专项资金，要是这笔资金能要回来……

齐本安：哦，这事我知道，但要回来的可能性微乎其微吧。李达康书记是什么人？你想从他那儿反攻倒算，恐怕是找错了对象。

牛俊杰：齐书记，我这不是穷疯了嘛！你别一口回绝我，让我一点信心都没有了！你就是不同意，也慢慢说嘛，口气缓和点说……

齐本安：上车，上车，上车说！牛俊杰，你现在很娇弱嘛！

牛俊杰上车：唉，什么叫人穷志短？瞧，就我这样的……

（第九集完）

第十集

1　清源矿业公司　日　内

李顺东对秦小冲说：……秦记者，我不和你开玩笑，也没时间和你开玩笑，我说正经的！随着我和天使商务公司的威望不断提高，我也不能马虎了，对员工的要求严格了。你够不够入伙资格还两说呢！

秦小冲：我肯定不够格。你给我八千块酒钱，或者还我这三十箱酒，我立刻滚蛋，有多远滚多远！李顺东，李总，你当丁大头给那些大律师点烟提鞋时，咱们就是好弟兄了吧？我现在经济真是太困难了，你就高抬贵手，而且，以后我还真有可能委托你们帮我讨债呢……

李顺东：什么叫高抬贵手？咱们是兄弟呀，能拉你一把我不拉吗？必须拉，要共同富裕嘛！我还是想请你入伙！但你要摆脱错误认识，我们不是黑社会，我们的工作性质是维持社会的基本诚信，做法律底线之上的小补充。现在这个社会缺乏诚信，信任危机空前未有。

秦小冲：是，这是一场很大的危机，真的，我也是受害者啊！

李顺东：就是嘛，酒卖掉了，钱没拿到嘛！损失了八千块啊！

秦小冲苦起脸，一声长叹：何止八千块呀，黄清源还欠我三十万本金加上两年十五六万的利息呢！我他妈的被他坑得快倾家荡产了！

李顺东乐了，拍着手大叫大嚷：看看，看看，我怎么说的？秦记者，你就幸运吧，你就没事偷着乐吧！你总算在第一时间遇到了我们天使啊，天使会帮你的！你回头就可以写委托书，让我们替你讨债！

秦小冲冲着李顺东作揖：谢谢，谢谢！

李顺东：但是，秦记者，你也不要灰心，要看到光明！我一直说，光明就在前方十米处！危机危机，有危就有机嘛，这也带来了我们讨债文化产业大发展的一次历史性的机遇嘛！

秦小冲：对，对，你们，哦，不，不，现在是我们了！我们一定抓住抓牢这一大好机遇……

2　京州城郊公路上　日　外

轿车疾驰。

车内，牛俊杰对齐本安说：……齐书记，您也别一口回绝，李达康再霸道，也会讲道理的。棚户区改造至今没启动，五亿躺在那儿睡大觉，就算暂时借用也行啊！等到棚户区改造启动，咱立马还给市里！

齐本安：这话别说李达康和市里不会相信，连我都不信你！

牛俊杰：京州能源公司太没诚信了，是吧？齐书记，这不是被逼的吗？煤炭好卖发财时，你们不让我来做总经理，衰败了就让我来顶雷了，还美其名曰好钢用在刀刃上，唉，不说了！宝宝心里苦啊！

齐本安：少发牢骚！我今天不也过来顶雷了吗？我不苦？！

牛俊杰眼睛一亮：齐书记，你真是过来顶雷的？真的吗？

齐本安：你这个牛俊杰，我都坐到你这破车上了，还假了？

牛俊杰：那您就兼一个京州能源董事长吧！齐书记，您来了，京州能源干部群众，甚至股市上的中小股东，大家就都有信心了！

齐本安怔住了：好你个牛俊杰，你……你将我的军啊！哎，你怎么不提议你老婆石红杏兼任这个董事长啊？！

牛俊杰：她就是想兼任我也不要她！她没你齐书记这水平！

3　清源矿业公司　日　内

李顺东看着秦小冲：秦记者，你使用了一个新词汇：我们？嗯？

秦小冲：对，我们，作为最新受害者，我们取得了一致立场！

李顺东搓着手，看着天花板，抒发感慨：好，好啊！秦记者，我们无力拯救整个社会的信任危机，但是，却能够做一些力所能及的工作，比如：专对那些有钱而又喜欢赖账的道德败坏的土豪大款进行灵魂救助。像你老同学现劣绅黄总就特别需要救助啊！你看看，他黑到了什么程度？连自己最信赖的同学朋友都坑……

4　京州城郊路上　日　外

轿车疾驰。

车内，牛俊杰对齐本安说：齐书记，我不是将您的军，实在是没办法应对残局！说句不怕得罪人的话，不是林家铺子的人就没底气！

齐本安语气恳切：又胡说了吧？哪来的林家铺子？林满江董事长一再强调要用人唯贤，不能用人唯亲，牛总，千万不要这样想问题！

牛俊杰：齐书记，对您我不评价，对石红杏，我敢说她不贤！

齐本安：哎，哎，牛总，不要意气用事好不好？夫妻之间的矛盾不要带到工作中来，这不太好……

5 清源矿业公司 日 内

秦小冲对李顺东说：……李总，别感慨了，咱说正题：我的老赖同学黄清源！哎，黄清源这王八蛋怎么就落到了你们这帮天使手上了？不但他的这家公司让你们天使代管了，连我的三十箱酒也没了！

李顺东：这正是我要郑重告诉你的，以免你日后继续上当受骗！黄清源，男，三十八岁，民族：汉，清源矿业董事长、法人代表……

秦小冲：这些都不要说了，我知道，说事实：他到底欠了多少债？

李顺东：黄清源和清源公司二十一个月前的基础欠债为八千万元整，至本月债务本息合计为一亿五千五百七十万元整！我司的受托债权人为一百六十五人，目前还不包括你秦小冲和你那三十万本息。

秦小冲：那黄清源和清源公司的基础债务八千万是怎么产生的？

李顺东：问得好！到底是记者，本能地追求事实真相！这八千万的来源为两块：其一,五千万民间集资；其二，王平安先生挪用的三千万证券公司公款。黄清源用这八千万从京州能源买煤，五千五百大卡的动力煤，结果非常糟糕，煤烂在手上没卖出去，他完蛋了！

秦小冲：煤没卖出去，可东西还在呀，起码没彻底完蛋吧？

李顺东：是啊，是啊，没彻底完蛋，所以黄总提出来，请你帮他卖煤，他说灰常（非常）信任你！你看，他信任你，我也想请你入伙，缘分啊！

6　京州城郊路上　日　外

轿车疾驰。

车内，牛俊杰对齐本安苦笑说：……算了，算了，齐书记，您别和我打哈哈了，谁不知道京州中福是林家铺子的发祥地啊！

齐本安很认真：哎，俊杰，要说林家铺子，你也算一个吧？起码是林家铺子的亲属吧？起码到目前为止，石红杏是你老婆嘛！

牛俊杰：我这亲属出五服了，卖命打工，不占林家铺子编制！

齐本安：行，那你这亲属就说说看，京州它怎么就林家铺子了？

牛俊杰：你看看我家女强人石红杏用的那些人！京州证券的王平安，胆大包天，在资本市场上莫名其妙地一败再败，巨亏十五亿没人追究！皮丹煤炭行情好时空降过来做董事长，现在困难重重，又要开溜了！李功权……哎呀，算了，不说了，不说了，你的好朋友！

齐本安：李功权又怎么了？我的朋友也可以说啊！

牛俊杰：齐书记，京州中福干部使用已经是逆淘汰了，你得重视！

齐本安：我当然重视！牛总，我现在就向你表个态：京州中福不存在所谓的林家铺子，如果真有这个铺子，我们就一起来清除它！

牛俊杰点了点头：行，齐书记，不管真的假的，您有这话就好！

7　清源矿业公司　日　内

秦小冲问李顺东：李总，我现在能见一见骗子老赖黄清源吗？

李顺东：当然可以啊，他还要给你写个处理煤炭的授权书呢！

秦小冲：他人在哪里？让他出来吧！

李顺东：他人在天使公司反省呢！我昨夜启发教育了他大半夜！

秦小冲：没虐待他吧？听说有些讨债公司把人往狗笼子里关？

李顺东：没有，没有！我学法律的，能犯法吗？我的员工可都是灵魂救助师，遵纪守法，以理服人，对每一位到我们这里做客的朋友都是以说服教育为主，所以有些朋友出去后还说呢，在我们这儿待上几天，心灵变纯洁了，灵魂也升华了。在我们天使公司，那是绝对不允许有打人骂人等不文明行为的，上上下下都得给我依法清偿债务。哦，顺便说一句，我晕血，见到一滴血都会晕过去……

秦小冲：那咱们是不是去贵公司见识一下你们的文明清债？

李顺东：好，好，咱们走！秦记者，我希望你爱上天使！

秦小冲：我也是受害者，已经爱上你们了，想不爱都不行啊……

8　京隆矿　日　外

越野车驰入矿门。

9　井下大巷　日　内

陪同人员中多了王子和矿长等人。

齐本安、牛俊杰、王子和等人边走边说。

牛俊杰：公司三个主要矿井，现在效益主要来自京隆矿。京隆矿的产量占了公司原煤总产量的百分之六十六，利润占了公司总利润的百分之九十七！

王子和叫苦：齐书记，但是我们矿也仍然欠薪啊……

牛俊杰：别叫了，你们欠的是四个月，其他两个矿都是十个月！

10　天使商务公司　日　内

秦小冲和李顺东走进门厅。

天使翅膀下的醒目标语：要清债找天使，天使在人间！

秦小冲四处看着：哎呀，我这是进了人间天堂了！哎，人呢？

李顺东：别急，按程序来！小四，叫白副总到我办公室来！

11　李顺东办公室　日　内

李顺东坐在大班椅上，秦小冲坐在一旁沙发上。

打手模样的白副总夹着文件夹进来了。

李顺东：白副总，汇报一下清源矿业黄总的情况。

白副总：好的。黄清源，性别男，民族汉，年龄三十八……

李顺东：简略一点，说说黄总的身体情况！

白副总：身体状况良好，血压正常，心率正常，神经正常！

李顺东：对偿还债务的认识呢？是否还有委屈抗拒心理啊？

白副总：李总，经过您昨天的说服教育，他认识有所提高！

李顺东：好吧，请他过来，就说他老同学秦小冲过来看望了！

秦小冲咂嘴：有板有眼啊，李顺东，你这企业很正规嘛！

李顺东：那是，现代企业就是要正规嘛，不正规今后怎么上市！

秦小冲：什么？什么？你这讨债公司还考虑上市？发行股票？

李顺东：怎么了，怎么了，一惊一乍的？人家精神病院都在考虑上市了，我们天使怎么就不能考虑？中国债务市场几十万亿，光靠华融、信达这几个国营资产坏账公司支撑能成吗？我们要有使命感嘛！

秦小冲：是，是，要有使命感！

李顺东：天使股票真要上了市，肯定能炒到天上去！

12 井下大巷 日 内

齐本安、牛俊杰、王子和边走边说，矿灯闪烁。

齐本安：对这么一种困难状况，你们不会没想法吧？怎么改变它？包括资本层面上的建议，都说说，供我和北京总部决策参考。

王子和：我们说了有用吗？当初买矿我就提了意见，没谁听啊！

牛俊杰：现在上面也不一定就听你的，但该建议照样建议嘛！

王子和：那要我说，当年买来的京盛矿、京丰矿还是尽快甩了吧！

牛俊杰：估计总部也想甩，可怎么甩？四十七亿买来的！

王子和话里有话：现在卖出去，能卖到二十亿也行啊！

牛俊杰：二十亿？债权机构的最新评估价是十四亿九千万！

齐本安：啊？我的天，这才五年多的时间，三十二个亿就没了？

牛俊杰：所以呀，谁敢拍这个板？去年初评估值二十五亿时，我就向皮丹提出来，把京丰、京盛这一块作为不良资产剥离出去，皮丹根本不敢向总部报！现在倒好，整个京州能源公司都要被拖垮了！

齐本安：所以，现在总部下决心了，坚决甩包袱……

13 李顺东办公室 日 内

黄清源无精打采走进门。

秦小冲迎上去大叫：黄清源，他们说是你找我？你还敢找我？

黄清源差不多要哭了：小冲，你得拉我一把，帮我把压在青川港的煤卖了！让我多少把欠的账还一部分，先还你！我现在死的心都有！

李顺东：又来了！怎么又想到了死？我是咋对你做的说服教育工作？一个正派商人，绝对不能以死要赖！你死了，那些债权人咋办？

秦小冲：李总，你能不能出去一下，让我和黄清源单独谈谈？

李顺东：这怎么可能呢？你看看，他现在想死的心都有，万一我出去，他死在这里，你说不清，我也说不清！三人为公，你们谈吧！

秦小冲：哎，你看他被你们这帮天使吓的，他不敢说话了！

李顺东：不是不敢，是惭愧！黄总想起了穷人钱来得不容易！这些钱是孩子的学费、老人的口粮、病人的药费，甚至就是命啊！

黄清源益发恐惧，身体发抖，把求助的目光投向秦小冲。

李顺东发现了，立即从桌上拿起一沓文件，向秦小冲展示：秦记者，你是什么情况我不知道，也许你那三十万是闲钱，但我的大多数委托人不是这样！请看我的这位委托人，女，二十三岁，等着黄总还钱换肾。这位老人，多慈祥啊，让我想起了我的母亲，她得了肝癌，等钱手术。还有这一位，好像眼熟是不是？眼熟就对了，这些天网上正在炒呢，被逼得卖身了！谁给她十万，帮她弟弟治病，她就把自己嫁给谁，不管这人多老多丑……

秦小冲不得不认账：黄清源，你可真够混账的，害了多少人啊！

黄清源哭了：他……他们不……也是图我的高利吗，月息三分啊！

李顺东又递过一份债务清偿委托书给秦小冲看：秦记者，你再看看这位债权人：王平安，人家一身清白，官运亨通，现在也快毁在黄总手上了，三千万公款啊，再还不上，那是要进北山大牢吃牢饭的！

秦小冲拿出手机，准备对王平安的委托书拍照。

李顺东立即抽回委托书：干吗？这些文件都属于商业机密！

14　澡堂　日　内

齐本安、牛俊杰、王子和在同一个隔间淋浴。

齐本安洗着头，对牛俊杰说：……牛总，今天和你这么深入地一谈，我知道了，你对京州能源公司心中很有数，而且还有些建设性想法，这很好！你这几天就辛苦一下，尽快理一理思路，做一个方案给我，不要有任何顾虑，不要怕得罪任何人，你就给我实事求是好了！

牛俊杰：那好，齐书记，我就对您负责，给您提供建议！

15　京州街上　日　外

轿车疾驰。

车内，齐本安语重心长地对牛俊杰说：……一定要有信心，我们中福公司是一个有着八十年光荣历史的特大型综合国有企业，我们这个企业在祖国危亡关头，在共和国被封锁时期，在改革开放初期一直承担着其他企业无可替代的历史任务，我们曾经是国家的脊梁啊！今年我们集团创立八十周年，总部将要举行重大庆典活动，据悉，党和国家领导同志将亲自出席。林满江同志和总部提出：缅怀历史，面向未来，中福人永做时代的排头兵！俊杰同志，我们责任重大啊……

16　空镜　日　内

北京中福集团大厦——

倒计时牌： 距我司八十周年庆典74天

17　京州中福公司门前　日　外

越野车停下。

齐本安和牛俊杰下车。

牛俊杰：齐书记，谢谢您，谢谢您对两万煤矿职工的关心和关注！

齐本安：牛总，你好像有些信心了？

牛俊杰：有些信心了，齐书记，关键看你们上面怎么做！

齐本安：我会努力的，但是希望你们大家给我一点时间！

两个男人紧紧握手。（特写）

18　李顺东办公室　日　内

秦小冲苦笑着对黄清源说：黄总，我可没图你的高利息啊，我那三十万的年息是百分之二十四，这可是法律保护的民间借款利息！还有就是卖了三十箱酒给你，你破产了，没钱买了，告诉我嘛，何苦连我都骗？

黄清源：我没想骗你，是你非要卖酒给我，用三轮车堵我门！我要是和你说我没钱，你根本不会相信！小冲，你可千万别怪我啊！

秦小冲：我当时也是急眼了！好，不说这个了，说卖煤吧，怎么个情况！煤在哪里？什么价？我卖给谁去？

黄清源：哦，小冲，煤在青川港，已经压港压了一年多了，价格随行就市呗，应该还能卖个二百多块一吨吧？当然了，你是记者，如果有关系能让京州能源收回就更好了，当初是五百八一吨买来的……

秦小冲：这梦你就别做了，我也不是记者了，马上入职天使！

李顺东：哎呀哎呀，我怎么说的哩？秦记者，你会爱上天使的！

秦小冲：写授权委托书吧！李总，卖了煤炭，先还我的钱啊！

李顺东：这是一定的，而且你还有清债费率提成，很可观哩！

19　京州能源公司楼前　日　外

牛俊杰下车后，匆匆走进门厅。

门厅口，董秘迎了上来。

牛俊杰和董秘边走边说。

董秘：皮丹董事长就是不愿意来见您。

牛俊杰：好，那就不见！钱总呢？通知了吗？

董秘：通知了，正在顶楼秘密办公室等您呢！

牛俊杰：秘密个屁，现在顶楼不秘密了，债权人知道了，不方便转移！还是在一楼吧，万一被围堵也好跳窗走，不至于误事！

董秘：好，好，牛总，那就一楼，我让钱总下来！

20　天使商务公司门口　日　外

一辆劳斯莱斯豪车停在面前。

秦小冲和李顺东告别。

李顺东：一次愉快的沟通！秦记者，我欣赏你，欢迎你加盟！

秦小冲：让我再想想吧！哟，用这么好的车送我？土豪抵债车？

李顺东：没错！钢铁大王钱荣成的，今天上午刚被我们缴获！

秦小冲：缴获？怎么缴获的？

李顺东：哎呀，我们天使公司动用三辆富康把这台豪车堵在了迎宾大道上，场面壮观，很轰动的。网上有，有兴趣可以到网上看视频！

秦小冲：好，我回去看看视频！

李顺东：秦记者，你请！

秦小冲上车，和李顺东挥手告别。

21　京州时报社门前　日　外

劳斯莱斯在报社门前缓缓停下。

司机抢先下车，拉开后车门。（升格）

秦小冲不急不忙地下车。（升格）

牛石艳在一旁看见，一脸惊愕之色。

22　牛俊杰办公室　日　内

董秘、钱总分别抱来一堆报表文档。

牛俊杰面前的办公桌堆得小山一样。

屋子黑暗，牛俊杰拉亮灯：……和齐本安初步接触了一下，感觉不错，这人虽说有些书生气，不太接地气，但是想干事，陪他练吧！

钱总：练啥？大家都说齐本安是林家铺子的二掌柜……

牛俊杰：真是林家铺子二掌柜倒好了，就能帮我们解困了！现在他要我们拿出个解困方案，而且总部那边也要甩包袱，机会来了！皮丹，咱们就不指望了，就咱们几个先谋划着吧，暂时对外保密……

23 《京州时报》深度报道部 日 内

牛石艳惊愕地看着秦小冲：……什么什么？三十箱酒卖没了？被清源矿业拿去抵债了？秦小冲，你把我老牛牛石艳当傻子耍了？你诈骗到本单位了是吧？这兔子还不吃窝边草呢！你连窝边草都吃啊？！

秦小冲苦着脸：我这不是不了解情况，不小心掉进陷阱里了嘛！

牛石艳：NO！我绝不相信这么牛×的天使商务公司会赖你这点酒钱，人家李顺东送你过来的车都是劳斯莱斯幻影，一台车八百万呢！

秦小冲：这件事非常复杂，三言两语说不清楚。老牛，我严肃地告诉你，我抓到了一个深度报道的好材料！那就是民间讨债乱象……

牛石艳：我呸！你别给我转移话题！说酒！这批酒成本四千五，你起码得把成本还给我们部里，部里承受不了这么巨大的损失……

秦小冲：不就四千五吗？还巨大损失！这事我不和你说了，我找老范说去！牛主任我告诉你，如果我成功打进天使公司，猛文就来了！

牛石艳跟在秦小冲身后：你别猛文了，你就一试用期的聘用人员！

24 范家慧办公室 日 内

范家慧看着报纸大样，带理不理地对秦小冲说：……秦小冲，你现在不是深度报道部主任了，你是临时工，我这个地方你不要随便来，影响不好！

秦小冲：我知道，范社长，我这是有了深度报道的好项目了！

范家慧：什么好项目？你出来才几天？这两年世界变化很大！

秦小冲：是，是，变化那是太大了，我都觉得很难适应了！你比如说，民间讨债都有正规公司了，像李顺东的那个天使商务公司……

范家慧：这个公司我知道，是家账务清偿公司，在我们这儿做过广告的，两个天使，三句口号：清账结账，请找天使，天使在人间！

秦小冲：范社长，这家公司我看像黑社会，起码有黑社会性质！

范家慧一怔：哦，你怎么知道的？坐，坐下说！

秦小冲坐下：我有个同学叫黄清源，是清源矿业公司老板，我呢就让他替我代销咱报社的酒，结果无意中走进了这家讨债公司……

25　中福宾馆2202房间　日　内

党委副书记陆建设走进门：齐书记，石红杏说，你找我？

齐本安放下手上的文件，一脸讥讽：对，是我找你！党政干部大会你不来，田园的遗体告别仪式你也不来，据说病得不轻，还不让我们去探望，哎，你到底怎么个情况？没有啥生命危险吧？坐，请坐！

陆建设在沙发上坐下：齐书记，我正说要向你做个汇报呢！

齐本安端了杯水放在陆建设面前，很不客气地说：我也正要听你的汇报！老陆，先说说，这个京州中福党委副书记你还能不能干了？

陆建设：哎，齐书记，我没说不能干，我这阵子疲劳过度……

齐本安：是疲劳过度，还是闹情绪？老陆，你这个同志要注意了！

陆建设：齐书记，你别听石红杏煽风点火，她不是个好人……

齐本安：石红杏是好人坏人用不着你说！老陆，咱们只说你！

陆建设眼皮一翻：我……我有什么可说的？我就一吃瓜群众！

齐本安：你是主管党务纪检的副书记啊，也去吃瓜了？你去吃瓜了，京州中福的党风廉政建设谁负责？你责任负得怎么样？说说吧！

陆建设显然做了准备，打开笔记本：好，齐书记，我就知道你得找我，我就是病得奄奄一息，你也不会放过我！本来纪检工作应该由田园来汇报，但田园跳楼走了，我作为分管党务的副书记也只能勉为其难了！二〇一五年国资委纪委和中福集团纪检组就党风廉政建设一共下发了六个文件，我们都及时传达，并组织了认真学习。第一个文件下发于二〇一五年一月十日，主要是讲春节期间的廉政自律问题……

26　范家慧办公室　日　内

范家慧不无兴奋地看着秦小冲：……说，说，你继续说！

秦小冲也兴奋起来：范社长，那我继续说！三十箱京州老酒是药引子，正好把我引进了民间资本追讨乱象中，可以做一篇深度报道。

范家慧：没错！这么看来，这个天使商务公司有可能涉黑，不深入其间很难看清个中真相！小冲啊，咱们《京州时报》现在可以说正处在生死存亡的紧要关头，一般的新闻没法做了，网上的新闻分分钟更新，各报你抄我，我抄你，根本没人看了，唯有独家深度报道尚可一拼！

秦小冲：就是，就是！牛石艳不理解，还追着我要酒钱呢……

范家慧：哎，酒钱你还是要还的，各部门日子都不好过嘛！

秦小冲：他们是好过不好过的问题，我是过不下去了！范社，我总不能不顾家庭孩子去奋斗牺牲吧？你说我万一被李顺东给灭了……

范家慧：报社可以追认你为烈士，但是民政部门估计不会认可！

秦小冲：所以，范社长，我请求预发三万稿费，让我把今年孩子的抚养费给交了！我只要没后顾之忧，就能铁心为咱们报社的生存奋斗牺牲去了……

范家慧：三万不是个小数目，秦小冲，你下手够黑的呀……

27　中福宾馆2202房间　日　内

齐本安摆手：好，好，老陆，别汇报学习文件了，说落实！落实得怎么样？这些年处理了多少起违纪？是否实现了党风基本好转？

陆建设：齐书记，我强调一下：纪检方面的工作你得问田园！

齐本安：田园去世了，京州中福纪检这摊子就没人管了？石红杏告诉我，说是田园得病后，纪检就由你兼管了，我不问你问谁啊？！

陆建设试探说：还是好转了吧？所以呢，也没立案查处谁。

齐本安冷冷地看着陆建设：你的意思是说，咱京州公司能做全国各公司的楷模？我是不是要向林满江同志和总部纪检组汇报一下？

陆建设：哎，哎，我可没这么说！实际情况是，京州中福反腐倡廉任重道远，吃喝风严重，石红杏不让查，说集团八十周年大庆快到了，要维稳，就搁置了。要我说，她这是故意包庇她老公牛俊杰！

齐本安：老陆，那你今天就和我说说，牛俊杰都有什么问题？

陆建设：牛俊杰违反中央八项规定精神，公款大吃大喝，被底下工人举报了，我一问，牛俊杰就承认了，说是请的债权人，不招待不行！哎，工人欠薪十个月，他和财务总监还大吃大喝，影响极坏！

齐本安：牛俊杰毕竟是为了应付债权人。其他同志吃喝呢？

陆建设一脸懵懂：什么其他同志？林家铺子的人我敢管吗？

齐本安勃然大怒：你为什么不敢管？陆建设，你失职了！

陆建设也火了：我失啥职？我再说一遍，纪委书记是田园！

28　范家慧办公室　日　内

秦小冲跟前跟后对范家慧说：……不是我心黑，范社长，我这不得活人吗？哦，对了，我再和您说个新情况：京州中福一个叫王平安的老总也卷进去了！挪用三千万公款在清源公司放高利贷啊他……

范家慧愕然一惊：什么，京州中福的王平安放起高利贷了？

秦小冲：范社长，这是我无意中发现的！

范家慧想了想：把这事进一步查清楚，要有过硬的证据！

秦小冲：明白！如果有了证据，咱们找中福要赞助就方便了！

范家慧：胡说啥？把我们报社当啥了？也像你一样敲诈勒索吗？

29　中福宾馆 2202 房间　日　内

齐本安问陆建设：对证券公司的总经理王平安有没有举报啊？

陆建设：有举报！京州证券管理混乱，一亏就是十五个亿！

齐本安：就是，我过来这些天，也听到了不少关于王平安的反映！

陆建设：不过，没法查！王平安是林家铺子的老人，石红杏的表弟，我找死查他？齐书记，你看，我就这么小心谨慎，不还是照样被排挤了吗？党委副书记干到死了，年薪是你和石红杏的百分之八十，你们一年都四十万，我一年三十二万，这辈子也就这样了，还说啥说！

齐本安：你是不是觉得这个党委书记该让你当？你觉得够格吗？

陆建设“哼”了一声：我够格也没用，我既不是现领导林满江的师弟和红人，又不是老领导朱道奇手下的得力干将，我朝里无人啊！

齐本安：你发什么飙？！你就算朝里有人，是林满江的红人，朱道奇的干将，估计他们也不会用你！老陆，我提醒你一下，你不要有船到码头车到站的消极思想！你是党员干部，而且是负有重要领导责任的专职党务干部，如果继续这么玩忽职守，恐怕不会平安着陆的！

陆建设怔了一下，冷冷看着齐本安，一时语塞。

齐本安：把现有的举报线索整理一下，不管是对王平安，还是对其他什么人，都要严肃认真对待！让纪委同志把眼睛睁大，京州公司反腐倡廉从今天开始要动真格的了，不管涉及谁，涉及哪一级！

陆建设眼皮一翻，立即挑衅：如果涉及朱道奇、林满江呢？

齐本安怒道：陆建设，你将我的军啊？好办，查，一查到底！

陆建设苦笑起来：查啥？我们也没这权限，那得中央查……

齐本安“哼”了一声：你知道就好！

陆建设却又突然来了一句：但有一件事可以查！

齐本安警惕地看着陆建设：什么事？说！

陆建设冷冷地：谁拍板花四十七亿买来京丰、京盛两只烂桃啊？

齐本安桌子一拍：哎，好啊，老陆，你给我查去，我等着结果！

陆建设却又往回缩了：算了，算了，我还想多活几年呢！现在石红杏就四处放风，说我得了抑郁症，我要是哪天一命呜呼了，正好抑郁症发作，只怕公安局都不会管，广大干部群众也不会怀疑……

齐本安一怔：哎，老陆，石红杏这是和你开玩笑吧？

陆建设：开玩笑？齐书记，田园不就得了抑郁症从楼上跳下去了吗！哦，对了，有个情况我还真得向你汇报一下呢：田园跳楼后，留下了一个笔记本，因为我分管党务，本想拿回去看看，但是——

（闪回）病房内，风扑打着窗帘。

窗帘撩下了窗前桌上的一个笔记本。

笔记本随风落到陆建设的脚下。

陆建设本能地拾起笔记本，翻看。

石红杏一把夺过笔记本，匆忙冲出门。（闪回完）

齐本安问陆建设：这个笔记本里都记了些什么？

陆建设：这我哪知道？齐书记，你得问石红杏去！

齐本安：说说看，这是怎么一个笔记本？

陆建设：就是咱中福集团印发的工作日记，很旧，用了许久！

齐本安：好，哪天我来问一问石红杏吧！哦，我们继续谈……

30　范家慧办公室　日　内

范家慧密授机宜：……小冲，对京州中福有不少传说，前几天就有一个叫田园的纪委书记从楼上跳下来，结论虽说是抑郁症发作……

秦小冲抢话：但是很可疑，是吧，范社长？

范家慧：没错！有些可疑啊！这人是跳下去的，还是被谁掀下去的？所以，对天使公司任何涉及中福的线索都要密切注意，我想，也许我们还可以作出第二篇深度报道：关于大型国企的腐败与反腐败！

秦小冲兴奋不已：是，是，范社长，我就是这样想的啊！

范家慧：你也这样想的？我呸，你是单纯经济思想，就想着怎么挣钱！好了，小冲，你打个条子，预支两篇深度报道稿费三万元吧！

秦小冲：谢谢，谢谢！哎，要是万一中福集团没有什么腐败呢？

范家慧：怎么会没有？那个王平安的线索不是已经被你发现了嘛！这个人起码是挪用公款吧？

秦小冲：对，对！而且有可能我就是被这帮腐败分子陷害的！

范家慧：让以后的事实说话吧！注意安全，安全永远摆在第一位！

秦小冲：明白，范社长，谢谢您对我的信任，我啥也不说了，从今天开始就努力做一名秘密的卧底记者了！但是，万一有一天他们谁赖我是黑社会的人，你和报社可得给我做证啊，别让我再进去一次！

范家慧：哎，哎，小冲，上次你进去不是因为卧底搞调查，是因为你敲诈了人家矿上十万块，被人家公安部门当场拿获了呀！那是人赃俱获呀！我倒是想救你，能救下来吗？！有了上次的教训，你这次也给我放聪明一些，自己千万别再有啥不合时宜的非分之想！一定要记住：你是谁？你从哪里来？要到哪里去？你是去干什么的？嗯？

秦小冲：范社长，你提醒得太及时了！我是谁？我是秦小冲，《京州时报》著名记者！我从哪里来？我从《京州时报》来，从范社长您麾下来，我到天使公司不是去发财致富的，是揭露事实真相的！

范家慧兴奋地：对呀，对呀！就这么时刻提醒自己，时刻提醒……

（第十集完）

第十一集

1　范家慧办公室　日　内

秦小冲：范社长，既然这样，那我赶快领钱去，家里等钱用呢！

范家慧：领去吧，我也得下班了，老公今天从北京回来……（突然打了一个激灵，想了起来）哎呀，我的妈呀，我怎么把这茬给忘了？！哎，小冲，你这次卧底调查，我还有个要求，但凡涉及京州中福的任何人和任何事，都先不要在外乱说啊，你都得以我的指示为准！

秦小冲一怔：又怎么了，范社长？

范家慧：发生了点小变化，我老公从北京调过来当一把手了！

秦小冲激动不已：哦，明白！范社长，那……那我的冤案也好查了！石红杏、牛俊杰一手遮天的日子结束了，真相必将大白于天下！

范家慧收拾桌上东西，准备下班：但愿，但愿如此吧！

2　京州街上　日　外

秦小冲站在街边，一边等出租车，一边和前妻通电话：……周洁玲，我告诉你一个特大喜讯：我们范家慧社长的老公齐本安调到京州中福干一把手了，你等着吧，我的冤案即将真相大白了！

电话里的声音：秦小冲，你等真相大白以后再来报喜吧！

秦小冲：但是，周洁玲，哎，喂，喂……

电话里已是一片忙音。

秦小冲一声叹息，上了一辆出租车：去天使公司！

3 范家慧家 夜 内

齐本安和范家慧吃晚饭，边吃边谈。

范家慧一坐下就抱怨：看看，当了一把手，炒菜水平立马下降！

齐本安解下身上的旧围裙，也在对面坐下：行了，老范，你就凑合吃吧，我今天也就是最后做个姿态了，以后这种水平的菜也没了！

范家慧：怎么能这么自暴自弃呢？我还为你专买了条围裙呢，很性感的！（说罢，在柜子里拿出一条围裙向齐本安展示）看，性感吧？

这是一条创意围裙，围裙上是一个只穿着三角裤的性感男人。

齐本安：去，去！京州中福麻烦事不少，希望老婆大人多支持！

范家慧收起围裙：支持呗，我不支持你也过来了！本安，啥叫飞蛾投火，我算知道了，你就是只投火的大飞蛾！要知道，京州中福早不是以前的京州中福了！你的那帮老朋友——包括你当年在上海公司那两个要好的朋友王平安和李功权也许会变得让你根本不认识了！

齐本安一声长叹：哎呀，我的老范范家慧同志啊，你真是太英明了，咋啥都知道呢？！哎，来，来，我敬你这事后诸葛亮一杯！

范家慧举杯：怎么事后诸葛亮？我冰雪聪明——事前诸葛亮！

4　陆建设家　夜　内

陆建设也在和自己老婆一起吃晚餐。

陆建设对老婆絮叨：……齐本安这人不是省油的灯啊，明明抢了我的书记位子，却对我没有任何愧疚，理直气壮觉得他是应该的！也没说帮我弄个待遇，我都把年薪的话头提出来了：他和石红杏四十万，我三十二万，哎，他装听不懂，也没说向上汇报，让我也享受他和石红杏一样的年薪待遇！最后的希望也被他掐灭了！他还警告我呢他！

陆妻：所以，老陆，你就别总想着去争了，还是继续住院吧！

陆建设：院不能继续住了，齐本安明说了，他不让我安全着陆！

陆妻：齐本安他吓唬谁呀他？老陆，你能有啥问题？这么多年了，一直在没权没势的副职党务岗位上打转转，就是想贪也贪不着啊！

陆建设：这不是有个不作为懒政的罪名吗？齐本安找碴很容易！

陆妻：那你就作为，把石红杏、皮丹、王平安全给他办进去！

陆建设：我有这心没这胆啊，我可不想做田园，弄个抑郁自杀！

5　范家慧家　夜　内

齐本安思索着，问范家慧：老范，你怎么看石红杏这个人啊？

范家慧嘴里含着一口饭，匆忙咽了下去：哎呀，我的天哪，齐本安齐凤尾，你这表演的艺术水平见风长啊，这都快成戏精了吧……

齐本安：哎，哎，老范，纠正一下：我现在可是个凤头了！

范家慧碗一推，啪的一声把筷子拍放在桌上：好，凤头！齐凤头先生，石红杏是你师妹，早年你们之间还有一段难分难解的旧情，你对她了如指掌啊，今天反问我怎么看？我根本不看，我眼不见为净！

齐本安：哎，哎，老范，我说正事呢！你们报社和石红杏他们有战略合作关系，时常接触，说说你的感觉！我现在认不清这个女人了！

范家慧讥讽问：这个女人不寻常，变化很大，是吧？

齐本安：可不是嘛，毕竟这些年我不在京州，对今天的石红杏已经不太了解了！这次回来，我对石红杏的感觉不太好，是很不好！

范家慧：这就对了！时代在发展，世事在变化，这年头哪还有什么一成不变的东东？就说我们《京州时报》吧，当年是何等的辉煌？京州干部群众谁人不知，谁人不晓？现在呢？变了，没死在和同行《京州晚报》《京州晨报》的竞争中，却被新媒体自媒体给灭了……

齐本安：哎，哎，老范，老范，咱别扯那么远，更别扯你们的报纸！对你们的纸质媒介的困境，我深表同情，爱莫能助，说石红杏！

范家慧眼皮一翻：石红杏有啥说的？她是我们优秀的合作伙伴！

6 石红杏家 夜 内

桌上一片狼藉。

石红杏和牛俊杰背对背坐着，一副冷战的架势。

石红杏：老牛，齐本安来了，你看到亮了，是吧？

牛俊杰剔着牙，晃着腿：是，眼前出现了一片光明，就像电视剧里演的解放军进城：天亮了，解放了，有些人就不那么淡定了！

石红杏：哎，你是不是又向他絮叨那四十七亿买矿的事了？

牛俊杰：是，我深受其害，该说时就得说，该出手时就出手！

石红杏：我要是真有啥事，你就不怕齐本安把你也一起装进去？

牛俊杰：哎呀，石总，你还真及时提醒我了，明天咱们一定得把婚离了，再忙也去离，别你林家铺子的肉没吃上一口，却沾一身腥……

7 范家慧家 夜 内

齐本安思索着，对范家慧说：……老范，你说牛俊杰他是什么意思？一再和我提起这笔糟糕的矿权交易，说自己是林家铺子的伙计！

范家慧：老牛无非是撇清自己嘛！估计这笔交易是有点问题的！

齐本安一声叹息：恐怕不是有一点问题，也许是有大问题啊！四十七个亿的交易额啊，这么一个操作法，细思极恐啊……

范家慧：不过，风头先生，你呢，也别去较真儿，过去的事都过去了！你查不了，也没法查！再说，真查出了大问题，你的麻烦更大！

齐本安眼睛一亮：老范，说说你当小鸡头的经验吧，供我参考！

范家慧：根据我多年的领导工作经验，你这个现任不宜翻前任的烂账，就像一堆屎，你不搅它不臭，你搅了，它先让你变得臭不可闻！

齐本安：老范，现在我不搅它也臭不可闻，大家都在骂！连懒政怕事不干活的党委副书记陆建设都拿它说事，京州能源快让它拖死了！所以中福集团董事会和战略委员会才决定减负，甩包袱，只是要甩也难，高买低卖啊，万一以后有人追究，算谁的责任？你说？

范家慧：中福集团董事会作的决策嘛，算林满江的责任！

齐本安：那我也不能害了林满江啊！他是我大师兄！

范家慧：那就害自己？本安啊，别这么较真儿！

齐本安：不说了！现在火炭落到我脚下了，我可知道疼喽……

8 石红杏家 夜 内

石红杏阴阴地对牛俊杰说：……牛魔王牛总，看把你委屈的，找个地方好好哭一场吧！哭透了，委屈的泪流尽了，咱们再去离婚！

牛俊杰：你少来！我这回是认真的，我不陪你林家铺子玩了！

石红杏：那好，那我们明天光明区民政局见……

这时，石红杏手机响。

石红杏接手机：哟，齐书记……

9 范家慧家 夜 内

齐本安在范家慧的注视下，和石红杏通话：……石总啊，明天咱们一起碰个头吧！研究一下工作交接，包括对你们上届的离任审计。

石红杏的声音：离任审计？哎，齐书记，我好像还没离任吧？

齐本安：石总，你是不是健忘啊？京州中福这六年都是你在主持工作啊，现在我来了，你不应该向我做个交代吗？比如说，京丰、京盛两个矿是怎么买下来的？京州能源如何走到了这么败落的境地？

石红杏的声音：是，是，齐书记，那我明天好好向你汇报一次！

齐本安却又缓和下来：你也别多心，就是总结过去，规划未来嘛！

10 石红杏家 夜 内

石红杏和齐本安通话：……是，齐书记，那咱就总结规划！你看地点定在哪？是我到中福宾馆 2202 房间呢，还是你到我办公室来？

齐本安的声音：你到宾馆我 2202 房间来吧，我这里没干扰！

石红杏：好，好，那我明天就到你房间上班了！（说罢，挂机。）

牛俊杰：哎，哎，不是明天光明区民政局见的吗？咋又变了？

石红杏没好气：你耳朵塞驴毛了？没听见齐本安的最高指示吗？

说罢，石红杏走进自己的房间，"砰"的一声关上房间门。

牛俊杰低声骂了句：臭娘儿们！（叹息着，收拾起了桌上的碗筷。）

11 范家慧家 夜 内

范家慧审视着齐本安：齐凤头，2202 房间是怎么回事？行宫？

齐本安沮丧地：还行宫呢，临时办公室，一上任就让石红杏要了！

范家慧：故意让她要的吧？宾馆房间多好，有浴室，有大床……

齐本安火了：想哪去了？老范，我告诉你，我现在宰她的心都有！

范家慧：别这么凶巴巴的！其实，作为战略合作伙伴，石红杏还是挺不错的，比你凤头强多了！你的事谈完了，得说说我的事了吧？

齐本安警觉起来：又是战略合作？嗯？

范家慧一把拉住齐本安：哎呀，齐书记，咱们心心相印啊！

齐本安甩开范家慧：打住！此事暂时不议！老范，你又不是不知道，我和他们还没完成交接呢！

范家慧又扑了上来，眼中充满渴望：那日后再议，是吧？

齐本安应付：是，是！忙了一天，累死我了，快洗洗睡吧！

范家慧热情洋溢：好，好，老公，你等着，我给你放水去！

12　京州街上　日　外

轿车疾驰。

李佳佳开车，林小伟坐在副驾上。

林小伟：石总安排车、安排司机你不要，非借这台破车开！

李佳佳：这不是不方便用人家的车嘛！林小伟，咱们干啥去的？到北山监狱探监，让司机开个豪车，带上咱们，你觉得合适吗？

林小伟：只是这就苦了你了，让你开车，我心疼啊！

李佳佳：别装了，问问你妈监狱那边安排得怎么样了？

林小伟：好的，好的！

李佳佳提醒：这时候得妈宝啊！

林小伟：明白，明白！我吃我妈，那是一吃一个准！

13　中福宾馆 2202 房间　日　内

石红杏四处看着，问齐本安：这办公场合和条件还适应吧？

齐本安淡然地：不适应也没办法，谁让我这么倒霉碰上了你呢！

石红杏：碰上我你就幸福吧！齐书记，你再给我十几天的时间……

齐本安讥讽：石总，你办公室里到底有多少宝贝，还要搬十几天？

石红杏：我办公室宝贝不多，但我的新办公室得装修嘛！哦，顺便说一下，我和办公室主任吴斯泰交代了，也把你的办公室装修一下！

齐本安：行，行，你看着办，只要我有地儿待着就行，我不计较！

石红杏：哟，哟，还说不计较呢！我一说把办公室让给你，你就昂首挺胸进去了，弄得像鬼子进村似的，吓得我连屁都不敢放一个！

齐本安火透了：打住，谈事！

石红杏在沙发上坐下，把公文包往茶几上一摔：谈，那就谈！

14　京州街上　日　外

轿车疾驰。

车内，林小伟和母亲童格华通话：……妈，你别解释了，我不听！我和你说，我和佳佳反正已经出发了，一小时后就到北山监狱了！

电话里的声音：伟伟，妈不是和你说了吗？京州司法机关妈不熟悉。再说，你爸一再要求我别搞特殊化，尤其不能让你搞特殊化……

林小伟：你少唱高调！哪特殊化了？你不说，我爸会知道？

电话里的声音：伟伟，妈真的没有这种熟人关系……

林小伟：你的太太帮里肯定有人有关系，你还是不想帮我忙！

电话里的声音：那帮太太我查了，也没人和北山监狱熟悉……

林小伟幽怨地叫了声：妈——（立即挂断电话。）

李佳佳伸出拇指，以示夸奖。

片刻，手机响。

林小伟接手机，胸有成竹地问：妈，解决了？

电话里的声音：解决了，解决了！你这个活祖宗！伟伟，我告诉你，这是最后一次，下不为例！你爸知道又得骂我，你爸要求严啊……

林小伟：好了，好了，妈，你别让我爸知道就是了！

15　中福宾馆 2202 房间　日　内

石红杏对齐本安说:……齐本安书记，你别对我有偏见，也别故意找碴，妄想对我们以前的历史总清算，咱们的账乱得很，算不清!

齐本安:哎，怎么会算不清?有账就能算得清!你比如说京丰、京盛那两个矿，怎么就四十七亿买下来了?买下来后为啥增发给了京州能源?现在京州能源怨声载道，社会上的中小股东甚至提起了诉讼!

石红杏:你这就是找碴!股市天天发生变化，股价五十五块的时候，他们怎么不去告?现在五块了，他们就告了，让他们告去，我奉陪!

齐本安逼视着石红杏:石红杏，你敢说这笔交易没问题吗?

石红杏也冷眼以对:齐本安，你敢说这笔交易就有问题吗?

齐本安:我……

石红杏:我什么我?说!

齐本安自知理亏:我……我现在不说，我以后让事实说话!

石红杏:齐本安，你还算聪明，这还算是一句人话!

齐本安:咱公司纪委书记田园怎么死的?哎，当真是抑郁吗?

石红杏讥讽:怎么?你还怀疑我把田园从楼上推下去了?是吧?

齐本安:不是，这个，同志们议论纷纷，明确指出你当时在场!

石红杏:当时在场的也不是我一人，还有陆建设，问他去!

齐本安脸上挂着一丝假笑:哎，陆建设是不是也有抑郁症啊?

石红杏:你少给我来这一套!有什么怀疑，到公安局报案去!

齐本安:怎么急眼了?我开个玩笑嘛，你过去也没少吓唬我!

16　京州街上　日　外

轿车疾驰。

车内，林小伟对李佳佳说：……其实，北山监狱在京州地面上，虽说归省里管，但你爸打个招呼安排一下，还是能办到的。

李佳佳：是啊，他不是办不到，是根本不会帮你办！所以，我妈说他爱惜羽毛，最恨他的就是这一点！为了一顶破乌纱帽不顾一切！

林小伟：不过，话又说回来，他也难，那么多人盯着他呢！就像我老爸，自从七年前做了中福集团董事长，总让人说他开林家铺子！

李佳佳：那他开铺子没有？

林小伟：这我哪知道，开了铺子他也不会和我说……

这时，李佳佳手机响。

免提传出李达康的声音：喂，是佳佳吗？

李佳佳：哦，爸，有事吗？

李达康少有的温和的声音：佳佳，我想了一下，让你王大路叔叔和你一起去看你妈吧！

17　李达康办公室　日　内

李达康和女儿通话：……你大路叔叔的一位做服装的朋友和监狱工厂有生意上的来往，让你大路叔叔安排一下吧，我马上请他过来说！

李佳佳的声音：不用了，爸，我们已经在路上了。

李达康：没关系，我让你大路叔叔马上追过去！

李佳佳的声音：别让大路叔叔来了，监狱那边我们已安排好了！

李达康一怔：是吗？哦，好，好，那就好！

放下话筒，李达康看着窗外秋景，一脸惆怅。

18　中福宾馆 2202 房间　日　内

齐本安呵呵笑着，对石红杏说：好了，好了，为个玩笑还生气！

石红杏：玩笑？你都把我当杀人犯了！齐本安，你现在阴险毒辣！

齐本安：就算阴险毒辣也是跟你学的！你四处宣扬我的软弱，经典事例就是我当年在澡堂被锻工班的一帮家伙捆了个老头看瓜……

石红杏：这难道不是事实吗？是师傅冲进男澡堂救了你一命！

齐本安：是，救了我一命，可是，石红杏，这么多年过后我终于弄清楚了，是你使的坏！你当时和锻工班的大刘刘百顺眉来眼去……

石红杏：不是眉来眼去，那是我的初恋，说起来那是很宝贵的！

齐本安：对，你的宝贵初恋却让我付出了代价！你考验大刘，让大刘带着两兄弟捆我，然后又跑去向师傅报信，连我和师傅一起害！

19　京州北山监狱门前　日　外

轿车停下，李佳佳和林小伟下车。

监狱长迎上来，和林小伟、李佳佳热情握手。

20　京州北山监狱　日　内

一道道铁门打开。

李佳佳、林小伟在监狱长和警卫引导下走进一道道门。

21　中福宾馆2202房间　日　内

石红杏“扑哧”笑了：这事还让你查清楚了？佩服佩服！怪不得大家都说你这人爱较真儿！

齐本安：小师妹呀，只要是我想查的事，就没有查不清的！

石红杏：不过，齐本安，你对我也下过毒手吧？你和林满江都走上了仕途，就我一人还留在矿机厂车工班干活，师傅心疼我，把我送到林满江那儿做办公室副主任，你是不是也使过坏？让林满江别要我？

齐本安：对，我当时想法高大上啊，心想，我和林满江前后脚走了，师傅的事业后继无人，怎么说也得让你继承下来，我真是好心！

石红杏：你好心个屁，我要留下来，现在也下岗了！

齐本安：哎呀，扯啥扯，谈工作，谈工作！刚才我说到哪了？

石红杏：说到……说到我有可能把田园从十八楼推下去……

齐本安：对，对……哦，不对，不对，我那是和你开玩笑！

石红杏：你这个玩笑不好笑，知道吗？

齐本安：知道，知道，说正事，说正事！石总，我问你，田园是不是留下一个笔记本？有人在田园自杀现场见过这个笔记本……

石红杏一脸讥讽：齐本安，你行啊，还真开始调查我了？啊？

齐本安：别误会！这是陆建设汇报工作时主动说起的……

石红杏：没错，是有这么个笔记本，你想看我哪天带给你！

齐本安：哎，好，好啊，那就明天带给我吧！

石红杏脸一拉：齐本安，你就这么急着办我啊？！

齐本安：不是，不是，我这不是要给陆建设一个解释嘛！陆建设也想要这个笔记本，是吧？都要装到他公文包了，又被你夺走的吧？

石红杏：所以，这笔记本里有大文章啊，齐本安，你中大奖了！

22　京州北山监狱阅览室　日　内

李达康前妻欧阳菁眼睛看着门，期待着女儿的到来。

门开了，李佳佳走进来。（升格）

欧阳菁动情地扑向李佳佳。（升格）

23　中福宾馆 2202 房间　日　内

齐本安在沙发前踱步：石总，我知道，你现在心里也不好过，对我过来领导你一时不太适应！想想也是啊，你称王称霸的好日子结束了，就像孙悟空戴上了紧箍咒，肯定不是太舒服！没关系，可以慢慢去适应，咱们师兄妹我一般也不会计较你！哎，你怎么不记录啊？林满江作指示时你小学生似的记录，还小鸡啄米似的不断点头……

石红杏没好气地：齐本安，等你到了林满江那个位置再说吧！

齐本安自嘲：那我还得努力往上进步啊！你记在脑子里也行！小节我不和你计较，大事你休想蒙我！现在不是咱们学徒的时候了，那时咱们年轻，弗拉基米尔·伊里奇·乌里扬诺夫说：年轻人犯错误，上帝都能原谅。现在不行了，你我都是国企负责干部，在工作上不能犯错误！

石红杏：齐本安，你怎么一下子就习惯昂首挺胸了？适应能力真强！哎，你能不能别一副教训人的口气？能不能别在我面前晃来晃去的？我这真是倒了血霉了，在家对付牛魔王，上班还要对付你……

齐本安：你还叫？我和你一样倒霉！上班对付你石红杏，下班对付范家慧！你和范家慧签订的那个战略合作协议坑死我了！既然说到这里，石红杏我明确指出啊，不准再和《京州时报》续签任何条约！

石红杏：齐本安，总经理是我，经营管理是我的分内事，我要做广告，为什么一定不能和《京州时报》合作？你给我一个过硬的理由！

齐本安：好啊，过硬的理由就是：我来做一把手了，不能谋私！

石红杏：你想谋私我也不会答应啊，这事你别烦了，我负责！

24　京州北山监狱阅览室　日　内

欧阳菁擦去眼中泪：佳佳，跟妈说实话，恨妈了吧？

李佳佳：没，没！妈，这辈子您为了我操碎了心！您今天虽然犯了法，对不起党和国家，但对得起我，所以，我不论今后在哪里，什么情况，都会对您不离不弃，真的！这也是我爸反复交代我的。

欧阳菁讥讽：达康书记总算会说点人话了！

李佳佳：妈，其实我知道，爸也放心不下你。

欧阳菁：放心不下我？李达康都和你说啥了？

李佳佳：说毕竟二十多年夫妻，离婚等于拿左手砍右手，疼啊！还说了，如果不是涉嫌犯法，他也下不了决心！政治斗争很残酷！

欧阳菁：是啊，我也知道，京州和汉东省多少人盯着他啊！

李佳佳：妈，您也原谅他吧，他面对的是一个世界，不容易！

25　京州北山监狱监狱长办公室　日　内

监狱长试探着问林小伟：……林总，你看咱们是不是去车间参观一下？我们车间做箱包！

林小伟：好啊。不过，我可不是什么林总啊，你叫我小林！

监狱长：好，好，小林！

26　中福宾馆2202房间　日　内

齐本安一脸讥讽，对石红杏说：你负责？负责再坑我一把，是吧？

石红杏：齐本安，我怎么又坑你了？咱们不带这么找碴的……

齐本安：哎，那我问你，林满江怎么知道我要到贵宾楼办公？

石红杏一脸的茫然不知所措：这我怎么知道？大师兄关心你呗！

齐本安：是你在关心我吧？根据你的一贯风格，故事应该是这样的，（模仿起了石红杏的语气）林董，齐本安太不注意影响了，要在贵宾楼里办公，还说是您每次到京州就在那儿办公，很威风的。我就劝他说，你不能和咱大师兄比，大师兄过来，随行人员十几个，既要接待外宾，又和世界各地联系商务业务，你也像大师兄一样放眼全球啊？

石红杏惊呼：我的天哪，齐本安，你偷听我和大师兄的通话了？

齐本安继续模仿：林董，我还好意提醒了齐本安，到贵宾楼办公，会产生很坏的影响。京州能源矿工连工资都发不上，矿工新村棚户区这副模样，干部群众还不骂你祖宗八代啊？是不是？

石红杏服了：哎呀，齐本安，这世界上了解我的人也就是你了！

齐本安：所以，石红杏，你少给我耍花招，别弄得双方都那么累！

石红杏：是的，是的。齐书记，我呢，省点心机，用来对付我家那位牛魔王；你呢，也省点心机回家去对付范家慧，咱俩高手休战！

齐本安：好，好，谈工作，谈工作吧！一不小心又跑题了！

27　京州北山监狱阅览室　日　内

欧阳菁对女儿说：好了，不谈你爸了，说说那个林小伟吧！

李佳佳：妈，我在信中不和你说了吗？他人挺好的，情商高，家庭情况也不错，他父亲是一家副部级央企——中福集团的一把手。

欧阳菁：中福集团我知道，京州也有中福许多企业，我们城市银行和他们打过交道。他父亲好像叫林满江吧？

李佳佳：对，林满江，不过我还没见过他。听小伟说，也是个和我爸一样的只管做事，不顾家庭的人，小伟有事也是只找他妈！

欧阳菁叹息：唉，又一个只知有妈，不知有爹的孩子！

28　京州北山监狱劳改车间　日　内

上百号犯人在车间里制作旅游箱包。

监狱长：林总……

林小伟：小林，小林！

监狱长：小林，你看看我们这箱包质量，不比名牌差，是吧！

林小伟看着，应付：是的，是的，要我说比名牌还好呢！

监狱长试探：让中福集团进点货？哪怕京州中福商场进点呢？

林小伟略一沉思：进货可以啊，只是……我有啥好处？

监狱长：你的中介费我们可以谈！

林小伟：我不缺钱！

监狱长：对，对！小林，那我们让欧阳菁负责销售！

林小伟：这就对了嘛！有关销售的事，让欧阳菁来找我吧！

监狱长开玩笑：你这个小林，年纪轻轻，还很有经验的嘛！

林小伟自嘲：这年头，傻子不多了！

29　中福宾馆2202房间　日　内

石红杏语带讥讽地对齐本安说：……齐书记，我还是要提醒你一下：你不是我的领导，是我的同事，一个班子的同事，我们俩只是分工不同。在京州中福的领导成员里，咱俩都是正局级待遇，年薪也是一样的，都是百分之百，你不比我多拿一分钱，你一定要尊重我！

齐本安笑着应付：是，是，尊重，尊重，我肯定尊重！石总，就像你说的，咱们俩要大事讲原则，小事讲风格……

石红杏：另外，我们之间呢，也并不存在所谓的交接问题！

齐本安：这不对吧？你继续主持工作？我打道回府，去北京？

石红杏恳切地：哎，齐书记啊，你还真得回北京呢，少和我烦！

齐本安皮笑肉不笑地：石总，刚才还说休战，你看你，又开始算计我！那我也说句大实话，我含辛茹苦，兢兢业业，努力奋斗，好不容易才做了京州中福一把手，有了这么个干事的舞台，轻易不会走的！

30　京州北山监狱阅览室门外　日　内

林小伟问监狱长：给欧阳菁调换工作岗位的事，我能和她说吗？

监狱长热烈地：可以说，应该说呀，包括将来的销售渠道。

31　京州北山监狱阅览室　日　内

欧阳菁对女儿说：……佳佳你记着，要找一个把你当世界的人，不要找一个胸怀世界的人！这可是妈的肺腑之言，经验之谈。

李佳佳：妈，我明白，你是被我爸伤得太深了。

欧阳菁：小伟能为你做一切，这孩子不错，你可一定要珍惜！

李佳佳：知道，他就是太奶，有些妈宝！

欧阳菁：什么妈宝？最近冒出的新名词？

李佳佳：对，最近网上流传的词，指啥都赖他老妈的男孩。

欧阳菁：那是他有个好妈可以赖，我看也不是什么坏事……

这时，门敲响了，监狱长引着林小伟进来了。

32　中福宾馆2202房间　日　内

石红杏：看看，又误会了吧？齐书记，我是让你去北京和中福集团副董事长靳支援同志办交接！这六年我主持京州中福工作不错，但京州中福董事长和党委书记都是人家靳支援同志兼的！包括你咬着不松嘴的那四十七个亿的矿权交易，也都是林满江和集团总部战略委员会审查同意，靳支援签字批准的，你说你不找靳支援交接找谁交接？

齐本安怔住了。

33　京州北山监狱阅览室　日　内

欧阳菁端详着林小伟，神情中透出满意与疼爱。

李佳佳：丈母娘看女婿，越看越欢喜，是吧？

欧阳菁：看女婿看女儿都欢喜！小伟，谢谢你来看我！

林小伟：欧阳阿姨，我还给你换了个工作岗位呢！以后不必去做箱包了，去做市场销售，这样就自由多了。我都和监狱长谈好了！

李佳佳惊愕地：林小伟，我知道你情商高，不知道你这么高！

欧阳菁也很吃惊：我的天，小伟，我怎么销售？箱包卖给谁去？

林小伟：卖给中福公司啊。中福公司有几个大商场，让我妈帮忙！

欧阳菁：你……你妈能帮这个忙？

林小伟：肯定帮，我妈是热心人，又是我要她帮的！

李佳佳：这我信，小伟是妈宝啊！

欧阳菁抹起了泪：小伟，谢谢你，阿姨谢谢你！

34　京州北山监狱大门口　日　外

李佳佳、林小伟和监狱长告别。

监狱长：你看，我都让食堂准备了，你们非要走！

林小伟和李佳佳上车：心领心领。监狱长，再见！

监狱长：再见，再见！

35　中福宾馆 2202 房间　日　内

齐本安苦笑不已：好，好，石红杏，你真行，又耍了我一把！

石红杏：齐本安，我承认过去耍过你，但在交接这件事上可真不是故意耍你的！是你老兄太急切了嘛，一听说京丰、京盛两个矿是四十七亿买来的，牛俊杰又从中煽风点火，你小眼睛“刷”的一下子亮了，以为逮住了我这个大腐败分子，你激动啊，石红杏，你也有今天？！

齐本安：哎，哎，没这么想啊，红杏，我真没这么想过……

石红杏踱着步，继续发挥：齐本安，你就一下子找不到北了！我这么说，可不是讥讽你，是在描绘一个幸灾乐祸者的可悲下场！

齐本安：好，好，不说了，我先去北京找靳支援董事长吧！

石红杏：你别去北京了！到了北京见不到他，又要说我耍你！

齐本安：啥意思你？

石红杏：靳董现在不在北京，他一直在昆明，他还兼着昆明公司的董事长呢！他说了，你如果一定要见他，就到昆明去找他！

齐本安：好，那就去昆明吧！

石红杏：顺便还可以旅游一下，放松、放松？

齐本安：你胡说啥啊，工作千头万绪，我现在有那心思吗？！

36　京州街上　日　外

轿车疾驰。

车内，林小伟向李佳佳炫耀：瞧，我对丈母娘孝顺吧？

李佳佳：别吹牛啊，你要办不到，你丈母娘就得失望了！

林小伟：这点破箱包，让我京州石红杏阿姨也给吃下了！

李佳佳：我劝你最好别找石红杏，还是玩你的妈宝牢靠！

林小伟：好，妈宝！佳佳，我的妈宝绝对是你培养的吧？！

李佳佳：培养说不上，但我确实开发了你的妈宝潜质……

37　中福宾馆 2202 房间　日　内

齐本安疑惑地看着石红杏：石总，你对靳董的行踪咋这么清楚？

石红杏一声叹息：这不是碰上了你这个老对手了吗？不是你昨晚打电话要我办交接的吗？我虽然对你有气，但不能拿工作赌气啊，就给你联系了靳董。你看看，你是哪天去昆明？要不，明天就走？

齐本安：也好，明天就走吧！

石红杏：那我让办公室吴斯泰给你订飞机票！

齐本安眼珠子一转，却又改了主意：哎，别急，别急！那四十七个亿的买卖我得再深入了解一下，心里有数了再去！咱下周再说吧。

石红杏妩媚一笑：这就对了嘛，靳董可不是我，你在他面前胡说一通试试？如果你想抓靳支援的腐败问题，一定要有确凿的线索……

齐本安：哎，石红杏，你别胡说八道啊，我抓谁的腐败啊我？！

石红杏：怎么？心虚了？也是，你现在属于螳螂捕蝉啊……

38　中福宾馆监控室　日　内

齐本安和石红杏的图像及声音出现在监控视频上。

齐本安问石红杏：……那黄雀是谁？不会是你小师妹吧？

石红杏：就是我，你小心就是，咱俩谁腐败还真说不准呢！

39　京州街上　日　外

轿车疾驰。

车内，林小伟和母亲通话：……怎么了，怎么了？不就让你想法找个渠道把北山监狱的箱包卖了吗？多大的事？这些箱包物美价廉！

电话里的声音：小祖宗，你就不能消停一会儿吗？

林小伟又是一声幽怨的长鸣：妈——（果断挂上电话。）

片刻，手机响了。

林小伟：妈，你说！

电话里的声音：伟伟，这可是最后一次了啊？

林小伟：行，行，我还没求你帮我丈母娘办保外呢！

电话里的声音：伟伟，你再这么作，我就告诉你爸！

林小伟：行，行，我的亲娘，快给我联系卖箱包吧！

李佳佳在一旁笑：下一步想法办保外！

林小伟打了个响指：那是一定的！

（第十一集完）

第十二集

1　空镜　日　内

中福集团倒计时牌：距我司八十周年庆典65天

2　昆明机场　日　内

齐本安和办公室主任吴斯泰从出口走出。

3　京州街上　日　外

轿车疾驰。

车内，石红杏和靳支援通话：……靳董，齐本安今天过去了，我实在拦不住了！您给齐本安一个面子吧，好歹接见他一下，齐本安现在新官上任三把火啊，官瘾很大，正在兴头上呢，您可别扫他的兴。

电话里的声音：我肯定不让齐本安扫兴，我现在正赶往西双版纳呢，马上就上飞机了！让这位新官一路追击吧，不知天高地厚的东西！

石红杏：哎，哎，靳董，你别生气，这林子大了什么鸟都有嘛！

4　易学习办公室　日　内

秘书将孙连城引进门：易书记，孙连城同志到了！

易学习在桌前欠了欠身：哦，连城同志，坐，你请坐！

孙连城在易学习对面坐下：易书记，说是你找我？诫勉谈话？

易学习：哦，不是，不是，这次啊，是找你了解一些情况！

秘书倒了杯水放在孙连城面前后出去。

孙连城喝着水：易书记，你要了解哪方面的情况？不会是青少年活动中心或者天文馆的情况吧？你知道的，我被贬过去没多久。

易学习：怎么说贬呢？你喜欢看星星，本身热爱天文工作嘛！

孙连城：热爱天文就是我的错误？我就该连降三级？太黑了！

易学习：什么太黑了？谁黑你了？你的个人爱好谁也没说错，市委和达康书记这么安排你，也是人尽其才嘛！好了，不说这个！你若是对这个处理不服气，可以继续申诉，这是你的权利……

5　高速公路上　日　外

出租车急驶。

车内，吴斯泰合上手机，对齐本安说：齐书记，坏了，昆明中福公司说，靳支援董事长不在昆明，现在正飞往景洪，就是西双版纳！

齐本安很意外：哎，靳董知道我要来，怎么突然到西双版纳了？

吴斯泰：说是去看车，一辆老式美国道奇车！

齐本安：哦，这事我知道，展览馆要的，是重要展品，本来林满江还让我去找呢，说是缅甸还有这种老车，那时我还在北京总部呢！

吴斯泰乐了：要不，齐书记，咱们掉头回机场，也直奔西双版纳？那里风景不错，我一直想去看看，写篇游记，可就是没有机会……

齐本安手一摆：吴斯泰，你这次也没有机会，我们是来工作的，不是来旅游的！靳董过去看看车就回来了，咱们就在昆明等他吧！

6　易学习办公室　日　内

孙连城对易学习说：我当然要申诉！他李达康不能一手遮天！说我不干事，我在他手下能干事吗？怎么干事？你看看这些年他用的那些人！易书记，都说你正派，有原则，你只要敢查他，他准有问题！

易学习：哎，哎，打住！连城同志，今天我们不讨论李达康，只说光明区，只说你们区——也是全市最大一个棚户区矿工新村的棚改！前阵子在述廉述职会上，许多代表当着我的面提出了质疑……

孙连城：哎，易书记，你也得打住，这你和我谈不上！什么你们区？我已经不是光明区的区长了，我现在是天文馆的青少年科技辅导员，谈星空、谈宇宙你找我，谈光明区的工作，你得找郑幸福他们！

易学习：但是，连城同志，以前你是光明区区长啊，而且做了六年区长，郑幸福同志刚调过来，情况还不是太熟悉，前任区委书记丁义珍又死掉了，有些历史遗留问题，该找你还得找啊！你闹啥情绪？！

孙连城：易书记，不是我闹情绪，是李达康太不像话！他是要把我往泥里踩啊！我都被连贬三级了，李达康还不放过我，还在各种会上讥讽挖苦我，说他这个京州市委书记管京州，我管宇宙……

易学习半真不假地：这也是事实啊，为这个玩笑也生气啊？

孙连城：易书记，你别和稀泥。这是玩笑吗？宇宙归我管吗？

易学习：好，好，连城同志，你这个意见我带给达康书记，让他注意，以后不要再开这种玩笑了！哦，咱们说正事……

7　京州光明区民政局大门外　日　外

牛俊杰站在大门口等待石红杏。

一辆轿车停下，皮丹夫妇下车。

皮丹看到牛俊杰一怔：咦，牛总，你也准备离婚买房了？

牛俊杰：哦，这个……这不是向你学习嘛！怎么，又离了？

皮丹：不，不，不是，我们今天又结婚了！来，来，喜糖！

皮妻乐呵呵地将一包喜糖递到牛俊杰手上。

牛俊杰接过喜糖：皮董、弟妹，你们的生活真是丰富多彩啊！

皮丹不无得意地：那是，我们在炒房赚钱的同时，也把平庸的生活过得那叫一个五彩缤纷啊，哎，是不是啊，刘莉？

皮妻：是，是，但是，要以爱情为基础，否则容易鸡飞蛋打！

皮丹：没错，没错！现在刘莉名下有八套房子，我无房户！

牛俊杰：皮董，你竟然是无房户？

皮丹：这不是被京州的房产政策给闹的吗？我每买一套房子就离婚过户给刘莉，我和刘莉要没爱情，刘莉想坑我，给我来个弄假成真，我就变成真正的无房户了，也得到我老妈住的矿工新村等拆迁了……

牛俊杰讪讪：哦，这么说，五彩缤纷也是有风险的？

皮丹：那是，五彩缤纷很可能变成一地鸡毛……

8　易学习办公室　日　内

易学习对孙连城说：连城同志，矿工新村那片棚户区五年前就列入改造规划了吧？国家有政策，有资金补贴，中福出了部分资金，怎么一直扔在那里呢？五年中，你和原区委书记丁义珍都是怎么想的？

孙连城：丁义珍死了，他怎么想的我不知道，我怎么想的没意义！

易学习：哎，怎么叫没意义？这五年里，你们俩一个区长，一个书记，就没研究讨论过矿工新村吗？而且，你政府这边管项目嘛！

孙连城：我管什么项目？丁义珍是李达康手下红人，光明区的一切事务，从干部任用到项目管理，全他一人说了算！他动不动就抬出李达康，说他自己就是李达康的化身！后来两年，又被李达康推荐提拔兼任了京州副市长，我就更不敢有主张了，简直成了他手下马仔。

易学习：连城，你有些情绪我理解，但一定要实事求是啊，不能因为丁义珍腐败，而且又死亡了，就把一切责任都推到丁义珍身上。

孙连城：丁义珍是一方面，问题的根源还在李达康身上！

9　京州光明区民政局大门外　日　外

皮丹四处看看，对牛俊杰低声说：……老牛，你向我学习不是不可以，但是，作为同事和朋友，我必须给你提个醒：你这么玩风险较大，很可能那就是一个鸡飞蛋打！

牛俊杰：为什么你玩可以，我玩就鸡飞蛋打？说说！

皮丹：还问为什么？石红杏我石姐是什么人？你离婚后把房子划到她名下，她要一脚把你蹬了呢？她一直嚷嚷休夫，大家都知道！

牛俊杰恼怒地：现在是我要休妻！

10　易学习办公室　日　内

易学习再次打断孙连城：哎，哎，咱们今天能不能不谈李达康？

孙连城：不能！京州的问题，光明区的问题，不谈李达康就说不清楚。比如你问的这片棚户区改造，为啥五年不动？李达康不想动！丁义珍私下和我交底说过：达康书记要搞造城运动，要批量卖地，就得在荒郊野外制造繁荣！这五年的事实证明，他的造城运动是成功的。GDP 增长了将近三倍，财政收入增长了五倍，今年卖地就三百亿！

易学习：GDP 上去了，城市长高了，变新了，但是棚户区还是棚户区，老百姓就不满意了，老百姓追求美好生活的愿望落空了嘛！

孙连城：就是嘛，想想那些住在棚户区的底层群众，我痛心啊！

易学习：现在知道痛心了，早干吗去了？你这个同志啊！唉！

11　京州街上　日　外

石红杏的轿车渐渐驶到民政局门前。

车内，石红杏看到了门前的皮丹夫妇和牛俊杰。

石红杏立即改了主意，对司机交代：走吧，别停车！

轿车驶过民政局门前，消失在车流滚滚的大街上。

12　易学习办公室　日　内

孙连城对易学习说：……四年前，李达康主导的一次区划调整给京州的造城运动进行了空中加油。这次区划调整，取消了郊区的两个区、一个县，使得城中的三个区——包括光明区都有了向外扩展的空间。这么一来，别说棚户区了，就连旧城改造大家也没了积极性！

易学习边听边记：是啊，平地造城没矛盾啊，而且一张白纸能画最新最美的图画，还出 GDP。改造老城区矛盾就多，吃力不讨好嘛！

孙连城：没错，易书记，这才是症结所在！

13 昆明中福宾馆房间 日 内

吴斯泰讨好地把一本小册子递到齐本安手里：……齐书记，在这儿等靳董怪无聊的，正好呢，我带了本我写的小书，请您指教雅正！

齐本安随手翻了翻：《春满大地》？吴斯泰，你还是作家啊！

吴斯泰：嘿，打小就热爱文学，本来呢我名叫吴有财，您听听，多俗气的名！我写文章就用了笔名：吴斯泰！我最崇拜托尔斯泰……

齐本安还在翻书：于是，你就吴尔斯泰了？

吴斯泰：是，是，简称吴斯泰！

齐本安：吴尔斯泰，这本书是公家出钱给你印的吧？

吴斯泰：是，现在出书难，正经作家都吃不上饭了——也不是中国一家的事，是全世界的一个文化现象！法国最近有个调查，收入最少的职业是乞丐，仅次于乞丐的职业呢，就是作家！看看，惨吧？

齐本安讥讽：既然知道那么惨，你还写书啊？精神可嘉！

吴斯泰：这不是领导关心嘛，石总给我特批了五万出的书！

齐本安应付：哦，好，好，石红杏很重视精神文明建设嘛！

吴斯泰：就是，就是，齐书记，您多指教……

14 易学习办公室 日 内

孙连城仍在说：……至于矿工新区的改造矛盾就更多了，首先，那里的主要居住群体是低收入的退休矿工，不具备重置房产的能力。

易学习：所以，人家中福集团才给了五个亿协改资金降房价嘛！

孙连城：易书记，你不知道，五个亿又被他们拿回去了！其二，这片棚户区靠近千年古寺雷音寺，建筑规划上有限高要求，新建房高度不得超过十八米，谁干都赚不了钱；其三，偏偏有一部分老人还不愿意拆迁。你不愿意拆迁好啊，那就不拆迁呗，所以就拖下来了。

易学习：但现在人家市人大代表明确提出来了，说这是懒政！

孙连城：当然是懒政了，不过和我无关了，我专业看星星去了！

易学习敲了敲桌子：孙连城，这是在你看星星之前发生的懒政！

孙连城：所以我才去看星星的嘛！要不，再改派我去看蚂蚁？

易学习：严肃点，京州没有这种工作岗位！咱们继续……

15　京州街上　日　外

轿车疾驰。

车内，石红杏和牛俊杰通话：……老牛，你回来吧，离婚手续今天不办了！我马上要和《京州时报》谈点事，早和范家慧定好的……

16　京州光明区民政局大门口　日　外

牛俊杰和石红杏通话：石红杏，你又坑我了，是不是？

石红杏的声音：不是我坑你，我过去了，见皮丹两口子在门口！

牛俊杰：他们在不在门口关我们啥事？他们结他们的婚，我们离我们的婚！我们和他们井水不犯河水！

石红杏的声音：人家喜气洋洋结婚，咱们偏去离婚，合适吗？

牛俊杰：有啥不合适？石红杏，你口口声声要休夫，闹得公司上下无人不知，可真让你办手续了，你就一赖再赖，你什么人啊你……

石红杏的声音：牛魔王，你别叫，今天不离了，再找机会吧！

牛俊杰：找什么机会？你赶快给我过来……哎，喂，喂……

手机里已经是一片忙音。

牛俊杰关机，骂了一句：这臭娘儿们……

17 易学习办公室 日 内

易学习问：……连城同志，你刚才说，中福集团的五个亿又还回去了？这不合理吧？棚户区协改基金，专款专用，谁这么大胆啊？

孙连城：还能有谁？丁义珍呗！中福的这五个亿的确是摆在财政局专户上的，去年二月，不，好像是三月，丁义珍醉醺醺地来找我，拿了个京州市老城改造指挥部的批文让我签字划款。批文上说，因为棚户区改造年内仍无法启动，五亿资金暂还京州中福，以解燃眉之急。

易学习：什么燃眉之急？这么大个国企，它能有啥燃眉之急？

孙连城：说是给京州能源公司矿工发工资，煤矿那时不行了嘛。

易学习苦笑：好嘛，你们是根本不想改造这片棚户区了吧？五个亿竟然退给了中福公司，简直是奇闻！这件事李达康书记知道吗？

孙连城：肯定知道啊。老城改造指挥部的总指挥是丁义珍，总政委就是他李达康啊，总政委同志不批准，总指挥他敢乱指挥吗？

易学习仍不相信：李达康总政委也就是挂名，这里有鬼！

孙连城：易书记，有鬼你也抓不住了，丁义珍已经见鬼去了！

18 昆明中福宾馆房间 日 内

吴斯泰还在和齐本安纠缠不休：……齐书记，这本书出版后，我又写了十几万字，都是游记，也和大猫出版社说好了，五万出书！

齐本安应付：好，祝贺啊，等书出来，我再帮你雅正！

吴斯泰：就是这五万出书费？齐书记，您看能不能批一下？

齐本安一怔：又是五万？吴尔斯泰，你赖上我们京州中福了？

吴斯泰赔着笑脸：这……这，要不，我……我再找石总去批？

齐本安脸一拉：吴斯泰，你的好事到此结束，谁也别找了！现在京州中福我说了算，别说五万,五千也不会有了，这里不是作家协会！

吴斯泰：但是，齐书记，我这……这可是精神文明建设……

齐本安：京州中福公司的精神文明建设不缺你这一本游记！

吴斯泰抹着汗：也是。好，齐书记，那您休息，您休息……

齐本安：我休息啥？那么多事呢！和靳董那边保持联系啊！

吴斯泰：好，好，保持联系！（退出门。）

19 易学习办公室 日 内

孙连城对易学习说：易书记，该说的我都说了，对我来说，光明区的一切都已成为不可逆转的过去。我现在心态已经放平了，请你们以后尽量不要打扰我平静的生活，就让我带着孩子们仰望星空吧！

易学习：好，好，你能把心态放平就好！今天就到这里吧！

孙连城起身欲走：哦，对了，易书记，请带个话给李达康，让他多尊重我们这些天文爱好者！胸怀宇宙没有错，人类就是很渺小！

易学习头都没抬：是，渺小，很渺小！连城同志，再见！

20 石红杏办公室 日 内

石红杏和范家慧宛如一对好姐妹，亲切愉快地交谈。

范家慧：……石总，你也知道齐本安烦了吧？我不让他过来，他非过来！把我预定的进京计划打乱了！我个人不幸福倒也就罢了，他还闹得我们报社都跟着一起不幸福，这就叔可忍他婶子不可忍了！

石红杏：报社还是幸福的吧？石艳说，政府每年还有些补贴啊！

范家慧：哎呀，那哪够啊，这些年多亏有咱们的战略合作！

石红杏叹息：齐本安来了，战略合作不能谈了，他不让谈啊！

范家慧：他说不谈就不谈了？总经理是你还是他？我看他这人有毛病！石总，我的意思，咱们先把未来两年战略合作协议书签了，把生米做成熟饭，他能不承认？他要不承认我就拿着协议书上法庭！

石红杏：你要上法庭，齐本安能整死我！现在他是一把手，而且是手伸得很长的一把手，我真拿他没办法！范社长，要不这样，战略合作就算了，让齐本安决定，批点黑毛山猪肉让你们卖，我有权力！

范家慧：我的天，你这是要把我们的自尊心往泥里踹吧?！

石红杏：我也不想这样踹你们，这不是齐鬼子他进村了吗?！

21　昆明中福宾馆房间　日　内

吴斯泰翻看着宾馆的旅游画册，摘抄着画册上的景点介绍，在笔记本电脑上“创作”《石林游记》——

对石林我是仰慕已久了，只是没有机会一睹尊容，这次有幸和京州中福党委书记兼董事长齐本安同往昆明出差，终于有了机会……

这时，桌上电话响。

吴斯泰抓起电话：哦，什么？好，好，那我们今天就过去！

22　齐本安房间　日　内

齐本安怔怔地看着吴斯泰：哦，靳董事长让我们去西双版纳？

吴斯泰：嗯，说是也让你看看那辆道奇车，你做的展览，懂行！

齐本安略一沉思：好，那就赶快订票走！

23　石红杏办公室　日　内

石红杏对范家慧感慨说：……这次一接触，我感觉齐本安变化实在是太大了，让我意想不到！范社长，你多少也得留点心了，尤其要注意的是，别让他在生活小节上犯啥错误，这不值得，你说是吧！

范家慧：石总，你是不是发现啥了？他有女人了？包小三了？

石红杏：没这么严重，没这么严重。

范家慧：哎，他这次到昆明出差谁和他一起去的？男的女的？

石红杏：男的，我们办公室主任吴尔斯泰嘛，你认识的。

范家慧：哎，石总，你别替他打掩护啊！那你要我注意啥呀？

石红杏苦笑：范社长，我和你说几个小细节吧，你看我这间大办公室，不错吧？我主动让给他，哎，他不要，非要到宾馆房间办公！

范家慧：原来是他要到宾馆办公的？他还怪你不让房呢！

石红杏：满嘴谎言啊他，啥都往我头上赖！范社长，不是我向你诉苦，齐本安欺负了我一辈子啊，打从学徒开始就欺负我！这倒也罢了，我过去不计较，现在更不会计较，但你别弄出花花绿绿的事呀……

范家慧：哎，石总，齐本安都弄出啥花花绿绿的事了？

石红杏：说是要搞离任审计，这么多经验丰富的男同志不找，偏找了两只花蝴蝶来！这两天他们在宾馆房间一搞就是大半夜啊，让宾馆服务员议论纷纷，这不，都传到我耳朵里来了……

范家慧：哎呀，我说他回京州后怎么加班劲头这么大呢？！

石红杏苦笑摇头：现在明白了吧？男女配对，干活不累嘛！

24 京州市委门厅 日 内

易学习出门碰见了李达康：哎，达康书记！

李达康站下：哦，老易，你怎么把孙连城找来谈话了？诫勉？

易学习：不是，达康书记，这事我正要向你汇报呢，还是光明区的事。丁义珍死了，郑幸福到任没多久，有些事还得找孙连城了解啊！

李达康：据青少年活动中心反映，他现在情绪不小，是不是？

易学习：还好吧！不过，他倒是给你提了个意见。

李达康边走边说：他还有意见？什么意见？说！

25 京州市委院内 日 外

李达康和易学习边走边说。

易学习：达康书记，孙连城让你尊重天文爱好者，这没错啊！

李达康：好，好，我接受，管宇宙的话再不说了，好吧。

易学习：我也给你提个意见！达康，你对党风廉政建设真得从思想上重视！你看那天在光明区述廉会上，你就说了一个懒政问题……

李达康：哎，其他问题你说不就行了吗？咱们各有侧重嘛！

26 石红杏办公室 日 内

石红杏继续放坏水：……范社长，我不说你也清楚，现在这社会风气还不是那么尽如人意的，有些女孩那是宁愿坐在宝马车里哭，也不愿意坐在自行车上笑！有些女孩就喜欢往成功男人怀里扑……

范家慧：我知道，我知道！不过，我估计齐本安也是有贼心没贼胆，起码现在不敢乱来！他刚到任，四处冒烟起火，江山没坐稳，就敢急着荒淫无耻了？一般不会吧？！肯定是饱暖以后才思淫欲嘛！

石红杏立即改口：对，对，这我知道，我主要怕影响不好！

范家慧：我会提醒他注意影响！石总，咱还是谈战略合作吧！

石红杏苦笑：其实这也没啥可谈的，只要把咱们过去的老协议重打一份，换个年月日，咱俩把字一签，把公章一盖，啥都解决了！

范家慧乐了：石总，你说得太对了，协议和公章我都带来了！

石红杏似乎很无奈，翻看着协议书：那好，那我签呗，有用没用就不知道了！（突然发现了什么）范社长，怎么协议资金翻了一倍？

范家慧笑得甜蜜，答非所问：下一步，我准备把咱石艳主任提为副总编了，哎呀，这个小石艳啊，业务水平见长哩……

27　京州市委院内　日　外

易学习对李达康说：哦，对了，有个事得问你一下：光明区财政账上有五亿棚户区协改资金怎么让中福公司要回去了？你同意的？

李达康一怔，想了想：不会吧？中福是国企，能让他们掏点钱不容易！这五亿是我通过北京总部才力争到手的！棚户区改造说起来是市里的事，但你中福历史上的利税都交中央了，地方不能光赔本吧？

易学习：达康书记，但是，这五个亿确实已经被划走了，前任区委书记兼副市长丁义珍以老城改造指挥部的名义拟了一个批文，孙连城签字划走的，时间是去年二月或者三月。孙连城说，是你的指示！

李达康脸拉了下来，大怒道：这懒政后面有腐败！老易，你和纪委给我查，一查到底，把这五个亿赶快追回来，这是棚改专项啊！

易学习：好的，好的，达康书记，你别急，丁义珍虽然死了，中福的那些人还在，区财政局的经办人也还在，我们会找到他们的！

李达康：还有孙连城，是不是渎职？丁义珍说转就转了？混蛋！

28 石红杏办公室 日 内

京州中福与《京州时报》战略合作协议书（特写）

石红杏在协议书上签字，一位办公室人员盖上公章。

范家慧看着签字盖章后的协议书：石总，救命恩人啊！

石红杏：能不能救你们的命还不知道呢！看齐本安的了！

范家慧：齐本安敢反对，我和他没完，我让他天天烦恼！

29 西双版纳机场 夜 内

齐本安和吴斯泰走出出口。

吴斯泰手机响。

吴斯泰接手机：什么？什么？哎呀，我们已经到西双版纳了！

电话里的声音：实在对不起，集团开党组会，靳董回北京了！

吴斯泰：你……你们这不是要我们齐书记吗？

对方挂机，手机里一片忙音。

齐本安：怎么回事？靳支援又不在这里了？啊？

吴斯泰苦笑不已：说……说是回北京开党组会去了！

齐本安恼怒地：那我们也去北京！

30　北京中福集团总部大厦　日　内

大厅里的倒计时牌： 距我司八十周年庆典61天

31　靳支援办公室门口　日　内

齐本安和五六个干部在门前长椅上坐着排队等候靳支援接见。

林满江从门前经过，看到齐本安不禁一怔：哎，你怎么在这里？

齐本安看看椅子上坐着的干部，觉得不好说：林董，一言难尽啊！

林满江：好，好，本安，那你上来，到我办公室说吧！

32　北京宾馆房间　日　内

吴斯泰用自己的手机，把从昆明飞西双版纳的飞机票拍照后发微信朋友圈，并加文字说明：

终于和京州中福党委书记兼董事长齐本安一起飞到了心仪已久的西双版纳，大美的西双版纳啊，我们来了！

33　林满江办公室　日　内

齐本安对林满江抱怨：……林董，你说靳支援这玩的是哪一出？他不是故意整我吗？我请他到京州中福来办移交，他不理不睬，连个电话都不回我！好不容易通过石红杏几次联系，才得到了他老人家的恩准，飞昆明去见驾。可我到了昆明，他又突然去了西双版纳！等我气喘吁吁地到了西双版纳，哎，他偏偏回了北京，说是开党组会！

林满江苦笑：下午是要开党组会，靳支援没骗你，但要你也是事实！你这个齐本安啊，这么认真干什么？自己给自己设套嘛！你搞什么离任审计？你审得了靳支援副董事长吗？靳支援是集团领导之一，身挂八国相印，要是每家都像你这么纠缠，人家靳支援非累死不可！

齐本安：哎，离任审计是有规定的，我总不能糊里糊涂接手吧？

林满江：你哪里糊涂了？京州中福主持工作的一直是石红杏嘛！

齐本安：可董事长兼党委书记是靳支援！石红杏让我找他办交接！

林满江：那你上石红杏的当了！京州中福就是石红杏主持，靳支援也就是挂个名！靳支援兼了上海、江苏、云南、京州，还有四大国内合资企业的董事长，我呢，兼了海内外十家大公司的董事长……

34　北京宾馆房间　日　内

吴斯泰对照百度上关于西双版纳的景区介绍，“创作”《西双版纳游记》——

> 西双版纳位于我国云南省南端，以美丽的热带雨林自然景观和少数民族风情闻名于世，是镶嵌在祖国南疆的一颗璀璨明珠……

35　林满江办公室　日　内

林满江对齐本安说：……本安，别去靳支援那里找不痛快了，有什么不清楚的，你找石红杏问就是了！你俩过去是师兄妹，现在是一个班子的同事，彼此之间不要设防，更不能使坏，一定要搞好团结！

齐本安一脸诚恳：是的，是的，林董，我也是这样想的……

林满江：你也是这样想的？你把石红杏想象成杀人犯了吧？

齐本安：哎，没有，没有，绝对没有！就是一句玩笑话嘛！

林满江：田园抑郁自杀的事大家都知道，田园这病得了五年多，死后公安机关也作过结论！你不要胡思乱想，更别走火入魔想歪了！

齐本安窘迫地：林董，我就是开个玩笑！石红杏也没少跟我开玩笑啊，还赖我要到贵宾楼办公呢，我都不计较，甚至没向你反映！

林满江：这种玩笑你们以后都少开！尤其是你，齐本安，你现在是京州中福一把手，你们两人之间出了团结问题，我先打你的屁股！

齐本安哭笑不得：哎，哎，林董，那你就不讲理了……

林满江：我和你们有什么理讲？我对你们是原则加家法！

36　北京宾馆房间　日　内

吴斯泰认真地将自己的照片 P 到石林和西双版纳风景照上。

37　林满江办公室　日　内

林满江劝导齐本安：本安，上任谈话我就和你说过，这个世界不是非白即黑，你别书生气！需要靳支援签字，就让他签，审计走个过场履行个手续就行了！实话说，京州中福的事靳支援没管过，重大决策是总部集体研究的，他也就督促落实而已，你审啥？找麻烦嘛！

齐本安争辩道：其实，林董，这次审计还是审出了一些问题……

林满江：哎，你不提我还忘了，你从哪弄来的两只花蝴蝶啊？

齐本安：哎呀，人家两位女同志是正经会计事务所审计师……

林满江：齐本安，我警告你啊，可别昏了头，把宾馆当成行宫！

齐本安：你看看，石红杏又使坏了吧？她……她故技重演……

林满江：别叫，叫什么叫？传出去好听啊？不论审出啥问题，都到此结束！京州中福出了麻烦，不是靳支援的责任，是红杏、皮丹他们的责任，内部问题内部处理，你要连这点都不明白，就赶快回来吧！

齐本安苦笑不已：明白，林董，我……我明白了……

林满江：还有，要我说，石红杏姿态还是蛮高的，你去做董事长兼党委书记，她打心眼里高兴，主动把她的大办公室让给了你，还重新给你装修，你回去就能搬进新办公室了。齐本安，你就幸福吧！

齐本安强做笑容，应付林满江：幸福，幸福，可……可是……

林满江却换了话题：哦，对了，去看师傅了吗？师傅好吗？

齐本安：哦，看了，师傅身体不错，就是住房有危险因素，我临时处理了一下，督促皮丹在卧室大床四周打上了角铁防护架，也不知皮丹打了没有……

38　北京宾馆房间　日　内

吴斯泰把 P 过的风景人物照片一张张发微信朋友圈。

39　林满江办公室　日　内

齐本安又把话题找了回来：林董，既然不找靳支援了，我就向你汇报一下吧！审计审出的最大问题是京丰、京盛两个矿的交易，根据测算受让标的起码高估了百分之四十，如果根据现值计价，则高估了百分之七十左右。

林满江脸一拉：这两只花蝴蝶审计水平真高，敢下这种结论？！

齐本安：也……也不是最终结论，目前还是内部议论……

林满江：让她们少议论！她们懂什么？煤炭资源的价格在不同时间、不同区域相差很大，没可比性！就算在同一时间，同一区域，也会因为煤质不同、储量不同、开采的地质条件不同，价格差别很大！

齐本安只得退缩：这……这倒也是，不过，林董……

林满江：你赶快让这两只花蝴蝶飞走，别让她们添乱了！

齐本安：哦，好，好吧，林董！

林满江：你也回京州，这里是非多，在这里泡没啥好处！

齐本安只得起身告辞：那……那林董，那我今天就回去了！

40　空镜　夜　外

齐本安和吴斯泰在登机口登机。

一架飞机腾空而起。

41　齐本安办公室　日　内

这间办公室就是原来的石红杏办公室，现已装修一新。

齐本安在石红杏的陪同下，在办公室里转着，看着。

石红杏一脸讥讽：齐书记，这办公条件您老人家还满意吧？

齐本安：还行！石总啊，你终于赏了我一块落脚之处！

石红杏：这叫什么话，大师兄没告诉你吗？少开这种玩笑！

齐本安：是，是，石总，幸亏你及时提醒，要不又忘了！

石红杏：和靳董办完交接了吧？靳董有啥新指示？传达一下！

齐本安：没啥新指示，按既定方针办！哦，不对，现在董事长是我了，你得问我有啥指示吧？靳董他指示不了咱们了，靳支援过去挂八国相印，现在只挂七国相印了！石总，你有啥要向我请示的？说吧！

石红杏眼皮一翻：我没啥要请示的，你指示吧，过过指示瘾！

齐本安：好，石总，打电话，马上！请审计公司两位女同志过来！

石红杏：哦，对不起，齐书记，那两只花蝴蝶让我给打跑了！

齐本安一怔，大怒：什么？什么？石红杏，请你再说一遍？！我请来的审计公司，你给我打跑了？你有什么权力打跑她们！啊？

石红杏：因为她们会引起绯闻，会对你和公司名誉造成伤害！

齐本安：伤害我的是你……

石红杏：审计材料全封存在您故居中福宾馆的2202房间了。

齐本安恼羞成怒：石红杏，你知道不知道这支队伍谁当家？！

石红杏淡然一笑：齐本安，这支队伍你当家，但是，集团林董要当你的家！林董昨晚电话指示我赶走的，还说已经征得了你的同意！

齐本安窘迫且愤怒：我……我……我敢不同意吗？石红杏，这不都是你使的坏吗？你信不信？我……我现在有枪就一枪毙了你……

石红杏煞有介事：知道你的脾气暴躁，所以林董没敢给你配枪！

这时，桌上电话响。

齐本安和石红杏看着电话，又相互看着，谁都不去接……

（第十二集完）

第十三集

1　齐本安办公室　日　内

桌上电话在响。

齐本安阴沉着脸：石总，接去，肯定是你的！

石红杏：怎么是我的？办公室是你的了，电话肯定也是你的！

齐本安这才挂着脸抓起话筒：喂，是，我是齐本安，你哪位？

电话里的声音：本安同志，我是张继英啊！

齐本安脸色声调全变了：哟，张书记，你好，你好！

2　张继英办公室　日　内

张继英看着手机上吴斯泰P的风景人物、飞机票截图，和齐本安通话：本安啊，你也太不注意影响了吧？违反中央八项规定精神，公款旅游还敢发朋友圈！现在好了，万能的朋友圈让你天下扬名了！

齐本安的声音：张书记，你是不是搞错了？我很少发微信……

张继英：没搞错，我这里一天接到了六起举报，有图有真相！你等着，我把手机截图发给你，你自己看：和你一路同行的吴斯泰写的两篇游记《石林游记》《西双版纳游记》，机票晒图，等等。

3　齐本安办公室　日　内

齐本安看着张继英发过来的手机截图，和张继英通话：……张书记，这太荒唐了！我和吴斯泰这次出差三天跑了三个地方，一路追赶咱集团靳支援副董事长，哪有时间旅游啊？

电话里的声音：事实上你们是旅游了，这些截图很说明问题！

齐本安看着手机截图，思索着：这事有些怪，我们追靳董，是去了一趟西双版纳，只在机场宾馆住了一夜，第二天就飞北京了！张书记，关于这些截图，我了解一下再回答你吧！

电话里的声音：好吧，尽快写个文字材料寄给集团纪检组！

放下话筒，齐本安抓起内部电话，怒道：让吴斯泰过来一下！

石红杏凑过去看截图：这有图有真相，你还真的很难说清楚！

齐本安苦笑：我这是碰上猪队友了！哎，石总，你没做手脚吧？

石红杏：齐书记，咱不兴这样的！碰上了一位猪队友你也赖我！请问，现在吴斯泰是谁的办公室主任？他是你的主任，你是一把手！就算我想让吴斯泰坑你，吴斯泰也不会听我的，现在人势利着呢！

齐本安：但是你批五万元给他出书，他问我要钱出书我没批！

4　老地方茶馆　日　内

秦小冲将三万现金推到前妻周洁玲面前。

周洁玲将钱收到包里：我给孩子报英语辅导班，又花了六千多！

秦小冲：你花得再多，我现在也没办法和你分担了！周洁玲，实话和你说，就这三万，那也是我的卖命钱，我很有可能会壮烈牺牲！

周洁玲：怎么个事？总不至于为了钱替人当杀手吧？

秦小冲：也差不多了，我决定加入天使公司了！

周洁玲一怔：李顺东的天使商务公司？专门讨债的？

秦小冲拿出一张新印的名片：高级清债专务，今天刚上任！

周洁玲：哎，黄清源那边怎么样？咱那三十万本金和利息……

秦小冲：哎呀，我这不是正忙着吗？现在还没来得及办呢！

周洁玲：秦小冲，我再说一遍：赶快给我要钱去！我想来想去觉得不妥，民营企业纷纷倒闭，他清源矿业万一倒闭，咱们就麻烦了！

秦小冲应付：好，好，既然你这么说，那我尽快去找黄清源吧！

5　齐本安办公室　日　内

吴斯泰垂头丧气向齐本安解释：……齐书记，我……我这是自娱自乐！真的，我没想害您，我……我害了您，对我又……又有啥好处？

石红杏在一旁添油加醋：怎么没有好处？有好处啊，要挟齐书记再批五万块给你出本书啊！吴斯泰，你也真能开得了口，我去年批给你五万，你又找齐书记要五万块！哎，你把我们京州中福当唐僧肉了？

齐本安：吴斯泰，这石总没说错吧？你是该出手时就出手啊！

吴斯泰：齐书记，我发微信也没发你的图像，是发的我自己！

齐本安：但你文字说明上两次都提到了我，给人的印象是，我和你一起游玩了石林和西双版纳，集团张书记和纪检组这才找上了我！

吴斯泰抱怨：哎呀，我……我真没想到自娱自乐也有风险……

齐本安：这种风险早就存在了，吹牛要报税的，没听说过？！

吴斯泰擦汗：这……这，听……听说过，这听说过……

齐本安：吴斯泰，我真没想到你的游记都是这么写出来的！没去过的地方，你抄一抄旅游书，看一看景点介绍也敢乱写，还能弄得像真的似的，还有图有真相，捎带着坑我一把！

6 老地方茶馆 日 内

周洁玲递给秦小冲一张名片：寿如松保健品公司销售专员。

秦小冲自嘲：瞧瞧，一不小心全成专员了！周洁玲，你搞传销吧？

周洁玲：不是传销，是爱心传递，小冲，你也来一套寿如松吧？五千块一套，你买一套就算销售专员，我卖掉十套就成销售经理了。

秦小冲起身离去：NO，我不想再回北山喝汤了！

周洁玲：你该去喝汤还得去，你以为你这讨债鬼好当啊？！

7 齐本安办公室 日 内

吴斯泰几乎要哭了：……齐书记，这种害人害己的严重后果我完全没想到啊！我就是想炫耀一下，显示我去过的好地方不少，而且是跟领导一起去的，显得我的逼格较高，我这是让猪油堵了心啊我……

齐本安：好了，好了，你这样，把这个过程如实写出来，也得有图有真相，包括怎么P的图片，怎么抄的游记，都白纸黑字写出来！

石红杏在一旁加码：另外，还要写一份深刻检讨交上来！

吴斯泰：检讨我写，但是，齐书记，我……我要是把内幕都写出来，脸就丢大了，大猫出版社肯定不愿给我出下一本书了，你看这？

石红杏：吴斯泰，是你的一本抄袭的破书重要，还是咱齐书记的名誉重要？你别没数！你要不想写情况说明，也可以考虑写辞职报告！

齐本安拉着脸：石总说得没错，吴斯泰，你就给我看着办吧！

吴斯泰：好，好，齐书记、石总，我写，我这就去写……

8 京州南线道路工地 日 外

灯光下，附近市青少年活动中心天文馆围墙已被拆除，天文馆围墙内堆满了棚布、标语牌、木质脚手架等易燃杂物。

孙连城从天文馆里出来，叫住一位工地人员：哎，你们头儿呢？

工人：有啥事你说！

孙连城：这都是易燃品，赶快给我搬出院子！

工人：哎呀，就临时放放，你看，几天后就竣工了！

孙连城：万一几天内出事了呢？这可是青少年活动场所！

工人：好，好，马上搬，马上搬！

孙连城：就是嘛，搬到路对面去！（说罢，又匆匆进馆。）

9 齐本安办公室 日 内

吴斯泰已经离去。

齐本安对石红杏说：石总，谢谢啊，难得这么配合我！

石红杏：那是，同志加兄妹嘛，兄妹齐心，其利断金嘛！

齐本安强打精神：但是，该查的问题，我还是要查！

石红杏：查，齐书记，我配合你查，一查到底！对了，田园被推下楼的事你查清楚了吗？到底是我推下楼的，还是陆建设推下楼的?

齐本安:石总,你瞎说啥?啊?我从没怀疑过田园的自杀……

石红杏:那田园的笔记本里是不是留下了我犯案的线索呢?

齐本安:哎呀,我的小师妹,怎么这样想问题?也太敏感了吧?

石红杏:齐本安,不是我太敏感,是你警惕性太高了,佩服!

这时,电话响。

齐本安忙抓起话筒:喂,哦,朱老,您好,您好!

10　朱道奇家　日　内

朱道奇和齐本安通话:本安啊,我不好,我让你气着了!你说说你,到京州中福才多久?十九天吧?风言风语全传来了:花蝴蝶落枝头,西南旅游到处走,大美版纳我来了……哎,你好一个风流人物啊!

齐本安的声音:朱老,您……您听我解释……

朱道奇:我不听你解释,有些话我也不信,也想到了对手做你的文章。但是,本安啊,你自己也要注意,总是无风不起浪嘛,是吧?

齐本安的声音:是,是,朱老,这就是捕风捉影嘛……

朱道奇:捕风捉影那也是有了风,出了影嘛,不是吗?!本安同志啊,你别不服气!京州中福问题不少,我点名让你去也不是没有阻力的!你要争气啊,别啥事没干呢,就被人家弄得灰头土脸回来了!

齐本安:是,是,朱老,您说得对!我注意,我一定注意!

11　齐本安办公室　日　内

齐本安放下话筒。

石红杏:怎么?朱道奇也知道这些事了?

齐本安看着天花板：我感觉有人在算计我呀！让我一天到晚就忙着洗刷自己吧，别的啥也别干了！哎，你说这是不是有点恶毒啊？

石红杏一脸沉重：相当恶毒，所以，齐书记，你千万不能上当！

齐本安：我绝不会上当！不过，石总，咱们也得定个君子协议！

石红杏：好，应该的，咱们彼此之间太熟悉了，有时候就会不注意说话的分寸，你可能冒犯我，我也许会冒犯你，甚至不分场合！

齐本安：所以，石总，你首先要摆正位置，认识到我是一把手！

石红杏：明白，但是一把手的权威来自于你自身的努力，是吧？

齐本安：我不努力，就不是一把手了吗？你就可以不尊重我吗？

石红杏：齐本安，你吃枪药了？哎，请问，我啥时候没尊重你？

齐本安苦恼不已：好，好，不说了，不说了，你爱咋地咋地吧！

石红杏却来劲了：你这叫自暴自弃啊，同志……

12　秦检查家　日　内

秦小冲收拾着东西，对父亲秦检查说：……爸，我决定加盟天使商务公司了，公司经常要加夜班，以后我就不在家住了，得住公司了。

秦检查：我说小冲，你这是犯啥神经？你不是热爱记者工作吗？

秦小冲：我热爱它，它不热爱我，在职人员都活不下去了，我哪还有戏？据牛石艳说，现在报社员工的主要收入来源是三产……

13　范家慧办公室　日　内

牛石艳愕然一惊：什么？卖黑毛山猪肉？在报社建个销售点？

范家慧热情洋溢：嗯，不好吗？石艳，知道黑毛山猪肉的推销口号吗？我们是自由生长的猪，我们是绿色天然的猪，我们是……

牛石艳：但它仍然是猪，不是新闻！倒是我们卖猪肉是新闻！

范家慧：又反对我，我卖啥你都反对！先生存后发展，知道不？

牛石艳哭丧着脸：范社长，我那么崇拜您，您别让我一再失望啊！

范家慧：是，是，报社走到这一步，我也很内疚！其实，卖黑毛山猪肉还是你妈提出来的，我开始也抵触，觉得自尊心受到了严重伤害，可冷静下来一想，只有不自尊的心态，没有不自尊的职业……

14　齐本安办公室　日　内

石红杏教训齐本安：……你这个同志我太了解了，经常会头脑发热，忽左忽右！你一会儿左倾冒险，一会儿右倾保守，有时还会丧失信心。比如说现在，订君子协议就订君子协议嘛，怎么半途而废了？

齐本安尽量平静地说：石红杏，咱们都冷静一下，好不好？

石红杏：我很冷静，齐本安，是你不冷静啊！我现在是帮你冷静下来！你这样对我可以，对其他同志也这样就不好了，我是为你考虑！

齐本安：石总，我这里谢谢了！让吴斯泰把2202房间的材料全给我搬到这里来，我只要在京州中福待一天，就不能看着它出问题！

石红杏脸一拉：哪里出问题了？我主持工作六年，出问题了吗？

齐本安：没出问题，京州能源两万工人怎么吃不上饭了？

石红杏：市场变了，煤炭价格跌了，这也是问题？也得我负责吗？

齐本安：但你该负的责任还得负，石红杏，你听着，我是认真的！

石红杏：好，齐本安齐大书记，那我先认真地祝你好运了！

说罢，石红杏甩手挺胸，昂然出门。

走到门口，石红杏把门摔得很响。

齐本安坐在办公桌前，身子不禁一抖。

15　范家慧办公室　日　内

范家慧对牛石艳说：……艳，我知道，卖肉不是长法，不是救活报纸的真正出路，真正出路是长期的战略合作！所以，我和你妈又续签了三年的协议，而且把每年合作金额扩大了一倍，但是……

牛石艳：但是，就怕你家那位齐书记不批准，是不是？

范家慧：是啊，说说，艳，你有什么高招？嗯？

牛石艳：我能有啥高招？你是他老婆，给他温柔一刀呗！

范家慧：温柔一刀？哎哟，肉麻！老夫老妻了，他能吃我这一套？据说还有两只花蝴蝶在他眼前飞来飞去的，也不知他动心没有……

牛石艳：哎，可以抓住这个大做文章啊！对他罚酒三杯！

范家慧笑了：嗯，我也是这个思路，他不仁就别怪我不义……

16　范家慧家　夜　内

齐本安在办公桌前的电脑上写情况说明。

一个个字在往电脑屏幕上跳——

关于我出差期间在石林、西双版纳所谓公费旅游情况的说明

张继英书记及中福集团党组、纪检组：近日网上有一则关于我公款旅游的传言……

这时，范家慧出现在齐本安身后：好哇，你竟敢公费旅游！

齐本安愕然一惊：老范，你——你吓死我了！

范家慧：光顾写检查了，也不做饭，晚上吃啥？！

齐本安：你做吧，要不，叫外卖，现在我顾不上了！

范家慧：别瞎忙活了，我这里有格式检讨书，你说情况，我给你找一种填上就行了！你在电脑检查文件夹里找，肯定有一款你合用！

齐本安：扯啥呢？你经常写检查，我这不是检查，是情况说明！

范家慧：别狡辩了，情况说明也是检查的一种，哎，我叫外卖了？

齐本安看着电脑，找检查文件：叫吧，叫吧！

17　牛俊杰家　夜　内

牛俊杰一家三口在吃晚饭。

牛俊杰：听说齐本安被集团纪检查了，石总，是你的杰作吧？

石红杏没好气：看不惯他的人多了去了，还要我亲自上阵？！

牛石艳来劲了：哎，是不是那两只花蝴蝶的事？真有这事吗？

石红杏：怎么会没有啊？群众的眼睛是雪亮的！肯定有的嘛，权力改变人嘛！艳啊，你给我记着，这男人坏着呢，一有权脸就变！

牛石艳：所以，妈，你就把我爸弄到最没权的地方去了？

石红杏：哎，怎么没权？你爸是上市公司的总经理，权大着呢！

牛俊杰也没好声气：就是连工资都发不上，得爬窗子上下班！

牛石艳：石总这是防止你变坏，这是爱情的一种表达方式！

牛俊杰：还爱情，啥狗屁爱情？我就是你妈的狗肉幌子！

18　天文馆　夜　内

孙连城乐呵呵地引导一群孩子到天象室夜观天象。

19　牛俊杰家　夜　内

石红杏嘲弄地看着牛俊杰：你不做狗肉幌子，能比现在好了？

牛俊杰一声冷笑：肯定！我现在光着出去，还能闯出一片天地！

石红杏：是吗？老牛，你那帮气壮如牛的亲戚朋友出去后都灰溜溜地回来了吧？就凭你牛魔王这么点情商，会硕果仅存吗？不会吧？

牛俊杰：哎，石总，那我也不会让我的老婆、孩子饿着的……

石红杏：得了吧，没有我的努力，你现在就是一下岗工人！想给林家铺子打工的多了去了，人家凭啥要你这么个犯上作乱的牛魔王？

牛石艳：妈，那你为啥不给我爸弄个好点的位置呢？我爸替你打狙击，堵枪眼，一个月才一千块生活费，他出去打工肯定挣得比这多！

牛俊杰：艳，这都不懂吗？你妈是要我作秀，显得她大公无私！

石红杏：哎，当官的谁不作秀？你看齐本安，作秀不要太过头哦！

牛石艳：这倒是，都把老范气死了，据说今天要上美人计了！

20 范家慧家 夜 内

齐本安对范家慧抱怨：……老范，在外面不好说，在你面前我能说：我现在真有些后悔了！你说我这图啥呢？非要屁颠屁颠地跑到京州中福来？我在北京集团工资不少挣，操心还少，也没对立面。现在好了，放眼看去全是对立面，从石红杏到吴斯泰，从陆建设到皮丹，一个个都想吃了我！

范家慧：别灰心丧气，没这么严重，关键在于你自己怎么掌握！

齐本安：我怎么掌握都没用，人在家中坐，锅从天上来！这锅我不想背也得背！老范，你能想到吗？我们办公室主任吴斯泰，为了吹两口光宗耀祖，非拉着我在网上和他公费旅游！张继英书记和集团纪检组一天就收到了六份举报信！还惊动了朱道奇！朱老在电话里说我是花蝴蝶落枝头，西南旅游到处走，大美版纳我来了，夸我好一个风流人物！

范家慧：哎，哎，花蝴蝶落枝头我也听说了，这又是怎么回事？齐本安，咱不能一阔脸就变，一富就休妻，是吧？

齐本安没好气地：我既没阔，也没富，更没想过要休妻！这是有人造谣生事诬蔑我！啥事也没有，俩花蝴蝶也被石红杏一棍打飞了！

范家慧夸张地拍手：哎呀，石总——好人啊，所以你就恨她了？

齐本安：她好人？老范，你是不知道，我没死在她手上就算万幸！

范家慧皮笑肉不笑地扑了上来：那你就准备死在我手上吧！

齐本安：干啥，干啥？老范，你搞什么美人计啊？肉麻！

范家慧脸一拉：那好，齐本安，没有美人只有计了！（说着，掏出战略合作协议书很响亮地拍放到桌上）给我签字吧！

21　天文馆　夜　内

孙连城遥望星空，一脸痴迷，比一个个孩子们还专注。

22　范家慧家　夜　内

齐本安把合作协议书推到一边：……又来了，又来了！连你老范也要成对立面了！我今天要是不签字，你肯定不会和我拉倒，是吧？

范家慧：聪明！我一个卖肉的屠夫，也不在乎丢人现眼了……

齐本安：哎，哎，老范，你怎么变卖肉的屠夫了？谁提拔的你？

范家慧：你逼的！快给我签字，石总都签过字了，还盖了公章！

齐本安讨饶：老范啊老范，你能不能先放我一马？别这时添乱？

范家慧：那我啥时候添乱？齐本安，我乱中才能取胜，快签字！

齐本安桌子一拍：范家慧，你别逼我，我要就是不签字呢？

范家慧：那你死定了，齐本安，你会感到生活就是受苦受难！而且，你签字不签字这个合同都生效了，盖了公章了嘛，法院承认的！

齐本安：谁承认都没用，我就不给你钱，你手上就一张废纸！

范家慧：我告到法院，告你们京州中福违约，让法院执行局强制执行！瞧瞧，总经理石红杏签了字的！关键是盖了公章啊！这不是假合同，是真合同，齐本安，你否认不了！对了，我还真得给你打场官司，也算帮你撇清关系……

23　天文馆　夜　内

孙连城指着群星闪烁的星空，兴致勃勃地对孩子们说：……同学们，瞧，那就是北极星，很亮，夜间人们通常利用北极星判定方向。首先，你要找到这个大熊星座，也就是我们常说的北斗星，因为它与北极星总是保持着一定的位置关系不停地旋转……

24　范家慧家　夜　内

齐本安对范家慧说：……老范，你别闹好不好？这不是你闹一闹就能解决的！你要警惕石红杏给我挖坑，她现在就想看我的笑话！

范家慧：我也想看你的笑话！齐本安，你不从北京过来，我活得好好的，你一过来，我战略合作没了，被迫去卖山猪肉了！而且，这个战略合作协议书石总已经签过字了，你还卡着不放，什么人啊你！

齐本安：哎呀，老范啊老范，你怎么还没看明白？这一个个都是人家给我做的局啊！从公款旅游到两只花蝴蝶，再到这个协议书，全是阴谋啊！我字一签，没准明天张继英书记和朱老又来电话了……

这时，齐本安的手机响。

齐本安：看看，来电话了吧！（接手机）哪位？宾馆服务员？

手机里的声音：齐书记吗，向您汇报个事：今天打扫您2202房间时，我们无意中发现了三个监控探头，有人背后搞您的鬼啊……

25　天文馆电教室　夜　内

孙连城两眼放光，精神抖擞地给一帮孩子上课：……同学们，今天我来主讲银河系！银河系是太阳系所在的恒星系统，包括一千五百到四千亿颗恒星和大量的星团、星云，还有各种类型的星际气体和星际尘埃、黑洞，它的可见总质量是太阳质量的两千一百亿倍……

26　范家慧家　夜　内

齐本安和报信者通话：……谢谢，谢谢你了！（思索着，放下话筒。）

范家慧：我的天，齐本安，你该不是和服务员串通好唬我的吧？

齐本安：我唬你干啥？！（说着拨通了石红杏的电话）石总，你是不是怕我被花蝴蝶迷了魂，出于善意，对我采取了额外关心措施啊？

石红杏的声音：又怎么了？齐书记，你迷不迷魂和我有啥关系？

齐本安：我 2202 房间怎么出现了监控探头？能给我个解释吗？

27　石红杏家　夜　内

石红杏脸上贴满黄瓜片，和齐本安通话：……齐本安，我成了你的天敌了是吧？但凡出现什么对你不利的事，你第一个怀疑我！哎，我们好歹是师兄妹，是一个师傅教出来的，彼此不至于有大仇吧？

齐本安的声音：所以我就纳闷啊，三个监控探头是从哪里来的？

石红杏：肯定不是天上掉下来的，也不是房间里固有的，肯定是有人装上去的！谁装的呢，其一，可能是国家执法机关，齐本安，如果是国家机关在执法，你就要小心了，要多问自己几个为什么！

齐本安的声音：我问过了，问了多遍，我遵纪守法，问心无愧！

石红杏：那就是第二种可能了，你被坏人盯上了……

28　范家慧家　夜　内

齐本安和石红杏通话：这个坏人是谁呢？石总，帮我排查一下！

石红杏：对不起，齐书记，我不是福尔摩斯，没有排查能力！

齐本安：石总，那你说，我要是去向公安局报案呢？不太好吧？

29　石红杏家　夜　内

石红杏和齐本安通话：有啥不好？很好！（说罢，挂机。）

牛俊杰凑过来：石总，非法手段使不得啊，别管是对谁！

石红杏把脸上黄瓜片抹下来，一把甩到牛俊杰身上：牛魔王，你怎么知道我使用非法手段了？你和齐本安穿一条裤子了，是吧？

牛俊杰扒拉着脸上脖子上的黄瓜片：别不识好歹，我是为你好！

牛石艳也嬉皮笑脸地凑了过来：妈，我爸确实是为你好！哎，你可能是出于好奇吧？对那两只花蝴蝶比较好奇，是吧，妈？

石红杏：不是！滚，这种事我见得多了，早就不好奇了！

30　范家慧家　夜　内

范家慧疑惑地对齐本安说：本安，不一定就是石红杏吧？

齐本安：你要再说不是，我就去报案，我也不怕丢人了！

范家慧：算了，算了，一个班子的同事，内部查实后再说吧！

齐本安一声叹息，对范家慧说：老范，瞧瞧，这就是我今天必须面对的局面！难啊，苦啊，可我还得硬撑下去！我一辈子净当千年老二，现在好不容易到了京州中福，才算有了一个能干事的平台啊！

范家慧：是，是，齐本安，你的确是不容易，灰常（非常）令人同情！

齐本安：所以，老范，你得支持我啊，不能和石红杏那帮人搅和在一起给我使绊子啊！你是我老婆，也是我战友和同志，起码你得让我像当年的乔厂长似的，把新官上任的三把火“呼”地烧起来再说……

范家慧：哎，行了，行了，齐本安，你看把你正经的，还战友和同志，你不是乔厂长，再说，现在也早就不是乔厂长时代了！

齐本安：这倒也是……

就在这时，随着一声巨响，窗外突然冒出一片火光。

范家慧和齐本安一怔，不约而同地走到窗前看。

范家慧：哎，怎么回事？出什么事了？还真烧起来了？

齐本安：会不会是城里油库爆炸？你看那边，一片火光！

31　京州街上　夜　外

火光冲天，烟雾弥漫，一片混乱。

一辆辆警车呼啸着赶往事故现场。

指挥警车内，政法委书记兼公安局长郑子兴和李达康通话：李书记，不是汽油库爆炸，是燃气管道爆炸，迎宾大道光明区段燃气管道被野蛮施工挖断了，沿街全是小饭店，燃气遇到明火就出事了……

32　李达康家　夜　内

李佳佳、林小伟正在吃饭。

李达康嘴里咬着半口馍，和郑子兴通话：现在是什么情况？啊？

33　京州街上　夜　内

警车呼啸。

指挥车内，郑子兴和李达康通话：目前现场情况不明！

电话里，李达康的声音：吴雄飞市长呢？去现场了吗？

郑子兴：李书记，吴市长在北京开会呢！

34　李达康家　夜　内

李达康和郑子兴通话：……对，对，我想起来了，政府今天在北京好像有个新闻发布会，那我马上过去吧！子兴同志，立即启动紧急预案，果断迅速地采取行动，尽量减少伤亡！

郑子兴的声音：明白！

李达康握着手机，匆匆向门外走：子兴，及时和我联系，尤其是伤亡情况！哦，对了，有关情况也向省公安厅汇报一下！

郑子兴的声音：已经汇报了，赵东来厅长很重视！

李达康：好，那就好！

李佳佳追上去，给李达康披上外套：爸，你小心些！

李达康点点头，忧郁不安地对女儿说了句：真不让人省心啊！

35　京州街上　夜　外

轿车疾驰。

车内，李达康握着手机下指示：……刘秘书长，你赶快通知各大医院开通绿色生命通道，准备接待伤员！大批伤员马上就会下来了。

秘书递过另一部手机。

李达康：说，子兴！

郑子兴的声音：李书记，有个没想到的情况啊……

36 京州街上　夜　外

警车呼啸。

车内，郑子兴和李达康通话：……新落成不久的青少年活动中心天文馆烧起来了，馆内有一百多名学生正在上课！

李达康焦虑的声音：啊？！消防队上去没有？

郑子兴：正赶过去！

37 京州街上　夜　外

轿车疾驰。

车内，李达康和郑子兴通话，口气焦虑：……就近调动一切手段，采取一切措施，保护天文馆里的孩子，千万不能出事，千万千万……

38 天文馆青少年活动中心　夜　外

火光冲天。

天文馆在燃烧。

馆内，孙连城呵护着两名幼童，在火光烟雾中高喊：……让年龄小的孩子先走，大的保护小的！同学们，低下身子，用湿毛巾捂住口鼻！像我们过去演习过的那样，快，快，都跟上！这次不是演习……

39 京州街上　夜　外

警车呼啸。

指挥车内，郑子兴对下属下令：……就近调动一切手段，采取一切措施，保护天文馆里的孩子，达康书记下了死命令，我正赶过去！

40 京州街上 夜 外

轿车疾驰。

车内，李达康交代司机：改道，去天文馆！

41 天文馆 夜 内

烟雾在天文馆四处弥漫。

孙连城怀里抱着一个幼童，手上牵着一个幼童，摸索前行。

孙连城身后是十几个大孩子。

孙连城：跟上，都跟上来……

42 京州街上 夜 外

天文馆门前的街上，一辆辆消防车呼啸而至。

消防队员拉开水龙带，开始灭火救援。

这时，李达康的车和郑子兴的车先后赶到。

43 天文馆 夜 内

孙连城将两个幼童和身后一群孩子送出。

孙连城又冲进了火光浓烟里。

这时，一些消防人员开始进场救人。

44 范家慧家 夜 内

齐本安一脸愕然握着手机：……什么？矿工新村棚户区大片房屋倒塌？燃气爆炸引发的？赶快让我们的矿山救护队出动啊，赶快！

电话里的声音：咱们老劳模程端阳也埋进去了，生死不明！

齐本安：啊？！好了，吴斯泰，你别说了，我这就过去！

范家慧也在接手机：艳，你和深度记者赶快去现场，赶快……

45　石红杏家　夜　内

牛石艳和范家慧通话：好的，好的，范社长，我这就过去！

这时，石红杏和牛俊杰也分别出门。

石红杏：也不知道程端阳的危房会不会倒掉？

牛俊杰忧虑地：这爆炸动静不小，难说啊！

46　京州街上　夜　外

轿车疾驰。

范家慧开车，齐本安坐在副驾上和皮丹通话。

齐本安：皮丹，我让你在卧室打防护架，你打了吗？

皮丹的声音：哎呀，这……这……这……

齐本安：这什么？说！

皮丹的声音：这一忙就……就忘记了……

齐本安火了：皮丹，你简直就是一个大混账！对自己亲娘的生命安全都不负责任！师傅今天要是出了事，我饶不了你！

47　程端阳家　夜　外

劳模房已成废墟。

周边许多危房或倒塌，或歪斜。

人们在黑暗中紧张自救，一片混乱。

48　京州人民医院门口　夜　外

一个个伤员被抬进医院。

49　天文馆外　夜　外

一位警官向李达康汇报：……李书记，天文馆的孩子们全部救出来了，一个没少，一个没死，简直是奇迹！他们老师孙连城立大功了！

李达康很意外：哦？孙连城？

警官：对，烧伤最重的就是孙连城，他几次冲进火场救孩子啊！

李达康：孙连城人呢？

警官：在那边！

李达康：走，去看看！

50　救护车旁　夜　外

昏迷中的孙连城被抬上救护车。

李达康关切地问医生：孙连城没有生命危险吧？

医生：哦，李书记，主要是烧伤，应该不会有生命危险！

李达康松了口气：那就好，那就好！（又对秘书交代）记着，抽空去医院看一看孙连城！

秘书：好的，李书记！

郑子兴匆匆过来：李书记，又……又一件意外的事啊……

李达康苦笑：哪来这么多意外？又怎么了？说！

郑子兴：燃气爆炸引发了矿工新村棚户区大片危房的倒塌！

李达康一下子呆住了：啊？

51 棚户区 夜 外

程端阳被从废墟中扒出来，抬上担架。

齐本安、牛俊杰、石红杏、皮丹等人围上来。

程端阳被呵护着送上救护车。

这时，其他一些伤员也被送上车。

石红杏满眼泪水：本安，咱们这可怎么向大师兄交代啊！

齐本安近乎愤怒地：这片棚户区为什么就一放五年？啊？！

牛俊杰：李达康和京州只要 GDP，这种灾难是迟早的事！

皮丹内疚地：也……也怪我，齐……齐书记让……让我打个防护架，我……我也给忙忘记了……

齐本安手指向皮丹，厌恶地：你滚吧，给我滚远点！

52 棚户区 日 外

字幕： *五天之后*

阳光下，满目疮痍，和一街之隔的繁华形成鲜明对比。

李达康、吴雄飞、易学习、郑子兴等从一条巷口走进来。

齐本安、石红杏、陆建设、牛俊杰等从另一条巷口走进来。

两拨人的脚步都很沉重。

他们同时从两个方向走向废墟。

废墟连绵，渐渐幻化出浓烟火光和接连不断的爆炸声……

（第十三集完）

第十四集

1　京州老街上　日　外

浓烟、火光，爆炸声。

棚户区的废墟转化为战争的废墟。

城门下，逃难的队伍源源不断地出城。

朱昌平、钱阿宝各坐在一辆大车上，逆着人流进城。

字幕：京州　一九三八年

2　码头前街七号　日　外

门前招牌：上海福记中西贸易公司京州分号

两辆大车在门前停下。

朱昌平跳下大车，交代钱阿宝：阿宝，快带着伙计装车！

钱阿宝应着，将两辆大车引到院中，招呼伙计装车。

一个个麻包被扛上大车。

3　码头前街分号掌柜房　日　内

谢英子挺着大肚子迎上来：昌平，你可回来了！大车找到了？

朱昌平：就找到两辆，兵荒马乱的，都不敢进城了！不行就让他们多拉几趟吧，电台不是说京州固若金汤吗？三五天总还能守住吧？

谢英子：但愿吧！哦，对了，李乔治也从上海过来了！

朱昌平：我知道，我让他来的！军统物资站有咱一批货，八千斤白糖，不能留给日本人，我让他找钱复礼，想法弄辆汽车抢运走……

4　军统物资站　日　内

钱复礼冲着李乔治摊手：汽车？李乔治，你也真敢想！瞧瞧，瞧瞧，我这里被服、棉纱、弹药，还有这里，最近收缴上来的大烟，都要运走！这时候别说没汽车，有汽车我也不能借给你们福记公司！

李乔治递上一支烟，给钱复礼点上：怎么我们福记公司？福记公司和站长您是啥关系？福记有，你就有，咱们这合作也不是一天了！

钱复礼：这倒是！不过，真是没汽车了，这些物资都运不出去！

李乔治眼睛一亮：哎，那就别运了呗，折点钱卖给福记得了！

钱复礼：够损的啊！行，乔治，只要运不走的我全给你们！

5　码头前街分号掌柜房　夜　内

谢英子挺着大肚子算账：……昌平，你不在时我盘点了一下，京州分号的存货共计法币三万五千六百元，应收账款一千五百六十二元，分号今年至今赢利两万三千二百元，组织上提走两万两千元！

朱昌平：不是两万两千元，是三万两千元，还有一万没上账！好了，别说了，英子，你的事完了，马上跟大车出城吧，组织上会安排你回上海公司！

6 码头前街分号院内 日 外

两辆大车已经装满货。

朱昌平扶着谢英子出来，准备上车。

车把式上前拦住：哎，哎，朱老板，你就放心让太太这么走？万一在路上生了咋办？这一去百十里地，又枪林弹雨的，还有鬼子飞机！

谢英子看着朱昌平：也是，还是城里好些，就在这儿生了再走吧！

朱昌平想了想：听你的，本来就请了接生老妈子！那你们走吧！

两个车把式赶着两辆装满货的大车一前一后出了院门。

7 酒馆 夜 内

李乔治和钱复礼喝酒密谈。

钱复礼：京州守不住，什么固若金汤？也就是骗骗老百姓！

李乔治：所以咱机会就来了嘛！我是说物资站的货！你可别急着运，就是能运也不运，运走了也不是你的东西，留下来就有你一份！

钱复礼：李乔治，那我问你，他们福记当真有把握把货运走吗？

李乔治：把握不敢说，可他们那边有共产党啊，共产党不要命！

钱复礼：这倒也是啊，乔治，和朱昌平通个气吧，让他准备拉货！

李乔治乐了：明天就来拉？那我这就给福记分号打电话！

钱复礼：想得美！我是说京州一旦宣布弃守，就让他来拉货！

李乔治：哎，弃守才让人家拉？钱站长，你这不是坑人嘛！

8　码头前街分号掌柜房　夜　内

谢英子已是临产状态，被接生婆赵妈扶上床。

赵妈：幸亏太太没跟大车走，这要走了，没准就生路上了！

朱昌平：赵妈，太太就托付给您了，我和阿宝还得出去一下！

赵妈：放心吧，朱先生，这里有我呢！

谢英子嘱咐：昌平，小心些！

朱昌平：知道，知道！（应着和钱阿宝一起出门。）

9　京州老街上　夜　外

朱昌平和钱阿宝匆匆走着。

身边时有国军官兵跑步过往。

朱昌平：阿宝，你去邵记洋车行，包五辆洋车，把分号货仓的南北货运走，另外和邵老板说一下，明天可能还要用他的车运白糖！

钱阿宝：朱先生，明天咱要几辆车啊？

朱昌平：再说吧，我这就去和李乔治见面谈！

10　酒馆　夜　内

钱复礼呷着酒，对李乔治说：……我这不是坑人，是和你老弟掏心窝子说实话！乔治，你也不想想，不到京州弃守，谁敢把国家的东西送给你们？想上军法处挨枪毙啊？我想发财，可也不愿挨枪子啊！

李乔治：但是，想发财，就不能怕挨枪子，大财险中求嘛！

钱复礼：屁！你们啥时候让我发过大财？

这时，朱昌平匆匆走进来。

李乔治乐了：瞧，能让你发大财的人来了！

11 码头前街分号仓库 夜 内

仓库已大部搬空。

钱阿宝带着几辆洋车，把最后的存货搬上车。

12 酒馆 夜 内

朱昌平对钱复礼说：……行，钱站长，就按你说的办！一旦政府宣布京州弃守，实施战略转进，我们福记就来拉货！但是，您也得信守承诺，得把最值钱的货给我们留住！既不能运走，也不能销毁！

钱复礼：都运走是不可能了，还有那么多被服、棉纱呢！

朱昌平强调：我是说值钱的货！被服、棉纱我们也没办法运啊！

钱复礼口气淡然：那么，美制电台算不算值钱货啊？

朱昌平眼睛一亮：算啊！哎，钱站长，这货我要了！

钱复礼：朱昌平，这你要不了，这四部美制电台是为忠义救国军准备的！一旦京州失守，忠义救国军同志将在江南全面展开游击战！

李乔治：新四军的同志也在打游击嘛！卖给共产党又是一笔钱！

钱复礼：没错，没错，国共又合作了嘛，共产党的新四军现在也是国军了嘛，也不是绝对不能卖的，况且咱们又是老朋友！

李乔治：就是，就是！

钱复礼：所以，电台能运走我也不运，我就留给共产党了！

李乔治：钱站长，您真是太聪明了！你把电台交给忠义救国军一个铜板赚不到，卖给共产党，那就是一笔小财啊！

钱复礼：小财？不说是大财吗？嗯？

朱昌平赔着笑脸：对，对，大财，大财！哎，钱站长，您估计国军能坚守京州到何时？

钱复礼：再守一周应该没问题吧？现在已经坚守二十一天了！

朱昌平：好，好，那我准备一下，和乔治一周后来你这儿取货！

13　码头前街分号　日　内

一阵电台的广播声把朱昌平从床上猛然惊起。

电台广播声：……同胞们，历时二十一天的京州保卫战今天将告结束。本市长代表市府，向你们发表最后之告别讲话。中央和最高统帅部顾念本市人民生命财产之安全，顾念持久抗战力量之保存，决定暂时弃守京州，施行战略转进。此刻，本市长的心情和你们的心情一样，异常沉重……

朱昌平在广播声中匆忙穿衣起床，匆匆忙忙出门。

赵妈追上来：朱先生，太太马上要生了，您怎么又走了？

朱昌平：事情紧急，事情紧急，有批货要运，我去去就来！

赵妈焦虑地：哎，你可千万快回来，我也得逃难啊……

14　京州军统物资站　日　内

钱复礼：他妈的，说转进就转进了，一点时间没给我们留啊！

李乔治搓手叹气：就是，就是，这也太突然了！前几天城防司令部的人还在新闻会上说大京州固若金汤呢，今天就突然战略转进了！

电台广播声：……此次会战，我军将士，广大市民，抗敌爱国之热情空前高涨，二十一天之中，精诚团结，同心同德，做出了卓绝的牺牲，赢得了全国同胞和国际社会的高度评价并深切同情……

15　江边码头　日　外

码头上一片混乱，难民在往小火轮上拥。

广播声：……我军民时下之暂时失利，已寄寓未来胜局之绝对希望，而日寇之暂时得逞，实为惨胜，其日后灭亡之命运必无法避免……

16　码头前街分号　日　内

大肚子的谢英子满头汗珠已近临产。

外面重复的广播声隐隐传来：……下面播报刘市长玉白先生之告京州市民书！同胞们，历时二十一天的京州保卫战今天将告结束……

接生婆赵妈给谢英子擦着汗，抱怨：朱先生也是，这种时候还要往外跑，鬼子要来了，老婆要生了，我就没见过这种不负责的男人！

谢英子：还不是因为生意嘛，别处还有分号存货得抢运啊！

17　军统物资站　日　内

一位军警跑到钱复礼面前：站长，城防司令部来电话催了，要我们莫迟疑，立即炸掉不可转移之装备，烧掉库存物资，以免资敌！

钱复礼：知道，知道，鬼子不是还没进城吗？催什么催？！

军警：站长，日军的先头部队已出现在南门外两公里处！

钱复礼：哦？那赶快准备汽油吧，随时准备行动！

李乔治：哎，这里边还有朱昌平福记贸易公司的白糖呢！

钱复礼：那也不能留下，军令如山，谁的物资都不能用以资敌！

李乔治看怀表：钱站长，别忘了您的承诺，再给点时间……

钱复礼看着城防图，一声叹息：那要看鬼子给不给我时间啊！

18　邵记人力车行　日　外

人力车行和大街上都已空空荡荡。

钱阿宝、朱昌平和五六个黄包车夫各拉一辆车冲上大街。

19　码头前街七号　日　内

谢英子承受着难产的折磨，痛苦呻吟。

接生婆赵妈在一旁服侍，抱怨：这样的男人真不如不要！

20　军统物资站　日　内

一桶桶汽油滚了过来。

军警在四处安放炸药。

李乔治一头汗水，焦虑地看表。

钱复礼：乔治，你别把共产党当神！朱昌平他们不是神，也是人，也怕死，也不愿意和小鬼子玩儿命！我估计朱昌平今天不会来运货了！

这时，一军警跑过来：报告站长，是不是点火？

钱复礼几乎要下命令了，却又道：这个，再等等吧！

李乔治立即吹捧：钱站长，您……您真是有勇有谋啊！

钱复礼：哪里，有钱能使鬼推磨，没钱我这勇和谋就没了！

21　京州老街上　日　外

朱昌平、钱阿宝和七八个男人拉着空黄包车一路狂奔。

空中，日军飞机低空飞过，扔下一片雪花般的传单。

电台已被日军控制，告市民书变成了日军的欺骗宣传——

大日本皇军今日踏破蒋介石政权的阻碍，胜利挺进京州……

22　军统物资站　日　内

军警再次向钱复礼报告：站长，鬼子已经进城了，第二商业电台被鬼子占领！城防祁司令要我们炸掉物资站，随最后阻击队伍转进！

钱复礼举起手，正要下令，朱昌平、钱阿宝等人拉着黄包车到了。

李乔治惊喜不已：哎呀，哎呀，钱站长，你这一把可赢大了！

钱复礼一把推开李乔治：别啰唆了，朱老板，赶快转移物资，先把四部电台装车弄走，都是最新美制电台啊！

朱昌平：好，好！钱站长！（说罢，掏出一沓法币递给钱复礼）这定金您先收着，大账咱们以后算，还是老规矩，扣掉成本五五开！

钱复礼乐呵呵地收钱：五五开，五五开，朱老板真是明白人！不过，朱老板，这回可没什么成本啊，本来是要销毁的物资，白捡的！

朱昌平苦笑：白捡的？这么多人冒死运货，人家玩儿命咱不给钱啊！

钱复礼：这倒是！（随即命令手下）弟兄们，都帮朱老板装车！

23　码头前街七号　日　内

谢英子痛苦呻吟。

接生婆赵妈：使劲，对，使劲……

24　京州南城门　日　外

大队日军在零星枪声中拥入城门。

25　军统物资站　日　内

李乔治指挥装车：弟兄们手脚麻利点，快！

装满货物的黄包车一辆辆离开。

钱复礼问朱昌平：鬼子马上就来了，这货能顺利运走吗？

朱昌平手忙脚乱地装车：争取吧，先找个安全地儿放一下！

钱复礼：鬼子来了，哪还有安全地儿？我这很不放心啊我！

朱昌平：所以，钱站长，这万一货要没了，您也担待着！

钱复礼：哎，哎，老朱，你别给我玩这一套，我不担待！

26　码头前街七号内　日　内

一个女婴响亮的哭声。

赵妈对谢英子说：太太，恭喜您，是个女孩！

谢英子凄然一笑，昏迷过去。

27　京州老街上　日　外

四处烟火，枪声不断。

一辆辆拉着货物的黄包车跑过。

28　护城河畔　日　外

黄包车上的货物被一一沉入河中。

四部电台被钱阿宝用油布精心包裹起来，放到一条小木船上。

29　军统物资站　日　内

一辆辆空车冲进来。

钱复礼惊疑地问朱昌平：老朱，你把货运哪去了？这么快！

朱昌平：得和鬼子抢时间啊！钱站长，你们快撤吧！

钱复礼：我哪敢撤？得把这个物资站烧掉，不能资敌！

朱昌平：肯定不会资敌，运不走的棉纱被服我们会放火烧掉！

钱复礼：那好，那好。朱老板、李乔治，那我们就先转进了！

朱昌平把一箱枪械装上车：走好，走好，不送了！

钱复礼一伙匆匆离去。这时，枪声骤起。

钱阿宝也怕了：咱们也转进吧，听说鬼子已经进城了！

朱昌平：阿宝，这么多好东西，就舍得把它扔了？机会难得！

李乔治将一箱烟土放到车上：就是，就是啊……

朱昌平：哎，乔治，大烟别装了，没法往河里沉！

李乔治：那就直接上船，咱们不是还有条小木船吗？！

30　码头前街七号内　日　内

赵妈抱着女婴焦虑不安：太太，醒醒，醒醒！

谢英子仍在昏迷中。

31　军统物资站　日　外

一辆辆满载货物的黄包车顺序离去。

朱昌平、钱阿宝点火烧着了被服、棉纱等物品。

32　京州老街上　日　外

满载的黄包车队伍前方出现进城的日本兵。

李乔治引着黄包车就近进入一条小巷。

日本兵开着枪追了上来。

一支撤离的国军队伍穿插过来。

追上来的日军和国军发生短促遭遇战。

33　码头　日　外

最后一船逃难民众正在上船，场面混乱。

34　码头前街七号　日　内

躺在床上的谢英子睁开了眼睛。

赵妈长长舒了口气：谢天谢地，你可醒了！快走，鬼子要来了！

谢英子四处看着：老……老朱呢？还……还没回来吗？

赵妈搀扶谢英子：没回来，咱们走吧，最后这条船马上要开了！

谢英子推开赵妈：不，不，赵妈，我……我得等我家老朱！

赵妈将女婴递给谢英子：太太，那你等，我……我得走了！

谢英子：哎，赵妈——

赵妈在门口回过头：太太，走吧，这种男人你还等他干啥?!

谢英子抱着女婴走到赵妈面前：赵妈，把……把她带走吧！

赵妈怔住了。

35　护城河边　日　外

又一批物品沉入河中。

朱昌平突然发现了什么：咦，李乔治呢？

钱阿宝：半道又回物资站了，说要再抢几包大烟出来！

朱昌平气道：哎呀，这个财迷，他不要命了？！

36　军统物资站　日　内

物资站在大火浓烟中燃烧。

李乔治满脸烟尘，扛着一包烟土，从浓烟中现身。

几支明晃晃的刺刀出现在李乔治面前。

李乔治一惊，肩上的烟土包滑落在地。

日军官佐看看地上的烟土包，又看看李乔治：烟贩的干活？

李乔治：太君，我……我烟贩的不是，苦力的干活！苦力！

官佐一脚将李乔治踹倒，对准李乔治“砰砰”就是两枪。

37　码头前街七号　日　内

谢英子将女婴交给赵妈：赵妈，给她找个好人家吧。

赵妈：你家老朱回来不怪你啊？太太，你可想好！

谢英子：我的事我做主，把孩子带走吧，我还要等老朱！

赵妈：哦，太太，给孩子取个名吧！

谢英子叹气：她来得真不是时候，就……就叫多余吧！

赵妈：好，那就多余吧。太太，你保重！说罢，匆匆离去。

谢英子看着赵妈离去的背影，扶着门框，软软倒地。

38　码头　日　外

赵妈抱着孩子最后一个上船。

水手抽掉船上的搭板。

小火轮呜咽着离开码头。

不远处，日军队伍已列队进入码头区域。

39　京州老街上　日　外

朱昌平和钱阿宝拉着空车从小巷出来。

走在前面的钱阿宝被两个日本兵抓住。

朱昌平扔下洋车转身就逃。

40　码头前街七号门前　日　内

一队队日军队伍列队走过。

倒地的谢英子从破门槛空隙看到了日军迈动的军靴。

41　码头前街七号　夜　内

油灯下，朱昌平将谢英子扶上床。

谢英子询问：咱……咱们福记的货都……都运走了？

朱昌平点点头：不但咱的货运走了，还赚了一笔呢！京州突然弃守，钱复礼物资站一批物资来不及运，本来要销毁，让我抢下不少！

谢英子：这……这么说，福记公司也……也跟着发了点国难财?!

朱昌平苦笑：发国难财的不是咱们，是钱复礼他们啊，哎呀，这帮家伙什么钱都敢赚，真是胆大包天啊！

谢英子：没这帮胆大包天的家伙，咱也赚不了这么多钱！尤其是京州的分号，差不多全靠他们赚钱嘛！就是你说的，敌人的腐败就是我们的机会！昌平，抓这种机会，你和乔治可是一把好手！

朱昌平：时间太仓促了，被服、棉纱，还有些军用品烧了！

谢英子突然想起：哎，对了，阿……阿宝和乔……乔治呢？

朱昌平：完事后被冲散了，阿宝是在我眼前被抓的。

谢英子：这……这个，他俩不会有什么危险吧？

朱昌平：谁知道呢？这年头的事！乔治也是太财迷……

42 京州老街上 夜 外

钱阿宝脸上流血，奋力拉着黄包车。

黄包车上层层叠叠装满了日军抢来的东西。

两只鸡被吊在座篷上不时扑腾着翅膀。

押着钱阿宝的日军士兵也肩扛手提，满载而归。

43 军统物资站 夜 外

物资站在夜幕中不断爆炸、燃烧。

44 码头前街七号 夜 内

朱昌平突然想起：哎，英子，你生了吧？孩子呢？

谢英子眼里蒙上泪：朱昌平，难为你这才想起来！

朱昌平：哎呀，这不是忙昏头了嘛！孩子呢？男孩女孩？

谢英子：女孩，送给接生的赵妈了！

朱昌平：什么什么？你给我说一声啊！起码让我看一眼嘛！

谢英子泪水直落：昌平，对……对不起！我……我也是没办法，我觉得让……让赵妈带走，可……可能是这孩子最好的出路了！

朱昌平讷讷着：这孩子……这孩子生的真不是时候！

谢英子：是啊，所以，我……我给她起了个名：多余。

朱昌平：英子，这……这可是咱们的头一个孩子啊，怎么就多余了？你呀，也是太有主张了！你就不能等我回来再决定吗？

谢英子：最后一班船要开了，赵妈不愿等了，再说也不知道你能不能回来！昌平，别多想了，等日后咱……咱再生一个就是……

朱昌平搂住谢英子，讷讷着：多余，孩子，你并不多余啊……

画外音：朱昌平、谢英子这对革命夫妻和自己的第一个孩子就这样在沦陷的京州失散了，再见女儿已是二十二年后的婚礼上——纺织女工朱多余嫁给了煤矿工人林强柱，次年生下儿子林满江。

45　一组空镜　日夜交替

谢英子含泪将女婴交给赵妈。

赵妈抱着女婴，站在启动离岸的小火轮上张望。

女婴的小脸变成婚礼茶话会上的新娘。

新娘化作少妇，怀里抱着一个英俊男孩。

（第十四集完）

第十五集

1　京州机场　日　外

“长明号”公务飞机降落下来。

“长明号”公务飞机在跑道上滑行。

林满江和七八个随行人员相继走下飞机。

2　京州中福会议室　日　内

齐本安用忧虑的目光扫视着围坐在会议桌前的石红杏、牛俊杰、陆建设、皮丹、李功权、王平安等十几个干部，心情沉重地说：……同志们，一场灾难就这么发生了！二〇一五年九月二十八日晚上十八时二十二分，京州市政工程建设中的一场意外燃气爆炸，造成了我矿工新村棚户区危房大面积倒塌，据目前统计：五人死亡，十八人重伤，二百余人不同程度轻伤。劳动模范程端阳被砸断了腿，目前昏迷不醒，在危重病室抢救。同志们，这些死伤人员都是我们的老职工啊，其中有一位遇难矿工退休已经二十多年了，他一辈子在井下采煤，没牺牲在井下，却死在这次意外倒塌事故中！同志们，我们亏心不亏心啊？！

会场气氛沉重而压抑，石红杏、皮丹都在抹泪。

3　京州市委会议室　日　内

李达康缓缓站起来，看着与会者：同志们，在这次常委扩大会议开会之前，我提议为“九二八”爆炸事故的殉难者默哀，全体起立！

吴雄飞、易学习、郑子兴、郑幸福等常委和二十余名与会者纷纷起立。

4　京州中福会议室　日　内

齐本安眼中泪光闪烁：……这片矿工新村我知道，我在这里度过了自己的童年、少年和青年时代！因为我父亲就是一名矿工，在座许多同志知道，他在井下做了一辈子掘进工。老人家十年前去世了，就是在矿工新村去世的，矿工新村六巷 34 栋 12 号。如果他老人家还活着，看到这个惨烈场面该多痛心，他也许会冲进会场打我的耳光！

会场上鸦雀无声，大家都盯着齐本安看。

齐本安：我们失职啊，同志们！调京州中福之前，我一直在总部筹办集团八十年庆典，八十年前，中福集团从上海的一间小铺子发展成为一个跨国综合企业集团，尤其是改革开放以后，发展速度堪称奇迹。但有一个令人痛心的事实请大家也不要忘记：我们改革成本的很大一部分是由社会底层弱势群体承担的！在市场经济条件下，我们矿工队伍也从当年的一支特别能战斗的队伍，不可逆转地沉入了弱势范畴！以至于这片棚户区今天即使改造，许多老工人也买不起……

5　京州市委会议室　日　内

李达康对与会常委和相关部门领导发表讲话：……同志们，“九二八”事件震惊全国，惊动中央，根据中央领导同志的重要批示和省委指示精神，我们召开这次京州市委常委扩大会议，分析事故，总结教训。首先，我要做检讨，我是京州市委书记，是第一责任人，京州出了这么大的灾难性事故，我有不可推卸的责任！中央和省委不论给我什么处分，我都毫无怨言。但是，同志们，你们有没有责任啊？

6　京州中福会议室　日　内

齐本安痛心疾首：……我们的董事长林满江同志也是从京州走出去的，他深知工人同志的艰难，五年前亲自干预，为这片棚户区筹措了五个亿的协改基金，目的就是为了降低房价，让老工人可以基本不掏什么钱就能换住上棚改后的新楼房。这件事石红杏同志最清楚。

石红杏：是的，是我陪着林董和李达康谈判协商的！李达康开口提出五个亿，咱们林董愣都没打就答应了！为此，还引起了集团其他领导同志的误解。有一位领导同志问咱们林董：京州棚户区改造我们掏钱协改，那其他地区类似情况我们给不给钱，协不协？林董说：在力所能及的情况下，能协就协，能助就助，因为我们是中福公司！

一片热烈的掌声在会议室响了起来。

7　机场路上　日　外

一辆考斯特面包车在高速公路上疾驰。

车内坐着林满江和七八个随行人员。

林满江满面忧虑地看着窗外流逝的景物。

8　京州市委会议室　日　内

李达康慷慨激昂：……矿工新村这片棚户区改造五年前就提上了日程，开会前我查了一下，五年前——也就是二〇一〇年的京州市政府的三十件大事中，其中第二十二件就是启动本市最大的棚户区矿工新村改造工程。在我记忆中，为这个工程，我还和吴雄飞市长有过讨论。吴市长当时是常务副市长，吴市长说，国务院的棚户区改造资金和省里的配套资金太少了，缺口十二个亿，建议我找中福集团要五个亿。

吴雄飞似乎想说什么：达康书记……

李达康：雄飞市长，你想说什么？说！

吴雄飞苦笑：达康书记，这五个亿不是我建议你要的，是你让我找中福集团去要的，我三次去北京都没要到钱，才请你出的面……

李达康：还是呀，你一请我就出面了嘛！我找了中福的一把手林满江，请他到京州来，在棚户区现场谈定了这五个亿！有的同志也许知道，满江同志是咱们京州人，从小在京州长大，对京州有感情。五个亿人家愣都没打，从三个矿筹了三个亿，又从京州中福划了两个亿！

9　京州中福会议室　日　内

齐本安痛心疾首：……大家都知道，咱们中福公司不是一家普通的商业机构，它是全民所有的大型国企，说到底是人民的财产！中福一代代干部群众在党的领导下，在八十年漫长岁月里流血流汗，创造奋斗，铸就了这举世瞩目的辉煌！谁也不能无视创造者们的历史付出和历史贡献，拿出五个亿去协改是应该的，林满江同志做得对！

又是一片掌声。

石红杏在掌声中抹泪。

齐本安：但是，同志们啊，咱们的五个亿掏了，五年过去了，棚户区改造丝纹未动，今天竟然还出现了这么一场令人痛心的意外！这个意外竟然出现在中福集团八十年庆典即将来临的时候！请问，我们各位怎么向历史交代啊？啊？怎么向林满江同志和集团汇报啊？啊！

会场上一片死寂。

石红杏插话：林董在香港主持一场重要的国际谈判，得知这一灾难性消息，谈判刚一结束，立即从香港飞了过来，现在已经到了！

10　棚户区爆炸现场　日　外

林满江目光忧郁，扫视着灾后的棚户区。

林满江一行在棚户区走着，看着，不时地问候受灾居民。

11　京州市委会议室　日　内

李达康拍案而起，怒不可遏：……棚改一拖五年，拖出这么一场重大灾难事故！而那五个亿却没了，据易学习同志初步了解，竟然被逃到海外、死掉了的那个腐败分子丁义珍悄悄地还给京州中福了，这真是滑天下之大稽！在座的谁知道这件事啊？谁参与了这件事？啊？

与会者面面相觑。

李达康点名：吴市长，棚改专项被动用了五个亿，你知道吗？

吴雄飞苦笑：我不知道！我要是知道，那是绝不会让任何人动用的！达康书记啊，这个专项在光明区啊，总指挥是丁义珍同志啊！

易学习敲了敲桌子，提醒：什么同志？哪来的丁义珍同志啊？

吴雄飞忙纠正：哦，口误口误，是腐败分子丁义珍，混账嘛他！

李达康自嘲：是，是，都是腐败分子丁义珍的责任，和你吴市长无关！但你市政府有没有监督责任啊？丁义珍不是兼了副市长吗？丁义珍那可是你这届政府的主要构成人员啊！你我起码有领导责任！

吴雄飞抹汗：是，是，达康书记，我……我不但有领导责任，还得负主要责任！同志们，我在这里表个态，是我的责任我都不推！

李达康：哎，郑幸福同志，你呢？你也给我们一个解释吧！

郑幸福：李书记，我这个，上次市纪委述廉述职会后，我就开始了解棚改情况，这……这还没摸清楚情况呢，就……就发生了事故！

李达康：你也没啥责任，是吧？好，好，你是好同志……

郑幸福站起来：李书记，不……不是这个意思……

李达康：如果我没记错的话，三年前你可是光明区副区长，易学习同志不知道，我可知道，你当真啥都不清楚？你不是分管财政吗？

郑幸福头上冒汗了：李书记，你……你让我想想，让我想想……

12　京州中福会议室　日　内

齐本安扫视着与会者。

会场上，陆建设、牛俊杰、石红杏、王平安等各自不同的神情。

齐本安：更奇怪的是，五个亿现在不见了！昨天晚上，市里有关领导向我通报情况说：据原光明区区长孙连城反映，和京州市纪委的初步了解，这五个亿竟然被我们京州中福又拿回来了！谁拿的？又是谁批准拿的？石总，你知道这个事吗？这笔款子现在在哪里啊？

石红杏显然很意外，慌忙回答：齐书记，我不知道这件事！没有这种事，绝对没有这种事！这六年是我主持京州公司工作，我清楚！

齐本安：京州市的领导同志会信口开河胡说吗？会以这个借口推卸责任吗？应该说不太可能吧？石总，请你别把话说得这么死，也别这么绝对！先声明一下，我会密切配合京州纪委彻查此事，一查到底！

这时，王平安强作镇定，悄然走出会场。

齐本安注意地看了王平安一眼，继续说：我们有些同志胆子真大呀，连这种钱都看在眼里，都盯上了！矿工新村棚户区不改造了？啊？

13　京州中福会议室门外　日　内

王平安紧张地发信息：武董，上面发现五亿资金被挪用，情况紧急，务请您顾全大局，将资金尽快归账，生死攸关，生死攸关！

14　财富神话基金公司　日　内

财富神话基金公司女董事长武玲珑一边做面膜，一边看信息。

王平安的信息：如果今天不能到账，希望明天能够到账，此次炒作，我的应得利润全部放弃，唯求平安渡过眼前之劫难！切，切！

武玲珑想了想，回复短信：王总，你疯了？五亿的转账今天、明天怎么可能完成？我不能欺骗你，即使我立即启动救援机制，你也要等上三五天！而且，这很可能会给我们财富神话基金造成重大损失！

王平安的信息：那就三天，损失我都认，以后再说，谢谢！

武玲珑取下面膜，打手机：天使吗？我是财富，请李总接电话！

15　天使商务公司　日　内

李顺东一脸诚恳地和钢铁大王钱荣成谈判：……钱总啊，我和本公司要讲职业道德啊，尽管咱们过去是朋友，但您这回欠了债，我就不能不找您了。这阵子我常说，我呢，是为穷人服务，帮你富人挣钱。

身着天使装的秦小冲拿着手机走到李顺东面前：李总，你的电话！

李顺东：让他等等，我这儿和钱总谈得正好呢！为啥这么说呢？现在这世界奇了怪了，不是穷人欠富人的钱，反是富人欠穷人的钱。我帮穷人讨债，实际上是帮你们富人啊！你们富人老这么干，老是赖穷人的账，总有一天要把穷人逼反的，这里面有个血酬定律问题，是不是？穷人一闹事上访，就没有安定团结了，就没有社会稳定了，你们富人也就不能顺利地赚钱发展了，这个道理我和许多富人说过……

秦小冲再次把手机递过来：李总，是财富神话的武董，挺急的！

李顺东这才接了电话：哎呀，武董，真是太巧了，我这儿正和钱荣成钱总谈着呢，您的电话就到了！要不，您和他说两句？对，对，钱总的工作不好做呀，目前有抵触情绪哩！（说罢，将手机递给钱荣成。）

16　京州市委会议室　日　内

李达康继续发威：……我和易学习书记说过一个观点：懒政后面有腐败！懒政，不负责任，四处都是漏洞，一个个全装看不见，怎么能不出问题？五个亿丢了，连个责任人都找不到，岂非咄咄怪事？！

易学习显然有些忍不住了：达康书记，中央领导同志的批示和省委、省政府的要求是让我们分析事故原因，是不是请大家把各方面的原因都说一说呢？比如，这些年来，市委、市政府的城建思路……

李达康手一挥，立即打断：易学习同志，这次事故和城建思路有什么关系啊？就事论事！同志们，我继续说啊，先说三点，其一……

17　京州中福会议室　日　内

石红杏和此前判若两人，怯懦地看着齐本安，几乎要哭了：……齐书记，我……我以党性和人格保证，这五亿和……和我们京州中福没一毛钱关系！汉东省和京州市刚刚经历了一场反腐风暴，许多事情还在查，这五个亿很可能是落到腐败分子丁义珍口袋里去了……

齐本安口气缓和下来：石总，你别急，事情总归会查清的！

这时，王平安坐不稳了，突然跌倒在地。

牛俊杰就近上前将王平安扶起：王总，怎么了你？

王平安一副气息将断的样子：我……我头……头晕，哎哟哟！

齐本安对陆建设说：老陆，你去，送王总去医院，注意安全！

陆建设似乎意会到了什么：哦，好，好，齐书记你放心吧！

18　棚户区　日　外

林满江很伤感地看着一片废墟，对随行秘书说：……这些年，我最怕回到这地方，它总让我想起我母亲，我母亲没能享上我一天的福！

秘书：是啊，林董，子欲养而亲不待，人生的一大遗憾啊！

林满江眼里蒙上了泪：我母亲出生在战乱年代，一出生就被抛弃了，她的命苦啊，没给我留下什么财富，却给了我她生命的全部。父亲工伤去世后，母亲因病离职，家里那么穷，还给我订了一本《小朋友》杂志。所以，我从小就发誓，长大了一定让母亲过上最好的生活！可我却没能把她带出这片土地，她没等我长大，就在这里咽气了。我记得她死在一个冬天的早上，雪下得好大，整个世界都白了，像给她老人家戴孝……

秘书赔着小心：林董，您师傅程端阳，现在也住在这里吧？

林满江：是啊，是啊，这次受了重伤啊，听说生命垂危！今天惨烈的事故，是发生在我的任上啊，让我怎么向老人家交代啊？！

19　财富神话公司　日　内

武玲珑和李顺东通话：……我不和钱荣成啰唆了，这两亿七我既然委托给你们天使了，就认你天使说话！至于工作是不是难做，我管不着！京州出了个李顺东，你李顺东办法多得是，都成了京州第二法院了，别坏了你的美誉就好！

李顺东的声音：是，是，武董，我知道，我一定保持美誉！

20 天使商务公司 日 内

李顺东合上手机，在秦小冲的注视下，继续对付钱荣成。

钱荣成眯着眼，倚在沙发上，似睡非睡，手上数着一串佛珠。

李顺东：钱总，你不是没有钱，你钢铁大王啊！对本公司，您也是熟悉的。开张第一笔生意还是您奉送的！天使替您向上海一位欠债人讨债。帮您讨回了一笔几乎不可能收回的陈年坏账，八百万对吧？

钱荣成睁开眼，看了李顺东一眼：你也按合同收走了两百万！

李顺东：没错，是您让我们天使商务公司赚下了第一桶金啊！我就是用您那二百万招兵买马，扩大了生意规模，才有了今天！所以钱总，就冲着您当初对天使的支持，在您面前我还得保持谦虚谨慎。

钱荣成：谦虚个屁！少废话，把抢的劳斯莱斯还我，否则免谈！

李顺东扭头问秦小冲：秦专务，咱钱总的那辆劳斯莱斯在哪里？

秦小冲：哦，李总，游街去了，不是您派的吗？专游各大银行！

钱荣成怔住了，数佛珠的手不由自主停了下来。

21 京州城市银行门口 日 外

劳斯莱斯缓缓开着，车身一侧是“京州荣成钢铁集团抵债车”。

车身另外一侧是：老赖钱荣成，还我欠债三亿五！

银行员工纷纷站在门口观看。

员工甲：啊？荣成钢铁集团欠了三亿五？

员工乙：坏了，咱们行那么多贷款不会烂掉吧？

22　京州城市银行行长室　日　内

城市银行行长胡子霖正站在窗前泡茶，无意中看着窗外楼下缓缓行驶的劳斯莱斯，不禁一怔。当即抄起电话：信贷部吗？老王，马上给我查一下，荣成钢铁集团以及下属公司在我行有多少贷款授信？

电话里的声音：胡行长，贷款三亿，授信五亿，无可疑，无逾期！

胡子霖：哦，这个，给我密切注意荣成钢铁集团资金状态，这个企业估计要有问题了！一旦发现任何异常，要立即采取果断措施！

电话里的声音：胡行长，您放心，窗外的劳斯莱斯我也看到了！

胡子霖：看到了就好，我就怕你们都是睁眼瞎，啥都看不到！

23　天使商务公司　日　内

钱荣成服软了：好，好，李顺东，我认你狠，咱们谈，谈！

李顺东：这就对了嘛，本来有人向我建议，把你的劳斯莱斯吊起来挂在我天使公司门前，出你和荣成钢铁集团的洋相，我硬是没同意啊！车是干吗用的？开的嘛，挂在大门口像啥样子？人家还以为我开修车行呢！再者说，钱总，咱们什么关系？您是我的老客户了嘛，您又让我们赚过第一桶金，我怎么也不能这么羞辱您嘛，是吧……

钱荣成讥讽：所以你是天使中的天使啊！劳斯莱斯挂在你们公

司门前多少人能看到？在京州繁华地段的各银行门口四处游街，银行的人就都看到了，我以后就别他妈的想贷款了！李顺东，我认你狠！

李顺东一把握住钱荣成的手，夸张地摇着：知音啊，钱总！

秦小冲在一旁不禁窃笑。

李顺东：秦专务，笑什么笑？没眼色！快给钱总泡茶啊！顺便介绍一下，这位秦专务原是《京州时报》资深记者，现在也投奔天使了！

钱荣成看了秦小冲一眼：见过的，诈骗犯嘛，刚放出来吧？

秦小冲：钱总，您不知道，我……我是被冤枉的……

钱荣成：秦记者，你冤枉？不会的！我们的公安机关不会冤枉一个好人，也绝不会放过一个坏人，比如你！三年前我们荣成钢铁集团出了一次安全事故，就让你讹了三万块公关费，这我没冤枉你吧？

秦小冲忙解释：三万不是我一个人拿的，而且是公关费……

24　京州人民医院门口　日　外

一辆轿车停下。

王平安被陆建设搀扶下车。

司机将车开下了门厅。

陆建设：王总，怎么样？要不要我去叫副担架？

王平安：别，别，好了，好多了，陆书记，你回吧！

陆建设：王总，你真没事吗？

王平安：没事，没事！你走吧！

陆建设话里有话：我哪能走？齐本安书记亲自安排，让我陪你！

王平安：那陆书记，那……那麻烦你帮我去挂个急诊号！

陆建设：好，你到那边坐着，别走啊！

王平安：不走！哎呀，我晕死了，天旋地转的，还往哪里走……

然而，陆建设走后，王平安立即从后门溜掉了。

25　京州人民医院路口　日　外

王平安警觉地四处看看，拦了一部出租车，上车离去。

26　京州市委会议室　日　内

易学习平静而固执地看着李达康：达康书记，你说完了吧？

李达康似乎意识到了什么：先说这么多吧，老易，你说吧！

易学习打开笔记本：同志们，“九二八事故”损失惨重，社会影响极其恶劣，中央和省委责令我们分析事故原因，达康书记着重讲了懒政和懒政造成的腐败问题，这个问题找得很准确，我赞成！懒政不负责任必然漏洞百出，甚至五个亿丢了都不知道！但是同志们啊，这并不是这场灾难的唯一原因啊，我甚至认为，这不是主要原因！

李达康显然很意外，放下水杯，注意地看着易学习。

易学习看了看笔记本：下面，我想从三个方面提出问题，供在座同志们思考。首先，市委、市政府近年来的城建思路是否有需要反思的地方？我们在年复一年的造城运动中是否忽略了老城改造，尤其是棚户区的危房改造工作？我们眼里有没有人民群众？心里是否真正装着人民群众？我们对这座特大城市的弱势群体到底上心了没有？

与会者们全被易学习的发言吸引住了，都盯着易学习看。

27　京州人民医院挂号处　日　内

陆建设拿着病历和挂号条在候诊处四处张望。

陆建设打手机，和齐本安通话：齐书记，坏了，王平安不见了！

28　京州中福会议室　日　内

会议已经结束，屋里只有齐本安和石红杏。二人都在接电话。

齐本安和陆建设通话：……我说老陆，你还能干点人事吗？我为什么派你陪王平安去医院？你心里就没数吗？怎么就让他跑了呢？！

陆建设的声音：哎呀，齐书记，我忽略了，忽略了！

石红杏和林满江通话：……林董，你怎么直接到棚户区去了？我和本安还在这里等你呢！好，林董，那我们这就过去！（说罢，挂机。）

齐本安也结束和陆建设的通话，对石红杏说：王平安逃了！

石红杏一怔，似乎很不理解：逃？他为什么要逃？他有问题吗？

齐本安审视着石红杏：是啊，我也纳闷，王平安为啥要逃呢？

石红杏躲避着齐本安的目光：也许有问题吧？我看得查查他了！

齐本安：哎，怎么？林董直接到棚户区去了？

石红杏：哦，对，对，本安，咱们赶快过去吧！

说罢，二人匆匆忙忙出门。

29　财富神话公司　日　内

王平安神情紧张地对武玲珑说：……武总，我想来想去还是过来了！五个亿对我是塌天大事，对您和财富基金却是小事一桩，别人不知道，我可知道，你们前阵子做空股市，光期指一项就赚疯了……

武玲珑：打住，打住！王总，你是光看见贼吃肉，没看见贼挨揍啊！公安部的人都开进证监会了，你不知道吗？老大已经被传讯了！

王平安：啊？你真的假的？你们老……老大被……被传讯了？

武玲珑：我也是今天才听说的！王总，你要听我的，我就劝你先躲一躲，躲过这一劫再说！最好到境外去，你一走这五个亿就烂掉了！

王平安吓坏了：武玲珑，武大美女，你……你说笑话吧？五个亿这么容易烂？！他……他们追到天边也……也得把我抓捕归案！

30 京州街上 日 外

轿车疾驰。

车内，石红杏怯懦不安地时不时看着齐本安：……本安，你再想想，我们是不是马上向公安机关报案呢？让公安出动去抓王平安？

齐本安想了想，摇头：恐怕现在报不了案吧？毕竟没有证据线索！

石红杏咂嘴：这倒也是！可是，王平安他……他为啥要逃呢？

齐本安：红杏，你当真一点都不知道？王平安可是你表弟啊！

石红杏不悦地：本安，这叫什么话？那他还是你的朋友兄弟呢！

齐本安苦笑：没错，没错，这也没说错，这个操蛋的家伙……

31 棚户区 日 外

齐本安、石红杏快步走到林满江面前，和林满江等人握手。

林满江急切地问齐本安和石红杏：师傅怎么样了？啊？醒了没有？

齐本安摇头：林董，刚才医院来了电话，要我们做最坏的准备。

林满江：哎，你们看，是不是考虑送北京或者上海大医院呢？

石红杏：林董，京州医院也不小了，况且现在谁敢动师傅啊？

林满江：也是啊，岁数大了，又伤筋动骨的！本安，不是我批评你，你去看望师傅，也注意到了房子的状况，怎么还发生了这种事！

齐本安：疏忽，林董，我真是疏忽了！当时我要皮丹过来，和我一起把防护架搭上，偏巧皮丹岳父岳母病倒了！后来我又督促过，皮丹呢，也答应得好好的，可就是没去落实！唉，大师兄，我失职！

林满江：这个混账的皮丹，哎，本安，你咋不给他两耳光啊？！

32　京州市委会议室　日　内

易学习在发言：……第二，迎宾大道拓宽工程为什么会出现野蛮施工？是什么原因造成了施工单位的野蛮施工？如果不是野蛮施工挖断了燃气主管道，就不会发生爆炸事故，也就不会出现棚户区这场灾难！“九二八事故”联合调查组还在调查，我今天只是提出问题。

吴雄飞：易书记，对这个问题，我想做个解释……

易学习：吴市长，请让我把话说完！

李达康冷峻地：吴市长，让易学习同志把话说完！

易学习：好，我继续说。第三……

33　棚户区　日　外

林满江对齐本安说：……本安，有个话我公开场合不会说，现在得给你交个底，出了这么大的事，要最大限度地保护我们公司和工人的利益，对李达康和和吴雄飞他们的话不能全信！尤其是李达康，一个连自己老婆都不关心的人，我不相信他会那么爱祖国、爱人民……

齐本安：我明白！

林满江和齐本安身后不远处，石红杏悄悄地拨手机。

手机号码显示：王平安

电话里的声音：您拨打的电话已关机……

石红杏沉着脸，努力镇静着，走到林满江、齐本安面前。

这时，林满江突然站不住了，摇晃着要倒下。

齐本安和石红杏上前扶住：哎，哎，林董，你怎么了？

林满江手扶齐本安，努力站住：没事，没事，别大惊小怪的！主要是这几天太紧张了，刚才又想起这里的许多往事，情绪有点激动！

石红杏：林董，你是太劳累了，这没日没夜的！去医院瞧瞧吧？

林满江：哦，不用，不用，歇一歇就好了，你们别担心！

齐本安：林董，你也是太拼了，下了飞机就直奔这儿！

石红杏：就是，就是，大师兄，你毕竟也是五十多岁的人了！

齐本安：林董，我们还是先送你回宾馆休息一下吧！

林满江：也好！

34 京州市委会议室 日 内

易学习在一片压抑的气氛中，时不时看一看笔记本，孤独地发言：……第三，用人失当。比如，原副市长兼光明区的区委书记丁义珍，据说工作能力很强，但他的马屁功夫也很深啊，四处宣称是咱们达康书记的化身……

李达康脸色极其难看，手上的铅笔不经意间被折断了。

易学习：丁义珍的下场在座各位都知道，去年我省的那场反腐风暴就是从此人的外逃拉开的序幕。后来此人在非洲死于非命，让很多秘密成了永远的秘密。我呢，出于自己的工作职责，对丁义珍的晋升史进行了一次解剖式的调查研究，这调查研究的结果令我极为震惊！

李达康终于忍不住了：老易，你是调查丁义珍，还是调查我？

易学习：哎，哎，达康书记，你别误会，我绝不是调查你，我也无权调查你！你是中共汉东省委常委，调查你得中央授权……

李达康：老易，这就是说，中央目前还没授权你调查我吧？

易学习：达康书记，你能不能让我把话说完啊？这是什么会？是“九二八”灾难性事故的分析会，你一言堂的作风也该结束了吧？

会场气氛一时间紧张得几乎要爆炸。

35　财富神话公司　夜　内

武玲珑和王平安喝着红酒商量应对危机。

王平安：……武总，我实话和你说，这三天我哪里都不去了，就在你财富公司陪着你了！我要亲眼看着这五亿到账，然后我就去自首！

武玲珑：王总，那我也告诉你，这三天你千万别跟我泡，没准你没进去，我先进去了！咱们这一回做空国家，国家能轻易饶了咱们？

王平安：哎，别咱们咱们的，你，你们，你们财富神话基金！

武玲珑呷着酒：是，你是投资！可你总不想落个池鱼之灾吧？

王平安已是一副无赖相了：武总，我无所谓了，怎么死都是一个死，和你武大美人死在一起，也算我上辈子修来的福分！

36 京州街上 日 外

考斯特车一路疾驰。

林满江与石红杏、齐本安等一行人坐在车上。

林满江问：市里的简易安置房和水电卫全都到位了吗？

石红杏：全都到位了，我刚和他们通过一个电话！

齐本安：事情一出，李达康和吴雄飞都吓得不轻，日夜加班，调动了全市各单位紧急协调，分片包干，帐篷、简易房、水源全齐活了。

林满江叹息：这一次李达康、吴雄飞他们怕都要受处分了！

齐本安：他们内部也不省心，纪委的那位易书记就饶不了他们！

林满江：是啊，易书记很强势啊，是省委书记沙瑞金点名调去的！

石红杏：哎，对了，林董，怎么听说您要调咱们汉东省做省长了？

林满江呵呵笑了：你这个小师妹，耳朵真长！

齐本安：我也听说了，是北京的消息，说是汉东一场反腐风暴把高育良、丁义珍一帮高官吹进了监狱，也把李达康的省长搞没戏了！

林满江摇头叹息：李达康本来就没戏，加上这场灾难性事故，就更别指望了！哦，你们都给我注意啊，不要跟着瞎传，瞎议论。

齐本安：是，是。主要是北京那边有人瞎传，像靳董……

林满江恼火地：这个靳支援，我前天刚批评过他……

37　京州市委会议室　日　内

易学习努力镇定着，继续发言：……丁义珍政治品质恶劣，完全丧失了共产党人应有的信仰，长期以来对组织搞欺骗，可却一路红绿灯得到了京州市委、市政府的重用。尤其是近六年，丁义珍从郊县的副县长提为县长，三年后调任光明区区委书记，任区委书记不到两年又兼任了副市长，如果没有去年那场反腐风暴，也许就是常委了！

李达康强力忍耐着：老易，你剖析丁义珍想说明什么呢？

易学习：我想说明京州政治生态的病态！这种病态一直没得到我们这届市委班子的重视！孙连城懒政，没错，这位同志是懒政，但是同志们啊，这种政治生态是不是也促使孙连城和一部分干部去懒政呢？请大家思考一下！哦，最后啊，我还是要着重强调，我今天对这种不健康的政治生态的批评，并不是为任何人的懒政找借口！我再次声明，我完全赞成达康书记的说法：懒政不负责任必然会漏洞百出！

李达康冷冷地：老易，你说完了吗？

易学习：达康书记，我先说这么多吧！

李达康立即站了起来：那好，散会！

易学习和与会者们全怔住了。

38　京州街上　日　外

考斯特轿车疾驰。

石红杏像是变了一个人，殷勤地挤到林满江身边，又恢复了早先的自尊自信：……林董，宾馆的贵宾楼我已经给你和随行的领导们留下了，你看是不是让林小伟今晚也住过去，陪一陪你呢?

林满江：好啊，好啊，我正要对小兔崽子训话呢！哦，对了，红杏，小兔崽子和他兔妈妈这回没找你和京州同志们的什么麻烦吧?

石红杏满嘴假话：哦，没有，没有。本来我想安排林小伟住贵宾楼的，你一批评，嫂子就来电话了，我就给小伟换了房，让他自费……

林满江：那就好。红杏，给我记住，不能让他们母子搞特殊化！

石红杏：没特殊化，你大师兄严于律己，三令五申，我敢吗我?!

就在这时，石红杏手机响了。

石红杏看看手机：牛俊杰。（立即按掉。）

39　京州市委会议室　日　内

会议室人已走空。

易学习独自一人呆坐着。

秘书悄然过来提醒：易书记，会散了……

易学习一惊：哦，好，好！（这才开始收拾桌上的笔记本。）

秘书：易书记，《京州时报》总编范家慧还一直在等您呢！

易学习：哎呀，把这事忙忘了！我答应接受她采访的！你通知咱们办公室，安排范家慧同志先用晚餐，餐后在我办公室和她谈……

40　中福宾馆贵宾楼院内　夜　外

齐本安和林满江边走边汇报：……林董，这五个亿实在蹊跷啊！

市里说我们拿回去了，我们这边却一无所知，是不是重点查一下京州控股集团下属的证券、金融、信托、保险单位，不动声色一个个查？

林满江：对，看看他们谁在和京州市里的腐败分子勾结作案！

齐本安：我倒注意到一个人，王平安！他这个证券公司刚亏了十五亿啊！虽说是股灾造成的，但这里面有没有人祸啊？而且，就在今天，这个人突然逃了，在党委副书记陆建设眼皮底下溜掉了！林董，还有个情况，我到任头一天，王平安就跑过来送礼了，说是规矩……

林满江很警觉：本安，那还有什么可说的？现在虽然不能向公安机关报案，但王平安找你送过礼，纪检部门就不能放过他！让陆建设赶快行动，找到这家伙，控制审查！如发现犯罪事实，立即报案！

齐本安：明白！（说着，接通了手机）老陆吗？你啥也别干了，让其他同志也把手上的事先放一放，全部出动，寻找王平安……

这时，走在齐本安身边的石红杏，神情显出一丝紧张不安。

41　中福宾馆贵宾楼　夜　内

林满江、齐本安、石红杏走进小楼。

石红杏手机又响。

手机显示：牛俊杰。

石红杏恼火地再次按死。

林满江问：谁呀？你怎么就是不接电话？

石红杏没好气：还能有谁？牛俊杰，牛魔王！

林满江：接吧接吧，没完没了的，烦不烦啊？

石红杏躲到一侧：哦，好，好！

林满江、齐本安一前一后走进了房间。

石红杏警觉地四处看看，又拨起了电话。

电话显示屏显示并不是牛俊杰，而是王平安。

电话里的声音：您拨打的电话已关机……

石红杏发短信：王平安，开机后给我回个电话！

（第十五集完）

第十六集

1　牛俊杰家　夜　内

挂在石红杏办公室的那幅林满江的油画像挂到了牛家客厅。

牛俊杰气呼呼地按手机，嘴上骂着：这臭娘儿们，这臭娘儿们！

这时，门开了，女儿牛石艳下班走了进来：爸，骂谁呢？

牛俊杰气愤地指着林满江的油画像：闺女，你看看，你看看！

牛石艳：太不像话了，他又不是我爹，挂他的像干啥！我找她！

牛俊杰：这臭娘儿们就是不接我的电话啊，气死我了都！

2　中福宾馆贵宾楼餐厅　夜　内

林满江、齐本安、石红杏以及林满江带过来的七八个秘书、助手、工作人员围着一张大桌子一起用餐，晚餐很简单，每人一份份饭。

石红杏的手机再次响起。

石红杏一惊，看来电显示：闺女。

石红杏舒了口气，接手机：闺女，又怎么了？

3　牛俊杰家　夜　内

牛石艳在牛俊杰的注视下，和母亲石红杏通话：……石老太，你搞什么搞？弄一个糟老头的像挂咱们家干啥？哎，我说你没毛病吧？

电话里的声音：要你管？我有啥毛病？我粉他！

牛石艳：你粉他？我还粉我们报社范社长呢，能挂她的像吗？！

电话里的声音：这是我的家，牛石艳，你少烦，我还有事，挂了！

牛俊杰抢过电话：哎，石红杏，我告诉你……她又挂我电话了！

牛石艳：爸，您别气，我收拾老妈，我还就不信斗不过她了！

牛俊杰垂头丧气：闺女，我不和她斗了，我离婚，坚决离婚，绝不妥协！上次和她约好了，我都到民政局了，她又临时给我耍赖……

牛石艳：哎，哎，老爸，你这就不够意思了哦！动不动就离婚离婚，你拍拍屁股走人了，不管我的死活啊？让我落她手上受苦受难？

牛俊杰：我的亲闺女啊，不是怕你受苦受难，我早就休了她了！

牛石艳搬了个椅子，爬上去，将林满江的油画像取下来：瞧，多简单的事？给她扔到阳台上去，想粉他们董事长，到阳台上粉去！

4　财富神话公司　夜　内

武玲珑一声叹息：王总，和你说个掏心掏肺的话吧，别指望我们财富神话基金了，我们和国家队一起被高位套住了，做空赚的全赔了进去。这倒也罢了，关键是，所有账户都被冻结，一分钱都调不出！

王平安：武大美人，你开玩笑是吧？两百亿资金都被冻结了？

武玲珑：王总，我没心情和你开玩笑！我现在唯一的希望在天使公司，钢铁大王钱荣成欠我一笔款，两亿七，我正让李顺东帮我讨！

王平安惊呼：我的天哪，我也有三千万债权委托给天使公司了！

武玲珑：哎呀，这么说，咱们是真正的难友了？来，重新握手！

二人煞有介事地重新握手。

5 天使商务公司 夜 内

秦小冲坐在卫生间的马桶上，用手机给《京州时报》社长范家慧发微信：范社长，在这天使成群的地方，我看到了许多丑恶的秘密……

这时，卫生间的空隙出现一个男人的脚。

秦小冲很警觉，忙把手机装进口袋。

一个男人的声音：秦专务，开钱荣成项目的会了，快过来！

秦小冲：就来，就来！你们也太敬业了，拉个屎都催……

6 天使商务公司会议室 夜 内

秦小冲匆匆忙忙进门坐下。

李顺东：好，秦专务到了，咱们开会！首先，我要对钱荣成项目组同志提出表扬！大家干得不错，先是缴获了钱荣成的劳斯莱斯，今天又逼他屈尊光临了本公司，被迫和我们进行债务谈判……

这时，李顺东的手机响。

李顺东接手机：武总，怎么又是您？那我就简单说一下：对您那两亿七千万，钱荣成是认了账的，不认账我不放他走嘛！但是，什么时候能拿到钱，不好说！什么？这是王平安挪用的棚户房协改基金？

秦小冲一怔，悄然按下手机录音键。

李顺东：哎呀，这个王平安，找死不成？现在棚户区震倒了那么多危房，死伤那么多人，李达康、吴雄飞得撤职，王平安得枪毙啊……

7　财富神话公司　夜　内

武玲珑和李顺东通话：李总，你别吓唬王总了，枪毙谁呀？

王平安抢过手机：李总，我……我是王平安，我那三千万……

8　天使商务公司　夜　内

李顺东和王平安通话：王总，您啥也别说了，我们的债务委托关系即日起作废！本公司的原则是：守在法律底线之上活动，线下活动我们绝对不做！我们是阳光企业，对经济犯罪分子，我们从不啰唆！

说罢，李顺东果断地挂机。

9　财富神话公司　夜　内

王平安呆住了。

武玲珑拍拍王平安的肩头：王总，怎么了，你？

王平安精神崩溃了，讷讷着：我真要挨枪毙？真要挨枪毙？

武玲珑咂嘴，似乎不知道该如何回答王平安。

王平安突然在武玲珑面前跪下了，失态地一把搂住武玲珑的纤腿：武……武总，救救我！您救救我，我……我不想挨枪毙啊……

武玲珑：我怎么救你？连天使都不敢沾你了吧，快逃吧！

王平安慌忙爬起：对，对，逃，我逃，我逃……

王平安跌跌撞撞走到门口，又问武玲珑：我……我往哪逃？

武玲珑指了指露天阳台：要不，从这里下去？这里是二十八楼……

10　中福宾馆贵宾楼门外　夜　内

齐本安和陆建设通话：老陆，你们找到王平安没有？

陆建设的声音：齐书记，目前还没有……

11　陆建设家　夜　内

陆建设喝着小酒，和齐本安通话：……齐书记，王平安好像人间蒸发了！我们纪委的六个同志找到现在也没找到他，王平安几个手机全关机，我们又不是公安检察这种执法机关，没办法锁定他的信号！

齐本安的声音：继续找，有线索立即向我汇报！

陆建设：好的，齐书记！（挂机后立即开骂）我找你妈个头！

陆妻：就是，王平安这人挺不错的，这些年，也就王平安逢年过节不忘了给咱们送点礼！不像其他人，见你无权无势，理都不理你！

陆建设叹息：好人没好命啊，以后再别指望王平安的礼喽！

12　牛俊杰家　夜　内

牛石艳和牛俊杰父女俩准备吃晚餐。

牛俊杰端着刚炒出的菜摆到桌上：闺女，开饭喽！

牛石艳走到桌前，拿起筷子：又不等我妈了？

牛俊杰：不等了，她家老大来了，你妈陪老大吃大餐去了！

牛石艳：爸，不是我挑拨离间啊，今天这个事件不寻常！

牛俊杰喝起小酒：什么事件？哦，她在咱家里挂林满江的像？

牛石艳：爸，你想啊，在家里我妈她不挂你的像，挂另外一个男人的像，这算什么？真是简单的粉丝行为吗？No，红杏要出墙了！

牛俊杰酒杯一放：打住，你这个混丫头，少给我胡说八道！

13　财富神话公司　夜　内

露天阳台上，王平安伸头向下看。

楼下，是车水马龙的繁华大街。

武玲珑语气平淡：从这里跳下去，比坐电梯快，还没痛苦！

王平安却已清醒了许多：我跳下去，五个亿就烂掉了，是吧？

武玲珑：也不一定，但有这个可能！我主要为您考虑，不愿看着您这么痛苦！王总，想想吧，这五亿一时半会儿肯定是到不了账了……

王平安气急败坏，扑向武玲珑：我……我他妈掐死你……

这时，响起了门铃声。

王平安很紧张，松开了武玲珑……

14　易学习办公室　夜　内

范家慧看着电脑，对易学习采访：……易书记，最近推进全面从严治党，我市又有新创举，就是全市各区县的廉政述职，许多干部反映：这么实打实地抓党风廉政建设过去从没有过，真是落到了实处！

易学习：是的，这次的廉政述职主要是区县四套班子成员，让他们向本届市纪委报告履行全面从严治党主体责任和个人廉洁自律情况，包括如何肃清丁义珍的余毒，让他们都来接受社会代表的询问。

15　牛俊杰家　夜　内

牛俊杰呷着酒，对牛石艳说：……你妈对林满江是崇拜和利用！我过去和你说过，他们当年一起学徒，共同的师傅就是老劳模程端阳。程端阳不简单啊，是劳模中的异数，和田大聪明那些只知道干活的劳模不一样，程端阳有头脑啊，给林满江和你妈，哦，还有新来的齐本安，给三个徒弟打下了良好的政治基础，最终成就了林满江。

牛石艳：朝里有人好做官，我妈是林满江提拔上来的？是吧？

牛俊杰：没错，你妈当年从京州电力办公室副主任干起，一直干到今天这个位置，全是林满江的力道，她是跟着林满江一步步上来的！尤其是七年前林满江做了中福集团一把手后，京州中福就成她的了！

牛石艳：爸，不是我吹捧您，您的水平其实不在我妈之下！

牛俊杰：那是，我的水平远在你妈之上，在咱京州中福，水平在你妈之上的人多着呢！可谁上得来？谁有你妈那么硬的后台啊？！

牛石艳：现在来了一个，齐本安啊，我们范社长的嫡亲老公！

牛俊杰：也是，齐本安也是他们老林家的师弟师妹，不过呢，我感觉齐本安和你妈还是有区别的，他们好像不是一路的！

牛石艳：怎么不是一路的？八路军、新四军就是一路的！

牛俊杰眼皮一翻：如果你妈是胡司令的忠义救国军呢？！

牛石艳：爸，这就是您的不对了，你总不把我妈往好处想！没准新来的齐本安是忠义救国军呢！

16　财富神话公司　夜　内

门半开着，两个物业保安站在门口。

武玲珑堵在门口：你们有什么事？

保安甲：安全检查！这不是让“九二八事故”给闹得嘛！

保安乙：所以，要全市检查安全隐患！

武玲珑阻拦：对不起，我这里没什么安全隐患！

保安甲向屋内张望着：那好，武总，那请您在这里签字……

这时，王平安从阳台上露了一下头。

保安乙一把推开武玲珑，三脚两步冲向阳台。

17　牛俊杰家　夜　内

牛俊杰对女儿说：……京州中福旗下的那些老总们，哪个不是人尖？一个个全是掐了尾巴的猴啊！像搞证券的王平安，那是掉了毛的老猴子，一亏十五亿，你还抓不到他什么把柄，一句股灾完事！像电力公司的李功权，煤价涨他亏，煤价跌他还亏，工资奖金倒从没少过！

牛石艳：所以，我妈得扛着她大师兄林满江的旗镇着他们？

牛俊杰：没错！她恨不能向全世界宣布，她是有后台的，她的后台是集团老大！把林满江的像四处乱挂，让林满江训得她直流眼泪！

牛石艳：这又挂到咱家来了，她啥意思？真的那么崇敬领导？

牛俊杰：领导不是又到京州来了吗？我估计可能会到咱家来！

牛石艳：人家领导进门一看，哇，石红杏还是我的粉丝啊！

牛俊杰：对，她就要这个效果！她根本就没考虑过我的感受！

牛石艳：也没考虑我的感受！爸，咱俩是一伙的！

牛俊杰乐了：你从小和我就是一伙的！别的孩子一哭就吵着要找妈妈，你呢，一哭就要找爸爸！哎呀，闺女啊，咱俩是一条心啊！

18　财富神话公司　夜　内

保安乙向武玲珑和王平安道歉：误会了，我还以为进了贼呢！

武玲珑：有这么西装革履的高大上的贼吗？这是我表哥！

王平安：你们警惕性这么高，动作这么迅速，值得表扬啊！

保安甲：那就不打扰了，再见！

两个保安走后，王平安的脸又拉了下来。

19　易学习办公室　夜　内

范家慧问易学习：……“九二八事故”给人民的生命财产造成了严重损失，易书记，在光明区述职时，人大代表就提出了棚户区问题吧？

易学习叹息：是啊，但是，没有引起我们有关领导和有关部门的足够重视，现在想想，实在令人痛心！今天市委、市政府开了一个“九二八事故”分析会，根据中央和省委要求，总结经验教训，这会也开得不成个样子，实在出乎我的意料！看来，从严治党任重道远啊……

这时，范家慧手机响。

范家慧看看来电显示：对不起，易书记，这个电话挺重要……

易学习：接吧，接吧，范总编，我已经占用你的业余时间了！

范家慧接手机：哎呀，小冲，你可来电话了，我还以为你牺牲了呢！我再和你强调一下啊，安全第一，哪怕不做这个深度报道，也不能出安全问题啊！你每天必须给我通个电话，或者发信息报平安……

易学习显然注意到了这个电话，放下笔记本，看着范家慧。

20　京州街上　夜　外

秦小冲警惕地看着四周，和范家慧通话：……范社长，这里您想象不到有多黑！天使公司无天使，魔鬼倒不少，包括一些神秘的债权人！范社长，你能想得到吗？京州证券的老总王平安不但挪用他证券公司的三千万公款，他连棚户区五个亿的协改基金都敢挪用啊……

21　易学习办公室　夜　内

范家慧和秦小冲通话：……什么？什么？王平安挪用了棚改五亿资金？我的天哪，他就不怕掉脑袋啊？棚户区事故死伤这么多人！

易学习走到范家慧身边，注意地听电话。

范家慧识趣地将电话调为免提。

电话里的声音：就是，吓得李顺东都不敢和王平安啰嗦了，李顺东明打明地对王平安说，李达康、吴雄飞得撤职，王平安得挨枪毙！

易学习飞快地写了一张纸条，递过去。

纸条：问他，王平安现在在哪里？

范家慧看看纸条：小冲，王平安现在在哪里啊？在天使公司吗？

秦小冲的声音：不在天使公司，他和李顺东是电话里说的这事！范社长，我现在住天使公司了，这对于进一步挖掘素材非常有利！

范家慧：哎呀，小冲，你疯了？住到那里干啥？出了事咋办？

秦小冲的声音：不会出事，范社长，我小心着呢！再说，家里的破屋也震裂了，随时会倒，也不能住人了！

22　财富神话公司　夜　内

武玲珑在沙发上坐下：……王总，您今天就是掐死我也没用！我还是劝您逃出去避一避风头！这个地方您知道，保安很严密，没准公安的人回头又来了！保安刚才说了，全市都在检查安全隐患……

王平安：说那五个亿！我王平安没那么好糊弄的！

武玲珑吃起了梅子：那五个亿也不是说一定就回不来，资本市场的事你知道，只要基金一解冻，还是有希望的嘛！你现在先躲躲，一旦钱来了，我就通知你，你自首也好，卷款出境也好，你自己做主！

王平安想了想：好吧，武玲珑，那我先走！不过请你一定记住：我不管在哪里都会盯着你！我连死都不怕了，也不怕和你拼命的！

武玲珑：真不怕死就从阳台上跳下去，你不敢嘛，珍惜生命嘛！

王平安：走了，不和你啰唆了！

武玲珑吃着梅子：走好，不送！

23　易学习办公室　夜　内

范家慧看着易学习：易书记，秦小冲可是我的台柱子记者，报社对他有保护的义务！你这一动手，要是让我的记者出了意外咋办？

易学习：不会出意外！我们要抓的不是李顺东，是王平安！你的记者说得很清楚啊，那个李顺东知道轻重，不敢和王平安啰唆了嘛！

范家慧想了想：这倒是！哎，易书记，不能暴露我的这个卧底啊！

易学习：放心，放心！（说着拨起了红机电话）子兴同志吗？我是市纪委的易学习啊，请你们立即安排控制一个重要犯罪嫌疑人……

范家慧也拨起了手机：本安吗？你们公司王平安有严重问题……

24　中福宾馆贵宾楼　夜　内

齐本安和范家慧通话：……好，好，我知道了，我们也行动！

林满江、石红杏和一桌子人都看着打电话的齐本安。

齐本安挂机后立即汇报：林董，王平安携五亿协改资金潜逃了！

石红杏显然受到震动，不由自主地“啊”了一声。

齐本安看了看石红杏：林董，我们恐怕要采取一些紧急措施了！

林满江点头：没错！本安、红杏，你们不要陪我了，赶快行动！

25　京州街上　夜　外

某银行柜机旁，王平安在取款。

另一银行柜机旁，王平安再次取款。

26　牛俊杰家　夜　内

牛石艳问父亲：爸，我妈大了你四岁啊，你是不是有恋母情结？

牛俊杰指点着牛石艳笑：你这个丫头片子，都知道恋母情结了？

牛石艳：爸，实话说，我就有恋父情结！女大三抱金砖，爸，你这都女大四了，这辈子被我妈压迫，也没抱着金砖，是不是特委屈？

牛俊杰：闺女，有了你这么一个贴心小棉袄，爸就不委屈了。

牛石艳：其实有时候吧，我觉得我妈特欠揍，当然这话不该我说！

牛俊杰：是不该你说！再说，男人怎么能打女人？那不混账啊？

牛石艳：所以，你是好人，别看你粗鲁，张嘴就骂臭娘儿们，可你君子动口不动手，绅士啊！她也是看透了你虚张声势，所以不怕你！

这时桌上电话响了。

牛石艳抓起话筒，乐了：哎呀，妈，你到底想起我们爷儿俩了？

电话里的声音：少啰唆，让你爸接电话！

牛石艳把话筒递给父亲：你老婆，找你的！

牛俊杰接过话筒：石红杏，你给我听着，我对你已经受够了……

电话里的声音：继续受着吧！赶快到集团来，开紧急会议！

牛俊杰：怎么突然开紧急会议？出啥事了？

电话里的声音：叫你来，你就来，少废话！王平安携款逃跑！

牛俊杰一怔：啊？石总，你看看你用的人，我是不是有言在先？

电话里已是忙音。

牛俊杰骂：这臭娘儿们，又挂我的电话！她就不知道尊重别人！

27 京州街上 夜 外

轿车疾驰。

车内，齐本安话里有话问石红杏：你对王平安到底了解多少？

石红杏叹了口气：本安，虽说他是我表弟，可我并不比你了解得多！他上来也不是我提的，是靳董提的，这个背景你应该知道吧？

齐本安：靳董提的？哦，这我还真不是太清楚！你就没起作用吗？

石红杏：我知道，你又盯上我了！公司出了这么大的事，我有责任，该检查我检查，但请你相信我，我不会丧失原则，丧失底线！

齐本安意味深长：但愿吧！（说罢，将脸转向窗外。）

石红杏：本安，在这种严峻时刻，咱们师兄妹能不能团结起来？

齐本安笑了笑，问石红杏：咱们团结起来干什么？

石红杏苦笑：总不会是订立攻守同盟吧？我没啥要守的，真的！

齐本安：那如果咱们是两股道上跑的车呢？谁也帮不上谁呀！

石红杏一声叹息：行，行，齐书记，那咱们就都好自为之吧！

齐本安话里有话，口气却很温和：红杏，听我一句劝，你要是有什么问题，最好早点说出来，早说早轻松，我看你有点魂不守舍的。

石红杏夸张大笑，故作轻松：我有什么问题？还魂不守舍？嘁！

28　京州街上　夜　外

一辆出租车疾驰。

车内，王平安在用手机订飞机票。

机票：京州至香港 OK

王平安按下 OK。

29　京州市公安局大门口　夜　外

一辆辆警车驰出。

30　王平安家门口　夜　内

几个警察出现在门口，向王妻出示搜查证。

警察冲进门。

31　京州证券办公室　夜　内

警察们走进王平安办公室，执行搜查任务。

32　京州中福会议室　夜　内

牛俊杰、陆建设、李功权、皮丹等人匆匆忙忙走进门。

齐本安和石红杏在分头打电话。

齐本安：……好，赵局长，我们中福公司全面配合市里的行动……

石红杏：……哦，家里、办公室都没有？刘队长，我建议你们再搜查一下京州证券其他营业部，尤其是边远的城乡接合部……

33　京州市公安局指挥中心　夜　内

王平安先后在三家银行柜机取款的视频出现在大屏幕上。

警官甲指着大屏幕，向政法委书记郑子兴汇报：郑书记，这是王平安出逃前留下的最后痕迹，他最后一次，也就是第三次取款是在城西民主路城市银行的柜机，从取款路线上看，一步步靠近机场高速路。

警官乙：郑书记，我们初步判断，王平安是仓促出逃，事先没有任何准备，瞧，他装现金的包都是塑料袋，他应该是在赶往机场。

郑子兴：好，只要他去机场就好，我就怕他不去机场！

34　京州街上　夜　外

出租车驰往机场高速入口。

不远处的入口已被警车拦住，警灯闪烁。

车内，王平安：坏了，我身份证忘记带了！师傅掉头！

司机回头看了王平安一眼：那赶飞机还来得及吗？

王平安：来得及，来得及，我是十二点后的红眼航班……

出租车在路口掉头回驶。

35　京州中福会议室　夜　内

齐本安训斥陆建设：……老陆，你是找王平安去了，还是喝酒去了？怎么一身的酒气？在哪喝的？该不是王平安请的你吧？

陆建设：齐书记，你……你真会开玩笑，王平安怎么会请我……

齐本安：开玩笑？我发现王平安不对头，点名让你陪他看病，他能在你眼皮底下溜掉！是溜掉的，还是你放掉的？没少拿他好处吧？

陆建设脸色变了：哎，哎，齐本安书记，你不能这么诬赖人啊！

齐本安恼怒地：陆建设，起码你是失职！

陆建设：我失什么职？你让我陪他看病，又没让我控制他……

这时，石红杏和牛俊杰也在谈话。

石红杏：牛总，牛俊杰，你这一晚上来那么多电话干什么？！

牛俊杰：家里的画像是怎么回事？你别过分，想滚蛋赶快滚！

石红杏：要滚蛋也是你滚蛋，怎么是我滚蛋？越来越不像话了！

牛俊杰：哎，是我不像话还是你不像话？你真让我在这里说吗？

齐本安在一旁干涉：哎，你们俩怎么又闹上了？注意点影响！

牛俊杰眼皮一翻：她石总不在乎影响，我还在乎吗？真是的！

齐本安：行了行了，牛总，家里的事你回家说，这是公共场合！

石红杏不无感激地看了齐本安一眼。

36 某小区门前　夜　外

王平安提着装有六万现金的塑料袋，走下出租车。

司机：哎，你快点！

王平安掏出两张百元大钞给司机：算了，你走吧！

司机收下钱：我还是等你吧！

王平安：别等了，回头我再叫车吧！

37 天使商务公司　夜　内

李顺东和秦小冲喝着京州老酒聊天。

秦小冲：……李总，你别说，我真服你了！你一听说王平安和那五亿棚改资金有关，连他三千万的委托债权都果断不做了，太英明了！

李顺东：这叫有所为，有所不为！就像你收封口费，有些人的费能收，有些人的费就不能收！你收清源矿业黄清源的，收荣成钢铁集团钱荣成的，那没关系！国企大单位就得缓收慎收，一旦不慎，就容易出情况，你看你，一个敲诈勒索，进去待了两年，是不是教训啊？！

秦小冲：哎呀，李总，怎么连你也不相信我？我真是冤枉的！

李顺东：秦记者，你说你这个人，啊？在我面前也装孙子！你要不进去蹲上两年，我还真不敢请你到我这天使公司干专务呢！你呀！

秦小冲苦恼地：好，好，不说我了，说你！李总，王平安那三千万咱天使都放弃，不替他追了，那黄清源就放了吧，给我个面子！

李顺东：面子？秦专务，天使公司按规矩办事，从来不讲面子的，连我都没面子！社会上的腐败现象在本公司绝无存在的土壤！王平安三千万天使放弃了，但一百六十五名集资群众呢？他们那五千万本金也放弃了吗？他们一亿多的利息放弃了吗？没有啊，我们还要追嘛！

38　京州中福会议室　夜　内

齐本安用征询的目光看了石红杏一眼，石红杏点了点头。

齐本安：好，同志们，我们开会了！首先向大家通报一个情况：证券公司王平安携款五亿于今晚潜逃，我们公安机关正在紧急追捕……

39　京州街上　夜　外

王平安将手机扔进路旁的下水道。

王平安招手叫停另一部出租车。

王平安上了出租车：去岩台！

司机有些意外：岩台市？五六百里呢，现在？

王平安：就是现在，急事，去不去？

司机：哦，去，去！

出租车驰向城乡接合部。

40　天使商务公司　夜　内

秦小冲问李顺东：李总，今晚的谈话，我能录音吗？

李顺东一下子跳起来：你录音干什么？写深度报道？想让我给你

发封口费是吧？秦小冲，我可告诉你，这里是天使公司，从没给谁发过封口费！你敢给我来个深度报道，我一定以泄露商业机密罪办你！

秦小冲：李总，李总，误会大了吧？我这……这是想歌颂你……

李顺东：你别歌颂我，我用不着！你歌颂李达康、林满江去吧！

秦小冲：好，好，咱继续说正经的！王平安三千万你不做了，财富神话的两亿七为啥还要做？就不怕和王平安有牵扯？我不是太懂！

李顺东：不懂就问，这就对了！财富神话和王平安有牵扯，那五个亿是王平安和财富神话的烂账，与我们无关，我们受财富神话之托讨债，是另外一笔账，将来王平安出事也找不到我们头上！明白吗？

秦小冲：我……我还是不太明白……

李顺东：你这个人咋这么笨呢？还记者呢！你听我说……

41　棚户区　夜　外

李达康、吴雄飞、郑幸福及随行人员在帐篷和简易房间穿行。

走到秦检查的简易房前，一行人在手缠纱布的秦检查面前站住了。

李达康：老同志，手上伤得重吗？

秦检查：不重，不重，李书记，擦破了一片皮肉，没伤骨头！哎呀，说起来算我家幸运啊，屋没倒，要是倒下来就说不准了！

吴雄飞：是啊，是啊，老同志，对不起了，让您受苦了！

李达康：老同志，有困难就说，碰到问题及时向我们反映！

秦检查：困难问题差不多都解决了，感谢市委，感谢政府……

42 棚户区　夜　外

一行人边走边说。

李达康感慨：多好的老百姓啊！

吴雄飞：是啊，要在西方，人家就要往咱们身上扔臭鸡蛋了！

李达康：所以，我们的善后工作一定要做好！哎，幸福同志，说说今天下午你们区的检查情况！有没有发现重大问题？安全隐患？

郑幸福：好的。李书记、吴市长，棚户区群众全安排到位了，今天下午我区组织了一次逐户检查，发现的一些小问题正在处理！

吴雄飞：比如厕所问题，群众就有反映，太少，而且太脏！

郑幸福：吴市长，明天开始增加，今夜施工单位正在备料！

李达康：还有水源，千万不能出污染，一旦出污染麻烦就大了！

这时，秘书过来，将手机递给李达康：李书记，子兴书记电话！

李达康接手机：哦，子兴，什么？你说什么？易书记的指示？

43 京州公安局指挥中心　夜　内

郑子兴和李达康通话：……是的，李书记，易学习书记让我们把京州证券老总王平安控制起来，此人涉嫌侵吞五亿棚户区协改资金！

李达康的声音：子兴同志，易书记的消息是从哪来的？可靠吗？

郑子兴：消息来源不是太清楚，易书记没说，我们也不好问，但犯罪嫌疑人王平安的确已闻风潜逃！我们正全市布控，紧急搜捕，赵东来厅长也已紧急指示汉东省各市县公安机关配合协查……

44 高速公路　夜　外

出租车在高速公路上疾驰。

车内，王平安在打盹。

45 棚户区　夜　外

李达康合上手机，对吴雄飞和郑幸福说：咱们易书记厉害啊，一出手就找到了那五个亿的下落，而且一下子就锁定了犯罪嫌疑人！

吴雄飞话里有话：达康书记，这么说，易书记早就盯上来了？

李达康叹息：谁知道呢？！这种事不在这里说了，回去说吧！

46 京州中福会议室　夜　内

齐本安扫视着众人：同志们，为了配合公安机关办案，查清这五亿资金的来龙去脉，防止新的意外发生，各单位资金账户暂时冻结！

包括牛俊杰在内，十几个老总全都怔住了。

齐本安：当然，正常工作不受影响，我指的是大额资金流动！

牛俊杰：吓我一跳，我还以为连正常生产用的资金也冻结了呢！

齐本安话里有话：王平安的潜逃给我们敲响了警钟，我不能不警惕！我不希望在座各位和京州中福下属任何一家公司再出问题！下一步，将组织专业会计事务所对各单位集中进行一次财务大检查……

47 京州街上　夜　外

一辆面包车在疾驰。

车内，吴雄飞试探地问李达康：要不，请易书记来碰一下头？

李达康苦笑：碰什么头？人家都直接对公安局下命令了！

吴雄飞叹气：是不是觉得我们都要被撤职了？这个易学习！

这时，秘书将手机递过来：李书记，电话，易书记的！

李达康看着来电显示，略一思索，按死，将手机递还秘书。

片刻，手机再响。

秘书迟疑着，不知该不该把手机递过去。

吴雄飞：达康书记，接吧，看老易说什么！

李达康这才接了手机：哦，易书记啊！

48 易学习办公室 夜 内

易学习和李达康通话：……达康书记，得向你和市委汇报一个紧急情况：你判断得真不错，懒政后面果然有腐败，而且是很严重的腐败！五亿棚户区协改基金他们都敢贪，丧尽天良啊！

49 京州街上 夜 外

面包车疾驰。

车内，李达康和易学习通话：所以，你就让郑子兴和市公安局采取行动了？易书记啊，我李达康现在还在市委书记岗位上啊，还没被中央和省委撤职，我仍然是京州市社会政治局面稳定的第一责任人嘛！你易书记在对子兴同志下命令之前，是否应该和我打个招呼啊？

吴雄飞和车上随行人员都紧张地看着李达康。

50 易学习办公室 夜 内

易学习和李达康通话：……达康书记，看来你是误会了！这件事发生得很突然，今天我接受《京州时报》范家慧同志的采访，采访时她接到一个深度报道记者的电话，记者说起了五亿资金的线索，而且犯罪嫌疑人随时有可能潜逃，所以，别说我是市纪委书记了，就算是一个普通党员干部、普通公民，我也得向公安政法部门报案嘛，我打电话给政法委书记，这哪里错了？达康书记，请你不要这么敏感……

51 京州街上 夜 外

面包车疾驰。

车内，李达康和易学习通话：那么，你报完案，是不是应该向我汇报一下？易书记，不是我敏感，是你的位置摆得不太正了！在你看来，“九二八事故”中我和吴市长，还有其他同志个个有责任，只有你没责任！你管纪检，又调来没多久！但是同志，不能这样想问题啊！

52 易学习办公室 夜 内

易学习和李达康通话：……李书记，那我再多解释两句：今天我的汇报确实迟了一点，但这也是有原因的。五亿资金从政府财政账户上划走不是一件简单的事，涉及的单位和可疑人物要分头控制起来，我得安排啊！安排完了，向你汇报有什么不对？至于说到“九二八事故”责任，整个市委、市政府班子都有责任，我何尝推卸了？在会上我是实事求是提出问题，这既是我的权力，也是我的责任！这些显而易见的问题我不提，其他同志也会提，今天不提，明天也会提！

这时，电话里出现忙音。

易学习一声叹息，放下话筒。

秘书进来汇报：易书记，市财政局王局长到了！

易学习立即恢复工作状态：让他进来！

53　京州街上　夜　外

面包车疾驰。

车内，李达康神色严峻。

车窗外是一个大都市多彩多姿的流逝灯火。

秘书赔着小心向李达康汇报：李书记，刚才我联系了一下人民医院，可能行程要改变一下……

李达康：哦，怎么回事？孙连城也不愿见我了？

秘书：不是，李书记，是联合调查组在和孙连城谈话……

李达康：明白了，那改天再去看望吧！这事还得给我记住！

秘书：放心吧，李书记，我不会忘的！哦，先送您回家吧？

李达康：别，别，先送吴市长，吴市长累了一天了！

吴雄飞：还是先送李书记，李书记女儿、女婿难得回来！

李达康苦笑：女儿女婿都不在家，今晚林满江同志接见训话！

吴雄飞：哦？林满江过来了？哎，那咱们是不是安排见个面？

李达康：算了，算了，现在见什么？和人家说什么啊？

吴雄飞：也是，那你们私下见吧，反正你们是亲家！

李达康：谁知道以后是不是亲家？人家现在行情看涨啊！

吴雄飞：哎，说是林满江要调咱们汉东省做省长？

李达康：好像是有这个说法吧，这种事，谁知道呢……

（第十六集完）

第十七集

1　中福宾馆贵宾楼　夜　内

林满江踱着步，时而看看林小伟，时而看看李佳佳，脸上笑眯眯地：训什么话呀？啊？不是训话，是和你们两位小朋友谈一谈心！

林小伟：爸，石阿姨说是训话，我还让佳佳做了思想准备……

林满江：要训我也只训你林小伟，不会训人家李佳佳！佳佳，有个问题我要问你：在你眼里，小伟是个有责任感的男人吗？实话实说！

李佳佳看着林小伟笑，似乎不知道应该如何回答。

林小伟：我当然有责任感，是吧？哎，佳佳，你和林董事长说啊！

李佳佳笑道：是，小伟有责任感，会千方百计保护他爱的女人！

林满江：真的假的？他这小兔崽子的责任感我怎么就看不出来？

林小伟：林董，那我举例说明，我一到京州就去看望我丈母娘了！

林满江：这不应该吗？你要娶人家闺女，就要得到家长的认可！

林小伟：所以呀，我还帮了我丈母娘一个大忙呢……

2　天使商务公司地下室　夜　内

秦小冲和李顺东二人在关押人质的地下室巡视。

李顺东：秦专务，你今天头一天值夜班，有些情况我得和你交代清楚：对临时住在这里休息的老赖们，你一定不能有所谓的同情心！

秦小冲：我知道，不同情！这些老赖太坏了，连我的酒钱都赖！

李顺东：就是嘛，赖账的方式丰富多彩啊，有转移资产的，有失联跑路的，有投案自首的，有一死了之的。像餐饮大王刘中强，就很不负责任地从楼上跳下来了嘛，摔死后，哎，竟然没流一滴血……

秦小冲：可能是内伤吧？

这时，黄清源出现在铁栅窗前，可怜巴巴地：哎，小冲，小冲，你那三十万我一定还你，只要有钱，第一个还你，你……你救救我……

秦小冲：救你靠你自己，把欠债都还了，天使和李总就不留你了！

李顺东拍拍秦小冲的肩头：对，这是咱们对老赖的标准答案！

3　李达康家　夜　内

李达康站在客厅规划图前痛苦思索。

易学习的话外音：……这些显而易见的问题我不提，其他同志也会提，今天不提，明天也会提！

规划图化作万家灯火的辉煌的京州夜景。

易学习的画外音：……我想说明京州政治生态的病态！这种病态一直没得到我们这届市委班子的重视！我们在年复一年的造城运动中是否忽略了老城改造，尤其是棚户区的危房改造工作？

李达康眼里渐渐噙上了泪水。

易学习的画外音：……我们眼里有没有人民群众？心里是否真正装着人民群众？我们对这座特大城市的弱势群体到底上心了没有？

4　中福宾馆贵宾楼　夜　内

林满江指着林小伟的鼻子训：……你这小兔崽子，胆大包天！人家监狱长想把箱包产品卖出去，找你帮忙我可以理解，你敢一口答应下来，我就不能理解！没错，中福集团很大，有商业企业，代售他们这点箱包小事一桩，但问题是，你小兔崽子没这个权力，知道吗！

李佳佳害怕了：林叔叔，那就算了，这也不是我让小伟做的。

林满江温和地对李佳佳说：佳佳，你别管，我现在和小伟说！

林小伟振振有词：林董，这难道不是责任感吗？做儿子，有对父母的责任，做老公，有对老婆的责任，做女婿，有对丈母娘的责任！

林满江：但承担这种责任的前提是不能损害国家和人民的利益！

林小伟：我伤害国家和人民的利益了吗？林董，我促进了商品流通，繁荣了市场经济，这些箱包你们爱要不要，我又没强买强卖！

林满江笑了：冲着你对你丈母娘的责任感，我要了，混账东西！

李佳佳怔住了。

林满江亲切地：两位小朋友，饿了吧？我让他们送些宵夜来！

5　天使商务公司　夜　内

李顺东对秦小冲说：让老赖们在这里休息，我也是被逼无奈！

秦小冲：李总，你怎么会被逼无奈呢？非法拘禁可是线下活动啊！

李顺东：是啊，是啊，和你敲诈勒索同属线下嘛！但我不让他们在这里休息就可能出意外！餐饮大王刘中强非法集资三个亿，光被债权人委托到本公司的债务就高达七千万，他竟然跳楼了。还有的家伙跑去投案自首了，你说我怎么办？怎么向委托人交代，没法交代啊！

秦小冲：明白，明白。李总，这么说来，你还是为他们好啊！

李顺东满脸的沉重：但愿他们能理解，理解万岁吧！哦，对了，黄清源那堆煤炭，你落实了吗？怎么个情况啊？

秦小冲：李总，我正要汇报呢，黄清源又扯淡了！他那堆煤早让另一家债权人给三钱不值俩钱地卖了，余下那点货都不够交货场费！

李顺东：你看看，你看看，又认清一个老赖的嘴脸了吧？啊？

秦小冲：是的，是的，在天使真是长知识啊！不过，李总，我还是建议您，违法的事少干，别干，一定要合法讨债，靠智慧讨债！

李顺东：好啊，你倒说说看，怎么靠智慧合法讨债？嗯？

秦小冲思索着：比如说啊，我公司帮助不少广场大妈讨回了集资款，听说在广场大妈中有一定的威望。李总，咱们能不能给她们一个报答的机会啊？让她们穿上我公司的天使装，四处跳跳广场舞啊？！

李顺东眼睛一亮：哎，这主意好！还可以插播讨债广告哩！

秦小冲：就是！街上的广场舞一停，大妈这边抹汗、喝水、休息，咱就来个广告起：万恶的奸商钱荣成，欠债不还……李总，你说？

李顺东：好，太好了！到底是记者，办法就是多啊！

秦小冲：这就叫智慧讨债！李总，你说谁想到过利用广场舞和大妈们来为我司讨债事业服务？只有我能想到，智慧嘛！我觉得这种群众喜闻乐见的形式必将丰富和发展讨债文化产业的内涵和外延哩！

李顺东：是的，是的，秦专务，你让我刮目相看啊！

6　中福宾馆贵宾楼　夜　内

林满江、林小伟、李佳佳三人一起吃夜宵。

林满江对李佳佳说：佳佳，你爸不容易，在我们这种位置上，有多少眼睛盯着，又有多少暗箭等着啊，不小心谨慎不行啊，理解吧！

李佳佳：可我爸也太爱惜羽毛了，我们跟着他，这辈子不仅没沾到什么光，还尽受他连累。比如我妈，和他结婚简直就是个大错误！

林满江苦笑：所以啊，我还是希望你们两个都回美国去发展！

林小伟：哎，爸，我妈是想让我去你们中福集团的美国分公司！

林满江：还是别去！有父辈的庇护，你们的起点也许很高，但是政治争斗会连累你们，一旦失去了庇护，你们会比普通人惨得多！所以，我才不让你和中福公司沾边，才把你送到国外让你自由发展！

李佳佳：我明白林叔叔的意思！林叔叔和我爸是我们头上巨大的阴影，这个阴影既可以让我们乘凉，也可能让我们万劫不复！

林满江：是啊，你们两个小朋友好好考虑一下我的建议！还有，京州出了这么大一场乱子，惊动中央，达康书记的日子不会好过，小伟、佳佳，你们这个时候要多陪陪他！

李佳佳：我知道，谢谢您，林叔叔！

这时，秘书进来：林董，办公室有您的电话。

林满江起身：好，两位小朋友，再见！

7　中福宾馆贵宾楼办公室　夜　内

林满江和石红杏通话：好，好，红杏同志，我认为齐本安这个措施是必要的，不要怕底下公司抱怨！五亿协改资金是个大教训，大家都要汲取！什么？过来？天这么晚了，你不必过来了，明天陪我去医院吧！师傅的情况让我很不放心，我的意见如有可能还是转北京！

放下这部电话，林满江又拿起另一部待接电话：祁主任，通知香港中福，这次全球财富论坛我不参加了，还要在京州多待几天！另外啊，江苏的那场项目谈判请靳董去主持吧，我估计也去不了……

8　李达康家　夜　内

红机电话响。

李达康抓起电话：哦，子兴啊！怎么个情况？王平安落网了？

郑子兴的声音：没有！李书记，感觉丁义珍出逃又来了一次！

李达康：哦，怎么会这样？中福公司也会有一个祁同伟吗？

郑子兴的声音：这倒不是，但王平安和丁义珍一样，逃得很仓促。

李达康：这就是说，王平安突然意识到了危机？

9　京州公安局指挥中心　夜　内

郑子兴和李达康通话：……据京州中福齐本安同志说，他在今天下午的会提到了五亿协改资金的谜团，王平安就晕倒在会场了……

李达康的声音：现在是什么情况？说现在！

郑子兴：现在情况不妙，王平安的手机在城西下水道找到了，他订好了京州飞香港的机票，却又没露面，估计已经逃出了京州！

李达康的声音：那就全省、全国布控通缉，这是一名要犯！

郑子兴：是，李书记，我们正准备在网上发布通缉令！

10 岩台街上 夜 内

出租汽车驰入岩台市区。

王平安在一家小吃店门前下车。

这时，天色开始透亮。

王平安在空无一人的店内坐下。

小老板为第一位顾客端来一盘饺子。

11 范家慧家 日 内

齐本安和范家慧一起吃早餐。

齐本安嘴里咬着一截油条：……什么？你们的调查记者早就发现王平安挪用三千万公款？哎，我说，老范，你怎么不早告诉我啊？！

范家慧喝着牛奶：当时吃不准真假。再说，王平安又是你朋友！

齐本安又吃起油条：正因为他过去是我的朋友，我才更得警惕！

范家慧：你是得警惕，经验告诉我，危险气息已在你身边弥漫了！

齐本安：你竟然闻到危险气息了？有点夸张吧？老范，尽管你没给我提醒，但我是小心谨慎的！我过来上任的头一天，王平安来给我送礼，我就觉得这人不对头了，出手就是八万八，他想干啥呀他?!

范家慧：哎，你没收他的钱吧?

齐本安：也不想想，我是那种人吗！没事他们还找我碴呢，弄得我像林妹妹！哟，不早了，今天还得陪林满江去看师傅，走了，走了！

范家慧发牢骚：走吧，走吧，你回来不回来也没啥两样……

12　京州市人民医院　日　内

林满江、石红杏、齐本安和几个医生守在重症室门前。

隔着玻璃窗可见病床上程端阳安详的面孔。

林满江眼含泪水，齐本安、石红杏也面色沉重。

13　京州人民医院骨科会诊室　日　内

林满江问医生：赵主任，患者肯定没有生命危险吗?

赵主任：应该说不会有生命危险，但是谁也不敢这么肯定。林董事长，您母亲毕竟岁数大了，血压血脂都高，而且早年腰腿都受过伤。

林满江：是啊，是啊，腰是车大轴时被大轴撞伤的！（指了指齐本安）就是这位同志闯的祸！腿上也是工伤，她这劳模是用命换来的！

赵主任：我知道，您母亲这辈子不容易……

齐本安：赵主任，她不是林董事长的母亲，是林董事长的师傅！

赵主任愕然一惊：师傅？哎呀，这位老师傅真幸运啊！

石红杏补充：她是我们共同的师傅，我们都是她的徒弟！

14　京州人民医院病房　日　内

李达康在秘书的陪同下，走进门看望孙连城。

病床上的孙连城有些意外：李书记，你怎么来了？

李达康将一束鲜花放到床头柜上：我不能来啊？慰问伤病员嘛！

孙连城话里有话：嘿，我还以为是联合调查组又过来了呢！

李达康在床前坐下：怎么，你和联合调查组还没谈完啊？

孙连城：没呢，只谈了个开头！李书记，你在京州这么多年，做了这么多好事，哪是一次两次能谈完的？我不说你也应该有数呀！

李达康强笑：是，是。连城啊，你苦大仇深，一定得好好谈啊！

孙连城：李书记，这你放心，我一定会让你有许多意外的惊喜！我呀，想想也真是很感慨哩，在京州竟然还有我能说话的这一天！

15《京州时报》走廊　日　内

刚到报社上班的范家慧在前面走着，牛石艳跟在后面追。

牛石艳：……社长，社长！秦小冲失踪了，几天没露面了，还卷走了我们部里三十箱酒！我和部里的同志牵着狗架着鹰也没找到他！

范家慧：把你的鹰和狗都牵走吧，秦小冲根本用不着你们找！

牛石艳：范社长，你的意思……咱社里对秦小冲另有任用了？

范家慧：不该问的事少问！哎，对了，秦小冲一直有个怀疑，说是两年前可能是你背叛了他，你当了汉奸，协助你爸妈陷害了他！

牛石艳大喊大叫：无耻，这个无耻的诈骗犯，我看他早晚还得进去！范社长，你不想想，怎么可能呢？京州中福也好，京州能源也好，它都是国企，又不是我们家的私人企业，我犯得上当汉奸陷害他吗？

范家慧走到办公室门口，推门进屋：好，好，石艳，别叫，有则改之，无则加勉嘛！

牛石艳跟进屋。

范家慧：哎，你还没完了？

牛石艳在沙发上坐下：不是，范社长，我有个选题要汇报！

16　京州人民医院骨科会诊室　日　内

林满江问赵主任：患者如果现在转移到北京，风险大吗？

赵主任：风险不大，但还是有一定风险的！林董事长，我个人建议啊，患者最好还是不要移动，可以考虑请北京的相关专家过来会诊。

齐本安和石红杏都看着林满江。

林满江：本安、红杏，你们说呢？

齐本安：还是别动吧，这里有我们！

石红杏：就是，你事那么多，师傅就算到了北京，你也顾不过来！

林满江想了想：那就辛苦你们了，我请北京的专家过来会诊吧！

17　京州人民医院病房　日　内

李达康对孙连城说：……连城，你调到青少年活动中心后，干得真是不错，专业对口了，心情舒畅了，做起事来，那精神面貌就是不一样嘛！所以说呀，对干部的使用是门科学，用对地方就是好干部！

孙连城满脸讥讽：李书记，你就是深刻，现在还那么深刻！权力也大，手一挥就派我去管宇宙了！还四处嘲笑我和我分管的宇宙……

李达康：哦，连城同志，这我要向你道歉！易学习书记把你对我的批评和建议带到了，我承认，作为市委书记，我不该和你开这种玩笑，而且也有对天文爱好者不尊重的意思！连城，我给你鞠一躬！

孙连城：别，别，李书记，你别折我的寿，我担当不起！

18　范家慧办公室　日　内

范家慧头一昂，冲着牛石艳叫：……牛石艳，你疯了？搞“九二八事故”的深度报道？你是不是想让《京州时报》死得更快一些？干脆关门大吉，专业去卖黑毛猪肉？幸亏我还没提你当副总……

牛石艳：哎，范社长，你别叫，咱们心平气和讨论一下好不好？

范家慧：我不和你讨论，该干啥干啥去！我问你，分给你们的那些商品卖掉了吗？卖不掉全折价处理给你们当工资了！你们以为我容易啊！我和天斗，和地斗，和人斗，和你妈斗，和我老公斗……

牛石艳：社长，您不容易，大家都不容易，尤其是棚户区……

范家慧：你怎么又来了？牛石艳，我们不是上帝，救不了棚户区！

牛石艳：但我们是新闻记者，有责任面对社会真相！范社长，你看我这选题多棒啊——棚户区里的中国梦，棚户区它也有中国梦啊！

范家慧：你这题目就缺少正能量！再说，你知道现在是什么情况啊？京州市委、市政府面对着极大的压力，联合调查组还没走呢！我到市纪委采访易学习书记时，连这个强硬的纪委书记都唉声叹气！

19　京州人民医院重症室门前　日　内

林满江对齐本安和石红杏说：……好了，本安、红杏，你们俩该干啥干啥去，别在这儿陪着我了，让我和师傅两人静静地待一会儿吧！

齐本安：那好，林董，那我们先回去！

石红杏：林董，有啥指示，您随时招呼！

林满江眼看着病床上的程端阳，无力地挥了挥手。

病房内，程端阳昏迷中的脸庞。

20　京州人民医院病房　日　内

李达康对孙连城说：连城，虽说我知道你做天文辅导员比较称职，但你在“九二八”灾难事故发生时的表现，还是让我多少有些意外！

孙连城：哦，我扔下孩子们，抬腿就走，你就不意外了，是吧？

李达康：哎，不是这个意思啊，我是说你的勇敢！几次冲进火场！因为你，这些孩子一个没少，一个没死，我和市委真诚地谢谢你！我甚至想，哎呀，幸亏把孙连城派去管宇宙了——嘿，又开玩笑了……

孙连城叹息：李书记，你这个人啊，让你改点错也真是比较难！

李达康：没这么难，改，一定改！尊重天文爱好者就要从尊重孙连城同志开始！连城啊，我想请记者采访你一下，宣传宣传你的事迹！

孙连城：李书记，我这里谢谢了！丧事当作喜事办的那一套我见多了，这次就免了吧！有这个精力，你们多报道一下棚户区百姓吧！

21 范家慧办公室 日 内

范家慧对牛石艳说：你要想报道，就去报道一下天文辅导员孙连城，市委宣传部新闻处来了个窗口指导电话，说这位同志值得报道！

牛石艳：这个孙连城我知道，原来是光明区的区长，后来被李达康和市委派去管宇宙了！我还是想报道棚户区，棚户区里有猛料……

范家慧：正是因为有猛料才不能报道！别忘了，我们是京州的报纸！而且是一份活不下去、奄奄一息的报纸！将来的出路是：一部分人分流到《京州日报》，一部分人要自谋出路，你是想自谋出路吧？

牛石艳：范社长，你别吓唬我，我是活了今天不管明天的主儿！

范家慧：对，对，牛石艳，你这牛真姓着了，你牛，你不怕自谋出路！你爹是京州能源老总，你妈是京州中福老总，总有你一口饭吃！

牛石艳：但是，你老公齐本安更牛啊，他把我爹妈全给管着了！

范家慧：你还知道啊？知道就好！给我老老实实的，不要乱作为！

22 京州人民医院病房 日 内

孙连城对李达康说：……李书记，我在光明区当区长时，没你说的那么坏，在天文馆救孩子时，也没你说的那么好。当时我真啥也没多想，因为我自己就是个父亲，我把这些孩子都当成了自己的孩子！

李达康：说得好，把孩子都当成自己的孩子，你就有了令人敬佩的英雄行为！如果在光明区做区长时，你也能把九十万百姓当成自己的亲人，那光明区就不是今天这样子了，也许就不会有“九二八事故”！

孙连城：李书记，你真会说话，照你的意思，“九二八事故”中你和市委没责任，倒是我这管宇宙的要负责了？这是不是有点滑稽？

李达康：你的责任是你的责任，我的责任是我的责任！我的责任再大，也免不了你的责任！连城同志，我知道你一直在申诉，这是你的权利，包括对联合调查组反映情况，我呢，只是希望你实事求是！

孙连城：李书记，这一点请你放心，我也有原则，也有底线！

李达康：好，有底线就好！好好养伤，再见，连城同志！

这时，市长吴雄飞和秘书进来了：连城同志，吴市长来看你了！

孙连城态度立刻变了，满脸笑容：哎呀，吴市长，您怎么也来了！

李达康注意到孙连城的变化，没和吴雄飞打招呼，转身出门。

23 京州人民医院重症室门前 日 内

林满江独自一人坐在长椅上隔窗看着程端阳。

李达康走过来：满江！

林满江站起：哦，达康！

李达康一声叹息：满江，对不起，实在对不起啊！

林满江拉着李达康坐下：达康，不说了，让心静一静，啊！

李达康拍拍林满江手背，心领神会：好，让心静一静……

24 范家慧办公室 日 内

范家慧努力说服牛石艳：牛石艳，我很欣赏你的这种追求真相的新闻精神，做记者就要有这么一股劲嘛！在这一点上，你比秦小冲要强，秦小冲见了利益有时会丧失原则，你家境那么好，你就不会！

牛石艳：范社长，我觉得这不是家境问题，是底线问题！秦小冲这厮一贯无原则，只要听到哪里有银子响，他就坐不住了！话既然说到这里，那我也挑明了说：秦小冲也许要进行第二次犯罪了！

范家慧：胡说八道！牛石艳，他第一次犯罪是不是你举报的？

牛石艳：那次与我无关！我这主任怎么当上的，你最清楚！

范家慧：我当然清楚！秦小冲怀疑你为了当主任，才把他送进去的，我解释过了：中福集团赞助了报社二百万的广告，你拉来的，立功了！

牛石艳：就是嘛，而且，这次如果能把战略合作延续下来？

范家慧：那你就是副总编。当然，我提拔你，和战略合作无关！

牛石艳：肯定无关嘛，主要是我有才嘛！但是，范社长，这一次秦小冲真可能出大事啊，我虽然不是副总编，但也是部主任……

范家慧：这次仍然与你无关，出了事秦小冲自己担着，你少操这份闲心！秦小冲不是未成年人，你也不是他的法定监护人！

牛石艳：范社长，秦小冲跳槽到天使商务公司去了，你知道吗？

范家慧：我当然知道，他向我辞职了，自主择业了，关你啥事？

牛石艳：咋不关我的事？我们部里的那三十箱酒，四千多呢……

范家慧：好了，好了，三十箱酒社里给你报损，能罢休了吧？！

牛石艳：这还差不多！

25 京州人民医院病房 日 内

孙连城对吴雄飞的态度和对李达康的态度截然不同，既恭敬又诚恳：……吴市长，啥英雄行为？这是我应该做的，我是老师，这帮孩子是学生，家长们把孩子交给了我，我就有一份不可推卸的责任！

吴雄飞：话是这么说，但是连城同志啊，危难时刻，你承担了这份责任，经住了考验，尤其是在受了组织处理之后，就更了不起了！

孙连城：吴市长，咱们别说组织，在京州就是李达康嘛！李达康一手遮天，重用了腐败分子丁义珍，给京州市、给光明区的工作造成了很大的损失和被动！他怎么交代？没法交代，就拿我开刀了……

吴雄飞微笑着，王顾左右：连城啊，要我说这天文工作还是挺有意思的！告诉你一个小秘密：我当年考大学时，差点选择了天文专业！

孙连城：是，吴市长，我在职读研，报的专业就是天文！我继续说：光明区的信访窗口是谁设计的？李达康的化身丁义珍设计的，板子却打到我身上！还懒政！我也想今天早上打冲锋，明天就把蒋介石几百万军队消灭掉，但是可能吗？京州什么情况，你吴市长最清楚！

吴雄飞笑容可掬：哎，连城啊，我发现你还挺喜欢老电影的啊？这打冲锋的台词来自《南征北战》对不对？我也喜欢老电影……

吴雄飞的秘书在一旁窃笑。

孙连城：哎，哎，吴市长，我这给您汇报正事呢！

吴雄飞笑得从容：好，好，连城同志，你说，你说！

孙连城继续控诉李达康：吴市长，我认为，“九二八”重大灾害事故的主要责任应该由李达康承担！正是因为李达康的胡作非为，乱作为，京州人民才经历了不该经历的痛苦，教训惨痛啊，血的代价啊……

26　范家慧办公室　日　内

范家慧劝牛石艳：石艳，孙连城这个事迹报道还是很有意思的！你想啊，这位前区长是懒政不作为被当成典型撤职的，但是谁也没想到，把他放到天文辅导员的正确岗位上，哎，他就找准了人生位置！

牛石艳试探问：从干部制度、科学用人这方面挖掘一番？

范家慧：就是嘛，还有人性的挖掘啊！孙连城他首先是人，其次才是区长或者天文辅导员！石艳，你安排采访，咱们做一次深度报道！

牛石艳：好，好，范社长，我下级服从上级，今天就安排！

范家慧：这就对了嘛！哦，还有，秦小冲的事，以后少打听！

牛石艳：范社长，秦小冲该不是你派到天使公司卧底去了吧？

范家慧：我派什么？他是个人行为，自主择业。去吧，去吧！

27　京州人民医院病房　日　内

孙连城越说越激动：……吴市长，别说我了，就说你！你和市政府在京州有尊严有地位吗？啥事不是他李达康说了算？昨天有人通过微信向我反映：这场事故其实是可以避免的，是李达康为了迎宾大道赶工期，逼着施工单位日夜加班，违章作业，才酿发了大祸！

吴雄飞：好了，好了，连城同志，别激动，这对养伤不利！

孙连城痛心疾首：吴市长，这种时候，你不能软弱啊！我把话撂在这里，你和市政府要是软弱了，就是我这个样子，不信咱走着瞧！

吴雄飞起身：好，好，连城，好好休息，别激动，千万别激动！

28　京州市政府院内　日　外

吴雄飞和秘书边走边说。

秘书：吴市长，我觉得孙连城不是发牢骚，有些话有道理！

吴雄飞：有什么道理？你以为把责任推到李达康身上我就逃得掉了？不可能的！这场严重事故肯定要问责的，我是市长，头一个要处理的必然是我，不会是李达康！李达康是市委书记，只负领导责任！

秘书：可其实……

吴雄飞：其实什么？委屈啊？别觉得委屈，我可不是孙连城！

秘书：但政府这边确实不该再啥都听李达康和市委的了……

吴雄飞：又错了吧？这种时候更得听市委的了，让达康书记继续出头！过去怎么样，现在还怎么样，这叫光明磊落，也叫实事求是！

秘书一怔：吴市长，我……我好像有点明白了……

吴雄飞：你明白了什么？说！

秘书：这一来，干部群众反而会替您说话！您看今天孙连城！

吴雄飞未置可否，一声叹息：小李呀，不要忘了，我是京州市的市长，还是市委副书记，必须执行达康书记的指示！（略一停顿，又说）我们也要理解达康书记，像他这样不要命地干活，得罪人啊！

29　京州人民医院重症室门外　日　内

李达康拍拍林满江的手背：满江，走吧，中午一起吃个便饭！

林满江点了点头：好吧，达康，简单一点，不要任何人陪同！

李达康：我也没想让谁陪同，就咱们俩，能说点心里话！

30《京州时报》深度报道部　日　内

牛石艳和几个记者围在一起吃盒饭。

记者甲：牛主任，既然老范明确反对，棚户区就别采访了吧？

记者乙：就是，采访也是白干，发不出来的！

牛石艳手向记者甲一指：好，那你去采访孙连城，做孙连城！

记者丙：石艳主任，我坚决跟你前进，落实棚户区里的中国梦！

牛石艳：有你一个跟我前进就够了，不行我们就发新媒体……

31　京州国展中心宴会厅　日　内

林满江和李达康站在阳台上看着一片壮美外景。

李达康感慨：大好河山啊！

林满江：可不是嘛，大好河山在我们这一代人手上起来了！

李达康：满江，你还记得吗？二十三年前，你在京州中福做办公室主任，我在市政府做秘书，那时我们多年轻，京州多苍老啊！

林满江：是啊，达康，苍老这词用得好！当时的京州水电路都不行，基础建设欠债太多！不过，我当时不是办公室主任，是副主任！你这秘书好像也入职不久吧？要不，不会让你跟主管工业的副市长！

李达康：没错，一入职跑工业口就认识了你，京州市和中福集团联手搞股份制办电厂，咱们在一起协调、筹资、选址，当然也争吵！

林满江：各为其主嘛！不过，达康，你当年可没这么霸道！

李达康苦笑：我今天就霸道了？满江，你也这样认为吗？

32 《京州时报》深度报道部 日 内

记者甲问牛石艳：主任，秦小冲的事怎么说？向老范汇报了吗？

牛石艳：汇报了，估计这里面有文章！老范说他自主择业了！

记者乙：别，别啊，三十箱京州老酒还在他手上呢，酒钱咋办？

牛石艳：老范说了，三十箱酒就算屁了，酒钱老范也不问咱要了！

记者丙：我 ×，她老范啥时变这么大方了？这里面应该有故事！

牛石艳四处看看，声音低了下来：这厮可能被老范派去卧底了！

33 天使商务公司 日 内

李顺东在对秦小冲等几个人安排工作：……有关钱荣成的情况向大家通报一下：老赖钱荣成在口头承诺债务清偿条款之后，无进一步行动，甚至连我的电话都不接，微信也被他拉黑，是可忍而孰不可忍！

秦小冲：李总，那就继续咱们的措施，让他的劳斯莱斯豪车到银行游街！另外，再把广场舞大妈也尽快地组织起来……

李顺东：豪车游街、广场舞大妈都是战术问题，我今天要讲的是战略！我预计钱荣成一役会很难打，甚至旷日持久。所以，决定扩大荣成项目组，以特聘过来的荣成钢铁集团下岗员工为主重建队伍。

田副总：好！李总，用员工治老板，这是个好办法！

李顺东：所以，钱荣成落到他们手上，下场不会比其他老赖好！

34 京州国展中心宴会厅 日 内

林满江看着外景，语重心长地对李达康说：……达康，我知道你不容易，二十三年间从一个秘书成长为县长、县委书记，市长、市委书记，汉东省内几座城市都在你手上起来了，尤其是省城京州。说良心话，我每次到京州都能看到新变化，作为京州人，我都感到震撼！

李达康苦笑：老伙计，听你这口气，怎么像是给我致悼词啊？

林满江转过身：达康，这次你要有思想准备，估计磨难不会小了！

李达康叹息：我知道，我知道！我已经身临其境了，该来的都来了，还会继续来！哦，不说了，满江，咱们吃饭吧，边吃边聊！

35 《京州时报》深度报道部 日 内

牛石艳放下饭盒，问众记者：你们怎么看秦小冲这厮？

记者甲：这厮文笔不错，看问题很尖锐，比较有思想！

记者乙：秦小冲胆子还特别大，就没有他不敢赚的钱！我大胆设想一下啊，这厮要是上到老范的位置，咱时报不至于混得这么惨……

牛石艳：是，可能就发了，然后呢，集体一起到北山去喝汤！

记者丙：就是，就是！秦小冲胆子是不小，敲诈勒索也敢玩！

牛石艳：这一次，我不管是老范把他派到了天使，还是他真的自主择业，我都比较担心：这厮会不会在犯罪的泥潭里越陷越深啊？

记者甲：哎，牛主任，你刚才不说他是老范派过去的卧底吗？

牛石艳：卧底不错，但是近墨者黑啊，秦小冲又那么没原则无底线，很可能就会把一个好端端的卧底给演变成一场新的犯罪啊……

36 天使商务公司 日 内

其他几个人已经散去。

秦小冲看着李顺东：李总，我……我还是建议不要违法！

李顺东：哪里违法了？秦专务，别辜负了我的信任！钱荣成这个项目是有油水的，我不是因为你生活困难，急着用钱，都不照顾你！

秦小冲：是，是，我知道！李总，这一炮干下来，我啥都有了！

李顺东：可不是吗？你有我有全都有嘛！共同富裕是我们天使的企业文化嘛！秦小冲，拿下钱荣成，追回这三个多亿，你作为荣成项目专务负责人，我替你毛估了一下，你的基本利润不下一百万啊！

秦小冲满脸的兴奋：我知道，我知道，李总，这我也算过了！

李顺东：当然喽，你能想到不违法这很好！既然想到了，就要注意政策，就要守在法律的底线之上和钱荣成较量到底，盯紧他，既不能让他擅自去投案自首，更不能让他跳楼死了！

秦小冲：好的，好的，李总，我马上给他们开会，安排布置……

（第十七集完）

第十八集

1 京州国展中心宴会厅　日　内

李达康和林满江边吃边说。

林满江：达康啊，对矿工新村棚户区我太了解了。我是从那里走出来的，还记得吗？当时我和你说过，我最希望市里做的，就是把这片低矮破烂的棚户区拆掉！达康，没想到你只管造城，真让我失望！

李达康：是的，满江，现在想想，我也心痛，觉得对不起棚户区里的老百姓，当然，也对不起你，把你师傅程端阳同志也埋进去了！

林满江：不过，我也能理解你，现在就是土地财政，不卖地，不造城就没法活！过去我们搞建设一直缺乏资金，上京州电厂时，就为了十个亿投资，难倒了多少英雄好汉啊？现在你京州河西南一块地底价就八十亿！当时石红杏打电话问我，是不是去拍？我说，去拍！

李达康：结果，你们没拍下来，是另一家央企九十八亿拿下了！

林满江：京州城外的一块荒地就九十八个亿啊，你达康同志和京州市政府就不能掰下一块来改造棚户区？就不能收点土地附加搞协改？就不能在拍地时搭上一些老城改造的项目？达康，你说呢？

李达康：我还说啥？犯下历史错误了！这轰隆一声让我清醒了！

2 《京州时报》深度报道部　日　内

牛石艳起身：好了，好了，咱们不替秦小冲这厮操心了，大家各就各位，一组采访孙连城，一组跟我开进棚户区采访弱势群体！

众人散去，各自出门。

3　天使商务公司　日　内

秦小冲和七八个底层工人模样的中年人开会：……钱荣成项目组今天扩大，根据李总最新指示，特招荣成钢铁集团下岗员工正式参加！

工人甲：太好了，秦专务，对付钱老板，您和李总就赌好吧！

工人乙摩拳擦掌：真没想到我们的老板也会落到我们手上！

工人丙：就是，这回，钱荣成不死也得让他脱层皮！

秦小冲：你们精神状态要表扬，但我也要提醒你们三位，天使公司是个合法经营的债务清偿公司，一定要在法律底线之上活动！不管你们对钱荣成有多大的仇，都不能以讨债为由，对他进行人身伤害！

工人甲：可以把他抓过来关狗笼子，让他好好休息几天！

秦小冲：No，钱荣成在京州影响很大，我们不能限制他的人身自由！大家要多动脑子，想想看，怎么在法律许可的范围内说服他！

4　京州国展中心宴会厅　日　内

林满江对李达康说：……达康，你清醒了，我也就不多说了！

你这同志我知道，只要真的认识到错了，就会有个大改变！其实这件事也不能只找你一个人算账，急剧变化的时代逼着你不能不跟着它转！

李达康：是啊，是啊，所以网上说嘛，这是一个最好的时代，这是一个最坏的时代！这是一个幸运的时代，这是一个无奈的时代！

林满江：这二十多年变化太大了，甚至超过历史上二百多年！

李达康：满江，二十三年前，你有些话我还记得呢！那次电厂十亿资金落实了，咱俩喝了一瓶京州老酒，你的豪情上来了，说是只要哪一天实现了煤炭的市场定价，你一定能让中福矿工人人都富起来！

林满江苦笑不已：但后来的结果实在让我没想到，市场化了，我们的工人同志非但没富起来，反而成了弱势群体！你当时也有一个判断，你说，咱们的国有企业要想搞好，唯有实行股份制，是不是？

李达康：是！当时咱们合资的电厂不就第一个试行了股份制嘛！

林满江：现在看来你也说错了，这么多国企都股份制了，但这些股份制后的国企，它骨子里的国企病仍然根深蒂固，让我十分头痛！

李达康：一样的国情，一样的病，京州有些国企我也头痛啊……

5　天使商务公司　日　内

白副总对李顺东说：……李总，不是我小人啊，你这么放心把荣成项目交给秦小冲了？这小子可是记者出身，别哪天把咱们卖了！

李顺东：秦小冲我了解，人穷志不短，为敲诈十万块不惜铤而走险，不怕犯罪！为一二百万呢？我让他在天使看到了前景，他会忠诚卖力好好干的！小白，不信你看，你们永远不要怀疑我看人的眼力！

白副总：不是怀疑你，是怀疑他！他不会是报社派过来的卧底吧？

李顺东沉吟着：卧底？深入掌握咱们的内情，然后写深度报道？

白副总：是啊，他赚了稿费不说，还一下子出大名，名利双收！

李顺东：稿费可以忽略不计，《京州时报》快关张了，没钱发稿费了！倒是这小子是新闻专业毕业的，整天嚷着要做社会的良心……

白副总：所以呀，对满嘴良心的家伙，咱们可得小心点！

李顺东：嗯，也是，害人之心不可有，防人之心不可无，小心点没坏处！小白，你多盯着这位秦良心，一旦发现他犯上良心病，马上给他治，我相信你是一位好医生！

白副总：明白！李总，我本来就是好医生嘛！

6　荣成项目组　日　内

秦小冲时不时看一眼电脑，介绍钱荣成的资产情况：钱荣成手中资产堪称优良，他荣成钢铁集团名下有一座位于市中心的十层的荣成大厦，还有一条铁路专线货场的产权。对了，钱荣成还是京州城市银行第一大股东，持股市值三亿多。我们把他手上的哪一份资产搞到手，都不止三个亿！所以，钱荣成和一般老赖不一样，是一个财力丰厚的老赖，货真价实的老赖，也是一个十分无耻的老赖……

7　京州城市银行行长办公室　日　内

胡子霖对信贷部经理说：……钱荣成和荣成钢铁集团的资产并不优秀！天使盯上他之后，我连夜把账查了一下，发现其中风险不小！

贷款部经理：不会吧？钱荣成是我行董事，荣成钢铁集团也一直是咱们的优质客户，我们从没发现他和他旗下企业有任何不良记录！

胡子霖：等你们发现就晚了！赶快催他还贷，对他只收不贷！

经理：哎，行长，这到底是怎么了？您能不能给我交个底？

胡子霖：我交啥底？交啥底？我只想骂人！你说这叫啥事？它一个食品生产企业，据说其产品营养丰富，让人越吃越想吃越吃越健康越吃越美丽的企业，竟然用劣质地沟油炸起了方便面，竟然被我们的有关部门当场拿获了。哎，这还是地沟油吗？分明是他妈的蒙汗药啊！

经理这才明白了：哎呀，哎呀，行长，你说的是赵美人的美丽食品集团吧？赵美人不是被抓走了吗？

胡子霖：人抓走了，债留下了，美丽集团在咱们行贷款一个亿，担保方是荣成钢铁集团！这还是前几年我亲自为他们牵线撮合的呢。

经理如梦初醒：哦，哦，明白了，我今天就去起诉荣成钢铁集团，申请诉前财产保全，争取早日把美丽集团的这一个亿收过来！

胡子霖：哎，这就对了嘛，咱们就得破裤子先伸腿啊……

8　京州国展中心宴会厅　日　内

林满江对李达康说：好了，公事不说了，公事永远说不完！

李达康会意：那就说说私事，真没想到咱们俩也会有私事！

林满江：是啊，我还想你老兄把我家那个小兔崽子给否了呢！

李达康：否啥？满江，你家公子我见了，很不错的小伙子啊！

林满江：在我眼里没那么好，太娇气，碰到困难就找他妈！

李达康笑：对，对，据说是一种新新男人，叫这个“妈宝男”？

林满江：妈宝男？哎，有点意思，小兔崽子有事没事找他妈！达康，我可没少批评他们娘俩，男子汉，要敢作敢为，勇于承担，在这一点上，小伟有欠缺，我担心小兔崽子将来负不起对佳佳的责任。

李达康笑：不会吧？我看他很负责，起码比我强。佳佳说，在美国，小伟就是她的保护神，能安排的不能安排的，小伟都安排了！

林满江：这就对了嘛，男人就是要对爱他的女人负责任嘛！

9　京州城市银行行长办公室　日　内

胡子霖继续和贷款部经理交底：……钱荣成和荣成钢铁集团还有一件麻烦事：他们流动资金贷款两亿八千万马上到期……

经理：这不是上周的会上定了吗？再给他过桥续贷两亿五？

胡子霖：不能续贷了，我就是要和你说这事，两亿五贷款取消！

经理：这一来，胡行长，咱就把一个好端端的企业给整死了！

胡子霖一声叹息：没办法，资本市场就是这么残酷啊，我们要规避风险啊！我就这样，宁愿负天下企业，绝不让天下企业负我！

经理：这个，这个，胡行长，钱荣成还说要找你聚一聚呢……

胡子霖：聚什么聚？别忘了中央八项规定精神，更别忘了，咱们两位行长都在监狱待着呢，都腐败掉了，想想就让我痛心！尤其是欧阳菁副行长，李达康书记的老婆啊，李达康都没救得了她……

10　京州国展中心宴会厅　日　内

李达康看着林满江笑：……满江，我发现你在婉转批评我啊？

林满江：不是批评你，是表述一种看法！达康，我觉得啊，人生在世除了对国家、对社会、对老百姓的一份责任，还有个对家庭的责任问题，是吧？我们不能把美好呈现给社会，而把黑暗留给自己的家人。要在力所能及的情况下多给家人们一点温暖。达康啊，咱别的先不说，欧阳出事，你就没有责任啊？事到如今你还不承认？嗯？

李达康讨饶：我承认，承认！所以说，满江，你比我成功啊！

林满江：达康，我并不比你成功，我们都是这个时代打造出的干部，有些先天的东西永远无法摆脱，比如东方文化中的人情世故！

李达康很感慨：是啊，是啊，像那个“苟富贵，勿相忘”，就很可能变成一人得道鸡犬升天嘛！

林满江：你说的是一方面，我们的文化中更多的是道德绑架。为了抽象的正义，圣化的理想，不惜牺牲家人，比如杀妾饷军的张巡！

李达康：这个我当然知道！所以我女儿只会嫁给林小伟，绝不会嫁给张巡嘛！说到这里，满江，你也说实话，你对这门亲事满意吗？

林满江笑了：我对佳佳很满意，这孩子聪明体贴，惹人怜爱！

李达康指着自己的鼻子：对我这个亲家有点不满意，是吧？

林满江哈哈大笑：哎呀，达康书记，你还是有自知之明的嘛！

李达康苦笑：没关系，没关系！喜欢我闺女就成！老伙计，我还不知道你？用我闺女教育我的话说，你是老暖男一枚，我学习的榜样！

11　京州城市银行行长办公室　日　内

胡子霖对经理说：……我现在必须小心，宁愿不做，绝不做错！赵美人的企业美丽集团一出事，金融圈里就出现谣言了嘛，说我和赵美人有一腿。传谣者言之凿凿啊，若没一腿胡子霖这眼镜蛇能把一个亿贷给这种垃圾食品企业玩吗？我的个亲，这也太浅薄了吧？啊？

经理：就是！在一个没有爱情的年代，啥女人能值一个亿？

胡子霖：他们把我这行长当VIP级嫖客了？这是对我人格的污辱，更是对我智商的污辱。对这种老旧落伍而又拙劣的谣言，我都懒得驳斥。你造谣也有点大时代的大气魄嘛，造谣都缺少时代气息！

经理：就是，这也太气人了，胡行长，咱们行没人相信谣言！

胡子霖：也不能去传播谣言，败坏领导的名声！

经理：那是，那是！

12　京州国展中心宴会厅　日　内

林满江：佳佳对我评价很高嘛！达康书记，别有抵触情绪噢！

李达康自嘲：是，这个小棉袄算是给你养的了！不过满江啊，我劝你也别太宠着老婆孩子，不小心宠成罪人，或者废人，悔之晚矣。

林满江：哎，哎，达康，我还以为你谦虚了，在这儿等我呢！

李达康：满江，不开玩笑，我是认真的！男女相恋组成家庭，理应相互扶持，共同成长，不单是男人给女人筑一个不经风雨的小窝。

林满江：哎，达康书记，这有什么不对？小窝不需要吗？嗯？

李达康：满江，你能保证这种不经风雨的小窝能伴随女人一生一世吗？万一男人力所不能及时，她们怎么办？原有的翅膀还能飞吗？

林满江：问得好，达康，你这也算是一说，有些道理！

李达康：所以，满江，你不要惯着我女儿，让她把翅膀长硬，我不希望她走她母亲的老路，把一生的幸福维系在一个男人身上。

林满江：好，达康，你这话我记住了！

13　京州城市银行行长办公室　日　内

胡子霖已经进入工作状态，贷款部经理仍赖在办公室。

经理：胡行长，对钱荣成和荣成钢铁集团的信贷，您和行里是不是能再考虑一下？人家毕竟是咱们的优质客户啊，咱这过了会的两亿五突然说不贷就不贷，他资金链肯定要断掉，会非常被动啊……

胡子霖：这是他们的事，我管不着，我只管本行贷款的安全！

经理：但是银行要发展，离不开企业，尤其是优质企业……

胡子霖火了，猛然站起：刘经理，你很让我怀疑啊！你是不是收了钱荣成的好处了？这么不顾一切地替他说话？我可再次提醒你：你的分管副行长欧阳菁还在牢里待着呢，李达康都没救得了她……

经理：好，好，那我不说了，不说了！

胡子霖：这两亿五你要敢变相贷给荣成，我肯定反你的腐败！

14　京州国展中心大门口　日　内

李达康和林满江告别。

林满江：……好了，达康，不说了，谢谢款待！

李达康：怎么不说了？满江啊，还有个事我得提醒你，有人说你在中福集团开了间林家铺子，你老兄别授人以柄啊！

林满江没当回事：嘿，自从七年前我做了中福一把手，就有人说林家铺子了，哎，达康，你说我这董事长能不用人吗？能不用错个别人吗？用对了是应该的，用错了麻烦就来了，就有人揪住不放了！

李达康叹息：这倒也是啊，我用错了一个丁义珍，就被我们纪委易书记抓住不放了，在常委会上公开指责我，可丁义珍那是真能干啊！

林满江：能干的能贪，谨小慎微的不贪也不干，两难啊！

李达康：是啊，有的干部啊，现在拨一拨动一动，屁大的事都开会讨论，意见不统一就不干，一点责任都不愿负。比如说这棚户区拆迁吧，一年一年的调查征信，不通过就搁置，谁都不愿意有点担当！

林满江一声长叹：谁都不愿负责，都等天上掉馅饼，结果……

李达康：结果等来了这场意外爆炸！气死我了！

15　易学习办公室　日　内

易学习挥挥手，一位谈过话的干部抹着汗离去。

秘书进来：易书记，京州中福的齐本安同志到了！

易学习：请他进来！

片刻，齐本安进来：易书记，说是你找我？

易学习看着一沓材料：哦，齐书记，你请坐！

齐本安在易学习对面的椅子上坐下。

易学习拍拍面前的材料：齐书记，你们京州中福问题不少啊！当然，你们是央企系统，问题自己去查，今天碰头是向你交代一些线索！

齐本安：我知道，我知道。易书记，我们京州证券公司的总经理王平安已经卷款五个亿逃掉了嘛！幸亏被你及时发现了……

易学习：我发现得并不及时，真要是及时，王平安就逃不掉了！

16　岩台某小区地下室门口　日　内

王平安看着纸条，找到一户人家，敲门。

门开了，伸出一个光头脑袋：你谁啊？

王平安怯怯地：这……这，你……你这儿办身份证吧？

光头：哦，对，对，快进来，快！

王平安进屋后，光头把头伸在门外，四处看了看，关上门。

17　岩台某小区地下室　日　内

光头打量着王平安：带相片来了吧？

王平安抱着装钱的塑料袋：没，你小广告上没说带相片！

光头想了想，从破桌子下拿出一只破脸盆，破脸盆里全是一代身份证，偶然有几张二代身份证：那你先在这里挑挑吧，看哪张像你！

王平安紧紧抱着钱袋子：那好，那好……

光头的目光注意到了钱袋子，眼睛一亮。

18　易学习办公室　日　内

易学习和齐本安通报情况：……齐书记啊，我知道你从北京中福集团总部调过来不久，对京州中福的情况不清楚，甚至都不如我清楚！

齐本安苦笑：易书记，我要是清楚，在昨天的会上就扣住王平安了！在会上他明显不正常嘛！大家还以为他真的身体不好呢！

易学习：我也是昨晚偶然发现的线索。你夫人范家慧和她的一个深度报道记者通电话，无意间被我听到了，吓了我一大跳！五个亿的资金啊，竟然变成了民间讨债公司的一笔债务了，太触目惊心了！

齐本安十分意外：什么什么？易书记，你说什么？这五个亿变成了讨债公司的债务了？哎，这么大一笔资金都被王平安挥霍完了？

易学习：具体情况还不是太清楚，市公安局的经侦支队正在查！

齐本安抱怨：你看我家这范总编，讨债公司的事她只字没提……

易学习笑了：哦，她对我说了，这个，要保护她报社的卧底！

19 棚户区 日 外

几个男女对着牛石艳和另一记者的手机述说着“九二八事故”。

甲男：“九二八”那晚，突然一声巨响，我一下子惊呆了。一愣神的工夫，窗户玻璃就稀里哗啦地落下来，砸在了我躺着的单人床上。

乙女：我以为是地震呢，当时的情景真把我吓坏了。窗外全是烟雾，尘土四起，远方有一道火光直冲天空，全城人都能看得见……

丙男：“九二八”燃气爆炸时，我正吃晚饭，一听响动，我以为是地震，扔下饭碗，拉着老太婆就跑，刚出门，屋就塌下来了……

20 岩台某小区地下室 日 内

王平安挑出一张二代身份证，对光头说：……就这张好像和我有点像，哎，你看看，像不像？

光头看了看身份证，又对照看了看王平安：像啥？差老鼻子了！你西装革履，一看就是有权有势的大领导，他就一底层的吃瓜群众！

王平安：那我办张新的？就是这相片……你能给我照相吗？

光头：行啊，今天我用手机给你照，明天你来取件，押金五百！

王平安高兴了：好，好！（连忙掏出五百元递给光头。）

21　易学习办公室　日　内

易学习对齐本安说：……这五亿协改资金的走向现在已经搞清楚了，是从光明区财政代管的专用账户划转到你们京州中福的账上，又由京州中福转移到京州证券公司的。你们京州中福并没有脱身事外。

齐本安明白了：易书记，你的意思是说，我们京州中福也涉案了？

易学习起身在屋内踱步：怎么说呢？现在也不能说涉案，因为从手续上说，是完备的！五个亿本来就是京州中福出的，京州中福在商得政府老城改造指挥部同意后将款子划走借用，中福不能说是涉案。

齐本安：是啊，主持工作的总经理石红杏对这件事一无所知啊！

易学习在齐本安面前站住：石红杏一无所知？这么麻木？嗯？

齐本安：起码目前她是这么说的！我开会提起时，她公开说的！

易学习摆了摆手：齐书记，不管她怎么说，摆在我们面前的事实是：这五个亿的协改资金是经石红杏的京州中福，才划到了证券公司王平安手上的！这是经济侦查人员已经查实了的事情经过啊！

齐本安：那就有问题了！想想也是，京州证券不可能从市财政的专用账户上划走这么一笔巨款的！不经过京州中福那是肯定不行！

易学习：所以石红杏会一无所知吗？五亿资金的进出，不要她批吗？就算进钱不要她批准，出去也不要她批吗？你们不要查一查吗？

齐本安倒吸一口冷气：易书记，我明白，当然要查，一查到底！

22　棚户区　日　外

秦检查在帐篷里对牛石艳回忆：……许多危房一下子塌了，当时外面街上挤满了逃出来的人，有的抱着东西往外跑，有的人在砖头下面喊救命，我几分钟后就明白过来了：这不是地震，是燃气爆炸！

牛石艳：秦师傅，那晚，你儿子秦小冲，我们秦主任在家吗？

秦检查：不在，见他前妻去了，抚养费没着落，他前妻老催。

牛石艳：哎，秦师傅，我怎么听说秦小冲到天使讨债公司去了？

秦检查一怔：天使？不就是李顺东的讨债公司吗？

牛石艳一脸天真：是啊，秦师傅，您不知道啊？秦主任自谋职业走了，都没和我们部里打声招呼，让我们大家都挺遗憾的……

23　岩台某小区地下室　日　内

光头用手机给王平安照相。

王平安照相时把装钱的塑料袋摆在腿上。

光头过去夺过塑料袋，放到桌上。

王平安起身又把塑料袋抱到怀里。

光头：你这样我怎么照？一副逃犯的样子！杀人了吧？

王平安：你才杀人了呢！身份证丢了，住店不方便！

光头：到公安局办个临时的嘛，到我这儿办啥？

王平安：行，行，就算我杀人了吧！快照吧！

光头：杀人你也不敢，贪官是吧，一看我就知道！看镜头！

王平安的面部肖像。（定格）

24 易学习办公室 日 内

齐本安对易学习说：我明白了，易书记，请你放心，京州中福不会成为任何一个腐败分子的保护伞！林满江同志对此也有严格要求！

易学习：那就好，及时互通情况吧！市里涉案人员已经被隔离了！你们这位石红杏怎么办？是不是要隔离审查？有没有外逃的风险？

齐本安：这个……易书记，林满江同志正好在京州，我请示吧！

易学习：齐书记，你们央企自成体系，不管有什么问题，有多大问题，地方上都管不了，但是，别忘了我们党的反腐决心和意志啊！

齐本安苦笑：易书记，我知道，我知道。壮士断腕，刮骨疗毒嘛！

易学习：知道就好！我这个人不讨喜，直来直去，有些臭话喜欢放到明处，中福集团千万不能搞什么小铺子啊，群众的反映要注意哩！

齐本安明显不悦：谢谢提醒。中福集团没有这种什么小铺子！

易学习：没有就好！好了，就这样吧，齐书记，再见！

齐本安起身：好，再见，易书记！

25 棚户区 日 外

秦检查对牛石艳说：……不可能，小冲最热爱的就是你们新闻记者工作！我让你爹牛俊杰给他安排了个菜场管理员，他死活不干！

牛石艳：哎，是不是秦主任觉得我做了主任，不服气，就……

秦检查：这也不可能！他被人陷害进去了，判了两年刑，公职都没有了，还会和你小牛同志计较这个部主任啊？除非他是疯子！

牛石艳：没有就好，我就担心秦主任误会……

秦检查不放心了，掏出手机：不行，我得打电话问问他！

牛石艳：对，对，问问，让咱秦主任千万注意安全！

26 岩台某小区地下室 日 内

光头把王平安送出门。

王平安在门口回过头：今天晚上七点？

光头点头：今天晚上七点取件，不见不散！

王平安走后，光头打手机：老四，我发现了一桩好生意……

27 棚户区 日 外

秦检查和儿子秦小冲通话：……小冲，你现在在哪呀？

电话里，秦小冲的声音：还能在哪？在公司组织政治学习！

秦检查：哪家公司？该不是李顺东的天使讨债公司吧？你们还政治学习？！小冲，你也老大不小了，能不能少让我操点心？

秦小冲的声音：爸，您就别替我操心了！我现在还在报社！

牛石艳和记者甲看着秦检查打电话。

28 荣成大厦门前 日 外

秦小冲和八个讨债人员身着天使装，手举标牌站在大门前。

标牌一：钱荣成，还我集资血汗钱！

标牌二：防火防盗防荣成，荣成钢铁集团是老赖！

标牌三：天使上门，荣成还钱！

秦小冲举着讨债标牌，和秦检查通话：……好了，爸，不说了，我们范社长来了，要和我研究一下这期民生版的稿子！

秦检查的声音：小冲，你们牛石艳牛主任他们正在我面前！

秦小冲立即将电话挂死。

这时，一个警察走了过来：哎，你是天使商务公司负责人吧？

秦小冲：嗯，是我，怎么了？

警察：赶快把人带走！不要在闹市区滋事，引发围观……

秦小冲：我们滋事了吗？我们文明讨债，打不还手，骂不还口！

警察：你看看多少人在围观？你们阻碍交通，影响市容了……

秦小冲：哎，警察同志，你们是不是老赖钱荣成找来帮忙的？

警察：我们谁的忙都不帮！你这样，把你的人都给我带到荣成大厦里面去待着！你们只要不站在街上举牌讨债，我就管不着了！

秦小冲：成，成！哎，大伙儿别站街上了，都进楼里去待着！

门前，几个荣成的保安虎视眈眈，盯着这帮黑衣天使们，以静待动。

29　京州街上　日　外

轿车疾驰。

车内，齐本安忧郁地看着车窗外。

石红杏的画外音：……齐书记，我……我以党性和人格保证，这五亿和……和我们京州中福没一毛钱关系！汉东省和京州市刚刚经历了一场反腐风暴，许多事情还在查，这五个亿很可能是落到腐败分子丁义珍口袋里去了……

易学习的画外音：这五个亿的协改资金是经石红杏的京州中福，才划到了证券公司王平安手上的，石红杏会一无所知吗？五亿资金的进出，不要她批吗？就算进钱不要她批准，出去也不要她批吗？

石红杏的画外音：……本安，在这种严峻时刻，咱们师兄妹能不能团结起来？……我有什么问题？还魂不守舍？嘁！

易学习的画外音：……市里涉案人员已经被隔离了，你们这位石红杏怎么办？是不是要隔离审查？有没有外逃的风险……

齐本安一声长叹，把目光收回车内。

30　岩台市棚户区　日　外

王平安在一户贴着招租广告的破平房门前站下了。

身后，一个中年妇女过来：老板，给员工租房啊？

王平安脱口而出：不是员工，是我想租……

中年妇女打量着西装革履的王平安：你？你租这里的破房子？

王平安立即掩饰：哦，我是替我亲戚租的，看着价钱不贵！

中年妇女：我说嘛！行啊，你觉得不贵就好，看看你的身份证！

王平安：哎呀，今天没带在身上！大姐，你让我先进屋看看！

中年妇女开门：行，进去看吧，三个月起租，押金一个月……

31　中福宾馆大门前　日　外

轿车在门前停下。

齐本安下车。

32 中福宾馆院内 日 外

齐本安在院内匆匆向贵宾楼走着。

齐本安心思重重——

齐本安的声音：所以我就纳闷啊，三个监控探头是从哪里来的？

石红杏的声音：肯定不是天上掉下来的，也不是房间里固有的，肯定是有人装上去的！谁装的呢，其一，可能是国家执法机关，齐本安，如果是国家机关在执法，你就要小心了，要多问自己几个为什么！

齐本安的声音：我问过了，问了多遍，我遵纪守法，问心无愧！

石红杏的声音：那就是第二种可能了，你被坏人盯上了……

范家慧的声音：经验告诉我，危险气息已在你身边弥漫了……

易学习的声音：你们央企自成体系，不管有什么问题，有多大问题，地方上都管不了，但是别忘了我们党的反腐决心和意志啊！

33 中福宾馆贵宾楼门口 日 外

齐本安在推门的那一瞬间突然僵住了。

偏在这时，门开了，林满江送石红杏出来。

林满江很意外：咦，本安，你怎么过来了？也不打个招呼！

石红杏话里有话：哎，齐书记，你该不是找我的吧？

齐本安忙掩饰：哦，不是，石总，我向林董汇报点事！

石红杏：哦，好，好，那你汇报！林董，再见！

林满江：再见！和牛俊杰好好谈啊，这种时候别再考虑离婚了！

石红杏：我知道，我知道。林董，起码现在不考虑！可是……

林满江：别可是了，这是命令！你们俩能不能给我省点事？！

石红杏：行，行，听你的，谁让你是我的大师兄呢？！

34　天使商务公司　日　内

李顺东和秦小冲通话，指挥作战：……秦专务，你还是缺乏经验和历练啊！不要怕挨打，今天只要荣成钢铁集团的保安打了你们这帮美丽的天使，你们就中天堂大彩了！我和本公司会让他们后悔不该来到这世上混！但是，你们一定要给我记住：要做到打不还手，骂不还口，一定要文明讨债！要让京州人民领略我们天使的风采！

35　荣成钢铁集团办公室　日　内

钱荣成和保安队长通话：……金队长，绝对不要和这帮黑社会的人渣发生冲突！他们沾毛赖个秃！放他们进来，一楼随便他们造，只要他们不冲进二楼集团办公区就成，一楼放弃，守住二楼就行了！

36　荣成钢铁集团大堂　日　内

保安们在金队长指挥下，有序后撤。

天使们在秦小冲的指挥下，举着讨债牌子，谨慎前进。

37　中福宾馆贵宾楼　日　内

秘书倒了杯水放在齐本安面前，悄然退出。

这时的贵宾楼已经成了一个繁忙的指挥部。

大屏幕上出现世界各地的企业。

七八部电话摆成一排。

林满江放下一部电话：本安，又要汇报啥？王平安落网了？

齐本安踌躇着：不是，不是！这个……这个……

林满江：怎么了？说嘛！别吞吞吐吐的！

这时，一部电话响。林满江抓起话筒：哦，老金，这个价格不能接受，回头我打给你！（放下电话，又对齐本安说）本安，你说话！

齐本安：林董，我刚从市纪委回来，易学习找我去的，说了一些情况！这个，五亿协改资金不但涉及王平安，也涉及市里不少人！

林满江：意料之中的事嘛，又是一个上下联手的窝案嘛！

齐本安：要真正把这个窝案查清，必须抓到王平安才成！

林满江：哎，本安，是不是还涉及我们中福其他同志啊？

齐本安愣都没打：哦，没有，没有。目前就涉及王平安一个人！

林满江：那就好，我就怕一抓一大串，弄得对上对下都没法子交代！本安，有一点你心里得有数，多抓腐败分子不是咱们的成绩！咱们是企业，大型国有企业，得多出利润，得让国有资产保值增值！

齐本安欲言又止：是，是！可……可是……

林满江注意地看着齐本安：哎，你到底怎么了？想说啥？

齐本安又缩了回去，不动声色地换了话题：可是，林董，多出利润谈何容易呀？这京州能源公司欠薪五个亿，牛俊杰牢骚满腹……

38　棚户区帐篷内　日　内

帐篷内除了一张大床和一张搭在砖石上的木板再无一物。

一位老人在对着牛石艳的镜头话筒说：……没办法，这也是临时凑合吧！他的母亲和两个女儿睡这张床上，我呢，就睡在这张用来吃饭的木板子上！屋子没倒时也这样过，过了都十几年了，早就习惯了！

牛石艳差点掉眼泪了：那，叶师傅，那您的梦想是什么？

老人：梦想？哎呀，还梦想呢，快入土了，早没梦想了！哦，那也有一个吧，就是赶快盖房子啊，别再来一场“九二八”！

39　荣成钢铁集团大堂　日　内

天使们手举讨债标牌站成一排。保安们远远盯着。

秦小冲一一给天使们发矿泉水，并嘱咐：……喝完水空瓶不要乱扔，要注意环境卫生，让他们都见识一下我们天使公司的文明新风！

天使们纷纷点头。

40　中福宾馆贵宾楼　日　内

林满江迟疑地看着齐本安：本安，你软弱的老毛病又犯了吧？

齐本安笑了笑：软弱？红杏没和你说，我一有权腰杆就硬啊？

林满江：哎，说了，我也表了态了，腰杆硬点好，我和集团放心！

齐本安：林董，京州中福问题不少，我想开个班子民主生活会！

林满江：这种正常工作还要和我说啊？你不但是董事长，还是党委书记，把该管的都管起来！民主生活会该开就开，结合王平安事件，请大家都好好检讨一下自己……

这时，秘书进来：林董，那边美国公司越洋电话找您！

林满江：让他们等一下！（又对齐本安说）本安啊，我可提醒你一点，和京州市纪委易学习打交道，一定要谨慎小心，凡是涉及京州干部之间的任何矛盾，你们都绝对不准介入啊！好，先这样吧！

齐本安：哦，好，好，林董，那……那我先回去了！

林满江又把齐本安叫住：哦，还有，让京州的中福超市把北山监狱生产的箱包收了吧，欧阳菁是他们的销售经理，她会和你联系的！

齐本安一怔：欧阳菁？哎，是不是李达康书记的前妻欧阳菁？

林满江：还有几个欧阳菁啊？对！好了，把越洋电话接过来吧！

（第十八集完）

第十九集

1　京州城市银行行长办公室　日　内

钱荣成和城市银行行长胡子霖在商谈。

胡子霖一脸诚恳：荣成，资金有点紧，日子有点难过，是不？

钱荣成苦着脸：不是有点紧，是很紧，日子快过不下去了！咱们说好的两亿五，上过会，批完了，说不贷就不贷了，杀人不见血啊！

胡子霖：别这么说，荣成，我的亲，你要这么说就让哥伤心了！

钱荣成：你伤啥心？我的亲啊，是你让我给赵美人担保的吧？

胡子霖：哦，你不提赵美人我还忘了！荣成，我和赵美人的关系是很纯洁的，我们既无肉体关系，也无金钱关系。你可别在外乱说！

钱荣成：这是我乱说吗？亲，你们俩车震时被下面人看见了嘛！

胡子霖：这纯属造谣！实话和你说，亲，赵美人不是我喜欢的类型！我这么说，你肯定不信，又得骂我装×。但是……

2　棚户区帐篷内　日　内

一位知识分子型的老工人对牛石艳说：……不是发牢骚，我觉得上面对不起棚户区的工人，工人阶级是这个国家的阶级基础和依靠力量，我们一辈子挖煤辛苦危险，做出了多大的贡献啊，但是几十年来一直住在这么破烂的棚户区里面！GDP再高，和我们都没关系！

牛石艳：李工，那你说说，你最想实现的梦想是什么？

李工程师：共同富裕！这是我们改革的初衷嘛，小平同志说的！

3　京州街上　日　外

轿车疾驰。

车内，齐本安和石红杏通话：……石总，欧阳菁和北山监狱箱包是怎么回事？大师兄怎么揽下了这笔生意？哎，你知道是啥情况吗？

石红杏的声音：哦，知道，知道！这事大师兄还和你说了？

齐本安：说了，说是欧阳菁会和我联系？她在牢里怎么联系？

4　牛俊杰家　日　内

林满江的油画像又挂到了客厅墙上。

石红杏在客厅和齐本安通话：……二师兄，不要你联系，我已经和欧阳联系上了，就是昨天的事，和他们见了面，还一起吃的饭。

齐本安的声音：不对呀，这不像大师兄的作风啊，红杏，你不也说过嘛，大师兄对儿子这门亲事不满意啊，还让你帮忙盯着点……

石红杏：哎呀，这不是出了场“九二八”嘛，唇亡齿寒啊！今天是李达康，明天没准就是林满江！这事你别管，就由我来办吧，欧阳菁目标比较大，会让人议论，但是我不怕，大师兄的事就是我的事！

齐本安的声音：好，好，那就好，那你办吧，小心些，别违规！

石红杏：知道，知道。我要违规，别说你，大师兄也不答应啊！

5　京州街上　日　外

轿车疾驰。

车内，齐本安和石红杏通话：……哦，对了，石总，你这几天别出差啊，满江同志没走，我新来乍到不了解情况，离不开你啊！

石红杏的声音：放心，我不出差，大师兄不走我敢走啊？真是的！

齐本安：那就好，那就好！（说罢，挂上电话，长长舒了口气。）

这时，轿车开进了中福招待所院内。

6　京州中福宾馆走廊　日　内

齐本安在前面快步走着，陆建设跟在后面。

陆建设：……齐书记，根据你的紧急电话指示，我们纪检人员今天已经全面进驻京州证券，查封了和这五个亿相关的来往账目！几个重要涉案人员也请到纪检来了，现在都在会议室等着你呢！

齐本安：好，注意保密。记住，老陆，你们现在只对我负责！

陆建设：但是，石红杏石总那边也……也在问啊……

齐本安停住脚步，看着陆建设：你该知道怎么回应吧？嗯？

陆建设会意：齐书记，我……我明白了！

齐本安：还有，这阵子情况比较特殊，少喝点酒，别再误事！

陆建设苦笑：是，是。其实，王平安的事你没给我说清楚……

齐本安：也许我是没说清楚，可老陆，你是不是也有点麻木啊？

陆建设：是，麻木，太麻木了，教训啊，很深刻，很深刻的！

7　京州城市银行行长办公室　日　内

胡子霖对钱荣成说：……钱总，你别想拿赵美人来威胁我！我给赵美人这一亿贷款，完全是出于公心！当年背景你知道，政府拿出四万亿救市，市场上的钱多得一下子用不完了，我分管贷款，总得把压在手上的钱贷出去啊，大晴天向外卖雨伞，谁需要啊？我就得忽悠：亲，来把雨伞防变天吧，也能遮遮毒日头嘛……

钱荣成：这么说，还是你主动找上门的，是你让美丽食品贷的这一个亿？我的亲，办贷款时，就没和她上床？没收过她的贷款点数？

胡子霖：钱总，你也是业内人士，你想想，大晴天里卖雨伞，人家能给面子接下来就不错了，你还想吃人家点儿啊，存心找不自在？至于说赵美人的企业当时是否符合放贷条件？亲，这我也不装×，可以明白告诉你：不符合，资信不够，抵押不足。所以才要有担保嘛！

钱荣成：你就硬让我们荣成钢铁集团为美丽食品做了互保！

胡子霖：是啊，这一来，就等于在赵美人身下垫了安全垫嘛！

钱荣成：现在你和银行安全了，我又多了一个亿的债务，你太坑人了！我现在被李顺东的天使讨债团盯上了，连荣成大厦都被占领了！

胡子霖：我知道，我知道。还有你的劳斯莱斯也被他们缴获了！

这时，一阵电喇叭的声音传来：……防火防盗防荣成……

胡子霖指了指窗外：咦，说曹操曹操就到，他们好像又来了！

8　京州城市银行门前　日　外

身披讨债标语的劳斯莱斯再次出现。

电喇叭在广播，铿锵有力：……荣成钢铁集团赖账不还，钱荣成良心何在……

9　中福宾馆会议室　日　内

齐本安用冷峻的目光扫视着几个坐在对面的京州证券人员：……这五个亿是怎么回事啊？仅仅是王平安一人作案吗？不会吧？都说说吧，你们一个个的都起了什么作用，都干了些什么，违规没有？！

证券人员甲：齐书记，我……我是国债部经理，我先说吧！据我所知，这五个亿的到账很突然，的确是从京州中福账上划过来的，王平安和我说，石红杏石总有指示，让我们国债部用这款做国债回购。

齐本安：好好地做国债回购并没有啥风险啊，后来发生了什么？

证券人员乙：齐书记，后来不是股市有行……行情了嘛，王平安就请示了石红杏总经理，把这五个亿陆续调出来做了股票和股指期货！股指期货开始是赚钱的，王总一直让我们做空，这宝押对了……

齐本安：好嘛，拿国家的资金，而且是棚户区的改造资金去做空股市，害得国家被迫救市，全线套牢！干得漂亮，说，继续！

10　京州城市银行行长办公室　日　内

胡子霖对钱荣成说：亲，你得想法先让这帮天使飞回窝里去！

钱荣成：我知道，我下面会有动作的，不用你烦。亲，咱还是说赵美人：美丽食品是你让我担保的，对吧？我是不是早就说过，她一个烙煎饼的乡下妮子，这一亿万一烂了账咋办啊？现在让我吃药了！

胡子霖：听这意思，你好像不太情愿吃药啊！没错，赵美人的蒙汗药是喂我们京州城市银行的，你有不吃的理由。但是你错了，我的亲！你和赵美人白纸黑字是签了企业之间互相担保协议书的，这剂蒙汗药不吃就不行，这叫法不容情啊。当然了，这于我来说也是有些惭愧的：荣成，我的兄弟，哥这次是对不起你了，哥相信你能挺住……

钱荣成拍案而起：我挺你妈的头，胡子霖，你真是条毒蛇！

胡子霖：钱总，你再骂也没用，反正这两亿五我不敢贷给你……

11　中福宾馆会议室　日　内

齐本安看着众人：说，接着说，既然坑了国家赚了大钱，怎么赚的大钱不在账上？怎么又变成了巨亏十五亿？下一个是谁经手的？

证券人员丙：是我接的手，王总当时主动提起了风险意识，让我们注意风险，指示我们把这五个亿打给了财富神话基金公司。财富神话基金一直做得不错，业内都知道的，他们和证监会高层有热线联系。

齐本安：和证监会的内奸联手坑害国家和股民？割股民的韭菜？

证券人员甲吹捧：齐书记，您咋什么都知道啊？也知道割韭菜？

陆建设：齐书记干过的岗位多了，在北京总部旗下的几家上市公司待过，不是董事长就是总经理，没两下子，敢到这种虎狼窝上任?!

齐本安严厉地看了陆建设一眼：什么虎狼窝？！

陆建设识相地闭嘴。

齐本安：你，继续说！

12　财富神话公司　日　内

武玲珑耳肩之间夹着电话，匆忙收拾细软，准备出逃。

电话里的声音：……小武，情况相当严峻，老大已经失去自由！

武玲珑：是不是王平安这小子被捕了？他把我们都供了出来？

电话里的声音：这还需要王平安供吗？转账记录人家查不到啊？

武玲珑：可我们这是合法的受托理财，从法律角度看并没有什么大问题，就算全亏完了，也是投资失败，是很正常的市场行为！

电话里的声音：当真这么正常吗？用他们的钱替我们接盘？

武玲珑：明白，明白，而且他们这五个亿也亏得差不多了……

电话里的声音：快走吧，他们马上就会追到你头上的！

武玲珑匆匆往门口走：我知道，我知道，我……我这就走！

13　京州城市银行行长办公室　日　内

胡子霖一边踱步一边说：钱总，你知道的，我并不是一条天生的毒蛇，也不是一根纯天然的老油条，我是被环境给污染了！亲，也得承认，环境污染我的同时，我也污染了环境。这是没办法的事，社会在发展，时代在前进，一群群的羊在发展前进中发生了基因突变啊！

钱荣成阴阴地：一个个都变成了狼。狼文化成了主流文化，野蛮发展成了这个时代的特征，所以你宁愿天下企业死绝，也不动恻隐之心！

胡子霖手一摊：没错，这很令人伤感，但是没办法！我的亲，城市银行的主意，你就别打了，还是到汉东省农村信用社试试运气吧！

14　中福宾馆会议室　日　内

齐本安问证券人员丙：……这就是说，五个亿进入财富神话基金公司以后，就完全失控了？不在你们京州证券自营部门的监控下了？

证券人员丙：是这样！齐书记，我刚才说了，财富神话基金很神秘，买什么股票，卖什么股票，别说我，连王平安都不知道……

齐本安失声道：我的天哪！那现在账上还有多少钱？

证券人员丙：这我们不知道，也许只有王平安一个人知道……

齐本安当机立断，对陆建设下达命令：老陆，立即到公安机关报案，要求查封财富神话基金公司，保全我们这五个亿的资金安全！

陆建设：好的，好的，齐书记，我这就安排人去报案！

齐本安：还安排啥？赶紧的，你亲自去！

陆建设起身，匆忙收拾桌上的文件：好，我去，我去报案……

15　牛俊杰家　夜　内

牛俊杰一只脚踩着地上的林满江的油画像和石红杏对峙。

石红杏：牛俊杰，把你的蹄子从领导的头上拿开！你不要放肆！

牛俊杰：放肆？石红杏，这个家有我没他，有他没我，你看着办！

石红杏：好啊，好啊，我要他不要你，你滚蛋，马上滚蛋吧！

牛俊杰：怎么我滚蛋？是你滚蛋！石红杏，我是忍无可忍了！

石红杏：我也受够你了！你不考虑我的感受，不管我的死活。

牛俊杰：有林满江管就行了，还用我管？我就一林家铺子伙计！

石红杏突然哭了：牛俊杰，你要害死我是吧？非要害死我？啊？

牛俊杰：见鬼了！我不让你在我家挂外边野男人的像，就是要害死你？这是哪国的歪理？石红杏，你在你办公室挂林满江的像，我没说过你吧？你是林满江的粉丝，你是林满江提起来的，我都理解……

16　中福宾馆食堂　夜　内

齐本安和陆建设两人吃着饭，说着案子和工作。

陆建设：……齐书记，我去报案还是晚了一步，公安赶到时，直接关系人武玲珑已经逃了，据说有高人指挥，几部手机均无法联系了。

齐本安：就没有留下任何可追踪的痕迹吗？

陆建设：没有！刚才，京州纪委来了个电话，也问起过。

齐本安：哦，对了，他们还说了什么？有没有提到石红杏？

陆建设：没有！哎，齐书记，你别说，石红杏可能有问题啊！你看啊，开会时你一说起这五个亿，她马上否认，说是她不知道！

齐本安意味深长：其实她都知道，而且款子就是她批出去的！

陆建设：就是，就是。这个女人胆子也太大了，无法无天啊！齐书记，今天你要不说，我还真不敢说，石红杏那可是林董的大红人！

齐本安恼火地：又来了！老陆，咱们今天就事论事，别扯远了！

陆建设：对，对，扯远就不好了，对咱们两人都没啥好处……

齐本安：哎，老陆，你怎么这样想问题呢？没好处你就不干了?！反腐倡廉关系到党和国家的生死存亡，我们在其位就要谋其政……

17　牛俊杰家　夜　内

石红杏抹干眼中泪水：……好，牛俊杰，那我就和你摊开来说：你知道失控的那五个亿是怎么回事吗？是我批给王平安做国债的！

牛俊杰益发恼怒：我的天哪！你可真有胆！京州能源两万矿工发不上工资，欠薪十个月，我求你借点钱，你不给，给王平安抬手就是五个亿！石红杏，你就算作死，也没这种死法，这得遗臭万年的！

石红杏：我遗臭万年，你也香不了，老牛，你就别要牛脾气了！

牛俊杰：石红杏，咱不能朱门酒肉臭，路有冻死骨啊！你老公虽说是林家铺子的伙计，毕竟是伙计，你们不能这么把我放在火上烤！

石红杏：牛俊杰，你别胡说八道！什么你们？没林满江啥事！

18　中福宾馆食堂　夜　内

陆建设试探问：齐书记，你说石红杏这事，是不是向林董汇报？

齐本安叹了口气，对陆建设说了实话：我是想汇报的，从市纪委一出来，直接就去了贵宾楼，可见了林董又打住了，觉得不太妥当。

陆建设：哎，这有什么不妥当的？石红杏明摆着说了谎话嘛！

齐本安：石红杏虽然说了谎话，但目前没有确凿证据证明她有问题，京州证券几个人也说了嘛，石红杏是批给王平安做国债回购的！

陆建设：但他们也说了，石红杏允许王平安炒期指，炒股票！

齐本安：这只是一面之词！石红杏是不是真批了啊？王平安是不是打着石红杏的旗号欺骗了他们？哦，对了，最重要的环节——向财富神话转移资金，这和石红杏无关吧？这是王平安的个人行为嘛！

陆建设：这倒是，如果石红杏真的批准王平安向财富神话基金转移资金的话，那就涉嫌联手作案了！不过……算了，不说了！

齐本安：那就先别说，目前犯罪嫌疑人就锁定了一个王平安嘛！

陆建设：也是，只要公安局抓住了王平安，这些事情都能弄清楚！

齐本安却又往回找了，意味深长：但也不能放松警惕，我们当然不希望石红杏有问题，但是万一她有问题呢？也要想到这一点啊……

陆建设：所以啊，齐书记，我建议你找林董汇报，听林董的！

齐本安：让我想想，石红杏的事敢随便汇报啊？没那么简单！

陆建设话里有话：是啊，石红杏是你和林董的师妹，不是一般的小猴子、野猴子，那可是花果山上的神猴子……齐书记，你谨慎一点没错！哎，对了，田园那个笔记本是什么情况？你找石红杏要了吗？

齐本安：要来了，我也仔细看过了，笔记本上记的全是防治抑郁症的经验啥的！

陆建设：哦，我还猜错了？那当时石红杏猴急个啥？

齐本安思索着：是不是心中有鬼啊？怕田园暗中盯上她？

陆建设：哎，有可能，这完全有可能，做贼心虚嘛……

19　岩台某小区垃圾箱　夜　外

王平安在垃圾箱前四处看了看。

王平安将手上装钱的塑料袋藏入垃圾箱。

20　岩台某小区地下室门外　夜　外

王平安警觉地张望着，从地下室门前走过。

王平安迅速转身，快步走到地下室门前。

21　岩台某小区地下室内　夜　内

光头和另一个烂崽看着表，盯着地下室门。

响起了敲门声。

光头应声拉开门。

王平安急速闪身进门。

22　中福宾馆走廊　夜　内

齐本安严肃地对陆建设说：行了，你可以住嘴了！老陆，我明确地告诉你：不管是哪个山上的猴子，只要她违法乱纪，我们都绝不会放过！我和石红杏说了，让她近期不要出差，她也答应我了。所以，只要发现她往机场、高铁站跑，你们立即拦住她，就说我找她开会！

陆建设兴奋不已：好，好，齐书记，我明白你的意思了！

齐本安：哎，老陆，要不动声色啊，以免打草惊蛇！

陆建设：放心吧，齐书记，我只向你一人汇报！（停了一下，又真诚地说了句）齐书记，我真没想到你能对石红杏大义灭亲！

齐本安一声叹息：也不是大义灭亲，是坚持原则，守住底线！

陆建设：是，道理谁都懂，就怕事到临头守不住，做不到啊！

23　岩台某小区地下室　夜　内

一只手将一张身份证递了过来。

王平安接过身份证查看着：这一看就是假的，太粗糙了吧？

光头：这已经是高仿了，一般人看不出来的！拿钱吧，五千！

王平安吃惊地看着光头：五千？不……不是五百吗？我给过了！

光头：五百是定金，新版二代身份证不好制，都是千位数的！

王平安迟疑着：可是……可是，五千，那……那也太贵了……

光头：公安局制证便宜啊，只要二十块，领导，你敢去吗？

王平安：我不是领导，我就一搬砖的，我身上只有两千……

光头：你贪污的那一塑料袋现金呢？上次来我又不是没看见！

王平安：看见也白看，我这次就带了两千过来，不行就算了！

光头想了想，对烂崽使了个眼色：搜一搜，看他真只两千吗？

王平安：哎，哎，你……你们这是办证……还……还是抢劫？

光头：主业呢，是办证，也兼职反腐，专办你这种贪污犯！

说着，烂崽和光头一起扑上去，将王平安按倒在地……

24　牛俊杰家　夜　内

石红杏抹着泪对牛俊杰说：老牛，这一次我真说不清了，过去没有齐本安，京州中福我说了算，这就不算个事，现在就是大事啊……

牛俊杰：石红杏，你的口气真轻松！五个亿的协改资金都不算个事，可见让你说了算有多可怕！哎呀，谢天谢地，幸亏齐本安来了！

石红杏却又换了副口吻：但你别忘了，齐本安也是我二师兄！

牛俊杰：那咱家再挂上一张齐本安的画像？让领导成双成对？

石红杏又变了脸：牛俊杰，你这个王八蛋，你还有闲心和我开玩笑？！你当真不管我死活了？就不怕我贪污了这五个亿挨枪子吗？

牛俊杰：你挨不了枪子，也不会贪污五个亿！这么多年了，我能不知道你？你的毛病是欺上压下，溜须拍马，尤其是对上面领导！

25　岩台某小区地下室　夜　内

王平安的名牌西装、名牌皮鞋已被光头和烂崽扒了下来，身上穿着烂崽的衣服，脚上套着光头的拖鞋，一副不伦不类的难民模样。

光头穿着西装，在镜前照着，自我欣赏：领导，我把话说清楚：想要你的西装、皮鞋，就再送三千块过来！当然，你也可以报案……

王平安自认倒霉：算了，算了，咱就当没这回事，没这回事！

26　秦检查家简易房　夜　内

秦小冲陌生人似的回到家，在帐篷里四处看着，评论着：……还行，这回政府速度够快的，这才几天啊，都安置好了，得表扬！

秦检查：还一拨拨来看望呢，市里边的李达康书记、吴雄飞市长来了，集团的林满江、齐本安来了，还来了不少记者采访！对了，你们报社牛主任也来了，她对你跳槽到天使讨债公司非常担心……

秦小冲注意地看着父亲：我正想问呢，牛石艳都和您说了些啥？

秦检查：哎呀，我电话里不是和你说了吗？人家就是为你担心！

秦小冲：她是黄鼠狼给鸡拜年没安好心！爸，我给你说，我一直怀疑她为了上位深度报道部主任，配合外边的坏人陷害了我……

秦检查：哎，你不说我还忘了呢，你那个福尔摩斯侦查图，我给你从危房里收过来了！（说罢，从床底下找出观众见过的那张挂板。）

27　岩台某小区垃圾箱　夜　外

王平安跌跌撞撞找到藏钱的垃圾箱。

垃圾箱已被清洁工清空。

王平安呆住了，怔了好半天，软软跌坐在地上。

王平安抱头痛哭，像个委屈的孩子。

28　秦检查家简易房　夜　内

秦小冲看着挂板上的人物关系图，咂嘴自语：……恍若隔世啊！

秦检查：这才几天就恍若隔世了？被大天使李顺东灌迷魂汤了？

秦小冲：爸，您别说，李顺东还真让我看到了另一种活法呢！

秦检查讥讽：啥活法啊？街头枪战，黑吃黑？

秦小冲：这什么年代了，还街头枪战呢！爸，我是说啊，我的搬砖人生要结束了，以后得学着开砖厂了！我开砖厂，让别人搬砖……

秦检查：能的你！小冲，这砖厂我劝你别开！你同学黄清源是开砖厂的，现在垮了吧？大风厂的蔡成功是开砖厂的，进去了吧？这阵子你忙着对付钢铁大王钱荣成，是吧？钱荣成的砖厂也快垮了吧？

秦小冲：没错，没错！钱荣成项目就是我负责，我是项目专务……

秦检查：专门负责的任务就是搞垮荣成钢铁集团？小冲，那你上次进去就不冤枉！人家荣成钢铁集团好歹养活了上千号工人，给政府交了这么多年税！

秦小冲：哎，哎，老爸，这叫什么话？什么叫不冤枉？我冤枉大了！您的意思是不是说，我这算预支了犯罪成本？可是它政府认吗？

秦检查绷起脸：秦小冲，我不和你耍贫嘴，你最好给我离开天使公司，老老实实回报社上班去，或者到矿工菜场当管理员去……

秦小冲：哎呀，爸，你又提醒我了！我得给范社长做个汇报了！

29　牛俊杰家　夜　内

牛俊杰对石红杏说：……这五个亿的情况你很清楚，你出面到市里找丁义珍要的，你签字划给王平安做国债的，怎么齐本安一说起，你立即否认？怎么想的，你？这种事否认得了吗？分分钟暴露嘛！

石红杏可怜巴巴地：是啊，我当时不过脑子，一急，脱口而出！

牛俊杰：我知道你的心思，你知道林满江要过来，你有靠山！所以，不管事实如何，你先否认，然后再让林满江替你兜着，反正林家铺子里的事，就烂在铺子里了！

石红杏：哎呀，老牛，了解我的人还就是你，我就是这样想的！

牛俊杰：然后呢，林满江一到，你就第一时间去找了林满江！

石红杏：没错，知妻莫如夫，老牛，你对我还是有些关心的！

牛俊杰：结果呢？林满江大掌柜怎么说？

石红杏苦起脸：我找到林满江那里，林满江忙得要命，贵宾楼快成总部了，国内国外公司的人不断有电话找他，尤其那个非洲公司，工人大罢工，闹得总统都不得安宁，他和总统府的人说了半天！

牛俊杰：你看看，忙成这样，林满江还来京州，不可思议啊！

石红杏：有啥不可思议的，主要是我们师傅重伤嘛，林满江他不放心！我接着说啊，我见林满江这么忙，情绪也不好，就没敢说……

牛俊杰苦笑：其实不说是对的，王平安不抓到，你说不清楚！

石红杏：就是，这该死的王八蛋，他不坑人吗？！老牛，你说王平安能跑哪去？啊？我打了几个电话全都关机，我留言他也不回！

牛俊杰：我怎么知道？王平安是你表弟，你手下大将，又不是我的马仔！石红杏，我早就提醒过你吧？啊？王平安就不是个东西……

30　岩台街上　夜　外

秋风卷着落叶在街上打旋。

王平安穿着不合体的衣服，脚穿拖鞋在街头蹒跚。

31　秦检查家简易房　夜　内

秦小冲和范家慧通话：……是，是，范社长，我不该失联，这是不应该的！我知道您为我担心，知道！但是啊，范社长，在天使公司实在太忙，李顺东呢，开始信任我了，让我做了钱荣成项目的专务！

范家慧的声音：我知道，防火防盗防荣成嘛！

秦小冲：这是我设计的一个讨债口号，李顺东很满意，还夸奖了咱报社，说是报社就是锻炼人，报社记者干讨债和一般人干讨债就是不一样！这个口号的社会效果呢，也是很不错的！范社长，这两天一深入到实际的讨债工作中去呀，哎，我就发现了一个新问题：天使的存在有其合理性啊！所以集资的受害者才唱出了那动人的歌谣……

32　范家慧家　夜　内

范家慧和秦小冲通话：……京州出了个李顺东，是吧？！小冲啊，我提醒你，不要被李顺东的小恩小惠收买，别忘了你到天使商务公司去干啥的？你要忘记了，就再提醒你一次：放聪明些，别有啥非分之想！记住你是谁？你从哪里来？要到哪里去？你去干什么的？嗯？

秦小冲：好，好！范社长，您提醒得太及时了！我是谁？我是秦小冲，《京州时报》著名记者！我从哪里来？我从《京州时报》来，从范社长您的麾下来，我到天使公司可不是去发财致富的，是揭露事实真相的！

范家慧：本报关于讨债乱象的深度报道的稿费你可是预支了啊！

秦小冲的声音：是，范社长，我知道，我怎么能忘了这篇深度报道呢！我是干啥的？调查记者！我的血脉里流淌着追踪真相的热血！

范家慧：好，那就好！小冲啊，牛石艳一直有个担心：怕你近墨者黑。我严肃地批评了她，但过后想想，石艳也还是有些道理的……

33　秦检查家简易房　夜　内

秦小冲和范家慧通话：……有什么道理？范社长，我一直在排查我被陷害的线索，有六成以上的把握证明，牛石艳积极参加了陷害！当然，我现在不和她计较，我以潜伏卧底任务为重，以后和她算账！

范家慧的声音：这就对了嘛，要以大局为重！好了，说一说最新线索吧！王平安现在找不到了，李顺东的天使窝里有没有线索啊？

秦小冲：哎，范社长，给公安、检察当卧底不是我的任务啊！他们没给我发过一分钱，也没给我预支过稿费！不是我见钱眼开啊，是我要活人啊！咱今天得把话说清楚，现在世上没有白搬的砖了……

范家慧的声音：谁让你白搬砖了？你没看到满城的通缉令吗？凡提供王平安线索抓获的，人家京州市公安局奖人民币五千元……

秦小冲：我看到通缉令了，五千元的事，他们也好意思提！

34　岩台街上　夜　外

王平安站在街头一角，无望地看着三两过往的行人。

35　牛俊杰家　夜　内

石红杏眼泪汪汪看着牛俊杰：……所以我就想，把林满江请到咱家里来吃个便饭，在饭桌上把这事和他说了，他批也好，骂也罢，过后总得给我解决了！现在齐本安不是过去了，这位二师兄一有权脸就变！从过来第一天起就找我的麻烦，恨不能把我当腐败分子干掉……

牛俊杰：你也没少惹齐本安吧？听说连监控探头都用上了？

石红杏：没有，老牛，我指天发誓，从没干过这种非法勾当！我也纳闷呢，谁这么用心监控齐本安啊？还有比我更关心他的人吗？

牛俊杰：哎，你说会不会是林满江大掌柜授意哪个人干的？

石红杏：不可能！好了，不说这个了，还是说我的事！所以，我这次不敢指望齐本安保我，就指望林满江了！求你别计较这像了！

牛俊杰无奈苦笑：好，好，念你可怜，让你这一回，下不为例！

石红杏破涕为笑：老牛，我就知道你是个明白人，是个大好人！

牛俊杰：哎，你也给我把话说清楚：你没收王平安什么好处吧？

石红杏想了想：这个，让我签字划款时，王平安倒是给我送过一张卡，说卡上有九十九万九千九百九十九元，还说是图个吉利，差一块一百万！我没要，真的！老牛，你知道我的，我不是个贪财的人……

牛俊杰：你不贪财，贪权！石红杏，我就从没见过像你这么迷恋权力的女人！人家一个个女的，当老婆，当母亲，视权力如粪土……

石红杏：那是她们没得到权力！得到权力的个个恋权！你看齐本安的老婆范家慧，一个快垮台的破报纸的小小鸡头，她都当得有滋有味，布置这个去卧底，布置那个去调查，把咱石艳摆布得服服帖帖！

牛俊杰：这倒是，咱闺女最服的还就是他们报社老总范家慧！

石红杏：老牛，不是我又批评你，你这同志骨子里就是一个大男子主义，看不得我权力比你大！我就想开拓进取，做好工作，知道吧？！

牛俊杰：算了，石红杏，你还是别开拓进取了，就你这水平，能把京州中福的摊子守好，别出啥事，人家林满江就谢天谢地了！

石红杏：老牛，你不知道吗？林满江对我的工作评价很高！

牛俊杰不屑地：你们一个铺子里的大小掌柜，互相吹捧呗……

36 秦检查家简易房 夜 内

秦小冲结束和范家慧的通话，对秦检查说：您看我们社长，滑稽吧？还想让我兼任公安局的卧底呢！五千块……哎，对了！公安局现在就该给我兑现五千块啊！是我第一个把王平安的信息报出去的啊！

秦检查：别做梦了，你也是说者无心，人家听者有意罢了！

秦小冲：嗯，这倒也是，他们不会认的！搬砖的钱不好挣啊！

秦检查：砖厂也不好开！别找死了，卧底完了，赶快回报社！

秦小冲：爸，和范社长我现在不好说，和您，我就交个底吧！估计我不会回报社喽，我得换一种活法了！猜猜看，一个钱荣成讨债项目我能赚多少钱？天使公司又能赚多少钱？爸，我说出来能吓死您！

秦检查：我这辈子经的事多了，你吓不死我，说吧！

秦小冲神秘地：这个项目只要完成，我一个人就能赚一百多万！

秦检查还是被惊住了：什么？收一家公司的债能赚一百多万？

秦小冲：如果能把这笔债全收上来，李顺东的天使公司差不多能赚八千万啊！爸，天使公司太棒了，受托讨债不收人家一分钱，但是债讨到手了，收费就比较高，最少百分之三十，最多百分之四十！像荣成项目债权三亿五，百分之三十不得八千多万？我应得利润百分之二，不就得一百多万嘛！

37　牛俊杰家　夜　内

林满江的油画像又挂到了客厅墙上。

石红杏仔细端详着：不对，好像你牛蹄子印没擦干净！

牛俊杰：行了，行了，根本看不出来的，赶快吃饭吧！

石红杏坐下吃饭：老牛，你要是能陪我一起接待领导就更好了！

牛俊杰摆着手上的筷子：别，别，我怕一不小心会骂出声来！

石红杏想想：嗯，这倒也是！你苦大仇深，还敲诈过领导！

牛俊杰：我真是敲少了！石红杏，你不提敲诈倒还罢了，你一提这事，我就想骂人！五个亿啊，两万矿工的欠资全解决了，竟然让王平安给卷走了！石红杏，你说你这是开拓进取，还是罪该万死啊？！

石红杏：行，行，罪该万死，罪该万死！吃饭，吃饭吧！

这时，女儿牛石艳开门进来了：哟，不等我你们就吃了？！

牛俊杰招呼：来，来，闺女，这不一直等着你的嘛！

38　岩台棚户区　夜　外

王平安扒开自己看过的那间平房的窗户。

王平安看看四处无人，爬窗跳进平房。

王平安没敢开灯，摸索到床前上床。

王平安缩到破床上打起了盹。

39　秦检查家简易房　夜　内

秦小冲很感慨地对秦检查说：……爸，您说我过去怎么就没想到呢？收上来一笔债就一百多万，够我在报社搬十年砖的！十年啊！

秦检查：抢银行更快，抢一次够你搬一百年砖，但抓住枪毙！

秦小冲：您这不是抬杠嘛，合法讨债也枪毙啊？李顺东比您还有法制观念，一再强调要在法律许可的范围内活动，做法律的一个小小补充！现在咱们这社会太缺少诚信了，也需要天使们的这种小补充！远的不说，就说我吧，没有天使，我到哪找黄清源讨债去?!

秦检查：哎，秦小冲，你怎么了？我看你是被李顺东洗脑了！

秦小冲：不是，不是！爸，现在真邪乎了，富人欠穷人的债，我也是一枚穷人啊，天下穷人是一家啊！还说那黄清源，为富不仁，集资八千万，多少穷人让他坑了！我也让他坑了三十万啊，这可是我从牙缝里抠出来的钱啊，三百两百存起来的，留着将来嫁闺女的……

这时手机响了。

秦小冲看看号码，接手机：李总，是我。什么？黄清源逃跑了？哎呀，今天哪个王八蛋值班啊？好的，好的，李总，我马上回去……

（第十九集完）

第二十集

1　牛俊杰家　夜　内

一家三口难得在一起吃饭。

牛石艳注意到了客厅墙上的林满江：哎，怎么又挂上了？

石红杏爱理不理地：这是我的偶像，关你什么事？吃你的饭！

牛石艳：那……那我的偶像呢？也能把像挂在家里吗？

石红杏：你又来了！等你有了自己的家，你爱挂谁挂谁！

牛石艳：哎，石总，这不光是你的家，也是我爸的家！

石红杏：你爸都不反对了，你瞎嚷嚷啥？你脸大呀？！

牛石艳：我爸怎么不反对？他激烈反对，爸，你说话！

牛俊杰：闺女，别和你妈计较了，咱就让她挂这一次，啊？

牛石艳：爸，你让她这一次，就会有下一次！今天挂上她的林董事长，明天挂上她的集团总经理，后天没准又是哪个妖魔鬼怪……

石红杏筷子往桌上一拍：牛石艳，看不惯就给我滚蛋！

牛石艳不敢作声了。

2　秦检查家简易房　夜　内

秦小冲合上手机，匆匆忙忙准备出门：哎，爸，今天我说的这些可别传出去啊！我现在仍然是范社长的卧底啊，传出去对我不利！

秦检查苦笑摇头：你啥也别和我说了！我实在弄不清你现在到底是谁？是《京州时报》报道部的调查记者？还是天使公司讨债鬼？

秦小冲：哎呀，都是，都是，占了报社的一个搬砖的岗位，干着天使公司的讨债事业！（做了个鬼脸，又说了句）还是黄清源的同党！

秦检查：你还黄清源的同党？不问他讨债要钱了？你那三十万？

秦小冲：就是因为要讨那三十万，我才和黄清源勾结的嘛！我现在是“勾挂三方来闯荡，老蒋鬼子青洪帮”！（说罢，秦小冲出门离去。）

3　范家慧家　夜　内

范家慧合上手机，对齐本安说：……我们报社秦小冲可能被冤枉了，本安，你成一把手了，得关心一下这事，涉及一位同志的清白呢！

齐本安一脸抑郁：这事以后再说吧，现在我哪有心思管这个！家慧，你看看，我最担心的事情到底还是发生了：这个京州中福的腐败问题超出了我的想象！石红杏负有重要责任，甚至已经陷了进去了！

范家慧：你估计石红杏陷得会有多深？是不是涉及经济犯罪？

齐本安：陷得多深还不知道，王平安的那五个亿她脱不了干系。

范家慧：我说你是飞蛾投火吧？事情既已如此，就好好应对呗！

齐本安痛苦地：你说我该怎么办呢？这么多年了，师傅一直让我们三兄妹互相帮助，共同进步，前进路上别落下一个人，可现在……

4 牛俊杰家 夜 内

饭桌上只有牛石艳和牛俊杰。

牛俊杰：闺女，这次别计较，这像是我同意挂的。

牛石艳：你为啥要同意？爸，你别怕她，我挺你……

牛俊杰叹口气：你挺我，我得挺她，你妈闯大祸了，都吓哭了！

牛石艳咂嘴：她一哭，你就心软了？老爸，叫我怎么说你？

牛俊杰：那就不说我，说你！哎，你怎么跑棚户区采访去了？

牛石艳：我为人民鼓与呼啊，不应该吗？！爸，这片棚户区早就该改造了，中福集团又协改给了五个亿，可京州市和光明区的有关干部懒政不作为，严重失职！矿工们一辈子挖煤，辛苦危险，做出了多大的贡献啊，但是几十年来一直住在这么破烂的棚户区里面！所以采访时，有些工人说，京州的 GDP 再高，和我们都没关系！

牛俊杰：是啊，不能实现共同富裕，就是改革的失败！不过，闺女，这种深度报道，你们范社长能让你发表出来吗？比较困难吧？

牛石艳：是，比较困难！但是不怕，现在是自媒体时代，新闻的传播渠道有很多，根本不必依赖一张报纸了！我手上起码有三个公众号能发！爸，你是京州能源老总，要不，你接受一下我的采访？

牛俊杰：哎，别，别，我内部支持就行了，不能抛头露面！

牛石艳：爸，你就是没劲，关键时候掉链子！

牛俊杰：少忽悠你老爸，老爸这链子根本不在你们的破车上！

牛石艳：是，是，爸，我现在也看明白了，你的链子就拴在你老婆我老妈的那辆破车上！还整天骂臭娘儿们呢，你们俩就好好演吧！

5　范家慧家　夜　内

齐本安对范家慧说：……今天我本来想向林满江汇报，可走到林满江面前，却没敢把话说出来。我怕林满江为难，更怕他徇私情！

范家慧：你觉得林满江会徇私情吗？林满江不是一直很正派嘛！

齐本安：家慧，我这不是担心嘛，石红杏是林满江一手提拔上来的，林满江对石红杏的感情我知道，林满江这性格，肯定徇私情！前一阵子我和石红杏吵啊闹啊，其实没多少实质内容，现在不一样了！

范家慧：那你就按林满江的指示办呗，林满江要徇私情，天塌下来林满江顶着！林满江不徇私情，将来石红杏也不会怪到你头上！

齐本安：老范，你这就有点不地道了，做人不能这样奸猾！

范家慧：是，是有点不地道，但这是我长期做鸡头积累下来的工作经验，你是我嫡亲老公，我才无私传授给你，你别不知好歹！

齐本安：都像你们这样精心算计，这世界也就太可悲了！

范家慧：但我们可以安静平和地活着！哎，我说齐本安，我可郑重警告你啊，别书呆子气，更别破坏我们家庭安定团结的大好局面！

齐本安：哎，老范，你什么意思？

范家慧：我的意思你还不明白？你理解林满江，理解石红杏，将来谁理解你啊？你别忘了党纪国法！他们有问题你不能包着护着！

齐本安：我知道。不过，现在我先担着，看事态的发展吧……

这时，手机响。

齐本安接手机，眼睛不禁一亮：哦，师傅醒了，好，我马上过去！

6 天使商务公司地下室 夜 内

一个人质正被天使们押走。

地下室里一片忙乱。

黑衣天使们在两个房间清除非法拘禁的痕迹。

秦小冲匆匆忙忙从楼梯下来，跑到李顺东面前：李总！

李顺东：哦，秦专务来了？快，赶快和他们一起干，有血迹的地方要擦洗干净。

秦小冲：对，对，谨防黄清源报案，引来公安部门的检查！李总，我还有个建议啊，赶快找些床铺被褥，把两间房子改装成员工宿舍！

李顺东：哎，秦专务这个建议很重要，白副总，赶快去办！

7 牛俊杰家 夜 内

石红杏在客厅接齐本安的电话：……师傅醒了？哎呀，太好了，太好了！齐书记，我也过去！哎，对了，你给大师兄打电话了吗？

齐本安的声音：打过了，大师兄马上也过来了！

石红杏：好，好，齐书记！（说罢，放下电话。）

牛俊杰交代：哎，早点回来，自己带钥匙！

石红杏匆匆出门：知道，知道！

石红杏走后，牛俊杰呆看着墙上的林满江画像，眼神复杂。

牛石艳走过去：爸，要不，咱再给她取下来？

牛俊杰苦苦一笑：算了，现在这种时候，别惹她了！

牛石艳：怎么老是这种时候，这种时候！爸，你太惯她了！

牛俊杰叹气：不是惯她，爸是想保护她，可爸的能力有限啊！

牛石艳指着林满江的画像：这男人有能力，你就委屈自己了？

牛俊杰：该委屈就委屈呗，男子汉大丈夫，就要能伸能屈！艳，实话和你说，你妈的中国梦我没能力帮她实现，她也真挺憋屈的！

牛石艳：爸，我看你更憋屈！算了，算了，我也不挑拨离间了……

8　京州街上　夜　外

轿车疾驰。

车内，林满江看着车窗外流逝的灯火。

秘书在和皮丹通话：皮总，您母亲醒了，快到医院来……

9　天使商务公司地下室　夜　内

李顺东对秦小冲说：秦专务，这里差不多了，你跟我来吧！

秦小冲抹着头上的汗：李总，你先上去，我这边弄完去找你！

李顺东似笑非笑：你很敬业嘛，已经有些天使的可爱模样了！

秦小冲手脚不停：干一行爱一行，干好一行，这是我的原则！

李顺东：嗯，这原则好。哎，秦专务，我在办公室等你了啊！

10　京州人民医院重症室　夜　内

林满江、齐本安、石红杏三人围绕在程端阳病床前。

程端阳含泪微笑着，似乎想说什么，又说不出来。

林满江：师傅，您啥都别说，您想说啥我们都知道！

齐本安：师傅，您可把我们吓坏了，大师兄来了就没敢走！

石红杏拉着程端阳的手，泪水滴到程端阳手背上：师傅，我就怕见……见不着您了！我和大师兄、二师兄天天过来看您啊……

程端阳气息微弱：红杏，别……别哭，师傅命大，死不了……

齐本安：师傅，您可不是命大吗？年轻时车大轴，我一失手，大轴撞了您老人家的腰，都怕您这辈子站不起来了，可您硬朗着呢……

11　天使商务公司办公室　夜　内

秦小冲在沙发上坐下：李总，我估计黄清源未必敢向公安报案！

李顺东倒了杯水放到秦小冲面前：为什么？你判断的依据呢？

秦小冲：黄清源涉嫌非法集资，是违法犯罪，他不会不知道！

李顺东：如果黄清源认为官方监狱的待遇比咱这里好呢？嗯？秦专务，和你通报一下情况：你老同学黄清源是天黑后逃走的，监控发现是穿着我们的天使工作服逃走的，初步判断，应该有内部人配合！

秦小冲：那咱们就先查工作服！看谁的工作服不见了？

李顺东：很好，思路对头！秦记者，正是你的工作服不见了！

秦小冲怔住了：哎，不会吧？我今天回家看我老爸，工作服挂在项目组房间墙上，钱荣成项目组的同志都看到的！再说，要真是我放走了黄清源，我现在还敢回来？李总，我一接你电话就过来了……

李顺东：所以你厉害啊，胆大心细，遇事不慌，兄弟佩服！

12　京州人民医院重症室外　夜　内

齐本安、林满江、石红杏围着程端阳继续说着。

石红杏泪流满面：师傅，你这次要真有个三长两短，我都不知道该怎么活下去！遇事还能去找谁商量！师傅，你是我娘，是我领导！

林满江：好，好，红杏，别哭了，让师傅安静一会儿！

齐本安：对，对，红杏，你也冷静些，别让师傅烦心了……

这时，皮丹匆匆忙忙进来：哎呀，妈，你可吓死我了！

林满江：本安、红杏，咱们先回吧，让皮丹和师傅待一会儿！

13　天使商务公司办公室　夜　内

秦小冲很委屈地叫喊：李总，要不我到地下室去？顶替黄清源？

李顺东：这倒不必，你的底细我清楚，要钱没有，要命一条，我不和你斗！但是，我不用你了，请你离开天使公司，另谋出路吧！

秦小冲：哎，哎，李总，这误会大了！你知道的，黄清源也欠我的钱！三十万本金加两年多的利息，还有四万稿费加八千的酒钱！你说，我怎么可能做内奸帮他逃跑呢？我恨不得啃他的肉，扒他的皮……

李顺东：行了，行了，秦小冲先生，你别给我表演了！你俩毕竟是同学嘛，我反复给你说，都没能让你彻底适应我们天使公司的讨债文化！你还是回报社做你的记者去吧！不过，这里的事不要和任何人说！这几天我也不让你白干，去财务那里领辛苦费吧！

秦小冲：哎呀，李总，我不想领辛苦费，我想继续跟你干……

这时，田副总和两个天使人员进来，将秦小冲赶出了门。

14　京州人民医院医师会诊室　夜　内

林满江看看齐本安，又看看石红杏：……师傅醒了，危险期过去了，你们俩没事少往医院跑，该干啥干啥！我们和师傅的关系，在京州、在中福集团不是秘密，许多眼睛在盯着我们，我们一定要注意！

齐本安：是的，林董，我明白，我让皮丹留在医院照顾师傅！

林满江：对，这话我正要说！本安、红杏，你们也清楚，这位皮董根本就不懂事，下一步，通过法定程序把皮丹的董事长职务免了！

石红杏：林董，免了容易，可怎么安排皮丹？齐书记的意思是……

林满江：皮丹的安排就不要你们考虑了，让他到北京跟我吧！

石红杏很意外：哎呀，那可太好了，帮我和齐书记大忙了！

齐本安：可不是嘛！林董，谢谢，我和红杏真诚地谢谢你！

林满江摆了摆手：谢什么？我是你们的领导，就得为你们排忧解难；我是程端阳的徒弟，就不能让程端阳师傅为她唯一的儿子操心！

15　天使商务公司财务室　夜　内

财务将五千元现金递给秦小冲：五千，收好，在这儿签字！

秦小冲收钱，签字。

白副总虎视眈眈在一旁盯着。

秦小冲：白副总，我想再和李总说几句话！

白副总：别说了，李总不愿再见你了！

秦小冲：哎，白副总，这究竟是怎么回事？凭一件天使工作服，就认定我是内奸？我帮忙让黄清源逃跑？这不是存心制造冤案嘛！

白副总：秦专务，天使冤不了你！王平安是怎么回事？嗯？

秦小冲：哎，王平安和我有什么关系？他又不是我同学！

田副总：王平安的通缉令贴满了京州，是谁出卖了王平安？

秦小冲：反腐英雄呗！肯定是哪个反腐英雄盯上王平安了！

田副总：秦小冲，你罢了吧！这个反腐英雄我劝你别当，我们可以不受王平安的债务委托，但不能出卖人家王平安，人家是客户！

秦小冲：是，我知道，天使要为客户保密，但王平安不是我出卖的！没准他自己闻风而逃，揣上五个亿跑到天堂过上了幸福生活……

16 岩台平房 夜 内

王平安把平房内的一沓旧报纸包裹在身上御寒。

窗外，一缕月光投入。

王平安脸上泪水长流。

17 秦检查家简易房 夜 内

秦检查睡眼惺忪打量着归来的儿子：怎么一副垂头丧气的样子？

秦小冲不理睬秦检查，坐在床沿上发呆，眼中有泪光闪烁。

秦检查猜测：卧底身份被发现了？让人家天使们赶出来了？

秦小冲一声悠长的哀叹：我……我的命怎么这么苦啊，刚遇上个李顺东，在人生路上看到点亮光，转眼又没了，又掉进了黑暗中……

秦检查：李顺东不要你了？哎呀，这其实是好事啊，大好事！

秦小冲怒吼：什么好事？还大好事！一百多万啊，说没就没了！

秦检查：本来也没有嘛，那一百多万就是你的一个梦想罢了！

秦小冲：爸，一个人难道不该有梦想吗？如果连梦想都没有，还活个啥劲？天哪，我怎么这么倒霉呢，为啥我爱上谁，谁就抛弃我？

秦检查：不怕，不怕，你不是勾挂三方来闯荡吗？还有两方呢！

秦小冲一个激灵：对啊，你不说我还忘了呢，得找黄清源拿钱去！

秦检查：这半夜三更的，你上哪拿钱去啊？睡觉！明早再去吧！

秦小冲匆忙出门：你别管，半夜三更好堵他，明早就能见着钱了！

秦检查打了个哈欠：你呀，真是掉钱眼里去了！（重又上床睡觉。）

18　京州人民医院门前　夜　外

三辆轿车鱼贯开上门厅。

石红杏送林满江第一个上车。

林满江：红杏，明天中饭到你家吃，但不准铺张啊！

石红杏：好的，好的，大师兄！哎，二师兄，你也一起来吧！

齐本安：哎呀，我可不行，明天上午好几个会呢！

石红杏不悦地：齐书记，你比大师兄还忙吗？！

林满江：让他忙，本安现在在一线，又出了王平安的案子！

说罢，林满江摇上车窗，轿车启动离去。

齐本安和石红杏相互看了一眼，也各自上车离去。

19　李达康办公室　日　内

李达康上班进门，秘书过来汇报当天日程。

秘书：李书记，今天上午是这么安排的：九点是迎宾大道拓宽工程竣工典礼，十点半钟"九二八事故"联合调查组请您和吴雄飞市长去谈话，我问了一下，他们说，你们二位领导谁先谈都可以……

李达康：那就让吴市长先谈吧！另外典礼我也不参加了！

秘书很意外：可您原来说和吴市长一起去参加典礼的呀……

李达康话里有话：没时间去了，人家易学习书记要找我谈话啊！

秘书：易书记来汇报？我一点也不知道……

李达康：现在知道也不晚，易学习的汇报我敢不重视啊？！

20　易学习办公室　日　内

易学习收拾着相关文件材料，对秘书交代：……我马上去向达康书记汇报，这个汇报很重要，不管有什么事，都不要打扰我们！达康书记也很重视，是推掉了原定的迎宾大道典礼活动才挤出的时间！

秘书：易书记，我明白！

易学习匆匆出门。

21　秦检查家简易房　日　内

秦检查正吃早餐，秦小冲红着眼睛，疲惫不堪地回来了。

秦检查关切地：怎么？堵到黄清源了，把那三十万讨回来了？

秦小冲摇摇头，坐到桌前拿根油条吃了起来，恨恨地骂：这王八蛋，又逃跑了！他就是个老赖，就是个骗子，就该出门被车撞死！

秦检查给秦小冲倒了杯奶放到面前：怎么回事？你不是勾挂他了吗？你不和我说过吗，你能着呢，勾挂三方来闯荡，老蒋鬼子青洪帮！

秦小冲叹息：我现在是倒了血霉了！运交华盖欲何求？未敢翻身已碰头啊！我勾挂三方，竟然一夜间垮了两方：私放黄清源，天使李顺东不要我了，我的发财梦破灭了。无耻无赖的黄清源呢，本来答应一逃出天使的牢笼，就还我的钱，而且本息烂账一次还清，还有我们报社的酒钱，我吹捧他的马屁书的马屁费共计五十一万六千元……

秦检查：结果，黄清源给你一个假地址，你上门去堵，没堵到？

秦小冲点了点头：爸，你都想不到是个啥地址？他幽默呀他！

秦检查讥讽问：怎么？总不会是一间公共厕所吧？

秦小冲：状元大街 142 号附 2 号，知道是啥地方吧？你猜！

秦检查摇头：不知道！京州这么大，九朝古都，我猜不准！

秦小冲：那我告诉你：京州市公安局光明区分局刑警大队！

秦检查笑了：哎呀，黄清源这可不是幽默，他是让你去自首啊！

秦小冲：对，没错，他妄想让我自投罗网！我对他心慈手软，看不得他在天使窝里享受地狱待遇，我同情他，可怜他，结果我成了东郭先生！爸，你说他怎么能这样啊？就算无耻也不能这么没底线啊！

秦检查：小冲，不是我说你，你的底线也不高！你勾挂三方，明着说呢，是去替你们报社卧底抓深度调查，写大块文章的，实际上你是想跟着李顺东发笔讨债的财，你说了嘛，开砖厂嘛。你既然想发天使的财，你好好对天使负责啊，你又叛变，出卖天使，和欠债的黄清源勾结上了。你呀，对谁都没真心，你和黄清源也就是五十步笑百步！

22　李达康办公室　日　内

秘书将易学习引进门：李书记，易书记来了！

李达康坐在桌前批文件，头都不抬：哦，老易，坐吧！

易学习在沙发上坐下了，放下材料：达康书记，这忙了两天，许多情况基本弄清楚了，得向你和市委做个重要汇报啊！

李达康根本不理睬易学习，按起了桌上的红机电话，接通后，和市长吴雄飞通起话：吴市长，现在我市民营企业的日子很难过啊，市政协那边呢，做了一个专题调研，不知你看到这个调研报告没有？

电话里吴雄飞的声音：看到了，我正说给他们开银企协调会呢！

李达康：哦，好，好，这个会该开，让双方加强沟通！尤其是银行的工作，我们要做一做，贷款不能说不给就不给了，让我市企业怎么活？还有我们政府的融资平台，听说现在压力也很大！

吴雄飞的声音：就是嘛，对有些不像话的银行，我要敲打一下！

李达康：哎，大银行别得罪啊，就敲打咱们管得了的城市银行！

放下电话后，李达康收拾着桌上的文件，耷拉着眼皮，不冷不热地对易学习说：老易，还汇报啥呀，你想好的事，自己决定就是了！

易学习：达康书记，你别开玩笑啊，我要能定还向你请示啊？

李达康这才抬起头：你千万别请示，我指不定干到哪一天，也许下一分钟中央就下来文件了：免去李达康同志京州市委书记职务！

易学习脸绷了起来：达康书记，我是你的下级，今天我是按规定向你和市委汇报工作啊，你就是有情绪，也别在这时冲着我发啊！

李达康走到沙发前坐下：好，好！老易，你说，我洗耳恭听！

23　秦检查家　日　内

秦小冲对秦检查振振有词：……怎么五十步笑百步？我和黄清源根本就不是一回事！黄清源是有钱人，光长明保险的股票就值一两个亿！我呢？为俩苦钱拼命挣扎，甚至被人陷害弄到北山喝了两年汤！

秦检查：我是说职业道德！就算做一个坏人，你也得有坏人的职业道德！这个教训一定要汲取，我敢和你打赌：黄清源都瞧不起你！

秦小冲：我还瞧不起黄清源呢！给我玩幽默，好啊，我玩死你！

秦检查：算了，小冲，别较劲了，还是赶快回报社上班去吧！

秦小冲：我上什么班？现在怎么向范家慧社长交代？怎么向周洁玲交代？这三十万收不回来，周洁玲能吃了我。我也不能原谅自己！

秦检查：也是的，周洁玲一人带孩子也真不容易……

秦小冲：我还得去找黄清源，我就不信这孙子能躲到天边去！

24 李达康办公室 日 内

易学习面前连一杯水都没有，李达康眯眼倚靠在沙发上。

易学习起身走到饮水机旁，自己给自己倒了杯水，喝了两口，放到一边，硬着头皮开始汇报：达康书记，去年那场反腐风暴过后，丁义珍一伙的余毒没有肃清，许多问题也没有水落石出，更严重的是，还留下了一些重要隐患，给我们今天的工作造成了很大的被动啊！

李达康淡漠地：幸亏被你今天发现了，好，很好，那就说说！

易学习看着面前的材料：我就从中福这五个亿的协改专项资金说起！现已查明：这笔资金是中福公司的石红杏、王平安和丁义珍联手作案，去年三月六日，他们炮制了一份借款协议书，以京州能源公司生产经营困难，工人发不出工资为由头，暂借这五个亿。丁义珍牵头做了个红头文件批准了协议，就让这五个亿顺利进入了中福公司账户。

李达康：在这个过程中，你是不是少说了一个环节和一个人？

易学习：哦，你是指孙连城吧？划款是孙连城签的字。这我上次就向你汇报过，孙连城看到了市老城改造指挥部的文件才签的字。

李达康：我上次也和你说了，要追究孙连城责任，你追究了吗？

25 京州人民医院病房 日 内

孙连城躺在病床上和省纪委书记田国富通话：……省纪委田书记吗？我就是那个被李达康派去看星星、管宇宙的孙连城！我要向您和省纪委举报京州市委书记李达康！李达康重用包庇腐败分子，破坏党内政治生活，犯下了令人震惊的渎职错误，甚至可能是罪行啊……

26　田国富办公室　日　内

田国富和孙连城通话：……连城同志，不要这么激动，你现在在医院养伤，是不是先好好养伤，等伤好以后再说呢？省纪委的大门一直是开着的，在汉东省范围内，不管是谁，不管是哪个市哪个部委局办的党员干部，只要他违犯了党纪国法，你们都可以来举报，来反映！

孙连城的声音：我现在就举报李达康，希望你们派人到医院来！

27　京州人民医院病房　日　内

孙连城和田国富通话：……田书记，你们省纪委如果不能派人过来，那我就让我家里的人用担架把我抬到你的办公室去举报！

田国富的声音：我说连城同志啊，你能不能冷静一些呢？啊？

28　李达康办公室　日　内

李达康责问易学习：如果孙连城不签字，这五个亿能划出去吗？

易学习：肯定划不出去！不过，孙连城是奉命签的字啊！

李达康：孙连城他奉谁的命？是我，还是吴市长？都没有嘛！

易学习：哎，达康书记，话不能这么说吧？当时分管城建的是副市长丁义珍嘛，丁义珍还是区委书记，又兼任光明区老城改造指挥部总指挥。达康书记，咱们设身处地想一下，孙连城不签字又怎么办？

李达康：你说怎么办？一支笔千钧重啊，眼一闭就签字了？就不履行审核的职责？推给死掉的丁义珍就完了？是不是渎职啊？

易学习沉吟着：达康书记，你说得也……也有一定道理！

李达康：既然有道理，怎么不采取措施，对孙连城涉嫌渎职的问题立案审查？你们市纪委连个诫勉谈话都没有吧？是不是失职啊？！

29　京州人民医院病房　日　内

孙连城和田国富通话：……田书记，我很正常，精神上没受任何刺激，李达康什么作风你应该知道，我担心他会报复我，“九二八事故”发生后，他惶惶不可终日，很有可能把自己的责任往我头上推！

30　田国富办公室　日　内

田国富握着话筒：……好吧，连城同志，你身体不好，千万不要赌气过来，你在病房等着吧，我会尽快派人到你那里接受你的举报！

放下话筒，田国富一声叹息。

田国富想了想，又打通红机：京州纪委吗？请易学习接电话！

红机里的声音：田书记，易书记到市委向达康书记汇报去了！

31　京州街上　日　外

秦小冲骑着一辆共享自行车在街上穿行。

秦小冲出现在一处别墅门前。

别墅已经被查封——

大门上的封条： 京州市中级人民法院封

秦小冲出现在一处公寓房门前。

公寓房也已经被查封——

大门上的封条： 京州市钟楼区人民法院封

秦小冲骂了句脏话，跳起来，在浅色的大门上留下一只脚印。

32　李达康办公室　日　内

李达康和易学习形成对峙。

易学习：……达康同志，对孙连城，我是这么看的：他懒政、不作为，包括五个亿的奉命签字，都属于同一范畴。正因为如此，孙连城才被我们的市委组织部连降三级，应该说他的问题得到了处理！

李达康：学习同志，我不这样看！连降三级，是对孙连城懒政的处理，并不是对他渎职的处理！孙连城的这一渎职问题涉嫌犯罪！

易学习：达康同志，你的嘴不是法律，你说他涉嫌犯罪，他就犯罪了？是否犯罪要经过司法部门的调查，要有法律程序。再说，孙连城毕竟在“九二八事故”发生时有过见义勇为的行为，现在又烧伤住在医院里，你觉得能立即启动对孙连城的司法调查吗？如果启动调查，把孙连城从医院抓走，是不是有副作用？会造成什么社会影响？

李达康勃然大怒：学习同志，你既然这么有主意，还汇报啥？

易学习：达康同志，汇报中就不能讨论问题了吗？我们是一个班子的同志，从当年在金山，到今天在京州，我们不是一直在讨论问题吗？好吧，我们先把孙连城的问题放在一边，我继续汇报……

李达康：对不起，学习同志，我没时间听你汇报了，迎宾大道总算竣工通车了，我和吴市长还得参加通车典礼，今天就到这里吧！

易学习：哎，哎，达康同志，你不是说不参加这个典礼了吗？

李达康已经站起来，向门外走：我本来是不想参加，现在临时改了主意，突然觉得该露面还得露，免得让某些同志在后面嘀嘀咕咕！

易学习看着李达康离去的背影呆住了，禁不住搓手叹气。

33 公园树下 日 外

秦小冲喝着啤酒，看手机视频——

女儿背着书包和周洁玲一起走进小学校。

女儿对着镜头给爸爸寄语：爸爸，我今天上小学了，分在一年级四班，班上四十二个同学，我的学号排在最后，四十二号！爸爸，你们留学也有学号吧？你学号多少？妈妈说你学习很好，让我和你比赛！爸爸，我们比赛吧，我要是赢了，你就回来看我……

秦小冲呆呆看着，眼里渐渐汪上了泪。

秦小冲突然想起了什么，抹了把泪，起身离去。

34 玩具店 日 内

秦小冲为女儿挑选玩具，问售货员：有没有美国产的玩具？

售货员摇头：没有，现在全世界的玩具都是咱中国产的！很多人到海外旅游，给孩子买回来的玩具也是 Made in China……

秦小冲指着一个会唱“生日快乐”的电子玩偶：给我看看这个！

售货员将玩具递给了秦小冲。

35 易学习办公室 日 内

易学习一脸忧郁地走进门。

秘书汇报：易书记，刚才省纪委田国富书记来电话找您！

易学习：哦，给田国富书记打过去吧！

秘书：好的，易书记。（说罢，拨起红机电话。）

36 田国富办公室 日 内

田国富和易学习通话：……对，老易，是我找你！你们前一阵子处理的一位区长，就是孙连城啊，对李达康同志的意见很大，要让担架抬着到我们省纪委举报。怎么回事啊？你们市纪委是否掌握情况？

易学习的声音：田书记，我正想向你做个汇报呢！

田国富：那就过来吧！

37 某画室门前 日 外

牛石艳拿着范家慧的油画像出来。

秦小冲恰巧路过。

牛石艳驻足站住：咦，怎么是你？

秦小冲也站住：怎么就不能是我？嫌我没再次进去？

牛石艳围着秦小冲转了一圈：秦小冲，你吃枪药了？

秦小冲被迫跟着转圈：牛石艳，我告诉你：少给我使坏！

牛石艳：使坏？我是挽救你，治病救人，知道不？

秦小冲：你到我父亲面前瞎嘀咕啥？

牛石艳：哎，关心你啊，你说你去卧底，要是万一牺牲了，我也得让秦师傅知道你是在哪里牺牲的，为啥牺牲的，别埋没了你……

秦小冲：你少关心我！小心哪天我关心你，把你弄进去！

秦小冲扬长而去。

牛石艳：什么人啊，神经病！

38　小学校门口　日　外

秦小冲把一个小包裹交给门卫：师傅，这是二年级四班秦薇薇的一份生日礼物，他父亲从美国给孩子带来的，麻烦您转交给她好吗？

门卫：你这个同志，你就放心我吗？为什么不交给她母亲呢？

秦小冲：放心！这个，她母亲和她父亲离婚了！

门卫：你放心我，我还不放心你呢，打开看看，什么东西？

秦小冲将礼物打开，是那个会唱“生日快乐”的电子玩偶。

门卫：可怜天下父母心啊！好，摆在这个柜里吧！

秦小冲将礼物摆到门卫室二四班储物柜里：谢谢啊，师傅！

39　牛俊杰家　日　内

林满江的画像不见了，范家慧的油画像挂到了客厅墙上。

正在厨房做菜的厨师探出头：哎，闺女，这画上的女人是谁？

牛石艳信口胡说：蒙娜丽莎！

厨师：蒙……不对吧？姓蒙的是个外国人，别以为我不知道！

牛石艳：有点水平啊，老刘！没错，这是我的偶像，我粉她！

厨师：那你也不找个明星粉，这么个平常人，你瞎粉啥呀？！

牛石艳：平常人怎么了？这是我的领导，水平高，心灵美！哎，怎么又请你下厨了？

厨师：你妈要招待一位重要客人，好像是北京过来的一位部长！

牛石艳戏谑：哟，部长啊，老刘，那你好好整，往菜里下点泻药！

40　田国富办公室　日　内

易学习一声长叹，眼圈红了：田书记，同级监督难啊！

田国富将一杯泡好的茶放到易学习面前：当然难啊，尤其是监督李达康书记这种强势的一把手，肯定就更难了，你不说我也知道！你还算好的，坚持到现在，都没让咱们达康书记乱棍打出来嘛……

易学习：估计也快了，“九二八”以后李达康都不用正眼瞧我了！

田国富：这也要理解，毕竟发生了“九二八”嘛，李达康和市委很被动，你这时候找他谈京州的问题，他就很敏感，你说是不是？

易学习：是的，正常的问题讨论都能让他想偏！田书记，李达康这种强势的关键少数我真的监督不了，你和瑞金同志就饶了我吧！

田国富：哦，你也想当猪八戒，撂挑子？岩台市纪委老孙前几天跑我这儿来撂挑子了，被我一顿臭骂赶回去了！老易，你记着：我们这个岗位就是难，就是得罪人！我们不得罪人，就得罪党，得罪人民！

（第二十集完）

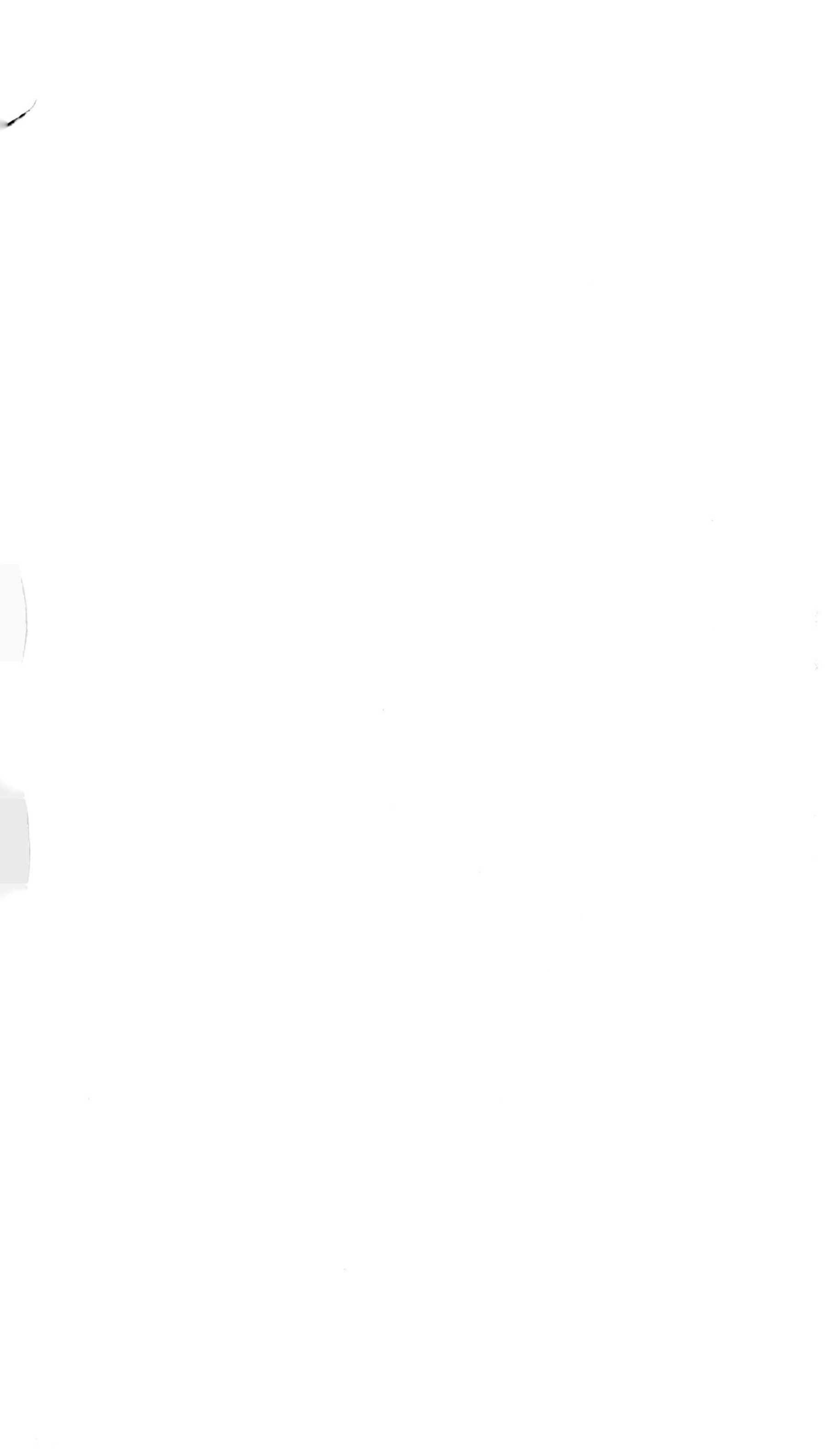